J. S. WONDA

VERY BAD LIARS

KINGSTON UNIVERSITY

SPRING BREAK

Meine Bücher und Produkte gibt es zukünftig im:

www.wondaversum.de

VERY BAD LIARS
Kingston University
Spring Break, 2. Semester

Band 3 einer Reihe

2. Auflage

Bildmaterial: Shutterstock.com, freepik.com, rawpixels.com
Korrektorat: Carolina Fox
Plotfee: Iris Gierga

Bestellung und Vertrieb: Nova MD GmbH, Vachendorf

ISBN: 978-3-98595-004-1

Druckerei Smilkov Print Ltd
Pokrovnishko shose
2700, Blagoevgrad

Jane S. Wonda
Am Himmelkamp 10
30890 Barsinghausen
www.janeswonda.com
www.wondaversum.de

Du findest mich auf Facebook | Instagram | TikTok

Weil bei den Büchern der Very Bad Kings Reihe das Verlagslogo zukünftig nicht mehr auf dem Buchrücken zu finden sein wird, könnt ihr euch im Shop des WondaVersums ab 2023 kostenlos Sticker bestellen, die eure Bücher wieder vereinheitlichen. Danke für euer Verständnis.

FÜR ALLE, DIE LIEBER EINE LÜGE
LIEBEN, ALS GAR NICHTS ZU FÜHLEN.

What would you do if you weren't afraid?

UNBEKANNT

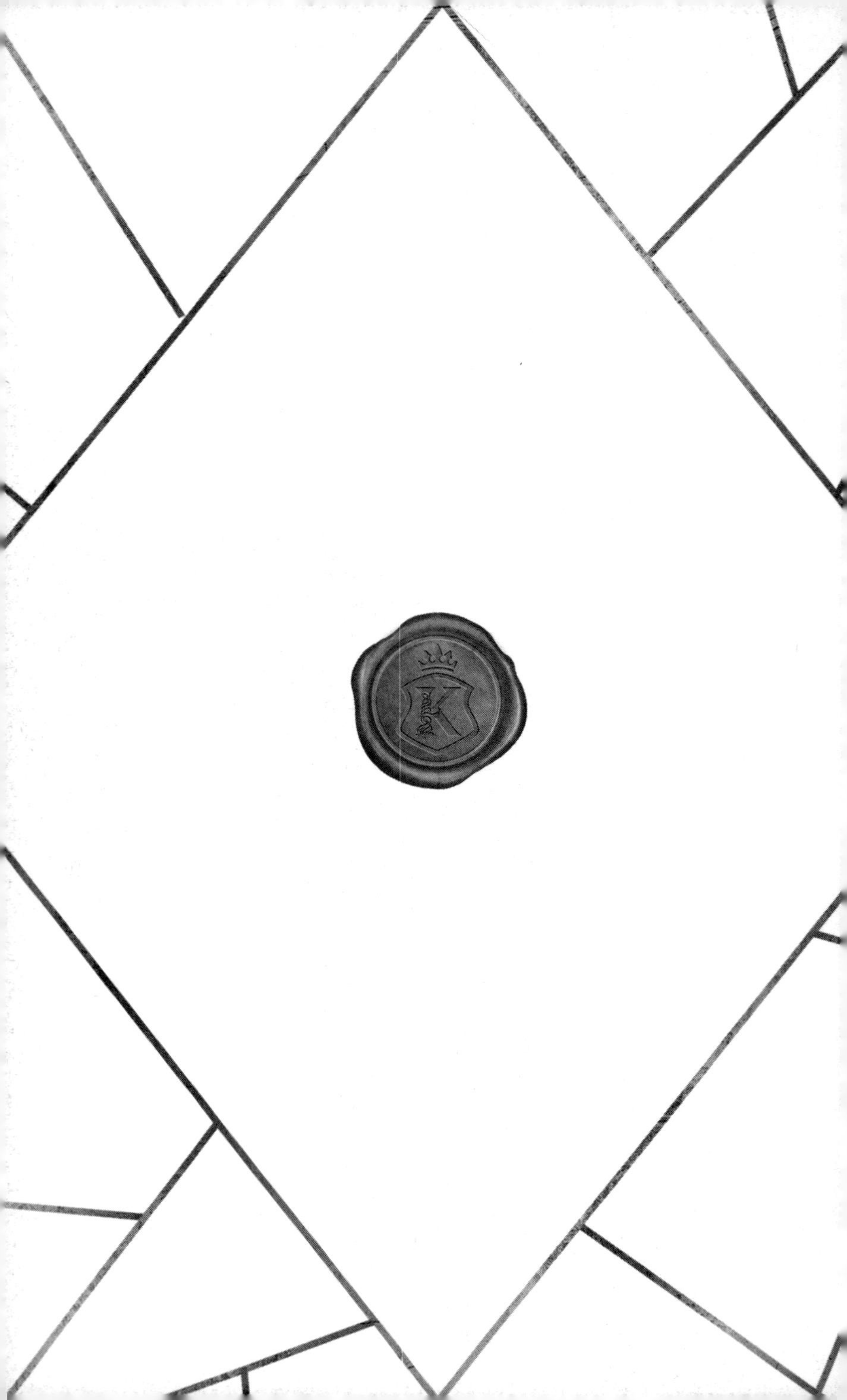

WARNUNG

WENN DU DIESES BUCH LIEST, DANN BIST DU ENTWEDER ZIEMLICH VERDORBEN UND HAST EINE VERDAMMT DUNKLE FANTASIE.

ODER DU LIEST ES NUR, WEIL DU WIE BEI EINEM AUTOUNFALL NICHT WEGSEHEN KANNST UND NICHT GLAUBEN WILLST, DASS MENSCHEN ZIEMLICH VERDORBEN SIND UND EINE DERART DUNKLE FANTASIE HABEN.

WICHTIG IST NUR, DASS ES DICH UNTERHÄLT. LEHN DICH ZURÜCK UND GENIEẞE JEDEN EINZELNEN TRIGGER, DEN DIE FOLGENDEN WORTE IN DIR ERZEUGEN.
ODER KLAPP DAS BUCH SCHNELL ZU, BEVOR ES DICH VERSCHLINGT. DAS HABEN MANCHE BÜCHER NÄMLICH SO AN SICH. SIE LASSEN DICH ERST WIEDER AUF DER LETZTEN SEITE GEHEN.

DAS HIER IST EIN SOLCHES BUCH.

DIE FALLE

Mein Herzschlag dröhnt mir bis in den Hals. Wieder bin ich gefangen, doch dieses Mal ist es kein Stuhl, auf dem ich gefesselt wurde, kein Publikum, das meinem Untergang zusehen will.

Dieses Mal ist es schlimmer.

So viel schlimmer.

Ich hätte wissen müssen, dass ich an diesen Punkt gelange, wenn ich ihre Nähe erneut zulasse, wenn ich ihnen wieder verfalle. Was ist es, das mich so schwach macht? Mein Körper? Mein Herz? Die Sehnsucht?

Oder liegt es gar nicht an mir, und es wäre für jeden auf der Welt unmöglich, den Kings zu widerstehen?

Jaxon, Sylvian, Reece, Zayn.

Selbst Romeo.

Sie alle haben mich gefangen genommen. Auf ihre jeweils eigene Art. Jeder von ihnen hat seinen Reiz auf mich ausgeübt, mich mit seinen Worten eingenommen und mir suggeriert, ich dürfe mir nehmen, was ich brauche.

Dabei haben sie sich von Anfang an überlegt, wie sie mich dafür bestrafen würden, wenn ich auf sie höre. Dass sie mich leiden sehen wollen, wenn ich mir nehme, was ich will.

Du hättest dich entscheiden sollen, klingen Vance' Worte in meinen Ohren.

Ja, das ist die Wahrheit.

Ich sollte mich entscheiden.

Und ich habe es nicht getan.

Weil ich nicht kann.

Und diesen Fehler werden sie mir nicht verzeihen. Niemand wird das.

Schon gar nicht ich selbst.

»Was wird jetzt geschehen?«, frage ich zitternd. Zu meinen Peinigern ist ein weiterer hinzugekommen. Vance Buchanan, dessen Brutalität ich noch immer an meinem Körper spüre. Er ist nicht nur eine Schachfigur. Er ist genauso einer meiner Gegenspieler wie die Kings. Natürlich habe ich keine Chance. Wie soll ich allein gegen sie alle ankommen?

»Nichts Gutes«, höre ich als Antwort.

Was auch immer ich für sie bin, ich bin vor allem ein leichtes Opfer. Wie eine Blume am Straßenrand, zu der man sich hinunterbeugt und sie einfach pflückt. Gefangen ist ihre Schönheit in den Händen desjenigen, der keine Skrupel hat, sie zu zerstören.

Und die Kings haben keine Skrupel.

Absolut keine.

EINS

JAXON

Eiskaltes Wasser rinnt mein klitschnasses Hemd hinab. Ich wate durch das Meer Richtung Strand. Wische mir über die Augen. Reiße mir dabei den durchtränkten Stoff vom Leib, der an mir klebt wie eine zweite Haut.

Tropfen wandern über mein halb erfrorenes Gesicht, sammeln sich auf meinen Lippen.

Ich atme schwer. Meine Brust hebt und senkt sich. Während die Schreie im Hintergrund sich mit dem lauten Meeresrauschen vermischen und zur Bedeutungslosigkeit verkommen, habe ich nur Augen für die zwei Gestalten, die am Strand liegen.

Kann eine davon Amabelle sein?

Als mich die Wellen schließlich nur noch kniehoch umspülen, komme ich schneller voran. Sand unter meinen Füßen, ich bin frei und hechte vorwärts.

»Reece!«

Er liegt wie eine Leiche da, aber er atmet.

»Ist schon gut«, murmelt Zayn und streicht Reece das feuchte Haar aus dem Gesicht. »Hab ihn gerettet.«

»Wovor gerettet? Wo zur Hölle sind die anderen?« Ich weiß nicht einmal, welchen Namen ich zuerst denke. Sylvian? Romeo? Amabelle? *Fuck!*

»Dole ist auf irgendeinem Boot mitgenommen worden«, erklärt Zayn desinteressiert. »Sylvian und Romeo? Keinen blassen.«

Ich drehe mich um, suche den Strand ab, als ein weiterer Teil der Wasservilla in sich zusammenklappt wie ein Kartenhaus. Das Gerippe wird an einigen Stellen nur noch von den Fenstern zusammengehalten. Immer mehr Studenten strömen über den Steg Richtung Strand, einige schwimmen so wie wir. Die Traube, die sich vor dem Waldstück bildet, ist wie gelähmt von den Geschehnissen. Kaum sind die Leute in Sicherheit, starren sie zum Haus hinüber, in dem gerade vielleicht Menschen sterben, und tun so, als wäre die Darbietung ein Kinofilm.

Wer auch immer für die Sprengung des Unterbaus der Wasservilla verantwortlich ist, hat einen Anschlag verübt. Einen Anschlag, der in die Geschichte Kingstons eingehen und auf den sich die Presse stürzen wird wie auf den Ausbruch des Dritten Weltkriegs.

Ungeduldig suche ich das Meer ab, kann aber weder Sylvian noch Romeo sehen.

Und von welchem Boot sprach Zayn?

»Ich habe kein Boot gesehen.«

»Das tauchte plötzlich vor uns auf«, erklärt Zayn tonlos. Im Gegensatz zu mir trägt er seine nasse Kleidung noch. »Sie streckten uns Arme entgegen und halfen Dole hinauf und …«

»Kannst du *bitte* anfangen, sie anders zu nennen?«, fahre ich ihn an. »Sie ist keine Dole mehr. Sie ist nicht *irgendeine*. Komm damit klar und respektiere es.«

Er blickt müde zu mir hoch. »Als Reece ihr auf das Boot folgen wollte, wurde er angegriffen. Ich war hinter ihm, sah nur, wie mit etwas nach ihm geschlagen wurde, bin untergetaucht, um nicht auch getroffen zu werden, und dann ist das Boot losgefahren. Keine Ahnung, was da los war. Auf jeden Fall war Reece fast bewusstlos.«

»Und Sylvian?«

Zayn zuckt mit den Achseln.

Unruhig gehe ich am Strand auf und ab, blicke in jedes Gesicht, das sich uns nähert. Endlich sind Polizeisirenen zu hören und nach und nach füllen Hundertschaften aus Rettungskräften den gesamten Platz. Ich bahne mir meinen Weg durch die Menschenmenge. Im Dunkeln erkennt mich niemand, und alle sind so sehr in Panik, dass es mir schwerfällt, einen der Polizisten zu erwischen.

»Officer«, gehe ich auf denjenigen zu, der an seinem Polizeiwagen geblieben ist und Funk entgegennimmt. »Ich bin Jaxon Tyrell.«

Er zuckt zusammen. »*Der* Tyrell? Tyrell Junior?«

»Der Tyrell. Wie viele Hubschrauber werden kommen? Ein verdächtiges Boot war in Strandnähe. Eine der Studentinnen wurde möglicherweise entführt. Amabelle Weaver.«

Er runzelt die Stirn, nickt dann. »Ich gebe es weiter.«

»Hoffentlich«, knurre ich, wende mich ab. Vom Parkplatz her strömen weitere Menschenmassen Richtung Meer. Spring-Break-Partywütige, die in Ocean City trotz der bescheidenen Temperaturen die Ferien eingeläutet haben. Ihnen bietet sich das größte Schauspiel ihres Lebens, wette ich.

Als ich zurück zum Strand jogge und Sylvian nirgends finden kann, zögere ich nicht länger. Ich streife meine Hose und meine Strümpfe ab und laufe zurück ins Meer.

»Fuck, was tust du da?!«, ruft Zayn mir hinterher. Reece sitzt längst wieder, hat sich erholt von dem Kampf – oder was auch immer da passiert ist – und ich schwimme weiter.

Sylvian.

Wenn ich ihn verliere, gehe ich mit ihm unter.

Nie habe ich auch nur einen Gedanken daran verschwendet, was wäre, wenn er nicht mehr ist. Das Wasser scheint meine Lungen zu füllen, als ich auch nur daran *denke*.

Doch obwohl ich mir sicher gewesen bin, Romeo würde mir weniger bedeuten, so kann ich mir ein Leben ohne ihn genauso wenig vorstellen.

Scheiße.

Ich kämpfe gegen die kalten Wellen an und schwimme zum Haus. Es ist dunkel, ich sehe kaum etwas, aber das ändert nichts daran, dass ich die beiden suchen muss.

Was werde ich tun, wenn Sylvian ertrunken ist?

Wenn er tot aufgefunden wird?

Ein harter Pfahl bohrt sich in meinen Magen, während das Wasser um mich herum meine Hoffnung verdrängen will. Ich tauche tief zum Haus, versuche in der Dunkelheit Körper im Wasser zu erkennen, tauche wieder auf.

Die Wasservilla hat sich mittlerweile entzündet. Ein gutes Drittel steht lichterloh in Flammen. Die perfekte Möglichkeit, um Spuren zu verwischen.

»SYLVIAN!«, schreie ich in die Nacht. Fuck! »SYLVIAN!«

Ich schwimme noch näher. Ein brennender Balken stürzt neben mir ins Wasser, aber es kümmert mich nicht. »SYLVIAN!«

»Fuck, Jaxon!« Zayn in den Wellen hinter mir. Er packt mich, zerrt mich zurück. »Du wirst dich umbringen!«

»Scheiß drauf!« Ich schüttle ihn ab, will gerade tiefer ins Wasser tauchen, hinunter in die Trümmer des Hauses. Und wenn ich bei dem Versuch sterbe, Sylvian zu finden. Aber ich kann ihn nicht suchen, weil fucking Zayn mich fest am Arm zurückzieht.

»Sie sind am Strand!«, ruft er mir übers unruhige Wasser zu. »Sie sind am Strand! Komm jetzt, verdammt!«

»Wirklich?«, frage ich ihn, bin absolut überzeugt davon, dass er lügt. »Sylvian? Romeo?«

»Ja!« Zayn sieht mich panisch an. Das Feuer leuchtet in

seinen blauen Augen. »Das ist arschgefährlich hier! Lass uns zurückschwimmen!«

Ich muss ihm vertrauen. Aber wenn er lügt, werde ich mich vergessen.

Kraulend schwimmen wir zurück zum Strand. Als ich mich aus dem Wasser erhebe und Sylvian im Sand neben Reece sitzen sehe, atme ich erleichtert auf. Ohne Hemmungen wate ich aus dem Wasser, jogge auf ihn zu und umschlinge seinen Kopf mit dem Arm. »Du Scheißpenner, bleib gefälligst das nächste Mal direkt hinter mir.«

Er atmet schwer und antwortet nicht.

»Was ist passiert?«, frage ich.

Sein Blick gleitet zu Romeo, der über uns steht, tropfend nass und statuengleich.

»Wo wart ihr?« Gleich reißen sämtliche meiner Geduldsfäden.

»Viel wichtiger ist«, raunt Sylvian vor mir. »Wo ist sie?«

Ich sehe ihn an und dann erkenne ich es.

Die Scheiße, die dieses Mädchen zwischen uns hat entstehen lassen. Noch nie zuvor haben wir uns gleichermaßen um ein- und dieselbe Person gesorgt, wenn es nicht einer von uns Kings war. Einerseits ist das gut. Ich kann mich darauf verlassen, dass Sylvian genauso wenig wie ich will, dass Amabelle etwas zustößt.

Andererseits verletzt er sie.

Jeden einzelnen Tag.

Weil sein Scheißmonster so verschissen verloren ist.

»Was interessiert es dich?«, frage ich ihn schroff. »Wo auch immer sie ist, dort ist sie besser aufgehoben als bei uns. *Als bei dir.*«

»Hört auf rumzuspinnen«, gibt Reece gepresst von sich. »Hat irgendjemand gesehen, was am Boot passiert ist?«

»Ich habe nicht mal das Scheißboot gesehen«, murre ich. »Ich dachte, ihr schwimmt zum Strand.« Plötzlich kommt mir ein Gedanke, der so schrecklich ist, dass ich sofort auf Zayn zustürme und seine Kehle umfasse. »Ist Amabelle wirklich in diesem Scheißboot oder hast du gelogen und sie getötet?«

Zayn weitet die Augen. »Alter, lass mich sofort los!«, würgt er. »Du hast ja total das Rad ab!«

»Lass ihn los, Jax«, verlangt Reece und auf ihn höre ich.

Unruhig gehe ich zwischen den vieren hin und her, werfe Romeo einen kurzen Blick zu, checke, ob er okay ist, dann konzentriere ich mich wieder auf die wesentliche Frage.

Amabelle Weaver.

Ein Boot.

Welches fucking Boot hat sie an welchen fucking Ort gebracht?

»Zayn, du musst verschwinden«, sagt Sylvian leise. Seine Stimme ist nur ein Schatten seines normalen Selbst. »Los.«

Zayn wirft Reece einen fragenden Blick zu, aber dieser nickt. »Nein, weißt du was? Du gehst zum Tesla.« Er zückt sein Handy, öffnet das Auto und wärmt es vor.

»Ja, das ist eine gute Idee.« Reece richtet sich auf und sieht mich an, bevor er geht. »Findet sie.«

Niemand antwortet ihm. Wir müssen auf die Hubschrauber warten, auf das FBI und alle anderen Organisationen, die bei einem Anschlag auf die Elite Alarm schlagen. Wie viele Kinder prominenter Politiker, CEOs und Wissenschaftler waren heute Nacht in der Wasservilla? War abgesehen von den Bauern überhaupt jemand anwesend, dessen Eltern nicht die gesamten Staaten umkrempeln werden, wenn ihrem Schützling etwas zustößt?

Ich frage mich, wie meine Mutter reagieren wird.

Und ich frage mich, ob es meinen Vater überhaupt tangiert.

»Wir müssen Harper anrufen.« Schnell zücke ich mein Handy. Endlich zahlt es sich aus, dass die teuersten Handys auch wasserdicht sind. »Sie war heute Nacht sicher nicht hier, oder?«

Sylvian schüttelt den Kopf.

»Wo war sie dann?«, fragt Zayn. »Wollte sie nicht mit Dole aufkreuzen?«

»*Nenn* sie verfickt noch mal anders«, schnauze ich ihn an. »Doles sind alle, klar? Rachel war eine Dole und Brittany und wie die kleinen Fuckerinnen alle heißen. Und Amabelle ist *keine* Dole. Aber berechtigte Frage: Warum war Harper heute Abend nicht hier?«

Sylvian sieht ausdruckslos zu uns hoch. All die Schatten in seiner Fresse, die mich von seinen wahren Gedankengängen ausschließen. Ich ertrage es nicht mehr. »Keine Ahnung. Sie hat nicht auf meine Nachrichten geantwortet.«

Er lügt mich doch an, das kleine Wiesel! »Gib mir dein Handy«, fordere ich und strecke ihm die Hand entgegen.

Sylvian sieht mich an, als hätte ich ihn gebeten, mir die Zehen zu lecken.

»Ich werde Harper anrufen! Wenn sie deine Nummer sieht, geht sie ran! Gib mir jetzt dein verschissenes Handy!«

»*Ich* rufe sie an.« Sobald er sein Telefon hervorgeholt und ihre Nummer gewählt hat, reiße ich es ihm aus der Hand. Er springt auf, aber ich entferne mich einige Schritte von ihm und Harper nimmt ab, bevor er sein Handy zurückerobern kann.

»Was ist?«, fragt sie getrieben. »Gibt es Probleme?«

»Was?«, frage ich baff zurück.

»Sylvian?«

»Nein«, sage ich gedehnt. »Das Erste, das du deinen Verlobten fragst, wenn er dich nachts an Spring Break anruft, ist, ob es Probleme gibt?«

»Was willst du, Jaxon?«, fragt sie kühl.

»Ich weiß nicht, was du tust und wo du steckst und wie es an dir vorbeigehen konnte, dass vermutlich ganz Social

Media gerade glüht, aber die Villa, in der die Party stattgefunden hat, ist eingestürzt. Und wir suchen Amabelle. Zeit für dich, deine Familie durchzurufen, dass sie verdammt noch mal gründlich nach ihr suchen. Sie ist auf irgendeinem Motorboot mitgenommen worden. Brauchst du mehr Infos oder kriegst du das hin?«

»Mable?«, fragt sie mich bestürzt, als wäre es das einzige Wort, das sie verstanden hätte.

»Sag mal, *wo* bist du?!«, fahre ich sie ungeduldig durchs Telefon an.

»Ist gut, ich rufe meinen Onkel an! Ist Sylvian bei dir?«

»Ich rufe von seinem Handy aus an, also ja.«

»Geht es ihm gut?«

»Würde ich sonst über Amabelle sprechen, wenn mit Sylvian etwas wäre?!«

»Keine Ahnung!«, ruft sie ins Handy. »Braucht ihr meine Hilfe?! Oder soll ich meinem Onkel nur etwas zu Mable sagen?«

»Amabelle reicht, danke.« Ich lege auf, bevor sie mir noch weiter auf den Sack gehen kann. »Sicher, dass sie dich nicht mit 'nem anderen betrügt, Silvano? Sie klang ziemlich gehetzt.«

»Und wenn schon«, sagt er achselzuckend, nimmt mir das Handy ab und steckt es wieder ein.

Zayn sieht mich fragend an, und Romeo steht noch immer da, als wäre er aus Stein.

»Was tun wir jetzt?«, fragt Zayn, und ich wünschte, ich hätte darauf eine Antwort.

»Wer zur Hölle war das?«, fragt Sylvian, der gedankenverloren zur Wasservilla sieht.

»Wer?«, wiederholt Zayn. »Nicht ›was‹?«

»Jemand muss die Stelzen gesprengt haben«, denke ich laut. »Ein Angriff auf die Erben der Elite.« *Wer auch immer so viel Mumm in der Hose hat, verdient fast so etwas wie meine Anerkennung.*

»Scheint so«, sinniert Sylvian.

»Warum ist Mable nicht bei euch?«

Ich hebe den Kopf. Arschgesicht Vance Buchanan steht vor uns, ohne den wir vielleicht nicht schnell genug aus der Villa herausgefunden hätten. Daher dulde ich seine Frage. »Jemand hat sie auf ein Boot geholt und mitgenommen. Hast du gesehen, was da los war?«

Vance verzieht die Brauen nach oben. »Ein Boot? Was für ein Boot?«

Warum hat nicht einmal er etwas mitbekommen? »Wir schwärmen aus«, gebe ich vor. »Wir suchen die Strände ab. Du, Zayn, gehst durch die Menschentraube und suchst sie hier vor Ort. Schau in jedes einzelne Gesicht und in jeden Krankenwagen, der wegfährt.«

Er sieht nicht aus, als würde er es gerne tun wollen, aber er nickt.

»Ich ...«, beginnt Romeo. Sein Blick ist leer, und doch schaut er zuerst auf Vance, dann auf Sylvian, als erhoffe er sich, dass sie für ihn sprechen. »Ich kann mich kaum noch halten.« Als er einen Schritt nach vorn macht, zittern seine Beine. »Ich gehe zu Reece.«

Wir alle sagen kein Wort und lassen ihn passieren.

»Was ist mit ihm?«, fragt Zayn ratlos.

»Erzähle ich euch später.« Sylvian stemmt sich hoch. »Wo hast du gesteckt, Vance? Du warst hinter mir.«

Vance' dunkles Gesicht wird noch schattiger. »Ich wollte sichergehen, dass niemand von den anderen Stipendiaten in den Trümmern ertrinkt.«

»Und du hast dein Leben für diese Leute riskiert?«, frage ich skeptisch.

»Ja«, brummt er. »Und?«

»In dir steckt ja doch ein kleiner Held«, entgegne ich zynisch, dann ziehe ich mir wieder meine klitschnasse Hose an, um nicht wie ein Irrer zu wirken, und gehe den Strand entlang auf der Suche nach einem Mädchen, dessen Herzschlag mir plötzlich alles bedeutet.

Auch wenn es falsch ist, Belle. Absolut und unwiderruflich falsch.

Denn selbst wenn ich dich finde, kannst du dir nie sicher sein, dass ich nicht letztendlich derjenige bin, der dich das nächste Mal ins Meer stößt und nicht wieder herausfischt.

ZAYN

Schau mal, wie der kleine Bastard weint, Dole. Er kriegt richtig Pipi in die Augen, wenn er sich vorstellt, Sylvian könne ertrunken sein. Hättest du das von ihm gedacht? Dass er jemanden jemals so sehr lieben könnte wie sich selbst?

Ich hab's auch nicht wahrhaben wollen, aber es ist so. Daran, wie sehr er an uns anderen festhält, müsstest du erkennen können, dass er nicht nur schlecht im Innern ist. Aber was red ich ... Es ist ja eher das Problem, dass du nur das Gute in ihm sehen willst.

Dole, Dole, Dole ...

Es wird Zeit, dass du lernst, hinter die Masken der Lügen zu sehen.

Sonst wird das Ganze niemals schön für dich enden.

ZWEI

MABLE

Es ist ein Kampf. Jede einzelne Welle ist ein Kampf. Nur noch wenige Meter ... nur noch wenige Schwimmbewegungen ...

Aber es dauert.

Das Ufer kommt und kommt nicht näher.

Wenigstens fühlt sich das Wasser nicht mehr kalt an. Mein Adrenalin hat längst dafür gesorgt, dass mir warm wird. Ich habe Angst und gleichzeitig noch nie solche Kraft gehabt. *Das Ufer.*

Erreiche einfach das verdammte Ufer.

Lichter am Strand deuten darauf hin, dass die gesamte Halbinsel Marylands ihre Einsatzkräfte mobilisiert hat. Menschenmassen am Strand, mehr noch, als jemals auf der Party hätten sein können.

Ich weiß nicht, was dort passiert, in der Ferne, aber ich werde es erfahren.

Weil ich durchhalte.

Weil ich es schaffe, den Strand zu erreichen.

Noch ein Zug.

Noch ein Zug.

Atmen, atmen.

Noch ein Zug ...

Kaum spüre ich Sand unter meinen Füßen, heule ich glückselig auf. *Ich habe es geschafft!*

Auf allen vieren krabble ich vorwärts, erreiche den letzten Wellenkamm und sinke auf dem Strand zusammen. Es ist kalt und nass, und ich werde mich verkühlen, wenn ich liegen bleibe, aber ich muss für einen Moment zu Atem kommen.

»Belle?« Füße in meinem Augenwinkel. Eine Hand an meinem Kopf, die mich herumdreht, und ich sehe Jaxon mitten ins Gesicht. Er starrt mich an, als wäre ich ein Geist. Im wenigen Licht wirkt seine Makellosigkeit grau und seine Augen matt. »Bitte sag etwas«, verlangt er rau.

»Mir geht es gut«, bringe ich über die Lippen. »Wo sind die anderen?«

»Wie zur Hölle bist du so weit abgetrieben? Was war das für ein fucking Boot, von dem Crescent geredet hat?« Er setzt sich neben mich, reißt ungeniert das teure Kleid auf und fährt mit der Hand über meine nackte, kalte Haut. »Bist du verletzt?«

Die Sorge, die aus seiner Stimme herauszuhören ist, und die umsorgende Art lassen mein Herz schneller schlagen.

»Geht es Reece gut?«, wispere ich.

»Ja«, sagt er einfach.

»Geht es ihm *wirklich* gut?«

»Ja, alles in Ordnung. Wer waren diese Leute? Was ist passiert?«

Ich nehme mir Zeit, ihn zu betrachten. Festzustellen, dass er unbeschadet aus dem einstürzenden Haus gelangen konnte, macht mich glücklicher, als ich es vor mir selbst zugeben will. Jaxon Tyrell ist noch immer derjenige, der mir all das Leid erst angetan hat. Und allen anderen Leuten, die ihn mittlerweile hassen. Warum bin ich also froh, dass es ihm gut geht? Müsste es nicht genau andersherum sein?

»Wo sind die anderen?«, frage ich.

Jaxon blickt über seine Schulter, winkt und kurz darauf kommen sie alle zu uns.

Reece, Vance, Sylvian. Niemand von ihnen trägt mehr Schuhe und alle Blicke ruhen auf mir.

»Ist sie okay?«, fragt Reece.

»Scheint so.« Jaxon beobachtet mich aufmerksam. »Was ist passiert, Belle?«

Ich sehe ihn an und ein gewaltiger Kloß bildet sich in meinem Hals. *Der Widerstand. Es war der Widerstand. Ich muss lügen, um ihn zu schützen. Aber es will nicht über meine Lippen. Die Lüge will einfach nicht über meine Lippen, fuck!* »Da waren betrunkene Typen«, wispere ich.

»Was?«, fragt er fassungslos.

»Betrunkene ... Typen. Sie wollten ... dasselbe tun wie die anderen.«

Jaxons Augen weiten sich.

»Da bin ich ins Wasser gesprungen, um zu fliehen.«

»Haben sie dich angerührt?«, fragt Reece knurrend.

Mein Blick flackert zu ihm. Würde *Reece* wirklich knurren?

»Nein, alles gut«, lüge ich. Hoffentlich wollen sie nicht mehr wissen. Wer die Typen sein könnten oder wie sie angeblich ausgesehen haben. Aber die Lüge klingt relativ sinnig. Nach dem, was mir heute Nacht in Rachels Zimmer geschehen ist, würde ich von einem Boot mit jungen, betrunkenen Männern fliehen, egal, ob sie sich mir überhaupt genähert haben oder nicht.

Ich hoffe einfach, die Kings fragen nicht weiter nach.

Denn ich kann ihnen nicht erzählen, dass Rachel auf dem Boot war, ebenso wie Eleanore und noch zwei Typen, die das Boot gesteuert haben. Und dass wir alle ins Wasser gesprungen sind, als die Scheinwerfer von Hubschraubern über uns geglitten sind. Es wäre fatal, hätten sie Eleanore und die anderen entdeckt. Und auch wenn das, was sie getan haben, krass war und einem terroristischen Anschlag gleichkommt, muss ich sie decken.

So lange jedenfalls, bis ich mir wirklich sicher sein kann, dass die Kings sich geändert haben.

Dass sie bereuen. Und mit ihren Grausamkeiten für immer aufhören.

Wird das jemals geschehen?

»Vance, hol einen der Sanitäter«, ordnet Sylvian an und Vance joggt los. Sirenengeheul zerreißt das Meeresrauschen. Ein weiteres Mal blicke ich zu den Überresten der Wasservilla.

Dass hier ein prächtiges Haus gestanden hat, ist inzwischen nicht mehr zu erkennen. Die verbliebene Balkenkonstruktion brennt lichterloh.

»Mable.« Wieder Sylvian. Er hockt sich direkt vor mich in den Sand. »Geht es dir gut?« Seine Stimme ist dunkel und rau und in seinen grünen Augen steht nichts als Sorge.

»Ich bin okay«, murmle ich und beginne langsam zu frieren.

Er rückt über den Sandboden näher, umfasst mit beiden Händen mein feuchtes Gesicht und zieht es vor seine Lippen. Er küsst mich sanft. Sein Geschmack, sein Atem, seine Zunge, alles kommt über mich und ich lasse es zu.

Ich öffne bereitwillig meinen Mund und höre auf nachzudenken. Was mit den Kings geschieht, kann ich sowieso nicht kontrollieren.

»Was zur Hölle tust du da, Silvano?« Reece drückt Sylvian von mir weg und er lässt es geschehen. »Du bist verlobt, schon vergessen? Und wir befinden uns hier in der öffentlichsten Öffentlichkeit überhaupt.«

Sylvians Blick glüht und ihn scheinen Reece' Worte nicht zu kümmern.

Das lässt Reece umso wütender werden. »Was soll das, Mable?«, fährt er mich an, als ich mich langsam aufrichte.

»Echt jetzt? Er quält dich psychisch, wann immer es ihm möglich ist, macht Scheißsprüche über Harper, nachdem du seinen Schwanz geblasen hast, und bei allen Typen, die du zur Auswahl hast, lässt du zu, dass ausgerechnet Silvano dich immer wieder anrührt?«

Ich sehe ihn an. Er hat mich Mable genannt, aber er klingt nicht nach Reece. Angestrengt versuche ich zu erfassen, ob an meiner Theorie etwas dran sein könnte. Sie waren beide bei mir, als ich ins Wasser gefallen bin, oder? Sind Zayn und Reece dieselbe Person? Oder sind Reece und Zayn …

Der Gedanke liegt nahe und ist genauso fern. Ohne zu zögern, trete ich auf ihn zu. Reece weicht zurück, aber ich rücke nach, und dann küsse ich auch ihn.

Er öffnet seinen Mund nicht, sondern starrt mich nur an. Wie würde der ›freundliche Reece‹ in diesem Moment reagieren?

Er würde mich leidenschaftlich küssen, oder nicht?

Er würde mich in seine Arme nehmen und liebevoll umsorgen.

Das hier ist nicht Reece.

Reece wäre anders.

Oder?

Frustriert trete ich zurück und gebe zu, dass meine Theorie bescheuert ist. Zayn und Reece können nicht Zwillinge sein. Ich habe mir im Wasser eingebildet, dass jemand Drittes bei uns war. Reece ist Reece. Eben manchmal nett und manchmal ablehnend und bescheuert. Manchmal vögelt er Rachel, manchmal sieht er zu, wie Romeo sie ins Meer wirft …

»Hier. Ich habe die letzte Decke von der Feuerwehr ergattert.« Vance stößt zu uns. Jaxon will die Decke entgegennehmen. »Nicht für euch, ihr Arschlöcher. Sondern für sie.« Vance breitet die Decke über mir aus und ich blicke dankend zu ihm hoch.

»Das nützt ihr nichts, solange die Kleidung nass ist«, sagt Sylvian und greift nach meiner Hand. »Wir gehen.«

Ich lasse mich von ihm Richtung Wald ziehen, nicht ohne von Vance einen missbilligenden Blick zu kassieren. Er verurteilt mich zu Recht dafür, dass ich mich immer wieder in die Hände der Kings begebe.

»Jaxon?«, fragt Sylvian.

Der King scheint sich nur widerwillig in Bewegung setzen zu wollen, da ihn der Anblick der brennenden Villa zu faszinieren scheint. »Lasst Amabelle durchchecken und dann fahren wir.«

»Mir geht es gut, danke.«

Niemand der umstehenden Männer scheint mir glauben zu wollen.

»Ich wurde zwar nur fast vergewaltigt, durch den Wald gejagt und aus einem einstürzenden Haus ins Meer geworfen, aber sonst ...«

»Stimmt«, sagt Reece. »Sie scheint putzmunter zu sein, wenn ihr der Zynismus geblieben ist, oder?«

Die Kings und Vance bestehen darauf, dass ich mich von einem der Sanitäter untersuchen lasse. Die Rettungskräfte haben alle Hände voll zu tun, aber die Kings sorgen dafür, dass ich vor allen anderen an der Reihe bin. Ich komme mir dämlich vor, mich vorzudrängeln, aber die Untersuchung geht zum Glück schnell vorbei.

Anschließend geben wir unsere Personalien der Polizei, Jaxon beantwortet ein paar Fragen, erklärt, dass wir in Kingston bleiben werden, und sie lassen uns gehen. Der Weg führt ein ganzes Stück am Wald entlang, durch eine sensationslüsterne Spring-Break-Studententraube hindurch, die noch immer mit ihren Smartphones die brennende Wasservilla filmen.

Schließlich gelangen wir zu einem großen Parkplatz. Dort stehen nicht nur zig Luxuswagen und Jaxons Limousine, sondern auch Reece' Tesla.

»Ich bringe dich nach Hause, Mable«, sagt Sylvian und steuert auf seinen Aston Martin zu.

»Nein«, brummt Vance. »Sie wohnt sowieso in meinem Haus. Sie fährt mit mir.«

Sylvian lacht kalt. »Du wirst in ihrer Nähe nicht mal atmen, wenn wir nicht dabei sind.«

»Denn ihr wehzutun muss ich natürlich ganz dir überlassen«, knurrt er zurück.

Jaxon fährt mitten im Gehen herum. Seine Hose ist noch immer nass, seine nackte Brust glänzt im wenigen Licht und in sein herrschaftliches Gesicht ist völlige Verwunderung getreten. »Hast du deine Rolle irgendwie missverstanden, Buchanan?«

Vance sieht aus, als würde er jederzeit auf die Kings losgehen wollen.

»Seit wann tust du mehr, als Befehle auszuführen? Du bist so kurz davor, in Kingston abzuschließen. Da du Amabelle sowieso nicht alleine beschützen *könntest*, sollten wir sie zerstören *wollen*, brauchst du deinen Abschluss doch nicht zu riskieren, oder?«

»Ihr seid so fies, nur weil er mir helfen will!«, rufe ich wütend.

»Sei leise«, zischt Jaxon mich an, die Augen verengt. »Wenn irgendjemand mitbekommt, dass wir dich begleiten, wird morgen dein Wohnheim gesprengt statt die Pfeiler dieser Wasservilla.«

»Als ob«, sagt Vance spröde.

»Stell mich nicht infrage, du verdammter Wurm«, entgegnet Jaxon.

»Lassen wir Amabelle entscheiden, bevor wir uns alle noch den Arsch abfrieren.« Reece hat die Arme vor der Brust verschränkt. »Mit wem fühlst du dich heute Abend am wohlsten? Kleiner Spoiler: Irgendjemand von uns *wird* dich begleiten. Selbst Vance will dich nicht mehr aus den Augen lassen, also Pech gehabt. Sag einfach, wer das kleinere Übel für dich ist, und derjenige fährt dich.«

Ich öffne hilflos den Mund und sehe alle vier nacheinander an. Reece, Jaxon, Sylvian, Vance. Jede einzelne Miene undurchschaubar und hart wie Stein. Wenn ich nicht wählen müsste, würde ich alle nehmen, weil sie sich dann gegenseitig foppen statt mich.

Aber ich wäre nicht an diesen Punkt gelangt, wenn ich nicht liebend gerne besonders *dumme* Entscheidungen treffen würde.

»Ich fahre bei Jaxon mit.«

Die Gesichter aller entgleiten und Jaxon öffnet erstaunt den Mund.

»Können wir bitte los?«, frage ich.

Die Männer zögern, aber dann öffnet Jaxon die Tür seiner Limousine für mich.

»Und wer soll euch fahren?«, fragt Reece verstört.

»Immer der, der fragt, Crescent«, erwidert Jaxon spöttisch und steigt hinter mir in den länglichen Wagen. Ich bin gar nicht erst auf die mittlere Bank gerutscht, sodass er sich direkt neben mich auf den Rücksitz setzen muss.

»Du könntest auch nach vorne gehen und mich allein lassen, damit ich mich umziehen kann«, schlage ich nüchtern vor.

»Könnte ich«, erwidert er und zieht die Tür hinter sich zu.

»Wenn du bleibst, werde ich mich trotzdem ausziehen.«

Seine Brauen schnellen in die Höhe. »Tu dir keinen Zwang an.«

Die Limousine setzt sich wie von Zauberhand in Bewegung. Ohne weitere Umschweife ziehe ich das Kleid aus, das an mir klebt wie eine zweite Haut. Dann lege ich die Decke, die Vance mir gegeben hat, um meine Schultern und löse auch meinen BH, ziehe meinen Slip aus, während ich mich dabei bedecke. Sobald ich nackt bin, wickle ich mich fest in die Decke ein und sehe Jaxon herausfordernd an.

Er hat mich nicht aus den Augen gelassen. Seine Iriden leuchten blau und interessiert, und er wartet offenbar darauf, dass ich das Gespräch beginne. Stattdessen schweige ich für eine ganze Weile, in der ich versuche, Herr der Lage und über meine Gefühle zu werden.

»Was waren das für Typen auf dem Boot?«, fragt er schließlich und beobachtet meine Reaktion genau.

»Sie haben ihre Masken noch getragen«, erfinde ich.

»Ihre Masken? Wie sind sie von der Party so schnell auf ein Motorboot gekommen und warum sollten sie überhaupt?«

Ich hebe die rechte Schulter.

»Hast du dich strafbar gemacht?«, fragt er interessiert.

»Wie kommst du darauf?«

»Was weiß ich? Das FBI wird alles absuchen und kontrollieren, um die Täter des Anschlags ausfindig zu machen. Wenn ich dafür sorgen soll, dass sie nichts bei dir finden, sag es mir jetzt.«

»Erstens werden sie nichts bei mir finden und zweitens würde ich dir niemals vertrauen.«

»Okay.« Sein Blick ruht dunkel auf mir. »Aber?«

»Was, aber?«

»Warum erzählst du es mir überhaupt? Du könntest auch einfach behaupten, du hättest vergessen, was passiert ist.«

»Das wäre eine Lüge und im Lügen bin ich schlecht.«

»Vor Harper kriegst du es doch auch hin? Oder sagst du ihr, wenn du Sylvian fickst?«

Ich beiße mir auf die Unterlippe. Ja. Ich schaffe es, Harper anzulügen. Aber ich hasse es. Am liebsten würde ich weder sie noch Jaxon anlügen. Ich will einfach nicht, dass er mir nicht mehr vertrauen kann. Das ist eine grausame Erkenntnis, aber sie ist wahr.

Meine Gefühle sind zu stark.

Es kostet mich einiges an Kraft, ihm nicht sofort alles über den Widerstand, über Eleanore und Rachel und die Zusammenhänge zu erzählen. Aber ich *muss* es zurückhalten. Diese Leute sind meine einzige Waffe. Sollte Jaxon sich wieder gegen mich stellen, brauche ich sie. Denn dann werde ich selbst zum *Widerstand*. So verrückt und albern es auch klingt.

Jaxon betrachtet mich nachdenklich. »Ehrlich, Belle, wenigstens das FBI musst du anlügen. Du weißt nichts mehr von der Nacht, klar? Kein Boot. Keine Typen. Keine Masken.«

Mein Mund öffnet sich leicht. »Wie soll ich ...«

»Du hast alles vergessen, ganz einfach. Du hast etwas gegen den Kopf bekommen und bist erst wieder am Strand aufgewacht, als ich dich gefunden habe. Das ist die Story, die du erzählen wirst.«

»Und warum ...?«

»Weil ich dir nicht glaube. Und das wird das FBI auch nicht tun. Du machst dich verdächtig, wenn du etwas erfindest. Und wenn es nur ein winziges Detail ist.«

»Das ist doch eigentlich das, was du letztes Semester noch wolltest, oder?«, frage ich ihn herausfordernd. »Dass das FBI mich einsperrt, sodass ich mein Stipendium aufgeben muss.«

Jaxon schmunzelt. »Du hast absolut keine Ahnung, wie sehr ich jede einzelne Sekunde unseres Spiels genossen habe, oder? Wärst du nicht zurück nach Kingston gekommen, hätte ich dich vermutlich geholt.«

»Wirklich?«, frage ich fassungslos.

Er hebt die Schultern. »Ich kann es dir nicht genau sagen, denn du *bist* zurückgekommen.«

»Und warum? Weil du es liebst, wenn ich leide?«

Er lacht offen. »Ich bin nicht Sylvian.«

»Aber du bist sein bester Freund, oder?«

»Absolut. Für Sylvian würde ich sterben.« Er sagt es und ich glaube ihm sofort. »Ich liebe es nicht, wenn du *leidest*. Ich liebe es, wenn du dich mir *widersetzt*. Auf all die kreativen Arten, die dir einfallen. Selbst die Entscheidung für einen von uns zögerst du hinaus.«

»Weil ich es nicht kann!«, fauche ich ihn an. »Okay? Wie soll ich mich zwischen euch entscheiden, wenn ich weiß, dass *jeder* von euch meinen Untergang bedeuten kann?«

Für einen Moment bleibt seine Miene glatt und undurchschaubar. »Diese Scheiße habe ich nur fürs Spiel gesagt. Niemand von uns will deinen Untergang. Wir alle wollen ... dich.«

Angespannt halte ich den Atem an.

»Warum bist du bei mir mitgefahren?«

»Die Limousine bietet genügend Platz, um sich auszuziehen.«

»Ah«, sagt er und lehnt den Kopf zurück. Dass sein Oberkörper komplett nackt ist, macht die Situation nicht gerade erträglicher. »Ich dachte schon, du würdest mich vorziehen.«

»Nein.«

»Schade.« Seine Mundwinkel zucken, aber ich bekomme das Gefühl, dass er künstlich lächelt. Als würde er mir vorgaukeln wollen, es würde ihn nicht verletzen. »Stört es dich, wenn auch ich mich ausziehe?«

Ich presse die Lippen zusammen und schüttle den Kopf.

Als seine Hände zu seinem Gürtel gehen und er ihn langsam öffnet, spüre ich, dass es mich doch stört. Weil es mich nicht kaltlässt. Ich hatte gerade Sex mit ihnen. Danach ist die Villa eingestürzt. Ich bin Eleanore begegnet. Und trotzdem starre ich auf seinen Schritt, als würde ich es kaum erwarten können, dass er endlich wieder nackt ist?

Wie in Zeitlupe öffnet er seinen Reißverschluss, dann schiebt er die nasse Hose von seinen Schenkeln.

Es ist erbärmlich, wie sehnsuchtsvoll mein Körper reagiert. Als gäbe es nur einen einzigen Männerkörper, den ich berühren kann, will und muss. Meine Fingerspitzen kribbeln, meine Mitte flammt auf. Jaxon macht weiter. Schiebt seine Shorts mitsamt seiner Hose hinunter, entblößt seinen Schwanz und wirft beides zusammen zu Boden.

Während er mich fixiert, wächst seine Lust unter meinem Blick an.

Mein Atem verflüchtigt sich, die Luft um uns herum wird gefühlt dünner, und mir fällt nichts Besseres ein, als den Anblick zu genießen.

Jaxon ist einfach zu perfekt. Alles an ihm ist perfekt und unwirklich schön.

Nackt und unbedeckt bleibt er vor mir sitzen. Zwar arbeitet die Heizung des Autos bereits auf Hochtouren, aber ich sehe trotzdem, wie sich die Härchen auf seiner Haut aufstellen.

»Was glaubst *du*, wer die Pfeiler der Wasservilla gesprengt hat?«, frage ich wispernd.

Sein Blick verdunkelt sich. »Jemand, der nichts mehr zu verlieren hat, wenn er ausgerechnet die Nachkommen der reichsten und einflussreichsten Familien angreift.«

»Wer könnte das sein?«

»Mir fallen einige ein. Zum Beispiel jemand wie du. Jemand, der trotz allem nach Kingston zurückkehrt, weil er keine andere Wahl hat.«

Damit liegt er nicht falsch. »Wirst du jemals damit aufhören? Das Leben anderer zu zerstören?«

»Gefiel dir nicht, wie ich Rachel und die drei Flachwichser auf der Party vor allen zerpflückt habe?«

»Es hat mich daran erinnert …«

»Was?«, fragt er mit Ärger in der Stimme. »Kannst du bitte deine Sätze beenden?«

»Ich musste auf der Party daran denken, wie ich es war, die du derart vorgeführt hast. Wie du es *mit mir* getan hast. Vor allen.«

Jaxons Lippen bleiben für eine ganze Weile stumm. Schließlich spricht er leiser als zuvor. »Wie schlimm fandest du es wirklich?«

Ich atme bebend ein.

»Es hat dich ganz schön gefickt, hm?«

»Das war doch dein Plan, oder?«

»Definitiv.« Sein Blick ruht auf meinen Augen, und es fällt mir schwer, ihn zu erwidern und nicht immer wieder auf seinen nackten Körper zu starren. »Aber ich habe das nicht alleine entschieden.«

»Sondern?«

»Wir alle. Ich wette, ich liege richtig mit der Einschätzung, dass *jedem* von uns übel wurde, als du im Crowns die Gläser aufgesammelt hast und niemand dir half. Dass es *jeden* von uns Anstrengung kostete, so zu tun, als würdest du uns nichts bedeuten. Als wärst du wie alle anderen. Müll. Wertlos. Ob eine Dole oder eine Schlampe der Elite, wir würden sie alle vor uns auf dem Boden kriechen lassen. Weil wir es nicht einmal *mitbekommen* würden, dass sie überhaupt da sind.«

»Und ausgerechnet ich soll das nicht sein? Wertlos?«

»Ausgerechnet du?«, wiederholt er fragend. »Das war doch im Verbindungshaus dein erster Vierer, oder?«

Meine Wangen werden sofort glühend heiß.

»Wenn Sylvian dein fucking erstes Mal war, *muss* es dein erster Vierer gewesen sein.«

»Und?«

»Nichts, ›und‹. Für uns war es auch der erste.«

»Was?«, frage ich fassungslos.

Jaxon streckt die Beine aus. Ich versuche mir einzubilden, sein Schwanz wäre bedeckt, und konzentriere mich allein auf seine Augen. Und vielleicht noch die Lippen. Seine Lippen sind verdammt schön und ... ich vermisse es, sie zu fühlen.

»Wir waren noch nie *alle gemeinsam* mit einer Frau allein. Wir haben normalerweise mehrere Frauen dabei oder wir sind weniger«, führt er aus. »Oder mit uns sind irgendwelche Bauern im Raum, die sich ... nach uns bedienen.«

Ich verziehe das Gesicht.

»Das hört eine Feministin nicht gern, hm?«, fragt er schmunzelnd. »Keine Angst. Niemand von den Stümpern wird dich jemals auch nur *anrühren*, solange ich an dieser Universität studiere. Was ich sagen will ...«

»Ja?«, frage ich schnell. Ich will es unbedingt verstehen. Ich will verstehen, warum er nichts von dem, was er mir im ersten Semester angedroht hat, wahr gemacht hat. Wieso er so tut, als würden die Kings mich beschützen wollen, warum Romeo nicht von meiner Seite weicht. Und wenn es nur eine weitere Lüge ist, die Jaxons Lippen verlässt, dann will ich sie unbedingt hören.

»Wir wollten es alle genau so, wie es im Verbindungshaus geschehen ist. Du auch. Und deswegen bist du etwas Besonderes. Und es war dämlich, auch nur eine Sekunde darüber nachzudenken, an unseren Prinzipien festzuhalten und dich wie alle anderen vertreiben zu müssen.«

»Meinst du das ernst?«

»Ja.« Gelassen blickt er mir entgegen. »Du wärst längst nicht mehr du selbst, wenn es anders wäre. Normalerweise hätte ich dein Herz herausgerissen und es auf dem Boden zertrampelt nach dem, was du im letzten Semester getan hast.«

»Warum macht ihr das alles überhaupt? Geht es euch wirklich nur um Spaß? Ihr wollt die Stipendiatinnen loswerden, weil ihr es könnt? Weil sie nicht nach Kingston gehören? Das ist der einzige Grund?«

Jaxons Kiefer verspannt. »Nein. Da steckt mehr dahinter. Aber die meisten Frauen aus den unteren Schichten sind Rachels. Niederträchtige, psychotische Weiber mit einem Hang zur Kriminalität. Ich hatte nie ein schlechtes Gewissen dabei, ihnen die Lehre ihres Lebens zu erteilen.«

»Aber nur weil vielleicht *viele* so sind, kannst du doch nicht pauschal *alle* …«

»Du siehst doch, dass ich es kann«, schneidet er mir das Wort ab. Er hat die Arme vor der Brust verschränkt, was einmal mehr zeigt, wie muskulös er ist. *Gott, wieso muss er so gut aussehen und solche furchtbaren Dinge sagen?*

»Aber wie soll dich so jemals jemand mögen?«, frage ich verzweifelt. »Wenn du *so* … bist.«

»So ein Arsch?«

»So arrogant, selbstverliebt, ekelhaft, abtrünnig, gemein …«

»Vielleicht will ich ja niemandem gefallen? Nur derjenigen, die hinter meine Fassade blicken kann?« Sein Blick wird so intensiv, dass ich die Decke enger um mich schließe, weil es mich fröstelt.

Hinter seine Fassade blicken. Ja, das wäre gut. Wenn ich das könnte.

Aber kann ich es?

Werde ich jemals einen Blick auf den *wahren* Jaxon Tyrell erhaschen? Oder kann ich für immer nur meiner Intuition vertrauen?

»Ich muss dir etwas … sehr Dunkles gestehen«, flüstere ich.

Seine Augen ruhen auf mir, und ich schaffe es nur mit viel Mut, seinen Blick zu erwidern. »Und was?«, fragt er interessiert.

»Wenn nicht ich das Opfer bin, ist es …«

Er hebt langsam eine Braue.

»Ist es ziemlich faszinierend, was du tust«, beende ich murmelnd den Satz.

Jaxon lächelt schief, aber seine Augen strahlen um einiges mehr. »Wieso sollte ausgerechnet ich dich nach Hause bringen, Belle?«

»Ich wollte wissen, inwieweit du das alles ernst meintest, was du Rachel und den anderen gegenüber gesagt hast.«

»Und? Bist du zu einem Ergebnis gekommen?«

»Nein.«

»Sondern?«

»Das war nur der vorgeschobene Grund. Den, den ich mir eingeredet habe, damit ich mich selbst ein kleines bisschen besser ertrage, weil ich ...«

»Was?« Er wird eine Spur ungeduldig.

»... in deiner Nähe sein will.«

Sein rechter Mundwinkel zuckt. »Deine Ehrlichkeit dir selbst gegenüber ist verblüffend.«

»Ich habe mich in dich verliebt, Jaxon.« Die Worte stolpern aus meinem Mund und dann sind sie da. Zwar glaube ich nicht, dass es einen Unterschied macht, ob sie gehört werden oder weiter in meinem Kopf bleiben, aber es fühlt sich ein kleines bisschen weniger wie eine Last an, die Wahrheit auszusprechen.

Jaxons Miene wird steinhart. »Wie bitte?«, fragt er tonlos.

»Ich weiß, dass es Quatsch ist. Du machst mir bestimmt nur etwas vor. Hinter deiner einen Maske liegt die nächste und darunter die nächste, und vielleicht hast du gar kein Herz, sondern nur die Illusion eines Herzens, was weiß ich. Aber einer dieser Masken bin ich verfallen, und zwar nicht auf besonders gesunde Art. Ich weiß nicht, warum ich es dir sage, weil es gar keinen Sinn ergibt, aber vielleicht ist das ein Grund dafür, weshalb ich Kingston nicht verlassen konnte. Ich will diesen Teil in mir, der mir gar nicht guttut und mich willentlich in mein absolutes Verderben stürzt, besser kennenlernen. Und ihn hoffentlich überwinden, bevor mir das Ganze passiert, während es noch um wesentlich mehr geht als ums College.«

Jaxon sieht mich an, als hätte er noch nie zuvor solche Worte gehört. »Mein Herz ist keine ... Illusion«, flüstert er.

»Du meinst, du hast eins?«

»Vielleicht ist es gleich vollkommen erkaltet, weil mir der kleine Bastard Buchanan keine Decke besorgt hat, aber ja. Ich habe eins.«

Ich kichere. Auch Jaxon schmunzelt wieder und dann öffne ich meine Arme.

Mit dem Stoff um meine Schultern setze ich mich auf und nähere mich Jaxons Schoß. Seine blauen Augen glühen, als ich mich auf ihm niederlasse und die Decke um uns herumlege.

Augenblicklich spüre ich, wie sein Schwanz unter mir härter wird. Ich kralle mich mit beiden Händen in sein Haar, während er meinen Rücken packt.

Erregt schaut er zu mir hoch und ich senke langsam meine Lippen in die Richtung seines Munds. In dem Moment, als unsere Zungen sich berühren, dringt er in mich ein.

Ich weiß, dass alles daran falsch ist, und spüre, wie gut es sich anfühlt.

Obwohl sein Schwanz riesig ist, setze ich mich mit einem Stoß auf ihn. Wir stöhnen beide, als meine Wände ihn umfangen, und dann küssen wir uns richtig.

Fuck.

Wir haben keinen Sex.

Wir haben eine Verbindung.

Jedenfalls fühlt sich alles in mir danach an. Seine Hände pressen mich auf seinen Schoß, seine Zunge umfährt die meine. Wir küssen uns ausgehungert und gierig und voller Lust und unschuldiger Gefühle.

Mit rhythmischen, zarten Bewegungen beginne ich, mich auf ihm zu bewegen. Es fühlt sich unglaublich gut an, von ihm ausgefüllt zu werden. Sein Schwanz berührt bei jeder Regung meine empfindlichen inneren Punkte.

Jaxon packt in mein Haar, küsst mich drängender und drückt meine Hüfte in die Höhe.

Mit der rechten Hand sorgt er dafür, dass ich mich auf ihm auf und ab bewege. Er beginnt mich zu ficken und ich lasse es geschehen.

Es dauert nicht lange, bis die Stöße meine Klit stimulieren. Er packt mich noch fester, schiebt mich unnachgiebig und hart auf seinen nackten Schwanz und starrt mich an, während ich komme.

Der Rausch erfasst mich und ich blicke ihm die ganze Zeit dabei in die Augen. Es ist vermutlich Einbildung, aber dass er ohne Schutz in mir ist, macht es noch heißer.

»Nein«, stöhnt er plötzlich, schließt die Augen. »Fordere mich nicht zu sehr heraus. Ich darf nicht kommen, vergiss das nicht.«

Ich lache, lasse den Orgasmus zu und höre sofort auf, mich zu bewegen. Zufrieden sinke ich an seine Brust und schaue zu ihm hoch.

Jaxon fährt liebevoll durch mein Haar, während sein Schwanz nach wie vor hart in mir pocht. »Wir haben längst gehalten.« Sein Grinsen ist ansteckend.

»Ja?«, frage ich zurück und löse mich von ihm.

»Bist du bescheuert?«, knurrt er. »Bleib gefälligst auf mir sitzen und komm ein zweites Mal.«

»Sicher?« Flink setze ich mich auf und lasse mich in den Fußraum vor ihm sinken.

Er schüttelt fassungslos den Kopf und stöhnt dann tief auf, als ich seinen Schwanz in meinen Mund nehme. Ich schmecke mich selbst und darunter seine herbe Note.

Mit einer Hand in meinem Haar stößt Jaxon sich in

meinen Mund vor, sanft, aber bestimmt, und sinkt dabei entspannt zurück ins Leder.

Ich spiele mit seiner zarten Eichel, lasse seinen Schaft durch meine Lippen gleiten und sauge daran. Als ich zu ihm aufsehe, verzerrt er das Gesicht. Pure Lust spiegelt sich darauf, und er bewegt sich weiter fordernd in mir, fickt meinen Mund.

Plötzlich wird die Tür aufgerissen.

»Was zur Hölle tut ihr hier drin?« Reece. Er starrt uns an, ich starre ihn an, Jaxons Schwanz in meinem Mund. Jaxon, der mich mit einem Mal fixiert, sich in mich schiebt und seine Spitze bis in meinen Rachen stößt.

Ich würge und spüre kurz darauf, wie Jaxon sich in mir ergießt. Er stöhnt auf und lässt los. Nicht nur meinen Kopf, sondern seine gesamte Körperspannung. Ich nehme Abstand. Mir ist schrecklich unangenehm, dass Reece mich ansieht. Verurteilt er mich? Hält er es ebenfalls für völlig krank, dass ich Jaxon wieder und wieder an mich heranlasse? Dass ich ihm sogar einen blase, wenige Stunden nachdem wir zuletzt Sex hatten und er vor aller Augen das Geld von Rachels Familie verbrannt hat?

Schnell ziehe ich mir die Decke wieder über die Schultern und setze mich zurück.

»Was zur Hölle hast du ihr gesagt, damit sie das tut?«, fragt Reece Jaxon fassungslos.

»Nichts, was nicht sowieso wahr wäre«, entgegnet Jaxon zufrieden.

Reece sieht uns an. Erst ihn, dann mich, dann wieder Jaxon. Und dann steigt er plötzlich dazu. Er verriegelt die Tür hinter sich und setzt sich neben mich. Seine Augen leuchten blau vor Geilheit, als er eine Hand auf mein Bein legt, das ich vor ihm wegziehe. »Ich will auch«, sagt er fordernd.

Ich öffne den Mund, starre ihn an und *muss* über meine Theorie erneut nachdenken.

Reece wäre nicht so. Oder? Nein. Nein, er hat keine gespaltene Persönlichkeit. Er *ist* wirklich zweimal. Zwei Personen. Zwei verschiedene Männer. Meine Gedanken überschlagen sich und ich versuche in Sekundenschnelle das Ausmaß dieser Tatsache zu erfassen.

Wer von beiden ist derjenige, der mir das Gefühl gibt, er würde mich wirklich mögen? Und wer von ihnen hat mit Rachel geschlafen?

Reece' – nein – *Zayns* Hand wandert mein Bein hinauf und ich lasse es geschehen. Weil ich zu sehr damit beschäftigt bin, einen Hinweis an seinem Körper zu finden. Einen winzigen Unterschied, der darauf hinweisen würde, dass er ein Zwilling, einer von zwei verschiedenen Menschen, ist. Aber ich finde nichts. Da ist einfach absolut *nichts*, was sich unterscheiden ließe.

Als seine Hand meinen Schritt erreicht, presse ich die Beine zusammen und schiebe ihn von mir weg.

»Vergiss es, Crescent«, murmle ich. Crescent. So nennen ihn die Kings in meinem Beisein, wenn es nicht gerade Reece ist, der bei uns ist. Oder? Zayn und Reece Crescent ...

Zayn betrachtet mich mit Spott in den Augen. »Du lutschst ihm den Schwanz?«, fragt er und zeigt auf Jaxon. Auch seine Kleidung ist noch immer nass. »Dem größten Motherfucker der Welt, der dir all die Scheiße angetan hat? Aber mir nicht?«

»Er hat nicht so billig danach ›gefragt‹ wie du gerade«, gebe ich gepresst von mir. »Außerdem hat er nicht mit Rachel geschlafen.«

Jaxon beobachtet uns interessiert, während er seine nasse Hose wieder anzieht.

»Natürlich hat er Rachel gefickt«, zischt Reece-Zayn und betrachtet mich mitleidig. »Glaubst du, er lässt irgendeine der kleinen Bitches auf diesem Campus unangerührt? Hat er das behauptet? Hat er wieder seinen Heiligenschein aufgesetzt und du bist *wieder* darauf reingefallen? Was ist los mit dir, Dole? Was muss er *noch* tun, damit du dich fernhältst?«

»Bist du eifersüchtig?«, frage ich ihn direkt.

Zayn-Reece reißt die Augen auf. »Auf Jaxon Tyrell? Ich würde eher sterben, als mit ihm tauschen zu wollen. Nein, ich will nur einen Blowjob von dir. Das ist alles.«

»Vergiss es«, erwidere ich kalt lachend, fange aber Jaxons Blick auf und verstumme.

»Tu es«, sagt Jaxon.

Mir wird so heiß, dass die Decke sich überflüssig anfühlt. »Niemals«, murmle ich. »Wie kommst du darauf, dass ich so einem Befehl von dir folgen würde?«

Ein Lächeln, das Jaxons Mundwinkel umspielt. »Gib dem verruchten Mädchen in dir nach, Belle. Tu es.«

Ich schüttle den Kopf, aber ich meine es nur halb ernst. Es wäre unfassbar verdorben, auf ihn zu hören. Jegliche Grenzen wären damit aufgesprengt. Die der Sitte, der Moral, des Anstands und des Respekts gegenüber mir selbst. Etwas in mir scheint danach zu verlangen. Es verlangt danach, mich dreckiger zu benehmen, als meine Fantasie es mir jemals ausgemalt hat.

Und trotzdem halte ich an meiner gewissenhaften Art fest und bleibe standhaft, schüttle den Kopf.

»Okay, dann fang du an, Crescent«, verlangt Jaxon hart.

Zayn-Reece feixt auf Jaxons Befehl hin und zerrt die Decke endgültig von meinem Oberkörper. Ehe ich etwas dagegen tun könnte, hat er bereits meine nackten Brüste umfasst. Den einen Nippel zwirbelt er zwischen seinen Fingern, bis er sich aufstellt, den anderen nimmt er zwischen seine Lippen.

Ich keuche auf, als er mich berührt. Insgeheim ist es das, was ich will, weil ich mich begehrt fühle. So unendlich begehrt. Und weil Reece oder Zayn heiß ist wie flüssiges Gold. Sein Haar fällt ihm in die Stirn, während er an meinem rechten Nippel saugt und knabbert. Die langen Wimpern sind nach unten gesenkt. Sein markantes Gesicht ist makellos, viel zu schön, um nicht als Statue verewigt zu werden, und als er zu mir aufsieht und schief grinst, prescht ein Rausch durch meine Venen.

Zayn.

Es macht mich an, dass ich nichts über ihn weiß. Vielleicht weiß ich aber auch alles?

Meinen Oberkörper küssend wandert er hinab zwischen meine Beine, und mit jeder Berührung seiner Lippen werde ich mir sicherer, dass es nicht Reece ist, der vor mir hockt. Woran ich das festmache? Abgesehen davon, dass er mich Dole nennt, härter flucht als sein Bruder und von Jaxon Crescent genannt wird?

Weiß ich nicht.

Als Zayns Zunge meine Scham durchteilt, denke ich auch nicht mehr darüber nach.

Er leckt mich und befördert mich mit wenigen Zungenstrichen in eine entfernte Sphäre. Ich kann es nicht mehr leugnen, dass mich Jaxons Blicke, der uns entspannt zusieht, besonders heißmachen. Ein Spiel nur zwischen Zayn und mir wäre nichts im Vergleich zu dem Prickeln, das Jaxons Augen, die in meine Richtung sehen, in mir erzeugen.

Zayn fickt mich mit seiner Zunge und ich genieße es mit jeder Faser meines Körpers. Sitze da, atme, fühle mich begehrt, am Leben und lasse es einfach geschehen. Als ich komme, keuche ich abgehackt, übertrete die Welle und blicke Jaxon dabei fest in die Augen, dann greife ich in Zayns Haar.

Ich halte ihn vor mir fest, schiebe ihm meine Pussy entgegen und fordere auf diese Weise indirekt, dass er weitermacht. Und ich weiß, dass ich nicht will, dass er aufhört. Vielmehr bin ich damit beschäftigt, den Moment so lange wie möglich auszukosten.

Ihn vollkommen zu durchdringen und zu verinnerlichen.

Als sich die zweite Welle in mir anbahnt, werfe ich den Kopf zurück. Zayn hat längst meinen Hintern umfasst und leckt mich immer schneller, heftiger und gezielter.

Ich kann gar nicht anders, als nachzugeben.

Ein Schrei der Lust verlässt meine Lippen und ich sacke nach dem Feuerwerk in meiner Mitte zusammen. Wieder überkommt mich die Scham, als wäre sie ein fester, unabdingbarer Bestandteil der Nach-dem-Orgasmus-Phase, und gleichzeitig versuche ich sie mit aller Macht zu verdrängen.

Nimm dir, was du brauchst, echot Sylvians Stimme in meinem Ohr, und ich lächle. Ja, das tue ich. Ich nehme mir, was ich will. Es fühlt sich verdammt gut an.

Zayn schaut zu mir hoch. Der Blick verschleiert, die Lippen feucht.

»Willst du heute Nacht bei uns schlafen?«, fragt Jaxon.

Sofort ziehe ich die Decke über meine fröstelnden Schultern. »Was?«

»Nur so ... ein Gedanke.« Jaxons Lächeln ist kaum zu sehen.

»Natürlich wird sie.« Crescent richtet sich auf, verlässt die Limousine und schlägt die Tür hinter sich zu.

»Ich werde jetzt gehen«, behaupte ich und schlinge die Decke fester um mich.

Jaxon zeigt zur Tür. »Ich werde dich nicht aufhalten.«

Verunsichert bleibe ich sitzen. »Warum nicht?«

»Warum ich dir deinen freien Willen lasse?«

»Ja. Ja, irgendwie ...«

»Wäre es dir lieber, ich würde dich *zwingen*, mit uns zu kommen?«

Der Wagen setzt sich in Bewegung, bevor ich etwas erwidern kann. Ein bedeutender Teil von mir sträubt sich bei dem Gedanken, mit den Kings eine weitere Nacht im Verbindungshaus zu verbringen, und ein noch größerer Teil will es.

»Belle.« Jaxon beugt sich vor, den einen Arm auf sein Bein abgelegt, die andere Hand nach mir ausgestreckt. »Ich kann dir nicht versprechen, dass es nie wieder geschehen wird. Dass du nie wieder fallen wirst. Das, was wir gerade tun, ist nicht unbedingt ein Garant dafür, dass niemand verletzt wird. Aber du hast nichts zu verlieren. Wenn wir heute oder morgen entscheiden würden, dich erneut der Meute zum Fraß vorzuwerfen, worin bestünde der Unterschied, ob du vorher mit uns zusammen warst?«

»Darin, dass ich mich wohl lieber auf meine Rache konzentrieren sollte als darauf, verwerflichen, unmoralischen und absolut sittenwidrigen Sex zu haben.«

»Eine schöne Umschreibung für einen Vierer.«

»Ich möchte wirklich nach Hause«, murmle ich, die Decke als einzigen Schutz um mich gewickelt. »Das, was heute geschehen ist ... Ich brauche Zeit, um das alles zu verarbeiten.«

Jaxon zieht seine Hand zurück und betrachtet mich schweigend. »Ich weiß, was du jetzt brauchst. Ein warmes Bad und ein weiches Bett. Im Verbindungshaus hast du beides. Ich werde dafür sorgen, dass dich niemand anrührt, wenn du es nicht willst.«

Mir ist klar, dass ich ihm nicht vertrauen sollte. Andererseits haben die Kings bisher stets ihr Wort gehalten, wenn es sich um sexuelle Annäherung gehandelt hat. Das meiste ging von mir aus. Möglicherweise ging fast alles von mir aus.

Ich nicke stumm und kurze Zeit später halten wir wieder.

Crescent öffnet die Tür und dieses Mal steigt Jaxon aus. Er reicht mir die Hand, aber ich greife nicht danach, denn ich bin damit beschäftigt, die Decke um meinen Körper festzuhalten. Meine nackten Füße landen in rauem Kies, und ich bin froh, dass wir die Steintreppe zur gigantischen Verbindungsvilla schnell erreichen.

Neben den beiden Flügeltüren warten Sylvian und Romeo. Sylvians schwarze Haare sind noch nass und er blickt mir düster entgegen.

»Was zur Hölle tut sie hier?«, fragt er rau.

»Nichts, was dich interessieren muss, Silvano«, entgegnet Jaxon schneidend und rauscht an ihm vorbei.

Sylvian tritt mir in den Weg und ich bleibe gezwungenermaßen stehen. »Du solltest heute Nacht nicht hier sein«, brummt er. »Ich werde dich nach Hause bringen.«

»Du tust *gar nichts*, solange du mit meiner Freundin zusammen bist und sie betrügst. Lass mich vorbei, Sylvian.«

»Das hat nichts mit Harper zu tun –«

»Hast du sie nicht gehört?«, fragt Zayn von hinten. Seine Tonlage ist im Vergleich zu der von Reece immer eine Spur weniger freundlich. »Geh zur Seite und fick deine Verlobte. Niemand will einen Betrüger wie dich hier haben.«

Sylvians Augen fixieren Crescent mit unverhohlener Abscheu. »Einen ›Betrüger‹ wie mich?«

Zayn hebt locker die Schultern. »Keine Zeit für Grundsatzdiskussionen, oder willst du, dass Mable sich erkältet?«

»Bitte.« Sylvian wendet sich wieder an mich, die Stimme gebrochen, die Miene voller Schatten. »Du glaubst doch nicht ernsthaft, dass es nicht noch schlimmer werden kann. Vergiss nicht, was du über uns weißt. Alles davon ist wahr, und es ist noch so viel schlimmer, als du denkst …«

»Jeeze«, unterbricht Zayn ihn abfällig, umfasst meinen Oberarm und manövriert mich an Sylvian vorbei. »Zieh weniger Koks, Silvano.« Wir übertreten die Türschwelle, aber ich blicke mich verunsichert zu Sylvian um.

In seinen Augen steht blanker Hass, und ich weiß nicht, ob er wirklich Zayn gilt – oder mir.

ZAYN

Die anderen sehen in dir eine Trophäe. Ich sehe nur dein kleines, verdorbenes Herz. Niemand versteht, warum du dich von mir lecken lässt, obwohl gerade noch Jaxon in dir war. Niemand außer mir.

Du willst uns.

Uns alle.

Aber leider kannst du nicht jeden von uns bekommen, traurig, nicht wahr? Es scheint, als würde dieses Semester ein viel größerer Schmerz auf dich zukommen. Du musst dich entscheiden. Und, Baby, das wird verdammt noch mal nicht leicht.

DREI

MABLE

Zayn lässt mich los, sobald wir in der Eingangshalle stehen. Jaxon wartet an der Treppe auf mich.

»Hier lang, Prinzessin.« Er geht vor, ich folge und Zayn bleibt dicht an meinen Fersen.

»Das Haus ist leer. Alle waren mit uns auf der Party«, murmelt Zayn von hinten. »Wenn wir nicht solche kaltblütigen Wichser wären, würden wir uns vielleicht fragen, ob irgendjemand gestorben ist, aber wir sind leider kaltblütige Wichser.«

»Es ist nicht ganz so schlimm«, sagt Jaxon süffisant, als wir im ersten Stock ankommen. »Die meisten sind aus der Villa entkommen, bevor sie ganz zusammengeklappt ist. Das FBI wird sie befragen, bevor sie sie gehen lassen. Aber ich bin nicht umsonst Jaxon Tyrell. Es ist schwierig, wahre Freunde unter diesen verwöhnten Idioten zu finden, die nur in Kingston studieren, damit sie von Mommy und Daddy Zugriff auf ihren Treuhandfonds erhalten. Hier lang.« Jaxon führt uns in die entgegengesetzte Richtung von Sylvians Zimmer und öffnet große Flügeltüren.

Dahinter kommt ein riesiges Schlafzimmer zum Vorschein. Es ist spiegelverkehrt zu Sylvians angeordnet. Ein königliches, gewaltiges Himmelbett steht rechts. Mehrere altmodische Kommoden und Schränke links. Ein Schreibtisch, der bis auf den letzten Kugelschreiber aufgeräumt ist, und unzählig viele Bücher. Riesige, verstrebte, bodentiefe Fenster reichen auf einen Balkon hinaus. Jaxon tritt davor und zieht die schweren, roten Vorhänge zu.

Ein royaler Teppich auf dem Boden, Stuck unter der Decke und vergoldete Lampen zwischen Landschaftsbildern und Portraits lassen die Einrichtung wie das Schlafzimmer eines Königs wirken.

»Romeo wird aus deinem Zimmer Kleidung für dich holen«, erklärt Jaxon und öffnet mir die Tür zum Bad. Es ist um einiges größer als das von Sylvian und bietet neben einer luxuriösen Dusche eine Wanne, die mitten im Raum steht. Er dreht den Hahn auf, legt mir ein Handtuch auf den Waschtisch und dimmt das Licht. »Brauchst du noch etwas?«

»Nein, danke«, wispere ich.

»Lass sie allein, Crescent«, ordnet Jaxon an, als er hinausgeht.

Widerwillig wendet Zayn sich ab.

»Warte«, sage ich.

Er dreht sich wieder zu mir. In seinem Blick tanzt die Gier, und seine Erscheinung ist so ganz anders als das, was Reece mir an dieser Stelle von sich zeigen würde.

»Bist du Zayn?«, frage ich ihn geradeheraus und versuche jede einzelne Regung in seinem Gesicht richtig zu deuten.

Verblüffung wandert darüber und er grinst plötzlich. »Wie bitte?«

»Zayn. Du bist Zayn und dein Bruder ist Reece.«

Jaxon befindet sich in seinem Schlafzimmer. Vermutlich verfolgt er unser Gespräch genau mit.

»Was meinst du mit ...«, fragt Zayn und strafft die Schultern, »meinem ›Bruder‹?«

»Ihr seid Zwillinge«, hauche ich.

Zayn lacht und in diesem Moment fällt meine Theorie

wie ein Kartenhaus in sich zusammen. Er lacht, wie Reece immer lacht. Er strahlt, wie Reece immer strahlt. »Mable ...«, sagt er sanft und kommt auf mich zu. So, wie Reece immer auf mich zukommt. So, wie er mich immer ansieht. Zuvorkommend, liebevoll. »Bist du sicher, dass es dir gut geht?«, fragt er besorgt und streckt eine Hand nach mir aus, doch ich weiche zurück.

»Als wir im Wasser auf das Boot zugeschwommen sind, waren zwei von euch da! Ich weiß es ganz sicher!«

»Zwei von ... uns?« Reece blickt mich noch besorgter an, die Hand weiterhin nach mir ausgestreckt. »Wie kommst du denn darauf?«

»Wer sollte Zayn sonst sein? Es gibt einen fünften King! Und er ist nie zu sehen! Fünf Damen, fünf Bauern, alle wissen, dass es dazu auch fünf Könige gibt, die das Spiel spielen! Einer von euch muss ein Zwilling sein! Und du bist manchmal so ganz anders als Reece. Du bist Zayn.«

»Es tut mir leid«, sagt Reece sanft, und nichts an ihm wirkt anders, als es sonst ist, »aber diese Theorie ist ziemlich an den Haaren herbeigezogen. Warum nimmst du nicht erst mal ein Bad und wir sprechen danach weiter?«

Entweder er imitiert seinen Bruder perfekt oder ich bin einfach dumm. Vermutlich trifft Letzteres zu, denn ich habe ja nicht einmal mitbekommen, dass mich die Kings letztes Semester verarscht haben.

Ich bekomme es jetzt nicht mit.

»Gute Idee«, murmle ich und warte, bis er das Badezimmer verlassen hat. Meine Gedanken kreisen eine ganze Weile um Reece und Zayn und darum, ob ich zu blöd bin, ihre Masche zu durchschauen, oder ob sie einfach zu perfekt ist, um dahinterzukommen. Wenn Reece Crescent eigentlich einen Zwilling hat ... bedeutet das, dass beide studieren? Dass beide zu Vorlesungen gehen? Nein, oder? Denn dann wüsste jeder, wer Zayn ist. Sie müssen – wenn meine Theorie stimmt – so tun, als wären sie ein und dieselbe Person, damit es funktioniert.

Ich grüble vor mich hin, während das Wasser meine kalten, steifen Glieder langsam erwärmt. Müdigkeit überkommt mich und ich schließe die Augen. Sofort sehe ich die Wasservilla vor mir, die in sich zusammenbricht. Ich falle, aber Hände retten mich, mein Puls beschleunigt und doch bin ich in Sicherheit.

Aber dann sehe ich Rachel.

Ihr böses Lachen, als sie meinen Mund aufhält. Festhält. Auf mir hockt. Während ein fremder Schwanz in mich geschoben wird ... Panik verdichtet sich in mir zu einem Anfall. Einer körperlichen Reaktion, die ich ewig schon nicht mehr hatte, und ich springe schreiend aus der Wanne.

Plötzlich ist das Grauen überall. Rachel, ihre Hände, die Männer, auf mir, in mir, mein Körper, der unter ihnen zerquetscht wird ...

Die Tür knallt auf.

»Belle!« Jaxon umfasst meine Schultern, redet auf mich ein, schiebt mir schließlich ein Handtuch vors Gesicht. Ich kann schwerer atmen, aber der Schwindel vergeht und langsam werde ich wieder klar. »Was war das?«, fragt Jaxon.

»Rachel«, stoße ich aus und presse die Augen zusammen. Ausgerechnet Jaxon zu offenbaren, wie sehr mich das Geschehene mitgenommen hat, erscheint mir unklug. Aber ich trage mein verdammtes Herz nun einmal auf der Zunge, und die Wahrheit kommt einfach so über meine Lippen, als wäre es unmöglich, sie zu verschweigen.

Jaxon schlingt ein Handtuch um mich, wickelt es um meine Brust und streicht zärtlich durch mein Haar. »Wir hätten früher da sein sollen.«

Ich weiß nicht, was ich darauf antworten soll. Vermutlich wäre die Frage angebracht, wieso sie überhaupt so schnell da waren, aber ich bin zu müde für das Aufdecken weiterer Geheimnisse. Ich folge Jaxon zurück in sein Zimmer und bleibe mitten im Türrahmen stehen.

Alle Kings befinden sich mit uns im Raum.

Sylvian, Reece, Romeo. Sie blicken mich an, als hätten sie auf mich gewartet.

»Sie wollen nur sichergehen, dass es dir gut geht«, beruhigt Jaxon mich. »Nun, vielleicht will Silvano auch sichergehen, dass es dir schlecht geht. Ich habe aufgehört, ihn verstehen zu wollen.« Obwohl Jaxon ernst klingt, schmunzelt er. »Hier, deine Sachen.«

Er reicht mir ein paar bequeme Kleidungsstücke aus meinem Schrank.

Mein Blick huscht zu Romeo, der undurchschaubar wie eh und je an Jaxons Fenster lehnt und mich mustert.

»Sollen wir bleiben?«, fragt Jaxon. Auch in seiner Stimme schwingt Sorge mit.

Ich nicke.

Für einen Moment betrachtet er mich unschlüssig, dann nimmt er mir die Kleidung wieder ab und wirft sie aufs Bett. Nur das Sweatshirt behält er in der Hand.

Er greift nach meinen Armen, streckt sie nach oben aus und zieht mir den Pullover über. Als dabei seine Finger meine Haut berühren, werde ich vollständig elektrisiert. Diese Geste geht tiefer als der Sex vorhin. Sie ist so nebensächlich und dennoch vollkommen intim. Er lächelt, als mein Kopf unter dem Sweater zum Vorschein kommt, löst das Handtuch und zieht den Stoff über meinen Oberkörper.

Dann greift er nach meiner Jogginghose und bückt sich.

Mein Atem stockt, als würde er mir einen Antrag machen wollen. Ungefähr so bedeutungsvoll fühlt es sich an, als er meinen Fuß anhebt und den Stoff darüberschiebt. In diesem winzigen Moment sind wir nur für uns und doch nicht allein. Die anderen Kings beobachten uns, und wieder einmal erfüllt mich die Sehnsucht, es möge alles gut zwischen uns sein.

Geklärt.

Einfach.

Liebevoll.

Da habe ich es. Den Beweis, dass ich mich als das perfekte Opfer eigne.

Jaxon zieht meine Hose bis über meinen Po und richtet sich wieder auf. Sobald er mir ins Gesicht sieht, bemerkt er die Tränen auf meinen Wangen.

Er seufzt schwer. »Wurde auch Zeit, dass du meinetwegen weinst.«

Ich lache verzweifelt auf und gebe ihm einen Stoß gegen die Schulter. Auch er hat sich umgezogen, trägt jetzt einen weichen, eng anliegenden Kaschmirpullover und eine lockere Stoffhose, die ihm nicht weniger steht als die Chinos. »Ich hasse dich«, murmle ich.

»Ich weiß«, raunt er und so etwas wie echtes Mitgefühl ist aus seiner Stimme zu hören. »Romeo wird bei dir bleiben.«

»Werde ich?«, fragt Romeo erstaunt.

Ich sehe zu den Kings. Sylvian sieht aus, als würde er gleich jemanden umbringen wollen, und Reece wirkt leer und erschöpft.

»Romeo wird sichergehen, dass du nicht noch einmal hyperventilierst. Gute Nacht, Belle«, sagt Jaxon, dann wendet er sich ab und geht zur Tür. Die anderen Kings folgen ihm wie auf einen stummen Befehl hin. Sylvian geht hinter den anderen und dreht sich in der offenen Tür noch einmal herum. Er fixiert Romeo, als würde er ihn warnen wollen, dann sieht er zu mir.

»Schlaf gut.« Sorge steht in seinem Blick und ich weiß, dass er sie ernst meint. Trotz all der anderen Geschehnisse will er mich beschützen.

Vor ihm selbst, den Kings, meinen Gefühlen.

Ich würde ihm gerne sagen, dass ich nicht beschützt werden muss, aber das stimmt nicht. Vermutlich wäre ein Retter in strahlender Rüstung, der mich von allen fortzerrt, genau das Richtige. Aber dann müsste ich mich auch von Sylvian fernhalten.

Und ich glaube, ich habe längst akzeptiert, dass ich lieber noch zehnmal mehr leide, als von vornherein auf die guten Gefühle zu verzichten.

Die Tür fällt hinter Sylvians ins Schloss. Nur Romeo bleibt.

»Du hast mir nie geholfen, weil du mir helfen wolltest!«, werfe ich ihm vor. »Sondern nur, weil Jaxon es wollte!«

»Natürlich.« Er schlendert auf mich zu. Seitdem er Rachel auf der Party hinterhergegangen ist und sie ins Meer gestoßen hat, habe ich ihn nicht mehr gesehen. »Was zur Hölle sollte mich reiten, ausgerechnet *dich* zu beschützen?«

Ich verschränke die Arme vor der Brust, meine Tränen sind versiegt. »Also weitere Lügen. Wundervoll.«

»Wie man's nimmt.« Er setzt sich aufs Bett und lehnt sich gegen einen der Pfosten des Himmelbetts. »Immerhin weißt du jetzt, dass Jaxon dich seit deiner Rückkehr auf den Campus beschützen wollte.«

Ich verziehe das Gesicht. »Ja, ganz toll.«

Romeo lacht kurz und kühl. »Ich war der Einzige, der dafür infrage kam.«

»Warum?«

»Du hast meine Nähe einigermaßen akzeptiert, ohne dich nach wenigen Stunden ausziehen zu wollen.«

Meine Wangen werden heiß. Ich vergesse immer wieder gerne, dass das, was ich tue, gemeinhin als ›schlampiges Verhalten‹ gilt. Mehr als einem Mann zu verfallen, ist ›nicht normal für eine Frau‹. Und Romeo erinnert mich daran. In den Augen aller, die wissen, dass ich mit drei der Kings geschlafen habe, bin ich nun einmal eine Schlampe.

So einfach ist das.

»Versteh mich nicht falsch, mir ist diese Konstellation am liebsten.«

»Welche Konstellation?«

»Dass du sie alle gleichzeitig fickst. So gibt es nur eine Frau, die mich nervt. Und du bist keine Clarisse oder Harper. Insofern …«

»Was hast du gegen Harper?«

»Sie ist oberflächlich, zickig, hohl und kann nicht mal den Namen ihres Hauptfaches buchstabieren.«

»Ist sie nicht«, murmle ich.

»Was sie dir angetan hat, spricht für sich. Entweder sie ist wirklich zu dumm, um zu sehen, was du für Sylvian empfindest, oder es ist ihr egal. Beides keine tollen Eigenschaften.«

Ich beiße mir auf die Unterlippe. »Und Clarisse? Warum magst du sie nicht?«

Romeo lacht freudlos. »Ernst gemeinte Frage?«

»Sie ist oder war jedenfalls lange Zeit mit Jaxon zusammen, oder?«

»Nie wirklich fest. Na und?«

»Sie ist genauso böse und durchtrieben wie ihr.«

Romeo sieht mich für ein paar quälend stille Sekunden ausdruckslos an. »Darf ich fragen, was du glaubst, wer dein Studium eigentlich bezahlt?«

»Wieso?«, frage ich nervös.

»Dir ist die Tyrell-Stiftung ein Begriff, oder?«

»Ja, und?«

»Ungefähr achtzig Prozent der Studiengebühren zahlt die Familie der Tyrells. Der Rest ist Stiftungsgeld. Das bedeutet, dass du und alle anderen Stipendiaten die Tyrells schon mehrere Millionen Dollar gekostet haben. Warum ist euch das nie bewusst? Wieso haltet ihr das alle für selbstverständlich?«

»Ich halte das überhaupt nicht für selbstverständlich.«

»Sicher?«, fragt Romeo. »Du hältst es nicht für selbstverständlich, dass du unter den Tausenden Bewerbern ausgewählt wurdest. Aber das Geld? Es ist wie mit Steuergeldern. Es wird einfach als fair wahrgenommen, andere zu bestehlen.«

»Ich *bestehle* niemanden«, zische ich.

»Aber dass du kostenlos zur Schule gehen konntest, das ist für dich selbstverständlich gewesen, nicht wahr?«

»Was zur Hölle willst du eigentlich sagen?«

»Dass Jaxon der Einzige ist, der einen Grund hätte, die Stipendiaten zu hassen. Clarisse aber nicht. Das ist es, was uns unterscheidet.«

»Ich fasse es nicht, dass das wirklich deine Perspektive auf das Ganze ist.«

Romeo zuckt mit den Achseln. »Möchtest du dich gar nicht ins Bett legen?«

»Nein.«

Seine Miene bleibt hart. »Tu es.«

»Nein!«

Seine Körperspannung verändert sich und er steht auf. Als er im Begriff ist, um das Bett herumzukommen, lege ich mich hin.

»Zufrieden?«, zische ich.

»Ja«, entgegnet er nur und setzt sich wieder auf die andere Bettseite. Gelassen verschränkt er die Hände in seinem Schoß und betrachtet mich. »Mir ist eine Frau lieber als mehrere. Das ist einfacher.«

»Einfacher? Für wen?«

»Für uns alle?«, fragt er verständnislos.

»Kannst du bitte so mit mir sprechen, dass ich dich verstehe?«

Er schmunzelt und sagt für eine ganze Weile nichts mehr, bis er sich plötzlich neben mich legt. Auf Distanz und doch so nah, die Hände auf dem Bauch verschränkt, den Blick zur Himmelbettdecke gerichtet. »Sie alle mögen dich, Weaver. Jeder auf seine Art. Und das ist mir wesentlich lieber, als wenn vier Frauen mit ihren unterschiedlichen, jämmerlichen, unwichtigen Dingen um mich herum wären …«

»Da, du hast es gesagt!« Ich schrecke hoch. »Vier! Reece und Zayn sind Zwillinge, stimmt's?«

Romeo betrachtet mich voller Mitleid. »Ich habe mich selbst mitgezählt.«

»Aber du hast keine Freundin.«

»Das kann sich jeden Tag ändern. Leg dich wieder hin.«

Ich stöhne auf, lege mich zurück und verschränke die Arme vor der Brust. »Wie lange wirst du jetzt hierbleiben?«

»Bis du schläfst.«

»Toll. Das wird nicht passieren, weil du mich viel zu sehr aufregst.«

»Ganz meinerseits. Wir werden wohl die Nacht aufbleiben müssen.«

»Und was genau hast *du* gegen mich?«, fahre ich ihn an. »Ich könnte dir doch einfach egal sein. Stattdessen scheinst du mich zu hassen.«

Romeo sieht mich sehr lange an, bevor er wieder zur Decke sieht. »Ich hasse dich nicht. Du würdest spüren, wenn ich das tue.«

Ich verdrehe die Augen.

»Rachel wird nie wieder ein normales Leben führen können.« Es scheint, als würde er mit sich selbst reden, aber ich weiß, dass er versucht, mir etwas mitzuteilen. »Und es hat nur wenige Minuten gebraucht, um ihr Leben zu zerstören. Von einer Studentin in Kingston zu einer Kriminellen ohne Würde.«

»Warum erzählst du mir das?«

»Weil es dir jederzeit auch passieren kann. Ein falscher Atemzug und du wirst gesellschaftlich erhängt.«

Ich ziehe die Decke bis zu meinem Kinn.

Wieder füllt Stille den Raum, bevor Romeo sich zu mir umdreht. Seine grauen Augen leuchten klar, und zum ersten Mal wird mir die Schönheit bewusst, die von ihm ausgeht. Sie ist so ganz anders als die der Kings. Verborgener, weniger offensichtlich. Aber auch er verkörpert eine Energie, die ich von niemandem sonst kenne. Außer vielleicht von Vance.

Er öffnet den Mund, schließt ihn wieder und wirkt verblüfft. »Wie genau funktioniert das? Magst du sie alle ... gleichzeitig auf dieselbe Art?«

Ich hebe unter der Decke die Schultern.

»Willst du, dass ich dir mehr zu ihnen erzähle, oder wollen wir weiter schweigen?«, fragt er verärgert. »Dann antworte.«

»Ja, ich hasse sie alle circa gleich viel!«

»Weswegen du Jaxon sagst, du hättest dich in ihn verliebt«, wendet er spöttisch ein.

Natürlich weiß er bereits davon. Vance hat nicht gelogen; die Kings hören sich gegenseitig ab. Oder erzählen sich alles, was auf dasselbe hinausläuft.

»Was ich gesagt habe oder nicht, ändert nichts daran, dass ich keinem von ihnen vertraue. Jedenfalls nicht über die Zuversicht hinaus, dass sie mich nicht vergewaltigen würden. Glaube ich.«

»Wenn sie es täten, fändest du es sicher nicht besonders schlimm, hm?« Er grinst mich freudlos an. »Aber du wirst schon betteln müssen, damit sie sich dir nähern.«

»Mag sein«, antworte ich nur.

»Was ist, wenn ich die Macht hätte, Sylvian dazu zu bringen, sich von Harper zu trennen, zu bereuen und mit dir zusammen zu sein. Würdest du ihn wählen?«

»Nein!«, keuche ich sofort. Allein der Gedanke an Sylvian ist quälend ...

»In ihn bist du also ... nicht ›verliebt‹?«

Mein Herz schlägt kräftig, und ich schüttle den Kopf,

auch wenn es eine glatte Lüge ist. Meine Gefühle für Sylvian sind genauso verrückt, schmerzhaft und stark wie die für Jaxon. Wie er mich in der Umkleide gepackt hat ... Das alles, was ich fühle, spürt man nicht bei normalem Sex. Oder?

»Und Reece?«

Ich denke an Reece und lasse erneut den Gedanken zu, dass es eine freundliche Version namens Reece gibt und eine, die mich nicht mag, namens Zayn. Allein die Möglichkeit, dass Zayn mit Rachel geschlafen hat und nicht Reece, lässt mein Herz schmerzhaft pochen, und ich würde am liebsten sofort zu ihm gehen, ihn zur Rede stellen, die Wahrheit erfahren und ihn ... küssen. Vielleicht war er nie dabei. Nicht beim Pokerabend, als mir ein Bein gestellt wurde, nicht im Hörsaal, als Jaxon mich vertrieben hat. Vielleicht war er nie ein Teil von allem. Hoffnung durchströmt mich und ich bin mit einem Mal wieder hellwach.

»Reece also auch«, stellt Romeo nüchtern fest.

»Wenn er nicht Zayn ist, scheint er ganz freundlich zu sein ...«

Romeo lacht, dieses Mal richtig, dann streckt er die Hand zur Nachttischlampe aus und löscht das Licht. »Schlaf jetzt.«

Ich drehe mich auf die Seite, weg von ihm. Zwar ist mein Kopf voller Mutmaßungen und wirrer Gedanken, aber die Dunkelheit lässt mich meine Erschöpfung spüren. Als ich den letzten bewussten Atemzug nehme, muss ich daran denken, dass ich in Jaxons Bett liege.

Und dieser Ort fühlt sich richtiger für mich an, als er es jemals dürfte.

VIER

ROMEO

Tick. Tick. Tick.

Meine Armbanduhr ist das einzige Geräusch im Raum. Nicht einmal Mables Atem ist zu hören. Ich warte, bis ich mir sicher sein kann, dass sie schläft, dann stehe ich auf. Wie ein Schatten bewege ich mich durch Jaxons Zimmer und werfe einen Blick zurück auf die Frau, die er momentan als sein größtes Opfer auserkoren hat.

Leere erfüllt mich bei dem Gedanken, dass er sie früher oder später genau hier ficken wird. In seinem Bett, zwischen den weißen Laken. Er wird sie für seine Pläne nutzen wie alle anderen vor ihr. Es widert mich an, ihr wieder und wieder das Gefühl zu geben, es wäre anders. Nicht, weil ich Amabelle Weaver mag. Gott bewahre. Es ist nach dem x-ten Mal einfach langweilig.

Ich könnte wesentlich wichtigere Dinge tun.

Mich Größerem widmen.

Stattdessen liege ich neben einem verliebten, blutjungen Ding im Bett und merke allein an ihren Blicken, dass sie mir bereits jetzt mehr vertraut als allen anderen Kings. Sie ist so blind und naiv, dass ich Lust verspüre, genau jetzt, während sie schläft, an ihr Bett heranzutreten, meine Hand um ihre Kehle zu legen und so lange zuzudrücken, bis sie endlich kapiert, was und wer wir wirklich sind.

Wer ich wirklich bin.

Was ich wirklich über Amabelle Weaver denke, halte ich allerdings verschlossen. Jaxon verlässt sich auf mich, und ich werde tun, was immer nötig ist, um seine Position zu stärken. Nicht nur, weil es klug ist, sich in dem Dunstkreis zukünftiger Zirkelmitglieder zu bewegen. Ich wünschte, das wäre der einzige Grund. Das würde mich alles, was geschieht, noch pragmatischer sehen lassen.

Stattdessen geht es mir um mehr.

Und das macht mich angreifbar. Niemand darf meinen wahren Schwachpunkt aufdecken. Zum Glück sind bisher alle Menschen, die mich umgeben, meilenweit davon entfernt.

Aus meinem Zimmer hole ich festes Schuhwerk und Kleidung, einen Rucksack, den ich nur zu besonderen Anlässen hervorkrame, und laufe in der Dunkelheit zu der Kapelle.

Wir haben aus dem Fehler gelernt, als Weaver uns dabei beobachtet hat, wie wir Harper freundlich ausgefragt haben, was ihre neue Ambition, Stipendiatinnen zu helfen, zu bedeuten hat, und unsere Treffen in den Keller verlagert. Unter der Kirche befindet sich seit jeher ein stickiges Gemäuer, das mittlerweile über elektrisches Licht verfügt, dessen Leitungen Buchanan für uns verlegt hat.

Ich bin ein absoluter Gegner davon, ihn diese Arbeit verrichten zu lassen, aber irgendjemand muss es tun. Er ist vermutlich das geringste Übel von allen.

»Ah, mein Freund«, begrüßt Jaxon mich und stellt durch einen einzigen Blick fest, dass ich nicht hier wäre, wenn Amabelle nicht seelenruhig und unwissend in seinem Bett schlafen würde. Um den King herum stehen die anderen. Niemand von ihnen trägt eine Maske. Das gibt mir bereits einen Hinweis darauf, wie dieser Abend enden wird.

Ich betrachte interessiert das Schauspiel, das sich mir bietet. In der Nähe des Kellergemäuers liegt ein Mann.

Einer *der* drei Männer. Weavers Vergewaltiger. Er ist benommen oder bewusstlos.

Als die Villa eingestürzt ist und wir ins Wasser gesprungen sind, haben die drei Bastarde mich von hinten angegriffen. Sechs starke Arme, die mich unter Wasser drückten. Ich spüre die Atemnot jetzt noch. Hätte Vance es nicht bemerkt und wäre Sylvian ihm nicht zur Hilfe gekommen, um die drei zu überwältigen, wäre ich ertrunken. Zwei von ihnen haben wir in den Trümmern zurückgelassen und ich vermute, sie sind tot. Der dritte liegt vor uns. Ich dachte, er wäre entkommen und es erfüllt mich mit Genugtuung, ihn hier zu sehen.

»Chloroform?«, frage ich.

»Wir dachten, so lässt es sich entspannter warten«, entgegnet Zayn.

Über sein Gesicht ziehen sich hässliche Schnitte, die teilweise noch bluten. Ich werfe Sylvian, der mit seinem Butterfly in der Hand spielt, einen anerkennenden Blick zu.

Als er diesen Blick bemerkt, flackert Hass in seinen Augen auf, und ich muss schmunzeln. Ich akzeptiere ihn voll und ganz als Freund an Jaxons Seite. Aber Sylvian ist der Meinung, dass ich zu weit gehe. Dabei hat er keine Ahnung, was ich *wirklich* im Beisein bewusstloser Mädchen tue. Es ist auf jeden Fall weit weniger schlimm als das, was er gerade Weavers einem Peiniger angetan hat.

»Was habt ihr herausgefunden?«, frage ich in die Runde.

»Er hat ein Boot gesehen«, erklärt Reece kalt. Er steht abseits. Immer wieder frage ich mich, wie er zu den Dingen steht, die wir in dieser Kirche und mittlerweile in diesem Gemäuer unter der Erde tun. Eigentlich ist es nicht sein Ding. Düstere Ecken sind nicht die Orte, an denen er sich gerne herumtreibt. Und er hätte es bei Weitem nicht nötig, sich zu verbergen. Er könnte selbst mordend und vergewaltigend durch die Straßen ziehen, der Zirkel würde ihn immer noch wollen. Auf jemanden wie ihn können sie nicht verzichten und sein Platz wird von niemand anderem besetzt werden können.

Ich kann mir vorstellen, dass Reece den besonders zwielichtigen Teil seiner Seele bisher verborgen hält. Vielleicht kennt er ihn nicht einmal selbst. Aber man muss schon einiges mitbringen, um zuzulassen, dass der eigene psychotische Doppelgänger dieselben Frauen vögelt wie man selbst. Wer von den Crescent-Brüdern ist eigentlich verrückter? Reece, der Zayn gewähren lässt, oder Zayn, der seinem Bruder stets und überallhin folgt?

»*Das* Boot?«, frage ich.

»Ja«, entgegnet Jaxon. Er sieht auf seine Uhr und blickt ungeduldig zur Tür. »*Das* Boot. Unsere kleine Belle wurde aus dem Wasser gefischt. Rachel ebenso. Sie wird uns vermutlich sagen können, was wir aus Amabelle bisher nicht herausbekommen haben. Vance bringt sie her.«

»Warum die Umstände?« Ich schiebe die Hände in die Taschen meiner Hose und lehne mich an die feuchte Wand. »Wir könnten Weaver fragen.«

Reece hebt die Schultern. »Sie hat berechtigte Gründe, uns nicht zu trauen.«

»Und deswegen schleppt ihr Rachel hierher und macht schlimmstenfalls auf uns aufmerksam? Amabelle Weaver schläft seelenruhig in Jaxons Bett. Wir müssten die Waffe nicht einmal laden, die wir ihr an die Stirn halten, um sie höflich zu bitten, uns die Wahrheit zu sagen.«

Sylvian presst den Kiefer zusammen und macht einen drohenden Schritt auf mich zu. »Du wirst deine schmie-rigen Finger von ihr lassen. Dass du überhaupt bis eben bei ihr warst …«

Jaxon streckt beschwichtigend einen Arm aus. »Ich vertraue Romeo mein Leben an, Sy. Belle könnte der ohnmächtigste Mensch der Welt sein, Romeo würde nicht einmal daran *denken*, etwas zu tun, das wir nicht wollten, richtig?«

Du kannst dich immer und für alle Zeit auf mich verlassen, Jax. »Natürlich. Ich bin nicht so notgeil wie du, Silvano.« Wieder verziehe ich die Lippen und er knurrt.

Wenn er hier mit uns in dieser Kirche ist, ist er in seinem Element. Ich will nicht wissen, wie oft er in seiner bisherigen Laufbahn als Erbe der Silvanos und schließlich als Dealer die Gesichter von Männern hat aufschlitzen müssen, damit sie ihm sagen, was er will.

Er versucht völlig zu Recht, Weaver auf Abstand zu halten. Leider verspielt er damit die Chance, dass die arme Prinzessin den einzigen King bekommt, der einigermaßen gut zu ihr wäre. Bis auf das Gewaltpotenzial. Es würde mich nicht wundern, wenn Sylvian sie aus einer schlechten Laune heraus spankt und damit nicht mehr aufhören kann, bis sie fast ohnmächtig ist und blutet.

Armer, armer Silvano.

Dein Schicksal ist wirklich bitter.

»Ich bin Romeos Meinung, falls es irgendwen interessiert«, schaltet sich Zayn ein und kassiert drei tödliche Blicke. »Wozu die Umstände? Dole könnte uns ebenfalls alles sagen.«

»Weißt du, was mich an dir stört, Crescent?«, blafft Jaxon ihn an. »Romeo ist Pragmatiker, ihm verzeihe ich solche Vorschläge. Aber du hast sie vorhin noch in meiner Limousine geleckt, und es kam mir *fast* so vor, als hättest du Spaß daran. Also hör auf, so zu tun, als wäre sie irgendeine für dich. Hätte ich Clarisse oder eine andere Schlampe in meiner Limo gefickt, hättest du dich niemals zu uns gesellt.«

Zayn betrachtet ihn ausdruckslos. »Mich turnt es einfach an, wie dumm sie ist, Jax, dass sie dir verfällt. ›*Ich habe mich in dich verliebt.*‹ Uuuh. Jede andere lutscht deinen Schwanz, weil sie hofft, dass du ihr dafür drei Sekunden deiner Aufmerksamkeit widmest oder sie im besseren Fall sogar für ganze fünf Minuten wahrnimmst. Aber was macht sie? Sie gibt sich ausgerechnet *dir* hin. Du kannst mich nicht dafür verurteilen, dass ich das geil finde. So ein bisschen, wie jemandem dabei zuzusehen, wie er sich langsam, aber sicher selbst umbringt. Am Ende wirst du Dole vernichten, und ich werde mich gerne daran erinnern, wie ich Teil davon war, ihr *wirklich ... sehr* wehzutun.«

Jaxon sieht nicht danach aus, als würde er überhaupt auf Zayns Worte eingehen wollen.

Es ist Sylvian, der mich überrascht. »Noch ein Wort und ich werde dich töten, Zayn.«

Wir alle sehen in seine Richtung. Sylvian steht gelassen da. Ich kenne ihn gut genug, um zu wissen, dass dies die gefährlichsten Momente sind. Wenn alle Wut aus ihm gewichen ist und er die Ruhe selbst zu sein scheint.

Zayn lacht ihn aus. »*Dir* schaue ich by the way auch echt gerne zu, du machst das großartig. Ich kann jedes Mal hören, wie Mables zartes Herz noch ein Stück mehr bricht, wenn du den Namen Harper in ihrer Nähe in den Mund nimmst.«

»Zayn!«, herrscht Reece, aber es ist zu spät.

Sylvian stürzt sich auf Zayn, das Butterfly erhoben, und wir anderen sind fast nicht schnell genug.

Die Klinge landet an Zayns Kehle, und nur weil Jaxon seinen Arm gerade rechtzeitig zurückzerrt, dringt sie nicht tief ein.

Drei Männer, um Sylvian Silvano zu bändigen. Einer weniger und Zayn wäre tot.

Reece' Zwilling starrt Sylvian an. Die Panik, die kurz in seinem Blick aufgeflackert ist, als Sylvian ihn zu Boden gerungen hat, ist wieder verschwunden. »Du liebst sie wirklich«, flüstert er.

»Ich warne dich, du kleiner, hässlicher Scheißer«, knurrt Sylvian. »Wenn ich mitbekomme, dass du ihr auch nur ein fucking Haar krümmst, werden die anderen nicht da sein, um mich aufzuhalten.«

Zayn presst die Lippen zusammen und schweigt, bis wir anderen Silvano wieder in den Stand gezerrt haben. »Wieso zur Hölle dürft ihr sie fertigmachen, aber ich nicht?!«, fragt er anklagend und hält genügend Abstand zu Sylvian. »Was soll das? Ich bin hier im Raum ja wohl der Einzige, der sie noch *nicht* verletzt hat.«

»Du hast Rachel gefickt«, erinnert ihn Reece.

»Ja, na und?! Weil ich Bock auf Rachel hatte, nicht, um Dole zu verletzen, so wie Sylvian, der Harper nur deswegen die ganze Zeit zum Orgasmus bumst, damit es die Kleine besonders hart trifft.«

Jaxon verdreht die Augen. »Genau. Ich glaube dir sofort, dass du nicht darauf spekuliert hast, Belle würde dich dabei beobachten, wie du mit Rachel rumhurst.«

Zayn verzieht abfällig die Lippen. »Nur weil sich niemand von euch vorstellen kann, dass nicht jeder Mann der Welt auf die kleine Fotze abfährt, müsst ihr mich nicht wie einen Idioten hinstellen.«

»Nein«, sage ich und schenke ihm ein schmieriges Lächeln. »Es ist nicht, dass wir uns nicht vorstellen können, dass du sie nicht magst, Crescent.«

Auch Jaxon fasst Zayn scharf ins Auge. »Wir wissen nur zu gut, was passiert, wenn du dich bedroht fühlst«, führt er aus. »Du willst Belle loswerden, weil sie deinem Bruder zu nahe kommt. Du hast bereits gezeigt, dass du keine Hemmungen hast, so zu tun, als wäre es Reece, der sie verletzt. Zum Beispiel, als du Rachel in ihrem Wohnheim gevögelt hast. Es gab eine einfache Regel, und diese besagt, dass du *niemals* und unter absolut *keinen Umständen* Sex mit einer Frau haben wirst, während sie denkt, du seist Reece – außer Reece ist dabei. Du hast diese Regel gebrochen, Zayn. Wir tolerieren das, weil es die kleine Hure Rachel war. Aber du wirst dieses Spiel nicht mit

Amabelle abziehen. Falls doch … nun ja, werden wir möglicherweise wirklich nicht in der Nähe sein, wenn Sylvian das nächste Mal sein Butterfly zückt.«

Zayn zuckt lässig mit den Achseln, aber ich weiß, wie hart ihn Jaxons Worte treffen und dass Reece ihn nicht verteidigt. Alles, was sein Bruder tut, ist, auf ihn zuzugehen und den Schnitt zu überprüfen.

»Er geht etwas zu tief«, sagt Reece tonlos. »Er wird die nächsten Tage sichtbar sein.«

»Das bedeutet wohl, dass du für eine Weile zu Hause bleiben musst, Crescent«, bemerke ich süffisant.

»Wir werden sehen«, sagt Reece. Er müsste sich selbst schneiden, damit sie die exakt selbe Wunde haben, und selbst dann wäre der Unterschied für eine Amabelle Weaver, die auf jedes Detail achten wird, sichtbar.

Von draußen dringen schwere Schritte zu uns und im nächsten Moment wird die Tür aufgestoßen.

»Lass mich los, Vance, du Bastard!«, schreit Rachel, was er auch sofort tut.

Buchanan stößt sie von sich, sodass sie auf allen vieren vor uns auf dem Steinboden landet.

Sie starrt zu uns hoch und kauert sich ängstlich zusammen. Ihr Blick fällt auf den Typen, der noch immer ausgeknockt an der Wand liegt, als wäre er tot. Dann bemerkt sie Zayn und Reece. »Nein«, keucht sie und weicht in die einzige freie Ecke des Raumes zurück. »Das ist … das ist nicht wahr.«

»Da habt ihr sie.« Buchanan trägt eine Kapuze und die schwarze Maske darunter, die sein Gesicht nicht identifizierbar macht. »Wie geht es Mable?«

»Fick dich, Vance«, sagt Zayn, der nahe der Tür steht und noch immer ganz leicht aus dem Schnitt an seinem Hals blutet. »Es hat dich einen Scheiß zu interessieren, wie es Dole geht.«

Vance knurrt etwas. Dass er uns überhaupt hilft, könnte

allein daher kommen, dass auch Weaver in Lebensgefahr schwebt. Die anderen Kings sind blind, wenn sie nicht erkennen, dass Buchanan von Weavers Verhalten beeindruckt ist. Nicht einmal, dass sie sich von Jaxon ficken lässt, kann seiner Bewunderung Abbruch tun. Mit Mables Art, sich dem Spiel zu verweigern, hat sie bleibenden Eindruck bei Vance Buchanan hinterlassen.

Vermutlich holt er sich seit Oktober einen auf sie runter.

Oder, falls er das nicht tut, hält er sich zumindest krampfhaft davon ab. Ich frage mich, wie lange es gut gehen wird, einen Feind in den eigenen Reihen zu haben, der ausgerechnet Jaxons Opfer am liebsten für sich hätte.

Das schreit nach Drama. Ich fürchte, irgendwann wird Vance Buchanan sterben müssen.

»Bitte tötet mich nicht«, fleht Rachel und kauert sich ängstlich in ihrer Ecke zusammen.

»Haben wir nicht vor«, entgegnet Jaxon. »Sag uns einfach, was das für ein Boot war, was du damit zu tun hast, wer sich darauf befand und ... ja. Dir wird es zumindest besser ergehen als dem Typ in meinem Rücken.«

Jaxon lügt. Das mag ich.

»Ich weiß nicht, was das für ein Boot war!«, keucht Rachel. »Irgendeine ... Verrückte. So eine mit eingefallenem Gesicht, glasigen Augen, Narben überall. Und zwei Typen, die so durchschnittlich aussahen, dass ich nicht mal weiß, wie ich sie beschreiben soll. Außerdem war es dunkel.«

»Eleanore?«, fragt Sylvian rätselnd.

Rachel sieht panisch zu ihm. »Genau.«

Etwas zwischen uns verändert sich. Ich werfe Jaxon einen Blick zu, Jaxon wirft Reece einen Blick zu, Sylvian starrt einfach nur Rachel an.

»Eleanore«, murmelt Jaxon verblüfft.

»Was hast du mit ihr zu tun?«, frage ich weiter.

»Nichts! Sie haben mir aus dem Wasser geholfen. Sie

hat irgendein Zeugs vor sich hin gebrabbelt, wir müssten zusammenhalten und ... Total verrücktes Zeug! Sie fragte mich, wer sich noch im Haus befinden würde, weil sie einige der Pfähle sprengen werden. Ob ihr alle da wärt. Ich dachte, sie spinnt total, und habe einfach genickt. Sie fragte mich auch, welche der Stipendiatinnen auf der Party sind. Ich zählte Brittany auf, Lien, Mable, die anderen Typen aus meinem Wohnheim. Sie fragte daraufhin ... wer von uns etwas mit Sylvian hatte.«

»Was hast du geantwortet?« Sylvian blickt konzentriert auf Rachel hinab.

»Dass ich keine Ahnung habe, dass ich nur weiß, dass du Mable gefickt hast!«

»Mhh«, macht Jaxon nachdenklich.

»Kurze Zeit später«, fährt Rachel stammelnd fort, »gab es eine Detonation unter Wasser und ein Teil des Hauses sackte einfach in sich zusammen.«

»Weiter«, befiehlt Reece.

Ihr Blick flackert zu ihm, dann zu Zayn, und ich sehe die ersten verzweifelten Tränen in ihren Augen. Wie schade, dass ich so gut wie nie etwas fühle, sonst könnte ich etwas Mitleid haben.

»Diese Eleanore begann mit den Typen zu streiten. Sie wollten unbedingt, dass wir Mable retten, aber sie wollte es erst nicht. Aber dann fuhren sie doch Richtung Haus und hielten nach Mable Ausschau, fischten sie aus dem Wasser und schlugen dafür ... Reece«, wieder flackert ihr Blick in Crescents Richtung, »auf den Kopf, damit er sie loslässt. Ich dachte, er wäre ertrunken.« Sie schluchzt plötzlich heftig.

»Nein, ich war bei ihm«, mischt sich Zayn ein. »Sonst wäre er es vielleicht.«

»Ihr seid ... Zwillinge?«

»Nee, wir wurden geklont«, erwidert Reece spöttisch.

Ich lache beinahe. Vor allem, weil Rachel darüber nachzudenken scheint, ob das die Wahrheit sein könnte.

»Können wir beim Thema bleiben?«, knurrt Sylvian. »Red weiter.«

Rachel zuckt zusammen, als hätte er sie geschlagen. Ich frage mich, was Vance tun musste, um sie hierherzubringen. Als er sie hereingebracht hat, schien sie keinen Respekt vor ihm zu haben. Aber vor Sylvian hat sie welchen. »Eleanore redete auf Mable ein. Ich glaube, Mable hat genauso wie ich echt Schiss bekommen und einfach alles gesagt, was Eleanore hören wollte. Dass sie auf ihrer Seite ist und ... keine Ahnung. Dann kamen auch schon die Hubschrauber und die Typen mit uns auf dem Boot wurden unruhig. Sie diskutierten schnell und hastig und verlangten von uns, dass wir an Land schwimmen, damit wir nicht entdeckt werden, und dass wir schweigen.«

»Hm, das hat ja gut geklappt.« Zayn lächelt schief.

»Die ist verrückt! Lieber erzähle ich euch alles, als dass sie das nächste Mal mich versucht zu töten!«

»Du bist also an Land geschwommen, und dann?«

»Dann habe ich versucht, mich unter die Menschenmenge zu mischen, aber ein Polizist griff mich sofort auf. Als hätte er es mir irgendwie angesehen, dass ich einem Verhör ausweichen wollte. Ich erfand irgendeine Story und wurde erst mal in einen Mannschaftswagen gebracht. Dort drin saß ich für Stunden. Wenigstens brachten sie mich dann ins Wohnheim.«

»Wo sie ihre Sachen gepackt hat, als ich kam«, schließt Vance die Story.

»Klingt alles ... ganz logisch«, fasst Jaxon zusammen. »Aber wir sollten die Sache trotzdem prüfen.«

Sylvian und ich treten vor.

»Was ... was wollt ihr jetzt tun?«, stammelt Rachel, als sie von uns aus der Ecke gezerrt wird. Sylvian fasst an ihren schwitzigen Hals, drückt das Butterfly in ihre helle Haut und ich gehe zu meinem Rucksack. »Bitte, tötet mich nicht!«, ruft sie panisch.

Ein paar Sekunden krame ich darin herum und überlege, was gerade am meisten Wirkung erzielen könnte. Ich greife schließlich zu der Smith&Wesson und lade sie durch.

»Nein!«, kreischt sie und windet sich in Sylvians starkem Griff. »Nein, bitte nicht!«

»Halt still«, knurrt Sylvian, schneidet ihr in die Wange, sodass sie zusammenzuckt, und zwingt sie gleichzeitig auf die Knie.

Sie sitzt vor mir und ich drücke ihr die Mündung der Pistole mitten auf die Stirn.

»Nein!«, fleht sie. »Nein, bitte, nicht, bitte, ich habe euch alles gesagt, ich werde nie wieder ... ich habe ...«

»Sei still«, befiehlt Jaxon. Er steht an meiner Seite und blickt auf Rachel hinunter. »Sag uns, was *wirklich* auf dem Boot geschehen ist.«

»Ich habe euch alles gesagt!« Tränen rinnen wie Flüsse Rachels Wangen hinab.

»Du gehörst zu Eleanores Gruppe, oder?«, fragt Jaxon ruhig.

»Nein! Nein, wirklich nicht, nein!«

»Und kannst du uns helfen, mehr über sie herauszufinden?«

»Ich weiß nicht! Ich weiß nichts darüber! Ich habe keine Ahnung, wer diese Eleanore ist! Absolut keine! Es tut mir so leid, was ich Mable angetan habe! Ich wollte das nicht! Ich hatte so Angst um mein Studium! Bitte, bitte tötet mich nicht!«

»Hm.« Jaxon wartet eine ganze Weile, während Rachel verzweifelt heult und am gesamten Körper zittert. »Sie verdient den Tod, findet ihr nicht auch?« Er fragt es mit einer Kälte, die keinen Zweifel daran offen lässt, warum er so fühlt. Er will Rache für das, was Rachel Mable angetan hat. Noch nie wollte er sie so sehr.

»Soll ich es tun?«, frage ich ihn.

»Nein, bitte nicht!«, schreit Rachel und kneift panisch die Augen zusammen. »Bitte nicht!«

»Ich bitte dich, Romeo. Sie ist es nicht wert.« Jaxon dreht sich um. »Vance, hast du Interesse?«

»Nein, danke«, brummt er sarkastisch.

»Aber irgendwie ...« Jaxon fährt sich durchs Haar, als ich die Waffe herunternehme.

Rachel atmet erleichtert auf, als hätte sie vorher keine Luft bekommen, und bleibt am Boden zusammengekauert sitzen.

Sylvian nimmt Abstand und steckt sein Messer weg.

»Irgendwie glaube ich, dass man unsere Position infrage stellen wird. Trotz allem.« Jaxon sieht uns der Reihe nach an. »Wir sollten ein Exempel statuieren. Vor allem auch, um allen, die Eleanore nacheifern wollen, klarzumachen, dass es ein Spiel um Leben und Tod ist.«

»Was schwebt dir vor?«, fragt Zayn ihn, nicht mehr ganz so gelassen wie zuvor.

Jaxon dreht sich zu dem Loser um, der noch immer betäubt an der Wand liegt. »Wir machen aus Rachel eine Mörderin.«

Vance regt sich, Sylvian verspannt und Zayn atmet scharf Luft ein.

Die nächste Frage, die Jaxon stellt, ist rhetorisch. »Wie klingt das für dich, Rachel?«

FÜNF

JAXON

Ich kann nicht einmal sagen, ob du es bist, die ich mag. Oder vielmehr die Tatsache, dass nicht einmal Romeo dich umbringen will.

Amabelle liegt wie ein kleines zusammengerolltes Mädchen zwischen meinen Laken und lässt sich nicht von der Sonne stören, die durch die Vorhänge kriecht und die Konturen ihres Gesichts erhellt. Friedlich. Das ist es, was ich denke, als ich sie betrachte.

Niemand von uns hat länger als eine Stunde geschlafen. Zu sehr sind wir damit beschäftigt, die Hintergründe des Anschlags in Erfahrung zu bringen und Eleanore aufzutreiben.

Aber seitdem ich Amabelle wecken wollte, stehe ich hier, die Ruhe und Geduld in Person, und sehe sie einfach nur an. Sehe ihr einfach beim Atmen zu.

Die Nacht hätte auch ganz anders enden können. Mir wurde innerhalb der letzten Stunden bewusst, dass die Wahrscheinlichkeit, dass einem aus unserer Gruppe etwas zustößt, nicht gerade gering ist.

Sylvian, Reece, Zayn, Romeo, Amabelle, ich.

Sechs Personen.

Alle ohne einen Kratzer aus einem einstürzenden Haus entkommen.

Das ist nicht selbstverständlich, oder?

Amabelle blinzelt, als ich mich zu ihr lege. Eine Hand nach ihrem offenen Haar ausgestreckt, die andere stützt entspannt meinen Kopf. »Guten Morgen«, raune ich sanft.

Sie blinzelt heftiger, zieht die Decke bis zu ihrer Nase und läuft rot an. »Ich habe bestimmt Mundgeruch.«

Ich lache laut auf. »Das ist das Erste, was du denkst, wenn du in meinem Bett aufwachst und ich neben dir liege?«

Sie nickt mit dem Laken vor ihrem Gesicht.

Ohne zu zögern, reiße ich es von ihr herunter, umfasse fest ihr Kinn, küsse sie und schiebe ihr meine Zunge zwischen die Lippen. Natürlich schmeckt sie bitter nach Schlaf, aber es kümmert mich nicht. Sie stöhnt erst widerwillig und dann lustvoll, als ich sie leidenschaftlich küsse, ihr Kinn in meiner Hand. Als ob sie ganz mir gehören würde. Als ob *alles* von ihr mir gehören würde.

Meine Fantasie treibt davon, als mir bewusst wird, was ich einem Mädchen wie ihr alles bieten kann. Eine Clarisse oder Harper lässt sich nicht von meiner schwarzen Kreditkarte beeindrucken. Aber für Amabelle öffnet sich eine ganz neue Welt.

Eine *vollkommen* neue Welt.

»Komm mit mir nach Singapur«, raune ich vor ihren Lippen und sehe sie intensiv an.

»Was?«, keucht sie mir entgegen. Die Wangen noch geröteter als zuvor.

»Wir fliegen um die Nordhalbkugel. Ich zeige dir eine der reichsten Städte der Welt. Wir nehmen uns eine Suite, und ich kaufe dir alles, was dein Herz begehrt. Jeden noch so kleinen Wunsch werde ich dir vergolden, auch wenn ich weiß, dass du mit weniger zufrieden wärst. Aber es gibt niemanden, den ich kenne, der es mehr wertschätzen würde als du.«

Sie starrt mich an, als würde ich plötzlich Chinesisch sprechen.

»Sag einfach Ja, Belle«, fordere ich schmunzelnd und küsse sie noch einmal, bevor ich sie loslasse und aufstehe. »Ich rufe unseren Piloten an. Er erwartet sowieso, dass ich ihn über Spring Break kontaktiere.«

»Ich habe überhaupt nicht zugestimmt!«

Ich sehe sie verwundert an. »Überlegst du abzulehnen?«

Wenn es eben noch gerötet war, wird ihr Gesicht nun langsam bleich. »Singapur ist *ziemlich* weit weg und …«

»Und?«

»Ich würde niemals mit dir so weit verreisen.«

»Warum nicht?«, frage ich ungeduldig.

»Du bist Jaxon Tyrell«, erinnert sie mich und glaubt offenbar, damit alles gesagt zu haben. »Du hast mich letztes Semester …«

Ich fahre mir genervt durchs Haar. Es ist noch feucht von der Dusche. »Du hast gesagt, dass du dich in mich verliebt hast, Belle. Wen interessiert noch, was letztes Semester war?«

»Und hast du dich auch in mich verliebt?«, schießt es aus ihr hervor.

Fuck, damit erwischt sie mich kalt. Mein Mund öffnet sich, und ich merke, dass ich sie aus irgendeinem Grund nicht anlügen kann. *Habe ich mich in dich verliebt? Nein, so soft bin ich nicht. Zarte Gefühle sind mir fremd. Kann ich mir trotzdem vorstellen, mit dir zusammen zu sein? Ja. Weil etwas an dir mich fasziniert. Weil etwas an dir durch und durch echt ist.* »Ich würde es nicht ›verliebt‹ nennen …«, weiche ich aus.

»Aber?« Amabelle hat sich im Bett aufgesetzt und die Knie unter meiner Decke vor die Brust gezogen. »Wie würdest du es nennen?«

»Sagen wir, ich habe keinen Bedarf, mit irgendeiner anderen nach Singapur zu fliegen. Oder sie gar zu vögeln. Reicht das für dich als Sicherheit, dass es mir ernst ist?«

Ihr Atem geht bebend, und ich kann aus ihrer fiebrigen Miene nicht herauslesen, was sie wirklich denkt.

»Belle?«

Sie öffnet den Mund, aber meine Tür bricht in ebendiesem Moment auf.

»Du glaubst nicht, was die fucking Cops getan haben, Jax.« Zayn. Er tritt in den Raum und bemerkt erst dann Amabelle. Steif bleibt er stehen und starrt sie an. »Ich dachte, sie wäre längst weg. Wir warten die ganze Zeit auf dich!«

»Ich komme nicht mit nach Fort Lauderdale«, informiere ich ihn glatt und ignoriere seinen Satz zu der Polizei. Vermutlich ist es nicht für Amabelles Ohren bestimmt. »Fahrt ohne mich.«

Zayn starrt mich an, als hätten mich alle guten Geister verlassen. »Und was hast du stattdessen vor?«

»Singapur.«

»Ich komme nicht mit!«, ruft Amabelle vom Bett aus.

Zayn sieht sie an und schaltet schnell. »Du willst mit *ihr* nach Singapur? Und versetzt dafür *uns?*«

Am liebsten würde ich ihn daran erinnern, dass Amabelle kurz davor ist, hinter sein Geheimnis zu kommen, aber Zayn war noch nie vorsichtig. Irgendwann wird sein Übermut ihm den Kopf kosten und mehr als einen warnenden Blick kann ich ihm nicht zuwerfen.

Auch wenn Amabelle es nicht erkennen kann, sehe ich, dass Zayn vor mir ein Augenrollen andeutet, bevor er sich ihr zuwendet. »Versteh mich nicht falsch, Mable«, sagt er in Reece-Manier. »Singapur ist großartig. Aber Spring Break ist *unser* Ding. Die Zeit, in der wir unser Studentenleben auskosten. Nur wir vier. Insofern bin ich dir dankbar, dass du Jaxons Angebot ausschlägst. Wir besorgen dir ein Taxi, das bringt dich nach Hause und wir sehen uns in einer Woche wieder.«

Der Penner kriegt die Kopie seines Bruders immer wieder perfekt hin.

»Ja, das klingt gut«, murmelt Amabelle, macht aber keine Anstalten, aufzustehen. Sie betrachtet Zayn, als könnte sie durch Telepathie in seinen Kopf sehen, und ich halte es für besser, dafür zu sorgen, dass sie vorerst nicht hinter sein Geheimnis kommt.

»Wir warten unten auf dich«, erkläre ich ihr und gehe an Zayn vorbei aus meinem Zimmer. Er folgt mir. Kaum habe ich die Zimmertür hinter mir geschlossen, zische ich ihn an. »Euer Apartment, sofort.«

Ich steuere auf die Treppe zu und nehme die geschwungenen Stufen ins zweite Stockwerk. Am Ende des schwach beleuchteten Ganges führen zwei Türen in ein- und denselben Raum. Reece' und Zayns Zimmer. Die einzigen Räume in der Verbindungsvilla, die ehemals so klein waren, dass sie mit einem Durchbruch zu einem größeren Raum zusammengeschlossen wurden und damit zwei Bäder, zwei Balkone, zwei Betten und zwei Schreibtische bieten.

Ich stoße die Tür zu Reece' Zimmerseite auf und störe ihn prompt beim Anziehen. Nur in Boxershorts bekleidet dreht er sich in meine Richtung und hebt fragend eine Braue.

»Soll Amabelle es erfahren?«, frage ich die beiden direkt und sehe sie nacheinander an. Dabei fällt mir sofort auf, dass Reece so wie Zayn einen Schnitt am Hals trägt. Obwohl es unwahrscheinlich ist, dass Amabelle die Wunde bemerkt, da sie von Zayns Hemdkragen verdeckt wird, hat Reece ... Gott, die Crescents sind einfach krank. »Nur für mich zur Klarstellung. Denn wenn ich sie bei einer Sache weniger anlügen muss, wäre es mir nur recht.«

Reece verzieht abfällig die Lippen. »Ganz der Kavalier geworden, was?«

»Hast du ein Problem damit?«, frage ich konfrontativ.

»Bedeutet sie dir etwas?« Reece knöpft sein Hemd zu, während er auf mich zukommt. Zayn hält sich im Hintergrund. Wenn es darum geht, sich zu behaupten, hat er nur wenige Glanzmomente. Die meiste Zeit lässt er Reece reden und betrachtet nebenbei seine Fingernägel oder spielt auf seinem Handy, ganz so, als hätte nichts von alldem Bedeutung, was um ihn herum geschieht. »Ich meine, bedeutet sie dir *mehr* als dein üblicher Rachedurst, der gestillt werden will?«, bohrt Reece.

Ich blicke ihm ausdruckslos entgegen. »Wenn Zayn so weitermacht, kommt sie hinter das Ganze, bevor irgendjemand das nächste Mal ›Crescent‹ sagt.«

»Was sie glaubt zu wissen und was wirklich ist, sind zwei vollkommen verschiedene Paar Schuhe«, erwidert Reece nonchalant. »Sie wird sich bis zuletzt immer unsicher bleiben.«

»Und das willst du so?«, frage ich ihn genervt.

Reece hebt desinteressiert eine Schulter. »Warum zweifelst du, Jaxon?«

»Er hat sie nach Singapur eingeladen«, schaltet Zayn sich ein. »Über Spring Break. Glaube, daher kommt sein ganzes Getue von einem besseren Menschen und bla, bla, bla.«

Ich presse die Zähne zusammen. Die kleinen Würmer sind *nichts* ohne mich, nichts ohne die Position, die ich ihnen biete. Sie stehen an meiner Seite und werden damit in Zukunft zu den mächtigsten Männern der Welt gehören. Mich von ihnen vorführen zu lassen entspricht zu null Prozent meinem Naturell.

»Singapur?«, fragt Reece zweifelnd. »Wirklich?«

»Ich will nur eine Sache von euch kleinen Bastarden wissen.« Meine Stimme bekommt einen drohenden Unterton. »Wollt ihr, dass Amabelle *es* erfährt? Oder wollt ihr ihr weiterhin vorgaukeln, sie wäre zu blind und zu dumm und hätte nicht genügend weibliche Intuition, um es zu checken?«

»Wolltest du *allein* mit ihr hinfliegen?«, fragt Reece, ohne auf mich einzugehen.

»Was denkst du denn?«, höhnt Zayn. »Natürlich wollte er.«

Reece' Mund öffnet sich erstaunt, und ich frage mich plötzlich genauso wie er, wie ich auf diese bescheidene Idee kommen konnte. Natürlich vertraut Amabelle mir noch nicht genug, als dass sie sich von mir so weit weg in die Fremde entführen lassen würde. Und wer bin ich, dass ich mir plötzlich ein ganz normales Leben mit einem Mädchen ausmale? Aus diesem Alter bin ich seit der Highschool raus.

Reece ist der Einzige, der noch genug für Träumereien übrighat, um an so einem Blödsinn festzuhalten.

»Und was hat sie gesagt?«, fragt er mich tonlos.

»Nichts«, entgegne ich schulterzuckend.

»Ihr könnt ja sowieso nirgends hin«, schaltet sich Zayn ein.

»Wieso?«, frage ich ihn genervt.

»Die Polizei hat angeordnet, dass niemand die Halbinsel Marylands verlassen darf, bis die Ermittlungen abgeschlossen sind«, erklärt Reece nüchtern.

Ich sehe sie erstaunt an. »Bitte?«

»Wir können nach Ocean City oder in den Nationalpark. Und das war's.«

»Mit welchem Recht?«

»Dem unserer Eltern«, säuselt Zayn. »Die Mommys und Daddys der Studenten haben das mehr oder weniger gefordert und dem Antrag wurde zugestimmt. Sie wollen nicht, dass die Terroristen entkommen.«

»Großartig«, presse ich hervor. Damit sterben meine

gesamten Ferienpläne. »Wir sehen uns beim Frühstück unten.«

»Jaxon!«

In der Tür halte ich inne und drehe mich zu Reece um.

»Ich werde *niemals* zulassen, dass du erneut versuchst, sie zu zerstören.« Er sagt es mit Würde und Souveränität, aber er hat absolut *keine* Ahnung, wie weit meine Macht reicht. *Wenn ich will, dass du vernichtet wirst, wird Reece mir dabei helfen. Was glaubt er, wer er ist? Allein das Aufdecken seines Geheimnisses wird dafür sorgen, dass du ihm für immer misstraust.*

Spöttisch verziehe ich einen Mundwinkel. »Soll das eine Drohung sein, Crescent? Denn momentan sieht es eher danach aus, als müsste ich sie vor *dir* und *Zayn* beschützen.« Mit diesen Worten reiße ich die Tür ganz auf und donnere sie hinter mir zu.

JAXON

Mein Vater hat eine Hure nach der anderen mit nach Hause gebracht. Sie waren Gast in unserem Haus. Schliefen in unseren Betten. Sie aßen mit uns am Frühstückstisch. Aber ich habe sehr lange nicht ihn dafür gehasst, meine Mutter auf so schäbige Art zu quälen, sondern die Huren selbst. Wie kamen sie dazu, sich an den Tisch einer Familie zu setzen, zu tun, als wären sie nur Geschäftspartnerinnen, Freundinnen, Cousinen und als was mein Vater sie noch alles vorgestellt hat?

Sie waren allesamt erbärmliche kleine Fotzen, die niemand anderes als meinen Vater verdient hatten. Und genauso geht es mir auch. Die Mädchen verdienen mich. Mich und all das Leid, das ich über sie bringen werde.

Wer sich nicht schlecht behandeln lassen will, hält sich fern.

Außer du. Du bleibst trotzdem.

Ist das jetzt grenzenlose Dummheit?

Oder hast du dich einfach nur wirklich in mich verliebt?

SECHS

MABLE

Wenn ich von meinem Vater träume, ist da meistens nur ein Schemen. Braunes Haar, ein breites Lachen, ein strenger Zug um den Mund. Aber seine Stimme klingt immer gleich. Hart, laut, herrisch.

Amabelle. Dieser Name zwängt sich mir in meinen Träumen auf. Ein Schwert, dessen Spitze direkt an mein Herz stößt. Ich weiß nicht mehr viel, nur, dass ich nie wieder eine ›Amabelle‹ sein wollte. Meine Schwester hat mich Mable genannt, seitdem sie ein kleines Baby war, und meine Mom ruft mich mit verschiedenen Kosenamen. Auf der Middle School habe ich angefangen, mich mit ›Mable‹ vorzustellen. Seitdem bin ich sie. Ein Mädchen ohne Vater, deren Erinnerungen an ihre wahre Vergangenheit höchstens in Träumen hochkommen.

So sehr ich den Namen ›Amabelle‹ auch vergessen wollte, seitdem Jaxon mich so nennt, ist er wieder da. Dieser Schemen in meinen Träumen. Dieser Schatten aus meiner Kindheit, der einerseits Schmerz, aber auch Glück verspricht.

Wer ist mein Vater?

Und was tut er gerade?

Seit fünf Minuten sitze ich aufrecht in Jaxons Bett und

bin allein. Ich kann mich nicht gegen das Kribbeln wehren, das über meinen gesamten Körper fährt, als ich den gestrigen Abend Revue passieren lasse.

Rachel, das Gespräch in der Limousine, die Party, der Vierer, ein eingestürztes Haus, das kalte Wasser, Jaxon, seine Limousine, Sex ...

Und heute Morgen macht er mir ein Angebot, das ich unter normalen Umständen niemals hätte ausschlagen dürfen. Selbst wenn es eine schmerzhafte Affäre sein wird, auf die ich mich einlasse: Wann käme ich jemals wieder kostenlos nach Singapur?

Aber Jaxon hat mich nachts in einem Wald ausgesetzt. Ich kann mich auf keinen Fall darauf verlassen, dass er mich nicht wieder an einem Ort zurücklassen wird, von dem ich ohne Hilfe nicht wegkomme.

Mit trockenem Mund und klopfendem Herzen stehe ich auf. Kann ich mich nicht in jemand anderes verlieben? In jemand Normales? In jemanden, der nicht in einem riesigen Verbindungszimmer wohnt, reich wie der amerikanische Präsident ist und mein Leben zur Hölle gemacht hat?

Romeo hat aus meinem Zimmer zwar frische Kleidung geholt, aber es lockt mich, in Jaxons Schrank zu sehen. Dafür, dass sein Zimmer gigantisch ist, ist sein Schrank nicht einmal begehbar. Ich ziehe ein großes, schwarzes Shirt hervor, erwische mich dabei, wie ich daran rieche. Der frische Duft nach hochwertigem Waschmittel kitzelt in meiner Nase und erinnert mich daran, wie es ist, wenn Jaxon mir nahe ist.

Verdammt.

Auch wenn ich nicht glaube, dass er es nicht früher oder später bemerkt, stecke ich das Shirt in die Tasche, in der Romeo mir meine Kleidung gebracht hat, und ziehe mich an.

Die Tasche geschultert verlasse ich das Verbindungszimmer und stoße prompt im Flur auf einen der anderen Studenten.

Er wollte gerade in sein Zimmer gehen und bleibt stocksteif stehen.

»Hi«, murmle ich und gehe an ihm vorbei. Wie alle Alpha-Rex-Elite-Studenten lässt ihn allein seine Kleidung attraktiv wirken. Ich will nicht wissen, wie teuer die Chino war, die er trägt, oder der Kashmirschal, den er locker über der rechten Schulter hängen hat.

Als ich das geschwungene Treppenhaus erreiche, begegne ich weiteren Typen. Alle bleiben stehen und starren. Einer von ihnen lässt sogar das Buch fallen, das er in der Hand gehalten hat.

Mit hochrotem Gesicht und gesenktem Blick gehe ich nach unten und steuere auf die herrschaftliche Flügeltür der Verbindungsvilla zu.

Bloß weg hier.

»Wo willst du hin, Belle?«

Jaxon. Er lehnt an einer gläsernen Tür auf der gegenüberliegenden Seite der Eingangshalle, eine dampfend heiße Tasse in der Hand, und sieht unfassbar hinreißend aus. Sein welliges, dunkelblondes Haar ist grob zurückgekämmt, seine eisblauen Augen strahlen und seine Haltung in der hellen Chino und dem eng anliegenden Pullover lässt ihn wie einen Sexgott aussehen.

Habe ich Sexgott gesagt?

»Willst du nicht mal zum Frühstück bleiben?«, fragt er.

Ich zögere. Obwohl ich gestern Nacht mit ihm geschlafen habe und alles in mir sich danach verzehrt, dass meine Sehnsucht nach ihm erneut gestillt wird, traue ich ihm kein Stück weit. Er hat sich nie dafür entschuldigt, was letztes Semester geschehen ist. Nie bereut. Das ist ein guter Hinweis darauf, dass nichts von dem, was zwischen uns war oder sein wird, ehrlich gemeint sein könnte.

Weil ich wortlos stehen geblieben bin und mich nicht mehr rege, hebt er langsam eine Braue.

Die Angst, jederzeit wieder fallen gelassen zu werden, ist gigantisch. Sie lähmt mich tief und von innen heraus. Wenn ich jetzt auf ihn zugehe. In die Küche gehe.

Wenn ich zum Frühstück bleibe.

Die anderen Kings dort sind ...

Ich spüre, wie meine Mitte so heiß wie meine Gedanken wird. Es ist grausam. Was sie mit mir tun, ist grausam, und wie sehr ich es liebe, ist grausam. Wenn ich mich erneut auf sie einlasse ... kann ich nur verlieren.

Aber die eine Stunde.

Die zwei Stunden, in denen wir frühstücken.

In dieser Zeit gewinne ich.

Denn sie geben mir genau das, was ich will.

Ich beiße mir auf die Unterlippe und bin schwach. Einen Schritt weg von der Tür in die falsche Richtung und ich erliege meinem Verlangen nach Jaxons Nähe. Und der der anderen Kings. Als wäre ich ein Junkie, der sich nach dem nächsten Absturz sehnt, mehr noch als nach der Droge.

Mit festem Schritt steuere ich auf ihn zu. Jaxon Tyrell. Mein Untergang in personifizierter Form. Der Anfang und das Ende meiner normalen Collegezeit. Es scheint kein Zurück zu geben. Keine Umkehr.

Jetzt bleibt nur noch die Entscheidung, ob ich den nächsten Zug setze oder weiterhin über mich bestimmen lasse, als wäre ich nur eine Figur.

Als ich Jaxon erreiche, lasse ich die Tasche von meinen Schultern gleiten, überbrücke den letzten Abstand zwischen uns und lege meine Hände um seinen Hals.

Er sieht mich erstaunt an, dann berühren meine Lippen bereits die seinen.

Es ist wie Magie, die mich durchfegt, als hätten wir uns noch nie geküsst und doch schon Hunderte Male. Seine

Lippenbewegungen, seine Zunge, sein unverwechselbarer Duft, alles ist mir so vertraut, umschmeichelt meine Sinne und lässt mich in seinem Arm zerfließen.

Er packt mich, hält mich fest, und wir küssen uns, als hätten wir monatelang darauf verzichten müssen und es unser Leben lang gewollt.

Ich fühle mich gut, als ich meine Lippen langsam schließe und Abstand nehme. Dieses Mal habe ich bestimmt. Eine Möglichkeit, wie ich mich vor dem Fall beschütze, ist es, selbst die Zügel in der Hand zu halten. Jedenfalls für diesen einen winzigen Moment habe ich das.

Dann lächelt Jaxon mich an, als hätte ich genau das getan, was er sowieso erwartet hätte, und die Gewissheit zerplatzt. Was, wenn er es darauf anlegt, dass ich ihm erneut verfalle? Er es als gewonnene Runde sieht, dass ich ihn wieder küsse?

Fuck.

Er ist mir immer einen Schritt voraus.

Ich überlege schon, ob ich umkehren soll, als ich den Frühstückstisch vor mir sehe. Ein gesamter Kühlschrankinhalt scheint darauf entleert worden zu sein. Es ist nicht luxuriös angerichtet, aber die Kings haben sich Mühe gegeben. In der riesigen holzvertäfelten Küche befinden sich alle vier.

Sylvian lehnt an der breiten Fensterbank, eine Kippe unangezündet zwischen den Lippen, einen Becher Kaffee in der Hand. Reece steht hinter der Kücheninsel, wendet geschickt einige Pancakes, Romeo sitzt Zeitung lesend am Tisch. Zayn fehlt natürlich wie immer.

Jaxon lässt mich los und schließt hinter mir die Tür.

»Setz dich«, ordnet er an.

Mit wackeligen Knien gehe ich auf den Tisch zu. Romeo stößt einen der Stühle mit seinem rechten Fuß zurück, sodass es mir leichter fällt, mich zu setzen. Obwohl er nicht von seiner Zeitung aufsieht, werte ich das als grimmigfreundliche Reaktion auf mein Erscheinen. Die Romeo-Variante eines Gentlemans, der aufsteht und einem den Stuhl zurückzieht.

»Pancake?« Reece tritt an den Tisch und legt mir ungefragt einen Pancake auf den Teller, dabei beugt er sich vor und haucht mir einen Kuss an die Wange, was mich augenblicklich stocksteif dasitzen lässt. Mein Atem rauscht, mein Herzschlag galoppiert und die Hitze in meinen Wangen wird unerträglich. Es ist unmöglich, dass er und Zayn dieselbe Person sind. Reece hätte heute Morgen niemals so mit mir gesprochen.

Der Beweis scheint so greifbar und allein seine erneute Veränderung lässt mich so sicher sein wie noch nie. *Aber welche Konsequenz würde aus dem Ganzen folgen? Kann es sein, dass mich die Vorstellung eher reizt, als dass sie mich stört, wenn Reece und Zayn Zwillinge sind …?*

Fuck.

Sylvian setzt sich vor mich, betrachtet mich mit dem altbekannten Dschungel in den Augen, stellt die Flasche Sirup vor mir ab und legt die Kippe ungeraucht vor seinen Teller. Reece zieht den Stuhl links von mir am Kopfende des Tisches zurück, Jaxon setzt sich gegenüber von Romeo zu meiner Rechten und legt einen Arm locker auf meine Lehne.

Ihnen so nah zu sein, am helllichten Tag, nach allem, was gestern Nacht geschehen ist, lässt mich nervös schlucken.

»Kaffee?« Jaxon schenkt mir ein.

Romeo faltet die Zeitung. Sylvian greift danach, überfliegt die Titelseite.

Ich sehe das Foto der Holzvilla, die gestern eingestürzt ist. »Was schreiben sie?«

»Das ist doch jetzt unwichtig«, raunt Jaxon, ein verführerisches Lächeln auf den Lippen, stellt den Kaffee wieder ab und betrachtet mich herausfordernd. »Iss.«

»Ich habe keinen besonders großen Appetit …«, murmle ich, was die Untertreibung des Jahrhunderts ist. Ihre Nähe ruft ein Gefühl in meinem Magen hervor, als wäre er zu einem Nichts geschrumpft. Als könnte ich nicht einmal den Speichel hinunterschlucken, der sich in meinem Mund bildet.

»Du willst Crescents Pancakes verschmähen?«, fragt Romeo, der den Sportteil der Zeitung durchblättert. »Wann hast du es zuletzt erlebt, dass ein Milliardenerbe etwas für dich zum Frühstück zubereitet?«

Milliardenerbe. Stimmt, da war was.

»Kein Problem, Mable«, sagt Reece gelassen und greift nach einer meiner Strähnen. Er legt sie hinter mein Ohr, was ein feuriges Kribbeln überall dort auslöst, wo seine Hand meine Haut berührt. Die Geste ist mehr als intim und bestätigt mich einmal mehr darin, den ›richtigen‹ Reece vor mir zu haben. »Iss, worauf du Lust hast.«

»Du meinst unsere Schwänze?«

Mein Blick schnellt zu Sylvian und ich funkle ihn an. Er zuckt mit den Achseln, greift nach einem Toast und bestreicht es großzügig mit Erdnussbutter.

»Hör nicht auf ihn«, sagt Reece gut gelaunt. »Er schmollt, weil er zu *verlobt* für dich ist.«

»Witzig«, bringe ich hervor und alle Kings bis auf Sylvian lachen.

Jaxon schüttet Sirup auf meinen Pancake und schneidet ein Stück ab. Als er die Gabel tatsächlich in die Richtung meiner Lippen führt, überlege ich schon, ob ich ihn nicht von mir stoßen und sofort Hals über Kopf davonlaufen soll. Das hier wird mir eine Spur zu romantisch. Damit hätte ich nicht gerechnet. Niemals. Schon gar nicht, wenn sie *alle* mit mir im Raum sind.

Aber bevor ich laufen kann, legt Reece eine warme Hand in meinen Nacken und blickt mich mit glühendem Blick an.

»Hast du wirklich keinen Hunger, Mable?«

Ich öffne hilflos den Mund und Jaxon führt die Gabel zwischen meine Lippen. Sirup läuft mir am Kinn entlang. Der Pancake schmeckt möglicherweise fantastisch, aber ich kann mich nicht darauf konzentrieren, weil Jaxon seinen Daumen meine Unterlippe entlanggleiten lässt, um den Sirup aufzufangen. Er leckt die zuckrige Flüssigkeit ab und mein Bauch beginnt heftig zu rumoren. Allein diese Geste von ihm ist so heiß, dass ich das Stück Pancake herunterwürge, um durch den Mund atmen zu können.

Ohne weitere Vorwarnung greift Reece in mein Haar. Er zieht mich vor sich und küsst mich hart. Kaum haben sich unsere Lippen gelöst, packt Jaxon meinen Nacken und holt mich vor seinen Mund.

Mir wird schwindelig von ihren heißen Küssen, ihren treibenden Zungen. Alles in mir verlangt danach, nach mehr zu betteln. Mich ihnen hinzugeben und mich fallen zu lassen.

Aber es ist nicht nur das Verlangen nach Sex, das mich an Ort und Stelle hält.

Es ist so viel mehr. Die Gefühle preschen auf mich ein, schlagen mich nieder. Nicht nur in Jaxon habe ich mich verliebt. Sondern möglicherweise auch in Reece, der einen Zwillingsbruder namens Zayn hat, sodass ich gar nicht weiß, ob ich nicht längst beiden verfallen bin. Und Sylvian …?

Als Jaxon mich loslässt, das helle Blau in seinen Augen voller Gier, springe ich auf. »Ich denke, ich gehe jetzt besser«, keuche ich. Als ich zur Tür zurückweiche, ist Jaxon sofort bei mir.

»Als ob«, murmelt Sylvian und faltet die Zeitung zusammen.

Jaxon umfasst bestimmend meinen Oberarm und führt mich zurück zum Tisch. »Du wirst etwas essen. Dann kannst du immer noch gehen.«

Ich ziehe eine Grimasse, was Reece zum Schmunzeln bringt. Er lehnt sich zurück, die langen Beine ausgestreckt, die Hände im Schoß locker gefaltet, und sieht aus wie ein zufriedener Kater, der sein Futter genüsslich betrachtet. »Bevor du dich setzt, Mable, solltest du dich ausziehen.«

Panisch schüttle ich den Kopf.

Jaxon seufzt, fasst mit roher Gewalt in mein Haar und zieht mich vor sich, sodass ich vor Schmerz aufschreie. Er drückt mir eine Hand auf den Mund und seine blauen Augen blitzen diabolisch auf. »Du hast es immer noch nicht kapiert, Belle, oder? Wir sind nicht *irgendwer*. Wenn wir etwas wollen, *werden wir es bekommen*. Gerade wollen wir dich und du willst es noch viel mehr. Dein Ego kann es uns jetzt entweder leichtmachen und Gehorsam zeigen, oder du machst es uns schwer. Dann machen wir es *dir schwer*.«

»Womit genau wollt ihr mir drohen?«, frage ich bebend.

Seine Augen weiten sich leicht.

»Muss sie immer solche Dinge fragen?«, sagt Reece. »Warum kann sie nicht lernen, uns weniger herauszufordern?«

»Wäre sie sonst hier?«, fragt Sylvian.

»Kämpfe nicht gegen dein offensichtliches Verlangen an.« Jaxon führt mich bis zum Tisch. »Das ist lächerlich.«

Meine Brust bebt, als ich mich zurück auf meinen Stuhl sinken lasse. Ich mache den Fehler, Sylvian anzusehen. Sein Blick ist derart dunkel, dass ich am liebsten vor ihm davonlaufen würde.

»Also, Belle.« Jaxon hat sich neben mich gesetzt, die Lippen an meinem Ohr. »Ich werde dir jetzt dabei zusehen, wie du dich auf Reece' Schoß setzt, und dann wirst du ihn genauso ficken wie mich gestern in der Limousine. Du brauchst dich nicht dagegen zu wehren, es geschieht sowieso. Ich will deinen nackten Arsch beobachten, während du Reece' Schwanz hart reitest. Und ich will dich schreien hören. Jedes einzelne Mal, wenn du kommst.«

Schwindel befällt meinen Körper, weil ich zu spät merke, dass ich nicht mehr atme.

»Und wenn du damit fertig bist, dann wirst du dich über den Tisch legen«, züngelt Jaxon weiter. »Und wir werden Sylvian dabei zusehen, wie er sich deinem Arsch widmet. Es wird schmerzhaft, das verspreche ich. Vor allem, da du weißt, dass er es nicht lassen kann, dich mit Harper zu betrügen. Oder sie mit dir. Was auch immer. Es wird dir tief in deinem kleinen, dunklen Herz wehtun und du wirst es genießen. Irgendwelche Einwände?«

Mein Blick flackert zu Romeo.

»Keine Sorge. Er sieht nur zu.«

Auf diese Worte hin schiebt Romeo seinen Stuhl zurück und macht es sich bequem. Sein ausdrucksloses Gesicht wird noch eine Spur leerer, und ich habe keine Ahnung, ob ich es gut finde, dass er dabei ist.

»Ich mache es, wenn ihr mir sagt, wer Zayn ist.«

Auf meine Worte hin grinsen alle Kings, selbst Romeo, und werfen sich vieldeutige Blicke zu.

»Zayn?«, fragt Jaxon nonchalant. »Who the fuck is Zayn?«

Frustriert stoße ich die Luft aus. »Und ich will etwas, das mir beweist, dass ihr mir mein Leben nicht wieder zur Hölle machen werdet.«

Jaxons Grinsen erstarrt und Wut blitzt in seinen Augen auf. »*Wir* bestimmen die Regeln. Du kannst froh sein, auch nur eine einzige Sekunde unsere Nähe genießen zu dürfen, statt darunter zu leiden.«

»Mable, bitte.« Reece lächelt mich freundlich an. »Was glaubst du, tun wir hier? Dich vor Rachel retten? Dich die Nacht in Jaxons Zimmer verbringen lassen? Nicht eine einzige Drohung aus dem letzten Semester wahr machend? Jeder Einzelne von uns will dich. Selbst Romeo hält es in deiner Nähe aus, ohne dich umbringen zu wollen. Ich gebe es nicht gerne zu, aber du hast mittlerweile größere Probleme als uns. Ganz im Gegenteil, wenn rauskommt, dass wir dich gestern alle wie Ritter aus dem Haus gezerrt haben, als würdest du uns mehr bedeuten als alle anderen, fangen die Probleme erst an.«

»Wieso?«, frage ich naiv.

»Weil wir uns bis aufs Blut um dich streiten werden«, entgegnet Sylvian zynisch und verzieht einen Mundwinkel.

»Scheiße, nein«, wirft Reece ein. »Eben weil ... wir es nicht tun. Vielleicht werden wir kein zweites Mal mehr so entspannt beim Frühstück zusammensitzen, ohne dass vor unseren Türen eine Meute Frauen steht, die dich am liebsten killen wollen. Unser Interesse an dir ist nicht erloschen. Das gab es bei keiner vor dir. Und alle hätten gerne deinen Platz.«

Auch wenn seine Worte einerseits mein Ego streicheln, mich begehrt und besonders fühlen lassen, kommt gleichzeitig all das Schlechte hoch, das Reece in mir erzeugt hat. »Warum sie, Reece?«, frage ich nur. Meine Stimme bricht und die nächsten Worte hauche ich. »Wieso ausgerechnet sie? Und wenn nicht du es warst, warum sagst du mir nicht einfach, dass Zayn sie gevögelt hat?«

»Rachel?«, fragt Reece und sein Stirnrunzeln verrät, dass er vom Erwähnen ihres Namens nicht begeistert ist. Oder von dem, was ich über Zayn gesagt habe.

»Und warum Clarisse?«, fahre ich Jaxon plötzlich an, der nicht einmal mit der Wimper zuckt. »Warum Harper?«

Sylvian antwortet nicht.

»Sie sind alle nichts gegen dich«, flüstert Jaxon und lässt eine Hand sanft in meinen Nacken gleiten. »Wir haben sie alle nur benutzt, um dich zu verletzen. Jeder einzelne Moment, wenn wir ihnen nähergekommen sind, war Fake. Sylvian empfindet so viel für Harper wie ich für den Stuhl, auf dem du sitzt.«

Romeo lacht kurz auf und Jaxon schmunzelt.

»Wir sind Bastarde«, führt Jaxon aus. »Jeder hat dich

vor uns gewarnt. Aber ich spreche nicht nur für mich, wenn ich sage, dass wir *die Nacht* nicht vergessen können. Und dafür hasst jeder von uns sich selbst noch ein bisschen mehr. Sylvian versucht dich mit Harper auf Abstand zu halten. Aber er ist zu dumm dazu. Reece hat Rachel gefickt, damit du dich von ihm fernhältst. Und ich war ein gnadenlos abtrünniger Wichser. Das alles ändert nichts daran, dass wir jetzt hier sitzen. Dass wir dich jetzt wollen. Und zwar nicht nur heute. Nicht nur für ein paar Stunden. Wir sind hier. Und wenn du, warum auch immer, diese verdammt perfekte Gelegenheit, dich von uns in den Himmel ficken zu lassen, verstreichen lassen willst, werden wir trotzdem bleiben. Und meinetwegen warten. Jeder von uns wartet seit Thanksgiving auf mehr.«

Ich sehe Jaxon an. Zutiefst verunsichert und zutiefst berührt. »Stimmt das?«, frage ich in den Raum und blicke zu Sylvian.

Dieser nickt. »Natürlich. Warum muss erst Jaxon dir das Offensichtliche sagen? Glaubst du, ich habe auch nur ein verficktes Mal Sex mit Harper, ohne dabei an dich zu denken?«

Dass er den Sex mit Harper erwähnt, treibt einen Splitter in mein Herz. Schnell blinzle ich und sehe zu Reece.

Er beugt sich vor. Greift nach meiner Hand. Für einen Moment hoffe ich, er würde mir mehr über Zayn erzählen, aber dann weiß ich, dass er niemals offen zu mir sein wird. »Alles, was ich dir jemals angetan habe, tut mir leid, Mable. Aber hinter allem steht so viel mehr, als du weißt oder erahnen kannst. Wenn du gehen willst, geh. Niemand wird dich davon abhalten. Wir verdienen es nicht, dass du überhaupt mit uns in einem Raum bist.«

»Scheiße, werd nicht kitschig, Crescent«, knurrt Jaxon.

Reece ignoriert ihn. »Du willst dich an uns rächen?«,

fragt er leise. »Dann geh jetzt. Dich nicht zu bekommen ist das, was wir verdienen.«

»Und was verdiene ich?«, frage ich ihn flüsternd.

Er setzt sich zurück. Die Miene offen und geklärt. »Alles, was du brauchst und willst, Amabelle. Und noch mehr.«

Wieder gelange ich an den Punkt, dass mein Puls beschleunigt. *Was ich brauche und will.* Da gibt es nicht viel, was ich in diesem Moment mehr verlange als ihre Nähe. Ich stehe auf.

Gehe auf Reece zu, blicke ihm fest in die Augen und dann hole ich aus.

Die erste Ohrfeige meines Lebens fühlt sich verdammt gut an, und ich glaube, sie ist fast zu hart gewesen.

Reece' Kopf fliegt zur Seite und Sylvian nähert sich mir mit Aggression in der Haltung. Die Kings würden sich alle gegenseitig beschützen. Selbst vor einer Ohrfeige.

»Tu das nie wieder!«, fahre ich Reece an.

Er fasst sich an die Wange und betrachtet mich ernst. »Ich versuche es.«

»Versprich es. Nie wieder ausgerechnet eine wie Rachel, oder du gibst einfach zu, dass es Zayn gibt, und holst ihn her!«

»Du hast hoffentlich nicht vor, uns andere auch zu schlagen«, kommt von Jaxon, der hinter mir geblieben ist. »Reece ist der Einzige, der das hinnimmt.«

»Nie wieder eine andere«, verspricht Reece, ohne auf Jaxon zu achten, und blickt mir entgegen. »Solange du mir eine Chance gibst.«

Seine Worte wandern mitten in mein Herz und lassen es heftig schlagen. »Ich weiß nicht, ob ich das kann.«

»Ich werde eine Weile warten, bis du dich entscheidest.«

Er lächelt, die rechte Wange gerötet, und sieht trotzdem bildschön aus. Seine Lippen sind sanft geöffnet, seine

Augen strahlen Wärme aus. Und dann gebe ich mich einfach hin. Diesem endlosen Strom aus tiefen Gefühlen, und setze mich auf seinen Schoß. Als unsere Lippen sich berühren, ist es, als wäre für diesen Moment nie etwas Schlechtes zwischen uns geschehen und ich küsse ihn umso drängender.

Reece täuscht mich nicht. *Er meint es ernst, nicht wahr?* Und selbst wenn es nicht so ist: In diesem Moment halte ich daran fest, weil ich es genießen will. Denn selbst wenn ich noch einmal falle, bin ich zuvor geflogen. Das ist es, worum es mir geht.

Ich kann nicht sagen, dass ich Jaxon lieber küssen würde. Oder Sylvian. Dieser Moment mit Reece fühlt sich genauso richtig an wie der mit den anderen Männern.

Und das bedeutet einmal mehr, dass ich verloren bin.

Sex mit ihnen zu haben, ist das eine.

Sie zu küssen, in Ordnung.

Ihnen zu verfallen, gefährlich.

Aber sie alle gleichzeitig zu lieben ... tödlich.

Mein Herz kämpft gegen meinen Kopf, meine Gefühle gegen meine Sinne. Doch so sehr die Logik mich auch davon abhalten will, es zu glauben, auf Reece' Schoß zu sitzen und ihn zu küssen, fühlt sich richtig an. Warm und beschützend. Als gehörte ich dahin. Als wollte er, dass ich dahin gehöre.

Er greift an mein Shirt und zieht es hoch. Für diesen winzigen Augenblick trennen sich unsere Zungen, dann sind sie wieder ineinander verschlungen. Ich sehne mich so sehr nach ihm, dass ich es selbst kaum begreife. Habe ich gehofft, dass es sich weniger intensiv anfühlen würde? Dass ich mich weniger seinen Berührungen hingeben will?

Das Gegenteil ist der Fall.

Reece scheint der Einzige zu sein, dem ich wirklich vertrauen kann. Denn nicht er hat Rachel gevögelt. Sondern sein Bruder Zayn. Anders ist es nicht möglich. Anders *darf* es nicht sein.

Und gleichzeitig sind wir uns noch nicht nah genug, dass er mir sein Geheimnis anvertrauen würde. Wenn niemand – bis auf Vance – zu wissen scheint, dass die Crescents Zwillinge sind, kann ich nicht erwarten, dass er es mir einfach sagt. Auch er muss mir vertrauen können.

Diese Erkenntnis geht tief.

So tief, dass ich mich in diesem Moment verliere und ein wunderbares Prickeln meinen Magen füllt.

Ich greife an Reece' Gürtel und löse seine Schnalle. Meine Atmung wird schwerer, als er mich hochstemmt, mir meine Leggings abstreift. Als ich nackt vor ihm stehe und mich zurück auf seinen Schoß setze, werde ich mir der Szenerie um mich herum bewusst und es treibt mein inneres Verlangen umso mehr in die Höhe.

Jaxon und Sylvian beobachten uns. Beobachten, wie ich mich langsam auf Reece' mächtigen Schwanz gleiten lasse, nachdem er ein Kondom übergezogen hat. Wie ich zulasse, dass er mich mehr und mehr ausfüllt. Er hält mich fest. Hat nur Augen für mich, aber ich denke an die Augen der anderen.

»Du bist so heiß, Mable«, flüstert er und umschließt mit seinem Mund meinen rechten Nippel. Er saugt fest daran, während ich mich auf ihm zu bewegen beginne.

Dann spüre ich eine Hand in meinem Haar. Fest und unnachgiebig wird mein Kopf zurückgerissen. Ich starre Jaxon an, der über mir steht, während Reece stöhnt, weil sein Schwanz mich der vollen Länge nach ausfüllt.

»Du wirst jeden von uns heute noch so ficken«, raunt Jaxon. »Und es wird erst der Anfang sein.« Er zieht meinen Kopf weiter zurück und küsst mich hart.

Reece hält mich an den Hüften und stößt sich von unten in mich vor, und meine Sinne schwinden dahin. Ich liebe Jaxons Lippen auf meinem Mund. Liebe es, wie seine

Zunge in mich eintaucht, während Reece mich fickt. Begehrt und willenlos, das ist es, was mich gerade ausmacht, und ich genieße es mit jeder einzelnen Sehne.

Kaum hat Jaxon mich losgelassen, tritt Sylvian an mich heran. Mein Atem stockt, und ich weiß nicht, ob ich ihn küssen will, weil er sich mir gegenüber unmöglich verhalten hat, aber er lässt mir keine Wahl.

Mit brutaler Dominanz schiebt er mir seine Zunge zwischen die Lippen und durchforstet ausgehungert meinen Mund. »Ich werde dich dafür bestrafen müssen, dass du wieder nicht auf mich gehört hast, Mable«, raunt er vor meinen Lippen, bevor er Abstand nimmt.

Dann zieht mich Reece zu sich heran. Er küsst mich genauso getrieben wie die anderen Männer und vögelt mich immer dominanter.

»Räumt den Tisch frei«, befiehlt Jaxon, und ich höre, wie sie hinter mir etwas umstellen.

Aber ich bin viel zu gefangen von Reece, um mehr von meiner Umgebung wahrzunehmen als ein paar Geräusche. Als Reece mich hochstemmt, klammere ich mich an ihm fest. Auf seinen Hüften trägt er mich zum Tisch. Holz unter meinem nackten Hintern und sein Schwanz noch einmal tiefer in mir.

Er steht zwischen meinen Beinen über mich gebeugt da, die Hand in meinem Haar, und küsst mich, während er sich in mich rammt.

»Härter«, fordere ich atemlos, um seine Zurückhaltung zu beenden, und er nimmt mich sofort beim Wort.

Beide Hände zum Stabilisieren am Tisch, stößt er sich in meine Pussy und ich keuche verlangend. Er wird schneller und schneller, ich warte darauf, dass er kommt, und lasse dann selbst los.

Lasse mich fallen.

Der Rausch des Höhepunkts erfasst mich bis in die Zehen. Ich schreie erlöst auf und spüre, wie Reece sich in mich pumpt. Er küsst mich ein letztes Mal, während wir uns langsam erholen.

»Sehr schön.« Jaxon und Sylvian stehen jeweils zu Reece' Seiten. »Jetzt geh auf die Knie, Belle.«

Ich sehe ihn widerspenstig an. »Du kannst es nicht lassen, mich zu erniedrigen, oder?«

»Kannst du es lassen, auf mich zu hören?«

Ich strecke ihm die Zunge heraus und lasse mich vom Tisch sinken. Reece hat das Kondom abgezogen und sein Schwanz hängt nackt und prall vor meinem Gesicht.

Jaxon greift sich an den Gürtel. »Du hast einen Mund, Belle, und zwei Hände. Ich will, dass du niemanden von uns vernachlässigst.«

Das ist zu verdorben, blitzt es in meinem Kopf auf, aber Jaxon, Reece und Sylvian lassen mir keine Zeit, meine Moral über die Geschehnisse zu stellen.

Sie nähern sich mir, die Gürtel offen, und Reece schiebt sich mehr oder weniger ungefragt in meinen Mund. Mir wird noch heißer als zuvor, als ich meine Hände hebe und nach Sylvians und Jaxons Schwänzen greife.

Das kann ich nicht wirklich tun, flüstert eine Stimme in mir, aber die dreckige Amabelle ist stärker. Sie nimmt Reece' Schwanz in den Mund, als wäre sie eine Hure, die dafür bezahlt wird, und schließt fest die Faust um die Penisse der anderen.

Ich lecke Reece' übrigen Samen von seinem Schaft, dann lasse ich ihn aus meiner Mundhöhle gleiten und widme mich Jaxon. Natürlich ist er viel rabiater als Reece und stößt sich direkt bis in meinen Rachen vor. Ich blase ihm einen, bis mir das Prickeln, das diese Konstellation in mir auslöst, zu Kopf steigt. Dann löse ich mich von ihm, nehme ihn wieder in die Hand und widme mich Sylvian. Sein Schwanz ist prall und dick und fühlt sich ganz anders an als Jaxons. Ich überlege für einen Moment, ob ich ihm in die Eichel beiße. Das wäre eine interessante Rache für alles, was er getan hat. Und dann schlucke ich kurz, weil ich mir vorstellen kann, dass Harper in einer ähnlichen Pose vor ihm hockt, aber bevor diese Gedanken tiefer gehen können, ist da wieder Reece.

Er drängt seinen Schwanz in meinen Mund, und ich lecke ihn, bis er genug hat. Dann zieht er sich ganz zurück und schließt seinen Gürtel. Bleiben Jaxon und Sylvian.

Sie vögeln nacheinander meinen Mund, weil ich alles tue, nur nicht selbst entscheiden. In dem Teil meines Kopfes, der gerade meine Libido beherrscht, fühlt es sich fantastisch an. Ich liebe es, auf diese Weise dreckig und verrucht zu sein. Liebe es, wie ihre Schwänze nacheinander in mich eintauchen, und als sie sich lösen, ohne in mir zu kommen, reagiere ich fast enttäuscht.

»Wir sollten zwischendurch das Frühstück nicht vergessen, Mable«, sagt Jaxon, setzt sich auf einen Stuhl und zieht mich auf seinen Schoß. Er pikst mit einer Gabel in eine der Erdbeeren, führt sie zu meinem Mund. Ich lasse sie zwischen meinen Lippen ein, während er seinen Schwanz an meine Öffnung stößt. Ich verschlucke mich fast, als er sich in mich rammt.

»Füttert sie«, befiehlt er abgehackt. Ich stütze mich hilflos mit beiden Händen an der Tischkante auf und genieße jeden einzelnen Stoß. Sylvian und Reece treten an mich heran. Ich kann mich nicht dagegen wehren, dass sie mich abwechselnd mit Erdbeeren und Pancake füttern, weil ich viel zu sehr davon abgelenkt bin, was Jaxon mit mir tut.

Ich liebe es zu sehr. Es befriedigt mein tiefstes, dunkelstes Verlangen und macht mich geiler und geiler.

Schließlich umfasst Jaxon meine Hüfte und rammt sich der vollen Länge nach in mich. Gleitet aus mir hervor und stößt wieder zu. Zu spüren, wie sein praller Schwanz ganz aus mir hervor- und wieder hineingleitet, macht mich fast wahnsinnig.

»Bitte nicht aufhören«, bettle ich und die Kings lachen. Dann küsst Sylvian mich wieder und dieses Mal lasse ich es ganz zu. Lasse zu, wie sich seine Zunge auf meiner anfühlt. Wie sein Geruch meine Sinne betäubt. Wie er nach mir forscht und mich allein mit einem Kuss tief befriedigt. Reece widmet sich meinen Nippeln, zwirbelt sie zwischen seinen Fingern, dann stößt Jaxon ein letztes Mal zu.

Er stöhnt abgehackt und sein Höhepunkt schlägt auf mich über. Da sitze ich. Ausgefüllt, berührt, geküsst, und absolut gierig nach mehr. Ich werde nicht genug bekommen können.

Niemals.

»Das ist zu gut«, murmelt Jaxon, hält mich weiter auf seinem Schoß fest und zieht meinen Oberkörper zu seinem heran. »Sag mir, Belle, sind wir die Ersten?«

Bei seiner Frage stellt sich eine Gänsehaut auf meinen nackten Armen auf. »Ist das wichtig?«, frage ich zurück. Er streichelt meinen Nacken, meine nackten Schultern und meinen Bauch.

»Für mich? Ja.«

»Ihr seid die Ersten«, gebe ich zu. »Gewissermaßen.«

Er knurrt auf. »Ich werde dir die Wahrheit irgendwann hervorlocken, Prinzessin. Willst du noch zu dir kommen oder direkt bei Sylvian weitermachen?«

»Ich verzichte«, sagt Sylvian, der sich zurück auf seinen Platz gesetzt und wieder nach der Zeitung gegriffen hat. »Ich habe später ein Date mit Harper und kann mir nicht erlauben, nach Sex zu riechen.«

Ich verkrampfe innerlich und Jaxon spannt sich unter mir an.

»Wie bitte?«, frage ich, bevor mir einer der anderen zuvorkommt.

Sylvian sieht gelassen auf, die Augen voller Dschungel und Abgrund.

»Er meint es nicht so«, sagt Reece, aber ich glaube ihm kein Wort.

Voller Wut greife ich, während ich noch auf Jaxons Schoß sitze, nach meinem Teller und werfe ihn in Sylvians Richtung.

Der Pancake fliegt über den Tisch und Sylvian weicht dem Teller gerade noch rechtzeitig aus.

»Du Arschloch!«, schreie ich und greife gleich nach dem Nächsten, das ich zu fassen kriege. Die Tube Sirup.

Sylvian springt auf, sodass die Tube gerade mal seine Hüfte trifft.

Ich habe mich von Jaxon befreit, stehe jetzt vor dem Tisch und schmeiße alles nach ihm, was ich zu fassen bekomme.

Jaxon und Reece lassen mich eine Weile gewähren, bis Sylvian endlich eine Tasse an den Kopf bekommt. Dann halten sie mich an den Armen zurück. Jaxon hinter mir, Reece an meiner Seite.

»Genug jetzt«, raunt Jaxon in mein Ohr.

Sylvian steht da, als würde ich eine Waffe auf ihn richten. Reglos und mit schattiger Miene.

Romeo hat sich seit einer Ewigkeit nicht bewegt und verfolgt die Szenerie stumm.

»Es ist das, was er tut, Mable«, erklärt Reece an meiner rechten Seite. »Das ist seine Form der ... ›Bestrafung‹, wie er es selbst nennt.«

Mein Blick flackert zu Reece.

In seinen Augen steht Reue, Mitgefühl und Sorge. »Er will dich nur verletzen. Harper macht es ihm leicht. Du könntest zu ihr gehen und ihr alles über eben gerade erzählen und sie würde Sylvian dennoch verzeihen. Auf diese Weise versucht Sy dich zu zermürben. Dir wehzutun. Er wird nie ganz damit aufhören können. Das ist sein ... Sadismus, vor dem er dich warnen wollte.«

Sylvian blickt mir starr entgegen, während Tränen in meine Augen schießen. »Stimmt das?«, frage ich ihn.

Er lacht kalt. »Sie werden dir alles erzählen, was es braucht, damit du ihnen vertraust. Die schönsten Lügen und die falschesten Wahrheiten. Wer sagt dir, dass etwas echt ist von dem, was gerade geschieht? Dein ›Gefühl‹? Ich bitte dich, Mable. Ich muss nur hier und da etwas tun, das dich glauben lässt, ich würde bereuen, und schon lässt du dich von mir ficken. Betrügst deine – einzige – Freundin, ausgerechnet mit mir. Lässt dir einreden, dass du dir nehmen sollst, was du brauchst. Dabei hatte ich einfach Bock drauf, dich zu vögeln. Ist das alles noch Naivität? Oder sture Blindheit?«

Seine Worte reichen so tief und verdrehen alles an Gedanken in meinem Kopf. Schnell bücke ich mich nach meinem Sweatshirt, halte es vor meine nackte Brust.

»Bravo, Silvano«, kommt ausgerechnet von Romeo und er klatscht zweimal in die Hände. »Und wieder einmal hast du uns bewiesen, dass du einfach nur uncool bist.«

Sylvian, der steht, blickt abfällig auf Romeo, der sitzt, hinunter.

»Streitet nicht«, warnt Jaxon. »Schon gar nicht vor ihr.«

Sylvian lacht rau. »Soll sie nicht wissen, was Romeo – ihr *Beschützer*«, er zieht die Silben extra lang, »gestern Abend getan hat? Klar, wieso auch. Wir sind so ungefähr die harmloseste Vereinigung der Welt.« Sylvian greift nach der Zeitung und wirft mir das Titelblatt hin. Erst jetzt lese ich die volle Überschrift.

Drei Tote bei Anschlag auf Kingstonstudenten

»Was hat Romeo damit zu tun?«, frage ich wispernd.

»Nichts«, zischt Jaxon und funkelt Sylvian warnend an.

Dieser zuckt mit den Achseln, steckt sich eine Kippe zwischen die Lippen und betrachtet mich abschätzig, als er an mir vorbei zur Tür geht. »Frag dich, warum wir ausgerechnet teilen sollten, wenn wir die ganze Welt haben können. Niemandem von uns geht es darum, dass es dir gut geht.« Er reißt die Tür auf, verschwindet dahinter und knallt sie hinter sich zu.

Stille.

Romeo richtet sich auf, doch Jaxon hebt den Arm.

»Lass ihn leiden«, murmelt Jaxon und wirkt mit einem Mal müde. Müde und schwer. Er schließt seinen Gürtel, lässt sich zurück auf seinen Stuhl sinken und greift gedankenverloren nach einem Apfel. Auch ich ziehe mich zügig an.

»Sylvian würde alles sagen und alles tun, damit du verletzt wirst«, sagt Reece leise, tritt vor mich und legt die Arme zärtlich an meine Schultern. »Er versucht dich auf diese Weise vor sich selbst zu beschützen. Ich kann dir nur den Tipp geben, dich von ihm fernzuhalten –«

»Bitte nicht«, fällt Jaxon Reece genervt ins Wort. Er sieht mich von unten herauf an und fixiert mich eindringlich. »Bitte, tu uns den Gefallen und halte nicht auch noch Abstand. Du musst ihn dazu bekommen, dass er zu seinen Gefühlen steht, Belle. Verzeih ihm, dass er ein Wichser ist. Nur dann kann er endlich von seiner Psychose geheilt werden. Und geh bloß zu Harper. Wasch ihr den Kopf. Wenn ich die beiden noch einmal zusammen sehe, werde ich einen von ihnen umlegen müssen. Sylvian ist unausstehlich, seitdem er in dich verschossen ist. Bitte. Mach es nicht noch schlimmer, sondern scheuer ihm genauso eine wie Reece vorhin und sorg dafür, dass er seinen Sadismus nur beim Sex auslebt. Und sonst nicht. Am besten läufst du ihm hinterher. Meinetwegen könnt ihr offiziell zusammenkommen, mir alles gleich. Aber sorg dafür, dass er wieder normal wird.«

»Ich hoffe, ihr erwartet nicht, dass ich euch auch nur ein einziges Wort glaube«, murmle ich.

»Von wegen«, sagt Romeo spöttisch. »Du glaubst uns ja nie auch nur ein Wort, hm?« Romeo greift wieder nach der Zeitung. »Wisst ihr schon, was sie verkündet haben?«

»Das Reiseverbot?«, fragt Jaxon.

Romeo nickt. »Niemand darf Kingston beziehungsweise die Halbinsel über Spring Break verlassen.«

»Wirklich?«, frage ich bestürzt.

»Das FBI ermittelt wegen Mordes. Zig Studenten liegen verletzt im Krankenhaus. Was dachtest du? Dass sie uns munter nach Mexiko fliegen lassen, statt jederzeit für Befragungen erreichbar zu sein?«

»Wer ›sie‹?«, frage ich beklemmt. »Das FBI?«

»Die Universität«, entgegnet Reece. »Und damit unser aller Eltern.«

»Eure ... Eltern?«, frage ich verwundert.

»Ja, nicht alle sind so desinteressiert an ihren Kindern wie deine Mutter«, spottet Romeo und ich sehe ihn wütend an.

»Lass ihn reden.« Reece. Er greift nach meiner Hand. »Ich bringe dich nach Hause.«

»Du?«, fragt Romeo skeptisch.

»Natürlich ich«, erwidert Reece. »Ich bin der Einzige, der sie nicht verletzen will«

Solange ich an der Zayn-Reece-Zwillingstheorie festhalte, könnte das sogar stimmen. Solange ich akzeptieren kann, dass er mich angelogen hat, um sein Geheimnis zu hüten.

Wer ist eigentlich Zayn?

Würde er wollen, dass Reece schweigt?

Wie nah müssen sich die beiden sein, wenn sie sich eine Identität teilen?

Oder erpresst Zayn seinen Bruder ...?

Wieder schießen mir tausend Fragen in den Kopf.

Ich ziehe mich an, folge Reece hinaus und sehe mich unbewusst nach Sylvian um.

Wem von ihnen soll ich trauen?

Jaxon?

Sylvian?

Reece?

Niemandem?

JAXON

Ich sehe gerne zu.

Beobachte deine Haut, wie sie erhitzt, wenn einer der anderen Kings dich berührt.

Ich genieße den Anblick deiner Pussy, wenn sie einen von uns aufnimmt.

Dein Lächeln, wenn jemand von ihnen dich küsst.

Jedes Mal scheint dein Blut sich zu verfärben. Aus rot wird verdorben. Aus salzig wird süß. Aus deinem Herzschlag wird ein Hämmern.

Du kannst von meinem Ego halten, was du willst, manchmal bin ich gerne außen vor.

Manchmal genieße ich durch die anderen.

Poetisch, nicht wahr?

SIEBEN

MABLE

Reece bringt mich in seinem Tesla nach Hause. Es sind nur ein paar Minuten Fahrt und wir schweigen. Als wir schließlich halten, bleibe ich sitzen, sehe durch die Frontscheibe hinaus, genau so, wie er es tut.

»Was Sylvian gerade getan hat und dass Romeo sich so abfällig über deine Mutter geäußert .. «

»Ich bin es schon gewohnt«, unterbreche ich ihn seufzend.

Er lacht leise und streicht sich durchs blonde Haar. Alles an ihm ist makellos und ansehnlich, wohldefiniert und symmetrisch. Seine Perfektion ist geradezu abschreckend. Bei genauerer Betrachtung frage ich mich, wie es sein kann, dass er mir überhaupt schon näher gekommen ist als auf eine Meile. Dass ausgerechnet seine Lippen meine berührt haben, dass ausgerechnet er in mir war ...

Ich muss an den Sex denken, während ich ihn betrachte, und alles in mir glüht wie in einer verdammten Schmiede. Dass ich mich überhaupt traue, ihm etwas entgegenzusetzen, erscheint mir vollkommen unmöglich, wenn ich alles das wirken lasse, was er auf mich ausübt.

Seinen Charme.

Seine Schönheit.

Seine unendliche Perfektion.

»Ich will nicht, dass Sylvian ... oder Jaxon uns dabei im Weg steht, was wir haben könnten.« Reece wendet seinen Kopf in meine Richtung und sieht mich klar an. »Was wir letztes Semester angefangen haben ... den Moment auf der Party. Er geht mir nicht aus dem Kopf. *Alles* von letztem Semester geht mir nicht aus dem Kopf.«

Als würde ich nach diesen Worten zurück auf den Boden der Tatsachen fallen, frage ich mich plötzlich, ob ich ihn nicht gleich ein zweites Mal ohrfeigen sollte. Seine Wange hat wieder ihre normale Farbe angenommen, und ich balle verkrampft die Hände zu Fäusten, um klar zu bleiben und ihm nicht zu verfallen. Er hat zugesehen, wie Jaxon – und Sylvian – mir all das angetan haben. Selbst wenn es Zayn wirklich gibt – und Zayn der Arschloch-Crescent ist – kann ich dem Schein nicht trauen.

Der Sex ist himmlisch.

Ich liebe seinen Körper.

Ich kann es auch genießen.

Aber in mein Herz lassen kann ich ihn einfach nicht. Niemanden von ihnen.

»Und was genau meinst du damit?«, frage ich Reece mit einem bitteren Geschmack auf den Lippen und sehe ihn offen an. Das hätte ich nicht tun dürfen. Denn in das sanfte Blau seiner Augen zu sehen ist wie im Meer zu ertrinken. Unmöglich, über Wasser zu bleiben.

»Ich habe dir schon einmal gesagt, dass ich alles tun würde, damit du mir verzeihen kannst, Mable. Jetzt, da wir quasi in Kingston eingesperrt sind, könnten wir hier in der Umgebung ausgehen. Was muss ich tun, damit du Ja sagst?«

»Mit dir ausgehen?«, frage ich mit piepsender Stimme. Es ist das zweite Mal, dass er mich konkret um ein Date bittet.

»Ich ertrage es nicht länger, dich mit diesen Vollidioten zu teilen«, raunt er, das Blau in seinen Augen ernst und wahrhaftig. »Ich weiß, dass du Zeit brauchst. Aber ich muss dich auch daran erinnern, dass eine Entscheidung aussteht. Und damit du sie fällen kannst, sollten wir uns vielleicht besser kennenlernen.«

Ich schlucke hart. *Entscheiden? Wie zur Hölle soll das jemals gehen?*

»Du hast dich doch noch nicht entschieden, oder?«

Ich schüttle hilflos den Kopf. »Muss ... ich denn?«, frage ich zögernd.

»Natürlich. Bist du so naiv, oder hast du wirklich geglaubt, wir würden dich für immer ... ›teilen‹ wollen?«

Ich laufe rot an, was ihn dazu bringt, zu lachen. Seine Zähne blitzen auf und er schüttelt vehement den Kopf.

»Das ist ein netter Gedanke, aber es ist absolut unrealistisch. Niemand von uns will dich auf Dauer ›teilen‹, Mable. Wir alle wissen, was dann passieren würde.«

»Was würde dann passieren?« Soll ich ihm offenbaren, dass es mir besonders dann gefällt, wenn sie mich teilen? Und dass es für mich allein deshalb keine Option wäre, mich zu ... entscheiden?

»Wir können Spaß zusammen haben«, führt er aus, als ob er meine Gedanken erraten hätte. »Selbst *wenn* du dich für einen entscheidest und die anderen gerade ungebunden sind. Niemand würde Nein sagen, wenn es um Sex geht. Aber letztendlich musst du wählen. Wir wollen dich für uns allein. Frauen, die von mehreren von uns begehrt werden, sind gefährlich. Wir können es uns nicht leisten, uns gegenseitig wegen eines Mädchens in den Rücken zu fallen. Wir haben alles dafür getan, dass du verschwindest. Haben dich im Wald ausgesetzt und dich glauben lassen, das Spiel wäre unser voller Ernst. Ich habe zugesehen, wie du in der Bar am Boden gesessen hast, die Getränke aufgewischt hast und habe nichts getan. Denn ein Teil in mir hat Angst vor dem, was passiert, wenn wir uns zu sehr um dich streiten. Aber du bist nicht gegangen. Du hast nicht mitgespielt. Und wir waren uns schließlich in einer Sache einig: Wir können dich nicht einfach gehen lassen. Du bist ... zu faszinierend. Einer von uns *muss* dich bekommen. Aber niemand sonst. Damit käme keiner von uns zurecht.«

Ich versuche seine Worte zu begreifen. Sie mir verständlich zu machen, sie in den Zusammenhang mit allem anderen zu bringen. Fordert er gewissermaßen, dass ich mit einem von ihnen zusammenkomme?

Mit einem der Kings?

Sind das wirklich nicht nur Sprüche? Gehört das alles ... nicht mehr zu ihrem Spiel? Ist es ihnen ernst?

Reece fährt fort, als würde er nicht bemerken, dass meine Wangen heiß werden. »Wie du weißt, hat Jaxon auf der Party im Strandhaus nur von irgendeinem Spiel gefaselt, damit der Campus *denkt*, wir würden mit dir spielen. Damit niemand Verdacht schöpft. Keine Clarisse und niemand sonst.«

»Wieso ...«

»Du bist ihr Staatsfeind Nummer eins, wenn du dauernd mit uns abhängst. Kannst du das bitte endlich verstehen?«

»Aber ...«

»Das Spiel sollte dich *schützen*, Mable. Wir *haben so getan*, als würden wir dich nur umgarnen, um dich bloßzustellen, und es hat die Gemüter beruhigt. Es beruhigt die Frauen, die alle gerne die Wahl hätten, die wir dir anbieten. Wir wissen, dass du Zeit brauchst, um dich auf einen von uns einzulassen, Zeit, um vertrauen zu lernen, und ehrlich, bitte nimm dir so viel Zeit, wie du brauchst. Geh mit uns auf Dates. Mach Sylvian klar, dass er so nicht weitermachen kann. Fick Jaxon meinetwegen noch hundertmal in seiner Limousine. Aber am Ende des Semesters triffst du deine Wahl. Wenn wir anderen dadurch wieder ›frei‹ werden, sinkt die Wahrscheinlichkeit eines ... Angriffs auf dich enorm.«

»Was heißt, ich treffe eine ›Wahl‹?« Meine Wangen

sind so heiß, dass ich mir nicht vorstellen kann, dass Reece die Hitze nicht bemerkt, die von mir ausgeht. »Ich habe nicht vor, irgendetwas Festes mit einem von euch anzufangen. Niemals.«

Ich sehe, wie Reece' Hände sich verkrampfen. Die eine liegt auf der Lehne des Autositzes, die andere am Lenkrad. »Sondern?«, fragt er.

»Ich dachte, wir hätten einfach ... Spaß? So lange jedenfalls, bis ihr euch wieder dazu entscheidet, ekelhafte Arschlöcher zu sein?«

Reece' Nasenflügel wölben sich. Etwas haben meine Worte in ihm ausgelöst, das gefährlich für mich zu werden scheint. »Mable, ich frage dich das nur einmal: Datest du dich gerade noch mit anderen? Ist da mehr zwischen dir und ... Vance?«

»Und wenn schon?«

»Es gibt *keinen* neben uns«, zischt er. Aggression schlägt mir entgegen, ein Besitzanspruch, der völlig fehl am Platz ist. »Wenn du dich am Ende für Jaxon oder Sylvian entscheidest, kann ich damit leben. Wenn du sie fickst, während wir daten, auch. Aber wenn da noch irgendein anderer Kerl ist ...«

»Kerl?«, frage ich foppend.

Seine Augen leuchten auf. Aber auf gefährliche Weise. »Schon gar keine Frau. *Keine* anderen Frauen und keine anderen Schwänze.«

»Tja, das bestimmst nicht du, oder?« Wenn er mir verbieten will, dass ich treffe, wen ich möchte, und tue, was ich möchte, hat er einen wesentlichen Punkt nicht verstanden: Ich erwarte von ihnen nichts. Und sie dürfen auch nichts erwarten. Ich wende mich ab und greife nach dem Türgriff.

»Ich habe dir versprochen, dass es für mich keine andere mehr geben wird. Aber *du* willst mir nichts in diese Richtung versichern?«

Ich setze mich frustriert zurück in den Sitz. Er hat natürlich recht. »Du hast recht. Das war nicht richtig von mir. Bitte vögle, wen auch immer du vögeln möchtest. Sorry für die Ohrfeige, das war dumm.« Damit setze ich mich wieder auf.

»Mable!« Er hält mich zurück, aber ich schüttle ihn ab.

»Was, Reece?«, frage ich ihn. »Warum sollte ich mich entscheiden und zwischen was? Wenn ihr mich kennenlernen wollt und irgendwann noch einmal deutlich mehr Reue zeigt als jetzt, gehe ich gerne auf Dates mit euch. Warum sollte irgendeine heterosexuelle Frau zu so einem Angebot Nein sagen? Aber wenn es hierbei um ... eine verquere Version von ›Besitzanspruch‹ geht ...« Ich spüre, wie Mitleid in mir aufkommt. Sind diese Männer es so sehr gewöhnt, dass Frauen ihnen exklusiv zur Verfügung stehen, dass sie gar nicht wissen, was gegenseitiger Respekt bedeutet? Sind sie überhaupt *fähig,* den Wert und die Freiheit eines anderen Menschen anzuerkennen? »Sorry, dann bin ich nicht die Richtige für euch. Ihr seid fies und hinterhältig und spielt grausame Spielchen. Ihr habt mich misshandelt, verstoßen, ausgehöhlt und benutzt. Das meiste von dem, was ihr sagt, ist gelogen. Und dann verlangst ausgerechnet *du,* dass ich mich mit niemand anderem treffe? Was ist los mit euch? Seid ihr schon im einundzwanzigsten Jahrhundert angekommen?«

Reece lässt mich los. Sein Kiefer hat sich verspannt, und es sieht nicht danach aus, als würde er etwas erwidern wollen.

»Hab noch einen schönen Tag«, murmle ich und steige aus. Kaum habe ich die Tür hinter mir geschlossen, gibt er Gas und rauscht davon. »Fuck.« Tue ich ihnen unrecht? Vielleicht sind sie *wirklich* einfach nur eifersüchtig und ... wollen mich für sich? Das kann nicht sein, oder?

Und wie zur Hölle sollte ich mich zwischen ihnen auch entscheiden?

ZAYN

Gib dir doch wenigstens etwas mehr Mühe, Dole, um zu verbergen, dass du dich einfach nicht entscheiden w i l l s t. Es könnte so einfach sein, aber du machst es uns allen schwer. Steh dazu, dass böses Blut durch deine Adern fließt. Steh dazu, dass du Jaxons, Reece' und sogar Sylvians Ego-Spielchen durchschaust. Sie wollen alle hören, wie du ihren Namen hauchst, aber werden sie auch deinen raunen?

Nein, nein, Dole. Ich sehe deinen dunklen Schimmer. Es wird nicht mehr lange dauern, bis er ganz aufbricht.

ACHT

MABLE

Spring Break verläuft so ganz anders als geplant. Ich kann nicht nach Hause fahren und fühle mich mit der Elite auf dem Campus zwischen den dichten Waldabschnitten eingepfercht. Die gesamte Kingston University wird von Studenten, die keine Vorlesungen haben und auf ihre Reisen verzichten müssen, und dem FBI, Uniformierten und Sicherheitsmännern bevölkert.

Es ist fast unmöglich, einen Platz in der Kantine zu finden oder eine stille Ecke in der Bibliothek. Plötzlich halten sich meine Kommilitonen überall auf, nur nicht in den Hörsälen und Übungsräumen, was merklich zu spüren ist. Aber da so gut wie an jeder Hausecke mittlerweile stramme Securitys mit Argusaugen das Treiben auf dem Campus beobachten und sowieso nur ein einziges Thema vorherrscht, scheine ich vollkommen unwichtig geworden zu sein.

Wenn ich einen Gang betrete oder mir etwas zu essen hole, nimmt mich zum ersten Mal seit Beginn dieses Studienjahrs niemand wahr. Ich bin ein Nichts. Ein herrliches, unbedeutendes Nichts, das vollkommen in der Masse untergeht.

Gerüchte verbreiten sich währenddessen wie ein Lauffeuer über den Campus und eines ist haarsträubender als das andere.

Drei Studenten, tot.

Die Universität ist ein Wabennest aus Agenten, die ständig Studenten mitten auf dem Gang anhalten und um eine Aussage bitten. Jeder, der mit dem FBI spricht, gilt automatisch als Verdächtiger, als Mitschuldiger oder sogar als *Mörder*. Gerüchte, krude Theorien und vollkommen hirnrissige Behauptungen zu bestimmten Personen werden von Mund zu Mund bis in den letzten Winkel Kingstons getragen. Aber ein Gerücht hält sich ganz besonders hartnäckig.

Dass die Kings etwas mit dem Ganzen zu tun haben.

Fakt ist, dass es kein Zufall sein kann, dass ausgerechnet meine drei Peiniger bei dem Unglück gestorben sind – und niemand sonst. Ja, es gab Verletzte. Gebrochene Glieder oder Gehirnerschütterungen. Aber nur drei Männer sind tot. Zwei wurden in den Trümmern der Wasservilla gefunden, der andere bleibt verschollen und ist vermutlich ins Meer abgetrieben. Und alle hatten sie ein großes Brandmal auf ihrem Körper.

Nach dem, was Sylvian beim Frühstück zu mir meinte, bin ich mir ebenfalls sicher, dass die Kings etwas mit den Toten zu tun haben. Oder zumindest wollen sie, dass sich dieses Gerücht hartnäckig hält. Denn wenn darauf, sich ihren Regeln zu widersetzen, gewissermaßen die Todesstrafe folgt, haben sie ihre Macht noch ausgeweitet.

Vielleicht liegt es daran, dass ich vollständig in Ruhe gelassen werde.

Sogar von den Kings selbst.

Auch wenn ich mich nicht davon abhalten kann, ständig nach ihnen Ausschau zu halten, höre ich das restliche Wochenende kein Wort mehr von ihnen. Ich sehe sie nicht einmal von Weitem auf dem Campus, als wären sie die Einzigen, die Kingston über die Ferien verlassen hätten.

Das Chaos, das sie in mir angerichtet haben, ist still und

erträglich, solange ich keinem von ihnen unter die Augen treten muss. Aber allein der Gedanke, dass sie nach Florida gereist sind und dort mit Mädchen das tun, was sie mit mir getan haben ... treibt mich schier in den Wahnsinn.

Wie verrückt bin ich, dass ich auf die möglichen Affären von gleich drei Typen eifersüchtig reagiere? Nie hätte ich für möglich gehalten, dass ich einmal so denken oder fühlen würde. Aber die Angst, dass es noch weitaus schlimmer ist und sie sogar mit einem anderen Mädchen zusammenkommen, nagt an mir wie eine Ratte an Aas.

Selbst Romeo fehlt mir.

Verdammt.

Sechsundfünfzig Stunden nach meinem letzten Kontakt zu einem der Kings sitze ich allein in der Kantine, als es merklich ruhiger im Speisesaal wird. Mit einem unguten Gefühl in der Magengegend sehe ich auf, nicht ohne vorher mein Essen nochmals auf Würmer oder Gifte zu kontrollieren. Doch niemand beachtet mich. Alle Studenten sehen auf ihre Handys, flüstern bedeckt.

Ich greife ebenfalls nach meinem.

Die Trauerveranstaltung meiner drei Peiniger wurde auf Mittwochvormittag angesetzt.

Ich frage mich, wie viele von denen, die dabei waren, als meine Beinahe-Vergewaltiger gebrandmarkt wurden, dort sein werden, um den Schein zu wahren. Vermutlich alle, oder?

Frustriert ausatmend steche ich in die letzte Nudel auf meinem Teller, als plötzlich ein Schatten an mir vorbeirauscht und sich auf die Sitzbank mir gegenüber schwingt.

»Du bist mir aus dem Weg gegangen!« Harper.

Mir wird eiskalt, als ich ihr wunderschönes Lächeln direkt vor mir sehe.

»Ich habe mir echt Sorgen gemacht und du gehst mir einfach aus dem Weg!« Sie verschränkt demonstrativ die Arme vor der Brust und betrachtet mich vorwurfsvoll. »Du warst doch in der Wasservilla, als es passiert ist, oder? Wieso lässt du mich all die Gerüchte über dich glauben, statt es mir einfach selbst zu erzählen, dass es dir einigermaßen gut geht?«

Ich spüre, wie eine Art Druck von meinem Magen aus nach oben schießt. Aber es ist nicht das Essen, das mir hochkommt. Sondern die Wahrheit. Ich muss es einfach tun. Ich muss diesem Druck endlich nachgeben und ich kann sie nicht länger anlügen. Sie verdient es nicht, dass sie es nicht weiß. Sylvian verdient es nicht, dass Harper es *nicht* weiß, und ich verdiene erst wieder etwas, wenn ich mich im Spiegel ansehen kann.

»Ich habe mit Sylvian geschlafen.« Schnell senke ich den Blick, beiße mir auf die Lippen. Es tut weh. Es tut so sehr weh, dass ich es kaum zu ertragen weiß. Meine einzige Freundin. Aber ich bin ein Arsch. Ich habe sie betrogen. Und ich kann es nicht länger tun. »In der Nacht kurz vor dem Einsturz. Und … Samstagmorgen in der Verbindungsvilla.«

Harper sagt keinen Ton, also hebe ich den Blick. Sie starrt mich an, als wäre ich direkt vor ihr zu einem Geist geworden. »Was?«, keucht sie verständnislos.

»Und … und im Chalet in Catskill. Und während … unserer Shoppingtour«, bringe ich hervor. Harper hat vermutlich keine Vorstellung davon, wie sehr ich mich gerade selbst hasse. Wie konnte ich so schwach und so willenlos sein? Wieso kann ich ausgerechnet Sylvian, der mit Harper zusammengekommen ist, um mich zu verletzen, nicht widerstehen? Wieso tue ich Harper das alles an? Wieso tue ich es *mir* an?

Harper blinzelt verstört. »In Catskill?«, fragt sie stimmlos. Ihr Gesicht ist weiß wie die Tischplatte.

Ich öffne den Mund, um etwas zu erwidern, aber sie springt auf.

»Harper!«, rufe ich ihr nach, aber sie durchquert im

Laufschritt den Raum und hat ihn verlassen, bevor ich sie ein zweites Mal rufen kann. Alle starren ihr hinterher. Dann blicken die Leute zu mir.

Getuschel um mich herum entsteht, und aus Angst, noch einmal als einzige Zielscheibe bei einer Essensschlacht zu enden, bringe ich mein Tablett schnell zurück.

Nicht sicher, ob es eine gute Idee ist, Harper nachzugehen, folge ich ihr hinaus. Aber auf der verregneten Wiese vor dem altmodischen Gebäude der Kantine ist sie nicht mehr zu sehen.

Für ein paar Minuten stehe ich da, in der dreckigen Pfütze des unebenen Gehwegs, und wünschte, ich könne alles rückgängig machen, was zwischen Sylvian und mir geschehen ist. Es sind keine Tränen, die mich überkommen, es ist blinde Wut. Wut über meine Schwäche, mein Verfallensein, darüber, dass ich nie auf Harper gehört habe.

Hätte ich das getan, wäre nie etwas von dem passiert, was geschehen ist.

Die Kings hätten mich im letzten Semester nicht verlieren lassen.

Ich hätte nicht mein erstes Mal mit einem furchtbaren Kerl auf einem furchtbaren Waldboden nach einer furchtbaren Nacht im Dunkeln gehabt.

Ich hätte meine einzige Freundin niemals betrogen.

Die Hände zu Fäusten geballt, versuche ich mich daran zu erinnern, dass auch Harper nicht fair zu mir war. Dass ich es getan habe, weil ich ihr gegenüber kein schlechtes Gewissen zu haben brauche. Aber das ändert nichts daran, dass ich durch meinen Betrug genauso geworden bin wie sie.

Die Elite.

Die lügnerische, hässliche, nur auf ihren eigenen Vorteil bedachte Elite.

Ich wende mich ab und entscheide, dass Harper jedes Recht hat, nicht mit mir reden zu wollen. Um nicht den

Weg zurück durch die Kantine nehmen zu müssen, mache ich einen weiten Bogen um das Hauptgebäude herum, um nach Hause zu gehen.

Darauf bedacht, immer mindestens einen Sicherheitsmann im Blick zu haben, bemerke ich die Menschentraube, die sich im Lichthof seitlich der Bibliothek gebildet hat, erst spät.

Ausnahmsweise regnet es nicht, weshalb die Studenten ihre gewaltigen, meist schwarzen Regenschirme zusammengeklappt haben. Ein wenig wirkt die Menschenansammlung wie eine Trauerfeier, da so gut wie alle Studenten in schwarze Jacken gekleidet sind. Eine Frau schreit, und ich weiß von Weitem, dass es Harper sein muss.

Ich ahne Schlimmes. Die Kapuze über meinem Kopf drängle ich mich vor, um ihr im Notfall zu helfen – falls sie meine Hilfe noch will. Gerade durchbreche ich die dritte Reihe der Menschenmenge und bleibe wie eingefroren stehen, als ich Sylvian zwischen den Gesichtern ausmache.

Harper gestikuliert wild vor ihrem Verlobten, der die Hände in seiner Lederjacke vergraben hat und ihr teilnahmslos entgegensieht. Bei dem gefühllosen Ausdruck in seinen Augen wird mir innerlich kalt.

»Ich habe dir vertraut!«, schreit Harper. Ihre Stimme überschlägt sich, klingt wie ein falsch gestimmtes Instrument. Viele der Mädchen lachen bereits hinter vorgehaltener Hand über sie. Es stoßen von allen Seiten immer mehr Schaulustige hinzu. »Ich habe dir wieder und wieder geglaubt und dir vertraut, dass du sie in Ruhe lässt! Aber du bist genauso armselig wie die anderen! Du bist einfach ein widerlicher Wichser!«

»Was ist überhaupt geschehen?«, fragt eine Studentin rechts von mir, die sich genauso wie ich vorgedrängelt hat.

»Ich weiß auch nicht«, erklärt ihre Freundin. »Plötzlich stand Harper in der Bibliothek und wollte, dass Sylvian mit nach draußen kommt. Dann hat sie auch schon sofort angefangen zu kreischen. Als wäre es irgendetwas Neues, dass Sylvian sie betrügt.«

»Uh, deswegen rastet Harper aus?«

»Ja, es ist so lächerlich.«

Ich halte meinen Mund fest geschlossen, damit mir kein zynischer Kommentar entweicht.

»Du machst dich lächerlich, Harper«, sagt auch Sylvian. Seine raue Stimme schallt einnehmend über den Platz, doch er klingt wesentlich ruhiger und gelassener als sie. »Möchtest du aus dem Ganzen wirklich so ein Theater machen?«

»Mir egal, ob ich mich lächerlich mache!«, kreischt Harper. »Vor wem überhaupt? Vor all den kleinen Huren, die alles dafür tun würden, damit sie dich besteigen können? Oder vor deinen Freunden aus Losern, die nicht einmal wissen, wie man R-e-s-p-e-k-t schreibt?«

Sylvian lacht rau. »Respekt muss man sich verdienen.«

Ein leises ›Huuuuh‹ geht durch die Menge.

Gerade ist alles an Sylvian abstoßend. Wie kann er wollen, dass Harper sich so sehr blamiert? Wie kann er sich hinstellen und sie vorführen? Obwohl sie miteinander verlobt sind?

»Und das habe ich nicht?!«, keift Harper. »Warum hast du mir dann überhaupt geholfen, hm? Ah, stimmt, mein Vater und das, was er dir ermöglichen kann, das war der einzige Grund. Warum solltest du auch ehrlich zu mir sein? Warum solltest du mir die verdammte *Wahrheit* sagen? Mich als *Freundin* respektieren? Wie komme ich überhaupt dazu, mich nicht so zu benehmen wie eine der anderen Bitches auf diesem verdammten Campus, dich nicht ausnehmen zu wollen, ehrlich zu dir zu sein?! Ich bin so nicht, Sylvian! Ich war es nie!«

»Als ob du nie so warst.« Er senkt die Stimme. Der Dschungel in seinen Augen bekommt eine sehr furchteinflößende Tiefe. »Du bist nicht besser als wir, nur weil du dich um den Charity-Fall kümmerst. Ganz im Gegenteil. Sie ist die einzige ›Freundin‹, die dir noch bleibt, denn alle anderen wissen, was du tust, wenn es hart auf hart kommt. Deine Loyalität ist so viel wert wie die Pfütze vor meinen Füßen. Willst du wirklich die einzige Option aufgeben, die dir noch bleibt? Wenn unsere Vereinbarung nicht mehr gilt, wirst du gesellschaftlich vernichtet.« Sylvian sieht sich in der Menge um. »Wer von ihnen würde dich noch wollen?«

»Jeder mit ein bisschen Anstand«, zischt Harper und viele der anwesenden Männer lachen.

Auch Sylvian grinst. »Nur welche, die verzweifelt sind und einen Schwiegervater im Obersten Gerichtshof gebrauchen können. Kriminelle. Männer, deren Familien Dreck am Stecken haben. Sehr gute Aussichten, würde ich meinen. Ansonsten bist du längst genauso wenig wert wie die kleinen Schlampen, die von dem Geld unserer Familien leben. Deine neuen besten Freunde, nicht wahr?«

»Du bist so ein Arsch«, zischt Harper. Die Wangen gerötet, die Augen voller Tränen.

»Bitte. Beende es.« Sylvian hebt die Schultern. »Befeuere deinen Untergang. Oder komm her und entschuldige dich bei mir. Vielleicht überlege ich mir, ob ich daran festhalte, worauf wir uns geeinigt haben. Immerhin ist unsere Beziehung nicht nur für mich verdammt praktisch.«

Gelächter von allen Seiten.

Harper fixiert ihn voller Verzweiflung und Wut im Blick, voller Angst und Zerbrechlichkeit, und in diesem Moment tut sie mir einfach nur leid. Nicht ich habe ihr das angetan. Denn dass ich sie mit Sylvian betrogen habe, ist nicht das Problem. Sylvian selbst ist ein Monster.

Er lässt all diese Dinge zu.

Er führt sie vor allen Anwesenden vor.

Er hat mich benutzt, um ihr wehzutun, und Harper benutzt, um mir wehzutun.

Mir wird übel bei dem Gedanken, dass ich ihm jemals

näher gekommen bin als eine Meile. Ich überlege, ob ich Harper irgendwie helfen kann. Aber was könnte ich Sylvian entgegenwerfen oder wie könnte ich Harper vor sich selbst beschützen?

Untätig sehe ich dabei zu, wie sie plötzlich an ihre Hand greift, den Ring abzieht und ihn vor seine Füße wirft.

»Wenn du unbedingt willst, Sylvian«, zischt sie voller Zorn, »dann beweise, wie wenig Ehre in dir steckt. Oder entschuldige *du* dich bei mir. Und hör endlich auf, jeden um dich herum anzulügen!«

Wieder raunt die Menge auf, als Harper auf dem Absatz kehrtmacht, dabei ihr langes Haar schwungvoll zurückschlägt und sich einen Weg durch die Menge sucht. Die Studenten teilen sich automatisch, um sie davonstürmen zu lassen. Sylvian hebt den Diamantring auf und sieht beim Aufstehen direkt in meine Richtung.

Mir wird heiß und kalt gleichermaßen, als der Dschungel in seinen Augen mich durchdringt, und auch ich drehe mich sofort um, um ihm nicht zu offenbaren, wie sehr mich sein Verhalten Harper gegenüber verletzt. Es beweist, dass auch ich ihm niemals hätte vertrauen dürfen.

Allerdings komme ich nicht weit. Kaum habe ich die Menschentraube verlassen, warten auf mich drei Männer in marineblauen FBI-Uniformen.

»Amabelle Weaver?«, fragt der mittlere.

»Ja?«, frage ich schüchtern.

»Ich bin Special Agent Barnes. Wir haben ein paar Fragen an Sie.«

NEUN

REECE

Gelangweilt gehe ich mit dem Anwalt der Familie Crescent jeden einzelnen Punkt meiner Aussage erneut durch. Ich kann die Antworten, die ich im Verhör zu äußern habe, mittlerweile auswendig. Es geht dabei nicht darum, die Polizei oder das FBI zu täuschen. Niemand verknackt einen Crescent zu irgendetwas, und wenn, dann befände sich unser Gefängnis auf einer einsamen Luxusinsel voller Sonnenschein und Bediensteten.

Aber ich brauche eine reine Weste für den Zirkel. Ein Mordanschlag, der mir angedichtet wird, und ich werde nicht mehr aufgenommen. Das ist es, worum es dem Anwalt meiner Familie geht. Worum es meinen Eltern geht. Worum es mir gehen sollte.

Allerdings bin ich unkonzentriert, obwohl ich tagsüber normalerweise meine beste Zeit habe. Ich bin nicht dumm und verstehe alles, was man mir sagt, aber seit dem Einsturz der Wasservilla und dem ersten Gespräch mit unserem Anwalt Henry Nichols muss ich auf meine Umgebung fahrig wirken wie jemand, der schuldig ist.

Dabei war ich es, der Mable zusammen mit Zayn zu diesem verdammten Boot gebracht hat.

Wir beide waren dabei.

Im allerletzten Notfall müsste sie mir ein Alibi besorgen. Aber so weit wird es nicht kommen, sonst würde Nichols nicht fünfhundert Dollar die Stunde kosten.

»Mr. Crescent, ich verstehe ja, dass Sie die Angelegenheit nervös macht ...«

Ich drehe mich zu ihm um, die Hände in meinen Taschen, eine möglichst gelassene Miene aufgesetzt, und lächle ihn an. »Mich macht diese Angelegenheit nicht nervös, Henry. Ganz im Gegenteil, sie langweilt mich. Können wir die weiteren Vorbereitungen auf das Nötigste reduzieren?«

»Aber natürlich, Mr. Crescent, sicher.« Nichols sortiert unterwürfig seine Blätter und ich entschuldige mich. Ich halte es keine Sekunde länger in dem stickigen Raum des Verbindungshauses aus, der extra für solche Unterredungen eingerichtet wurde. Keine Fenster, dicke Steinwände, kein Empfang irgendwelcher Gerätschaften.

Der perfekte Ort, um über Mordanschuldigungen und Verbrechen zu sprechen.

Ich stoße die Tür auf, hole tief Luft und trete in den Nebenraum. Sofort erhellt milchiges Licht aus den deckenhohen Sprossenfenstern den Teppichboden vor meinen Füßen. Bücherregale, Couchsessel, moderne Computer. Einer der vielen kleineren Lernräume unseres Verbindungshauses.

Zayn sieht von seinem Buch auf, als ich eintrete. Er liest oder er zockt. Viele andere Beschäftigungen neben Sport, um mit meiner Fitness mitzuhalten, kennt er nicht – wenn er nicht gerade eine der Stipendiatinnen vögelt.

Ich brauche eine Pause, informiere ich ihn mit einem Blick, damit Nichols mich nicht hört, und lasse mich in den Sessel ihm gegenüber sinken. Mit der rechten Hand massiere ich meine Schläfen. Das Schlimmste, das während der Suche nach den Tätern geschehen kann, ist, dass das FBI Mable verdächtigt. Wenn herauskommt, dass die drei Typen, die gestorben sind, sie zuvor vergewaltigen wollten, wird die Elite sie liebend gerne als Schuldige küren, um den Fall erfolgreich abzuschließen. Eine wie sie würde sofort schuldig gesprochen werden. Allein aus Prinzip. Vermutlich würde der Staatsanwalt irgendwoher ein Vergehen ausgraben, weil Mable als Achtjährige in einem Supermarkt geklaut hat, und schon wären die Geschworenen überzeugt.

Zayn beugt sich vor, besorgt, wie er mich immer ansieht, wenn mich meine Gedanken quälen. »Hast du Angst, dass sie einen Crescent verdächtigen?«

»Nein.«

Er verzieht das Gesicht zu einer Grimasse. »Es geht dir mal wieder um Dole? Dabei wäre es überaus praktisch, wenn sie *ihr* die Morde andrehen würden …«

Ich schrecke hoch. *Wenn das dein Plan ist, werde ich dich töten.*

Du wirst mich niemals töten, antwortet er grinsend und blättert eine Seite in seinem Buch um. »Wenn du nicht willst, dass ich es versaue und dafür sorge, dass deine anbetungswürdige Miss Trailerparkschlampe schuldig gesprochen wird, musst du den Scheiß ohne mich regeln.«

»Bitte.« Ein Wort, das mir selten im Beisein von Zayn über die Lippen kommt. »Nur ein paar Minuten.«

»Nö. Keinen Bock auf den fetten Nichols.«

Ich fletsche die Zähne und überlege, ob es sich lohnt, ihn zu verprügeln, aber dann lässt er das Buch bereits sinken.

»Bitte, Reece«, stöhnt er auf. »Warum verfickt noch mal sie? Sie ist ’ne kleine, dumme, nervige, naive Bitch. Das einzig Gute an ihr ist, dass sie es ausnahmsweise nicht auf unser Geld abgesehen hat.«

Mir ist nicht entgangen, wie du sie ansiehst. Hör auf, so zu tun, als hättest du kein Interesse.

Ich habe *kein Interesse*, bedeutet er mir mit einem Blick. *Nichols wartet. Verpiss dich und lass mich lesen.*

Ich stehe auf. Wütend und verzweifelt. Mit jedem Tag

verliere ich Zayn ein Stück mehr, und es gibt nichts, was ich dagegen tun kann. Er verschließt sich vor mir. Hat Angst, obwohl ich nicht verstehe, wovor. Ich sollte für ihn da sein, aber wie er über Mable spricht, nervt mich und ich kann die Wut auf ihn nicht kontrollieren.

Als er wieder auf sein Buch hinabblickt, reiße ich es ihm aus der Hand. Ich werfe ihm gedanklich all die Schimpfworte an den Kopf, die er ohne Frage versteht.

»Was?!«, fährt er mich gedämpft an. »Ich mag sie nicht, okay? Daran wirst du nichts ändern können, auch wenn du es noch so sehr willst.«

»Und als du sie in Jaxons Limousine geleckt hast?«, frage ich gepresst. »War das auch, weil du sie nicht ›magst‹?« Es ist das erste Mal, dass ich ihn darauf anspreche. Ich will nicht schon wieder mit ihm streiten und ihm nicht *schon wieder* vorwerfen, dass er mich anlügt. Dass er mein Vertrauen mit jedem Satz mehr verliert. Wenn er kein Interesse an ihr hat, soll er sich gefälligst fernhalten. Und sich nicht als ich ausgeben, um sie vögeln zu können.

Zayn zuckt die Achseln. »Ich lasse nun mal nicht gerne was anbrennen, stört dich das? Außerdem helfe ich dir. Wenn sie sich nämlich endlich mal für dich entscheidet, bringt Jaxon sie um. Und das kommt mir gelegen. Aber du hast sie ja leider gehört, als du sie nach Hause gefahren hast. Sie wird vermutlich eher mit Vance kleine Mischlingsbabys zeugen, als mit einem von euch zusammenzukommen.«

»Das kann nicht wirklich dein Plan sein«, zische ich. »Wenn sie dir egal wäre, wäre sie dir einfach egal. Stattdessen versuchst du dich zwischen uns zu drängen. Was soll das, Zayn? Bist du wirklich so kindisch?«

Er sieht mich an, die sonst geschwungenen Lippen eng zusammengepresst. *Ich versuche mich zwischen euch zu drängen?*

Tust du, antworte ich ausdruckslos.

Mit einem Schwung richtet er sich auf. Seine Miene hat sich verzerrt, als er auf mich zutritt. Die Stimme gesenkt, die Brauen verzogen. »Was fasziniert dich wirklich an ihr? Dass Jaxon und Sylvian sie auch wollen? Das ist es doch, oder? Du willst endlich dieses verdammte Schachspiel gewinnen. Es geht dir nur um dein bescheidenes Ego, und du würdest es nicht ertragen, wenn Amabelle fucking Jaxon Tyrell wählt. Ist es nicht so, Bruder? Vielleicht hast du nicht Rachel gefickt, aber dir geht es auch nicht um unsere kleine Dole. Du willst einfach nur gewinnen. Aber weißt du was? Die Kleine *will* sich nicht entscheiden. Weder für dich noch für Jaxon. Ihr seid dumm und blind, wenn ihr das nicht erkennen wollt. Und warum ich sie ansehe, wie ich sie ansehe? Na ja, vielleicht bin ich ein klitzekleines bisschen davon beeindruckt, dass sie sich genau das nimmt, was sie will? Aber das ändert nichts daran, dass du seit der Nacht im Verbindungshaus verändert bist. Du redest dir Gefühle ein, die nicht da sind, und willst ein Mädchen dazu bringen, dich zu lieben, das du nicht liebst. Einfach nur um fucking Tyrell zu beweisen, wer der wahre King ist. Aber das bist nicht du, Reece. Das wirst du niemals sein. Nicht ohne mich. Also überdenk deine Scheißprioritäten und werd wieder normal. Amabelle Weaver ist es nicht *wert*, dass du um sie kämpfst. Konzentrier dich darauf, worauf wir uns seit vier Jahren konzentrieren. Als die ersten Crescents in den Zirkel aufgenommen zu werden. Und vergiss dein Ego.«

»Sie beeindruckt dich?«

»Jedenfalls mehr als ihr alle zusammen«, erwidert er spöttisch.

»Gut«, entgegne ich kühl. »Wenn das deine Meinung ist und du mich für so armselig hältst, dass ich noch immer an ein Spiel denke, das längst ausgesetzt ist, dann danke ich dir für deine Offenheit. Hat lange auf sich warten lassen.«

»Dachte, du würdest vielleicht selbst drauf kommen.«

»Und warum kannst du nicht einfach zugeben, dass du Angst davor hast, sie würde sich letztendlich doch für mich entscheiden?«, frage ich schief lächelnd.

Er verengt die Augen. »Fick dich.«

Wieder lache ich, zeige ihm den Vogel und rausche zurück zur Tür.

»Warte.«

Den Türknauf bereits in der Hand halte ich inne.

»Ich habe eine Frage. Wieso akzeptiert ihr es, dass Dole euch nicht die Wahrheit über das Boot und Eleanore sagt? Habt ihr nicht ... wenigstens ein kleines bisschen Angst davor, dass Mable Teil des Ganzen sein könnte? Oder seid ihr einfach dumm?«

»Ich verstehe, warum sie nichts erzählt hat«, entgegne ich nüchtern. »Wir sagen ihr schließlich auch so gut wie nichts. Sie darf Geheimnisse haben.«

»Aber jemand anderen ficken darf sie nicht?«

Ich presse den Kiefer zusammen. »Nein«, sage ich gedehnt.

»Also ... nehmt ihr es hin, dass ein Mädchen wie sie euch einfach anlügt, möglicherweise im Hintergrund etwas gegen euch plant, nur weil ihr sie unbedingt wieder vögeln wollt? Okay, was, wenn Eleanore ihr eine Waffe zusteckt und Mable euch nach dem nächsten Sex einfach abknallt?«

»Mable ist ohne ihr Zutun da hineingeraten. Du hast Rachel gehört. Warum sollte Mable mithelfen, ein Haus zu sprengen, in dem sie sich selbst befindet? Das macht keinen Sinn.«

»Wie du meinst, Bruder.« Er steht auf. »Wenn es unbedingt sein muss, lasse ich mir von Nichols ein Ohr abkauen. Ich glaube, du kannst ein paar Minuten gebrauchen, in denen du über meine Worte nachdenken kannst.«

»Du willst mit Nichols sprechen, um dafür sorgen zu können, dass Amabelle schuldig gesprochen wird?«

»Nein«, knurrt er. »Ich tue es, weil ich dich liebe, Bro. Die kleine Almosen-Bitch ist mir egal.«

»Natürlich«, antworte ich ruhig und öffne ihm die Tür.

Zayn steht auf, bückt sich nach dem Buch und drückt es mir in die Hand. *Lies es für mich weiter. Ist gerade eh langweilig.*

Ich verdrehe die Augen und lasse ihn gehen. Dann setze ich mich auf denselben Platz, den er zuvor innehatte, und werde zu ihm.

Zayn.

Der kleine Wichser.

Ist ja nicht so, als würde ich diese Rolle nicht mögen.

Sylvian

Lügen. Es sind alles Lügen, die wir dir erzählen. Die wir allen anderen erzählen. Du willst uns vertrauen, ich weiß, dass du dich nach nichts mehr sehnst. Und ich würde dir so verdammt gerne geben, was du brauchst. Aber ich bin auch derjenige, der die Gesichter von Menschen aufschlitzt, weil mich ein Blutrausch befällt. Ich bin derjenige, der dabei zusieht, wie Rachel einen Typen abknallt. Ich bin nicht dein Beschützer, auch wenn du das glaubst. Und einmal den Schleier dieser Lüge beiseitezuschieben, wird dich nicht retten. Es wird dich hinabstürzen lassen. Tief, tief hinab. Wenn ich könnte, würde ich da sein, um dich aufzufangen. Aber ich habe Angst, dass ich im entscheidenden Moment meine Hände nicht nach dir ausstrecken werde.

Das macht mich zu einem Monster.

Flieh, Baby.

Flieh vor der Wahrheit, solange du noch kannst.

ZEHN

MABLE

Der Agent namens Barnes, der in dem winzigen Laborraum vor mir am Lehrerpult Platz nimmt, sieht aus wie ein netter Familienvater. Seine Uniform lenkt von seiner eigentlichen Ausstrahlung ab, mit der er sich inmitten einer Meute Kinder, die auf ihm herumkrabbeln, ebenso gut machen würde. Insofern fühle ich mich relativ wohl, als er die Stimme erhebt.

»Sie wissen bestimmt, warum wir mit Ihnen sprechen möchten.«

Ich nicke.

»Wir sammeln Informationen zu dem Anschlag auf die Wasservilla in Ocean City. Ihre Aussage hilft uns dabei, die Täter zu finden. Wenn Sie allerdings auf einen Anwalt bestehen wollen …«

»Nein.«

»In Ordnung. In der Nacht von letztem Freitag. Wo waren Sie?«

»Ich war dabei, als das Haus eingestürzt ist.«

Er nickt und macht sich eine Notiz. »Können Sie mir genau sagen, was zwischen achtzehn Uhr am Abend und dem Einsturz geschehen ist?«

In meinem Kopf bricht sofort Chaos aus. Alles, was geschehen ist? Rachels Angriff? Die Rettung der Kings? Die Fahrt in der Limousine? Dass ich in den Wald geflohen bin? Wie Jaxon meine Peiniger auf der Bühne vorgeführt hat? Wie er Rachel bestraft hat?

Dass Vance und alle anderen da waren, um mich aus dem einstürzenden Haus zu retten?

Dass Sylvian mich am Strand geküsst hat?

»Es ist eine ganze Menge passiert«, weiche ich aus. »Was interessiert Sie genau?«

Der Agent wirft seinem Kollegen einen vielsagenden Blick zu. »Beginnen wir bei dem Anfang. Wo waren Sie um achtzehn Uhr?«

»In meinem Wohnheimzimmer.«

»Wann haben Sie sich entschieden, zur Party aufzubrechen?«

Ein Knoten bildet sich in meiner Zunge. Ich weiß überhaupt nicht, wie ich eine vernünftige Aussage machen soll, ohne den Agenten alles rund um die Kings zu erklären. Und das werde ich nicht tun. Nicht nur, weil Harper und die Kings selbst mich davor gewarnt haben, dem FBI etwas zu sagen. Ich habe das Gefühl, es könne essentiell für mein Studium sein, dass Dinge, die in und rund um Kingston geschehen, in Kingston bleiben.

»Ich …«, beginne ich hilflos und stocke.

»Erzählen Sie es uns einfach von Anfang an.«

»Ich war …«, beginne ich erneut, als die Tür aufgestoßen wird.

Jaxon, dicht gefolgt von Reece und Romeo, betritt den Raum. Ein Agent eilt ihm hinterher.

»Mr. Tyrell, Sie dürfen nicht …«

Jaxon hebt die Hand und der Cop verstummt. *Wow. Das nenne ich Einfluss.*

»Ich habe Ihnen gesagt, dass Amabelle Weaver nichts weiß«, zischt Jaxon und fixiert Agent Barnes mit Hass in den Augen. »Wozu rede ich mir den verdammten Mund fusselig, obwohl ich tausend bessere Dinge zu tun habe, wenn Sie sie doch verhören?«

»Das ist kein Verhör, sondern eine Befragung, Mr. Tyrell«, entgegnet Barnes streng. »Und Sie können hier nicht einfach reinplatzen.«

»Ich habe Ihnen verdammt noch mal gesagt, nach wem Sie suchen müssen. Haben Sie nicht einmal eine *Spur, Barnes?* Das ist es, was Sie uns sagen wollen? Oder hat zufällig jemand sehr viel Geld dafür bezahlt, dass diese *Spur* zu Amabelle Weaver führt?«

»Sie unterstellen mir keine Korruption.« Barnes richtet sich auf.

»*Sie*«, zischt Jaxon drohend, »arbeiten für *uns.* Auf dieser Party waren Hunderte Leute. Die Toten waren unfassbare Wichser. Jeder kann ein Interesse daran gehabt haben, dass sie beim Einsturz ertrinken. Wenn Sie auch nur eine einzige Sekunde länger Weaver verdächtigen, war das Ihr letzter Tag als Special Agent.«

Barnes schiebt seinen Stuhl zurück und steht auf. Er ist wesentlich älter als Jaxon und wesentlich kleiner. In seiner Miene kann ich all die Emotionen lesen, die ich bestens von mir selbst kenne, wenn ich Jaxon gegenüberstehe. Angriffslust, Rachegefühle, das Bedürfnis, sich zu behaupten. Schließlich Resignation. »Amabelle Weaver wurde Opfer eines Gewaltverbrechens«, erklärt Barnes tonlos. »Ich *mache* meinen Job, indem ich dem Ganzen nachgehe.«

Jaxon grinst schäbig. »Was wollen Sie tun? Die Wichser im Nachhinein vor Gericht schleifen? Alle drei sind *tot.* Jeder auf der Party *erfuhr von uns*, was sie getan haben. *Wir* haben Amabelle aus Rachels Wohnheimzimmer und anschließend aus der Wasservilla gerettet. Sie ist das absolute Gegenteil von einer Mörderin, auch wenn das in Ihr vorurteilsbehaftetes Klischeedenken nicht passen will. Ihr Alibi ist wasserdichter als das von jedem anderen, weil gleich *fünf* Personen sagen können, wo sie sich die gesamte Zeit über aufhielt. Warum verdächtigen Sie nicht Rachel Shoemaker? Hat sie Ihnen einen geblasen, dass Sie sie sofort laufen ließen? Oder Brittany Meyer? Sie hat schließlich ein echtes Interesse daran, dass niemand erfährt, an welchem Verbrechen sie beteiligt war. Wenn Sie wirklich auf Ihr lächerliches Verhör bestehen, Barnes, dann mit dem Anwalt der Tyrells an Miss Weavers Seite. Und Sie wissen, dass Sie es dann auch gleich sein lassen können. Sie wird Ihnen *nichts* sagen. Nur weil Sie noch von keinem Kingston-Studenten bestochen wurden, bedeutet das nicht, dass der Mörder nicht unter uns ist. Und niemand weiß, ob es nicht einfach nur ein Unfall war! Verdammt, muss ich Ihnen wirklich Ihren gesamten Job erklären?«

Barnes ist rot angelaufen, und der Agent, der mit den Kings hereingekommen ist, starrt Jaxon perplex an.

»Komm«, sagt Jaxon kalt zu mir und ich stehe verunsichert auf.

Inwiefern mein Verhalten mich verdächtig macht, kann ich nicht einschätzen.

»Diese Wichser wollen nur eine finden, die so blöd ist, ihnen zu vertrauen. Ohne einen Anwalt sagt hier niemand etwas. Schon gar nicht du.«

»Okay«, wispere ich, werfe Barnes einen entschuldigenden Blick zu und gehe vor den drei Kings nach draußen.

Jaxon schäumt vor Wut, als er den gewölbten Gang entlangschreitet. Überall stehen weitere FBIs und Polizisten und betrachten uns irritiert. Sie haben eine behelfsmäßige Einsatzzentrale mitten in den Laborräumen der Physikfakultät errichtet.

»Wo willst du hin?«, fragt Reece erstaunt, als Jaxon nicht zum Ausgang geht, sondern nach rechts in einen Flur abbiegt.

»Ich werde die gesamte Chose beenden«, murmelt er. »Romeo?«

»Ich bin hier.«

»Hast du das Video dabei?«

»Immer.«

Jaxons Schritt ist weiterhin energisch und ich folge ihnen wie ein Trottel.

»Soll ich ... mitkommen?«, frage ich verwirrt.

Jaxon geht einfach weiter, aber Reece nickt mir zu. Als wir uns das letzte Mal gesehen haben, haben wir miteinander gestritten und etwas ist anders zwischen uns. Ungeklärter. Ich spüre es daran, wie er mich ansieht. Aber ich kann nicht lange darüber nachdenken, denn nach ein paar weiteren gehetzten Schritten stößt Jaxon eine Tür rechts von uns auf. Dahinter befindet sich ein Studierzimmer. Deckenhohe Bücherregale, ein paar Tischgruppen, ein altmodischer Kamin. Altehrwürdige, antik eingerichtete Räume, wie es sie nur in Kingston gibt und die den höheren Semestern vorbehalten sind.

Drei Personen halten sich darin auf, jeweils eine Tasse Tee in der Hand, und wenden überrascht die Köpfe. Sie sind allesamt im Alter meiner Professoren, doch die besonders edle, konservative Alltagskleidung verrät, dass es sich bei ihnen um Eltern der Studenten handeln muss.

»Tyrell«, sagt der eine Mann erstaunt und lässt seinen Tee sinken. »Crescent. Und sogar Portcharles.« Sein Blick huscht zu mir. »Ist das Amabelle Weaver? Gibt es etwas, das Sie uns sagen wollen?«

»Nein.« Jaxon hat ein arschfreundliches Lächeln aufgesetzt. »Ich möchte Ihnen etwas zeigen.«

Romeo tritt vor, sein Handy in der Hand, und spielt etwas ab.

Alle drei Erwachsenen nähern sich dem Bildschirm, bis sie schockiert zurückweichen und mich anstarren. Da Romeo das Display nicht in meine Richtung hält, weiß ich nicht, was sie zu sehen bekommen haben. Aber ich fürchte es ist das, was ich denke.

Wo auch immer Romeo eine Aufnahme von meiner Vergewaltigung her hat, es erfüllt mich mit kaltem Grauen, dass er es einfach so herumzeigt. Ich versuche die Panik zu unterdrücken, die mich befällt.

Die Eltern dieser drei Typen sollen sehen, was aus ihren Kindern geworden ist. Das ist es, worum es geht. Das ist es, was zählt.

»Noch ein einziger Dollar, den Sie dem FBI zuschieben, und das Video geht viral«, erklärt Jaxon kühl. »Dann sind Ihre Söhne nicht mehr Opfer eines Anschlags, sondern Loser, die Schande über ihre *gesamten* Familien gebracht haben. Glauben Sie nicht, dass ich es nicht tun würde. Sie wissen alles über mich. Sie wissen, was ich bereit bin zu tun, um diese Universität frei von Abschaum wie Ihren Bastardsöhnen zu halten. Ich habe die Polizei und die Agenten auf diesem Campus geduldet, weil mich selbst interessiert, wer der Mörder ist und wer vor allem die Verantwortung für den Anschlag trägt. Aber dass die Agenten Amabelle Weaver verdächtigen, ist reinster Hohn. Es stellt meine gesamte Position infrage. Ich werde das College mit *Bestnoten* abschließen, und allein der Gedanke, ich hätte bezüglich Amabelles Alibi gelogen, ist eine Beleidigung für ganz Kingston. Dass das FBI sie trotzdem verdächtigt, muss bedeuten, dass viel Geld geflossen ist.«

»Aber ...«, beginnt die Frau zwischen den beiden Männern stotternd.

»Zwei von Ihnen haben weitere Kinder in Kingston. Sie wollen, dass diese weiter hier studieren können, oder? Dann beglücken Sie uns mit Ihrem Abgang und hoffen Sie, dass ich diesen Vorfall vergesse.«

»Tyrell, ich bitte Sie«, der Mann, der zuerst gesprochen hat, tritt vor, »Sie müssen doch zugeben, dass diese ... Frau«, sein Blick huscht in meine Richtung, »ein passendes Motiv gehabt hätte …«

Jaxons Kieferpartie verhärtet sich. »*Jeder*, der die Ehre eines echten Mannes besitzt, hätte ein Motiv gehabt, einen Ihrer Söhne kaltzumachen. Vor allem ein Vater wie Sie, dessen gesamter Lebenslauf durch die Verbrechen seines Sohns zerstört werden könnte. Wollen Sie weiter mit mir sprechen, als könnte ich mich mit einem Vergewaltiger solidarisieren?«

»Das, was passiert ist …«, hält der Vater einer meiner Peiniger dagegen, »ist …«

»Unentschuldbar«, schreitet Reece ein. »Verschwinden Sie. Noch deutlicher werden wir nicht.«

Die drei Erwachsenen werfen sich vielsagende Blicke zu.

»Wenn ihr verdammten Halbstarken glaubt, wir würden uns durch eine verschwommene Aufnahme erpressen lassen …«

Romeos Nacken spannt sich an. »Im Vergleich zu unseren Namen sind Sie *nichts*.«

»Wir wollen das Ansehen Kingstons nicht weiter beschmutzen«, entgegnet Jaxon gelassen. »Mir wäre es lieber, das Video bliebe unter Verschluss. Ihre Wahl.«

Der Hass in den Augen der Eltern meiner Vergewaltiger wird unerbittlich. Aber sie stellen ihren Tee schließlich ab, richten ihre Kleidung und gehen wortlos an den Kings vorbei nach draußen.

Jaxon sieht ihnen mit verengten Augen hinterher. »Mach das Leben ihrer anderen Kinder zur Hölle, Romeo.«

»Mit Vergnügen«, murmelt er.

Nur Reece' Blick ruht auf mir. »Geht es dir gut?«

»Ja, fantastisch, danke.« Ich gestikuliere hilflos mit den Armen. »Schön, zu sehen, dass ihr euren Einfluss nicht nur missbraucht.«

Die drei Kings sehen mich ausdruckslos an. Ich frage

mich, ob sie mir wirklich ohne Hintergedanken geholfen haben. Warum stellen sie sich plötzlich als meine Retter hin? Und wie weit reicht ihre Macht wirklich? Haben die Kings tatsächlich dafür gesorgt, dass man mich nicht verdächtigt? Und weiß bereits das gesamte FBI, was in der Nacht vom Freitag geschehen ist? Wieso wurde ich nicht früher befragt? Musste dafür tatsächlich erst Bestechungsgeld fließen, damit man mich verdächtigt?

»Danke fürs Alibi und so«, nuschle ich und weiche zur Tür zurück. Flucht scheint mir ein probates Mittel zu sein, wenn die Kings Gefahr laufen, mich zu sehr für sich einzunehmen. Schlimm genug, dass ich Jaxon gestanden habe, ich hätte mich in ihn verliebt. Aber man kann sich auch wieder entlieben, nicht wahr? Obwohl mein Herz etwas anderes will, ist mein Kopf bei vollem Bewusstsein in der Lage, richtige Entscheidungen zu treffen.

»Willst du gehen?«, fragt Romeo mich mit seiner typisch emotionslosen Art, als könne er sich nicht vorstellen, dass ich diese Frage bejahen könnte.

Schnell versuche ich eine Ausrede zu finden, und zum Glück fällt mir wieder ein, welche Szene ich zuvor beobachtet habe. »Harper hat … und ich muss …« Egal. Vor ihnen werde ich keine ganzen Sätze hervorbringen, vor allem nicht, wenn Reece und Jaxon mich mustern, als würden sie am liebsten in meinen Kopf hineinsehen können. Als würde es sie interessieren, was ich *denke*, und nicht nur, wie ich mit ihnen schlafe. Als ginge es ihnen um mehr als um Sex. Fuck. Ich drehe mich um, greife nach dem Türknauf und husche hindurch. Kaum ist die Tür hinter mir ins Schloss gefallen, halte ich inne, gehe sicher, dass sie mir nicht folgen werden, und will einen Schritt nach vorn setzen. Zurück in den Hauptgang der Physikfakultät, zurück durch den Park, zurück in mein Wohnheim.

Vor wem fliehe ich wirklich?

Vor den Kings?

Oder vor meinen Gefühlen?
Vor Antworten, die mir nicht gefallen?
Oder vor Antworten, die mir zu sehr *gefallen?*

Ich weiß es nicht. Ich weiß nur, dass es sich allmählich falsch anfühlt, jeder möglichen Konfrontation aus dem Weg zu gehen. Also drehe ich mich noch in der Türschwelle um, drehe den Knauf erneut und platze zurück ins Zimmer.

»Sylvian hat …«, beginnt Reece gerade auszuführen, als ich ihn mit meinem Erscheinen mitten im Satz unterbreche.

Alle drei sehen mich an, und ich fühle mich alles andere als gewappnet, als ich mich gegen die Tür in meinem Rücken lehne, die Hände zu Fäusten geballt, Kraft sammelnd für all die Fragen, auf die ich eine Antwort verlangen muss.

»Warum tut ihr das alles … für mich?«, frage ich sie.

Jaxon wirft Reece einen Blick zu, dieser scheint verwirrt.

Romeo blickt mir starr entgegen. »Sollen wir dich lieber dem FBI aussetzen?«, fragt er kühl.

»Warum bist du zurückgekommen?«, fragt Jaxon und fixiert mich intensiv. »Wir waren uns gerade darin einig, dich gehen zu lassen, und du kommst einfach zurück?«

»Ich will Antworten. Ich will wissen, warum ihr mir helft. Ich will wissen, warum Sylvian so ein Arsch gegenüber Harper ist und warum ihr das zulasst. Ich will wissen, was es mit dem Zirkel auf sich hat. Und während ihr euch erklärt, fallen mir bestimmt noch meine hundert anderen Fragen ein.«

Reece' Miene hat sich verdunkelt, aber Jaxon hebt lächelnd eine Braue.

»Du kennst die Antworten auf all diese Fragen längst.«

»Was?«, bringe ich verwirrt hervor.

»Wir helfen dir, weil wir kein Interesse daran haben, dass dich jemand wegsperrt«, entgegnet Jaxon nonchalant.

»Sylvian ist ein Arsch, nicht nur gegenüber Harper, und zulassen ist das falsche Wort. Es ist immer *deine* Entscheidung gewesen, ob du dich auf ihn einlässt. Der Kingston-Zirkel ist ein mächtiger Geheimbund, über den du bei Wikipedia nachlesen kannst. Dort steht auch, dass so gut wie jeder amerikanische Präsident Mitglied war, einer der Gründe, weshalb viele Studenten einen Platz anstreben.«

»Und wer ist Zayn?«, frage ich atemlos.

Jaxon lächelt noch ein wenig breiter. »Was hältst du davon, wenn du mit uns nach Ocean City kommst und dein erstes Spring Break als Kingston-Studentin feierst? Solange wir die Halbinsel und Maryland nicht verlassen, dürfen wir uns aufhalten, wo auch immer wir wollen.«

»Ich will einfach nur wissen, wer Zayn ist«, flüstere ich. Mein Blick huscht zu Reece.

Er blickt mit steinhartem Gesichtsausdruck zurück.

»Kein Spring Break?«, vergewissert sich Jaxon. »Dabei könnten wir viel Spaß zusammen haben, *Belle*.«

»Sie wird nicht mitkommen«, mischt Reece sich kühl ein. »Alles, was sie tut, ist mit uns zu spielen. Setz nicht darauf, dass es ihr um uns gehen würde.«

Jaxons Augen blicken für eine Sekunde Reece an, dann wieder mich. »Hast du ihm einen Korb gegeben, Belle?«

»Wenn es sein muss, gebe ich euch allen einen.«

Seine Augen blitzen gefährlich auf. »Verstehe.«

Ich beiße mir auf die Unterlippe, nicht sicher, warum dieses Gespräch erneut eine solche Wendung genommen hat.

»Du hättest dich also wirklich nicht entschieden?«, fragt Jaxon interessiert. »Selbst wenn die Strandvilla nicht eingestürzt wäre?«

Ich öffne den Mund, bringe aber keine Antwort hervor. Da ist kein Name, der auf meinen Lippen brennt, kein King, dem ich vertrauen würde. Wieso sollte ich wählen? Wie sollte ich wählen *können*?

Als ich nicht reagiere, verschwindet Jaxons Lächeln. Er kommt auf mich zu, öffnet die Tür in meinem Rücken. »Noch eine Einladung wird es nicht geben.« Er geht an mir vorbei durch den Rahmen und die anderen folgen.

Wow, das lief ja fantastisch!

Seufzend greife ich nach meinem Handy.

Harper, können wir reden?

Keine Antwort.

ZAYN

Ich bin kein Fucker, Dole.

Ich versuche mich nur nicht zu verstellen wie die anderen Fucker da draußen, die so tun, als wären sie Engel und als würden sie diese Welt in irgendeiner Weise besser machen.

Niemand ist gut.

Schon gar nicht die, die es lautstark von sich behaupten.

ELF

MABLE

Als ich mein Wohnheim betrete, warten gleich zwei Personen in der Küche auf mich, die dort eigentlich nichts zu suchen haben.

Vance.

Und eine junge Frau in meinem Alter, die mir vage bekannt vorkommt.

Während Vance mit verschränkten Armen an der Küchenzeile steht, sitzt sie am Küchentisch und springt auf, als sie mich sieht.

»Hey!«

Vance stellt sich ihr in den Weg, als sie auf mich zugehen will.

Sie schneidet ihm eine Grimasse. »Was versuchst du zu tun, Vance? Sie vor *mir* zu beschützen? Dabei sollte sie sich vor *dir* in Acht nehmen!«

Mit einem Mal fällt mir wieder ein, woher ich die Fremde kenne. Sie hat Sylvian auf der Party am See im letzten Semester als Mörder beschuldigt. ›*Du hast meine verdammte Schwester ermordet!*‹ Ihre aufgelöste Stimme ist mir gut im Gedächtnis geblieben. »Möchtest du zu mir?«, vergewissere ich mich.

Sie nickt. »Kannst du mir erklären, warum sich ausgerechnet *Vance Buchanan* als dein Bodyguard aufzuspielen versucht?«

»Das ist es nicht«, knurrt Vance. »Immer, wenn jemand von euch hier auftaucht, bedeutet es Ärger. Ihr macht bei eurem Hass auf Kingston keinen Unterschied, ob jemand mit einem Stipendium hier studiert oder nicht.«

Die Fremde zuckt mit den Achseln. »Weil die meisten Biester wie Rachel sind. Können wir bitte unter vier Augen miteinander sprechen, Mable?«

Dass sie alle unsere Namen kennt, lässt mich vorsichtiger werden. Wer ist dieses Mädchen? Und was wird sie mir über Sylvian sagen? »In meinem Zimmer?«

Wieder nickt sie, und Vance sieht mir mit einem dunklen Blick nach, als wir in mein Zimmer gehen.

Dort klappt sie ohne Weiteres meinen Laptop hoch und bedeutet mir mit Lippenbewegungen, dass ich Musik einschalten soll. Vermutlich glaubt sie so wie ich, dass mein Zimmer verwanzt ist. Es würde mich bei der Kontrollsucht der Kings nicht wundern.

Sobald Musik läuft, dreht sie die Lautstärke auf Maximum, dann lässt sie sich mitten im Zimmer auf den Boden sinken und klopft auf das freie Linoleum neben sich.

»Nur für den Fall«, flüstert sie. »Ich wurde die letzten Tage so viel verhört, ich will ihnen nicht noch mehr Futter für weitere Fragen bieten.«

»Von wem wurdest du verhört?«, frage ich flüsternd zurück, komme mir etwas albern vor. *Was sind das bitte für Zustände am College?*

»Ich bin Irene.« Sie hält mir ihre Hand entgegen. »Meine Schwester ist Eleanore.«

Meine Hand wird augenblicklich schwitzig und ich ziehe sie schnell zurück. Habe ich wirklich geglaubt, ich könne einfach vergessen, was ich über den Anschlag auf die Wasservilla erfahren habe?

»Ich finde es so schrecklich, was passiert ist«, wispert

sie. Irene ist im Vergleich zu ihrer Schwester um einiges hübscher. Ihre Haare sind von einem weichen Blondton, ihre Gesichtszüge sind keck und jugendlich. Auf ihren Wangen sind vereinzelt Sommersprossen zu sehen. Dass sie die Schwester einer Terroristin ist und vermutlich ebenso zum Widerstand gehört wie sie, lässt sich nicht von ihren Augen ablesen. Wir tragen ungefähr dieselbe schlichte Kleidung aus Jeans und Shirt, auch wenn meine nach Harpers Shoppingexzess um einiges hochwertiger ist als ihre. »Du hast Eleanore in der Nacht kurz kennengelernt, oder?«

Ich nicke.

»Es tut mir so leid, dass Eleanore das getan hat. Sie hätte euch umbringen können! Ich bin fassungslos«, betont Irene. »Ich wünschte, ich hätte sie davon abhalten können.«

Wieder nicke ich. Was soll ich auch sonst tun? Als ich auf dem Boot gesessen habe, war es ähnlich. Eleanore mit ihrem ausgemergelten Gesicht und der ausgehöhlten Augenpartie hat gestrahlt bei der Vorstellung, Reece wäre etwas zugestoßen. Sie hat gestrahlt, als die Wasservilla in Flammen aufging. Sie hat keinerlei schlechtes Gewissen gezeigt, weil ihretwegen Menschen hätten sterben können. Jetzt ist Irene hier. In meinem Wohnheimzimmer. Der gesamte Campus wird vom FBI und der Polizei bevölkert.

Und ich soll mit der Schwester einer Terroristin des ›Widerstands‹ sprechen?

»Was habt ihr mit Rachel getan?«, frage ich beklommen. Da Jaxon vor Barnes davon gesprochen hat, dass das FBI sie laufen ließ, muss sie verhört worden sein. Wann? Und hat sie etwas verraten?

»Rachel?«, fragt Irene. »Ist das nicht die, die wollte, dass du vergewaltigt wirst? War sie auch da?«

»Ja, auf dem Boot.«

Irene seufzt. »Eleanore wusste bestimmt nichts davon. Sie würde sich niemals mit einer Rachel verbünden.«

Fast hätte ich gelacht. Eleanore hat das Leben vieler

Studenten gefährdet, aber klar, eine Rachel würde sie nicht in ihre Reihen lassen?

»Es ist alles so schwierig.« Irene zieht die schlanken Beine vor die Brust und mustert mich besorgt. »Ich kenne auch nicht die gesamte Story. Was ich weiß, ist, dass sie Eleanore verdächtigen, und ich traue es ihr zu. Sie hat nämlich sogar von etwas Ähnlichem gesprochen, die ganze Zeit. Ich habe sie nicht für voll genommen ... Ich fühle mich mitschuldig.«

»Warum bist du hier?«, frage ich misstrauisch.

»Ich will dich um Hilfe bitten.« Irene sieht mich ernst an. »Eleanore könnte Kontakt zu dir aufnehmen. Keine Ahnung wie, aber es ist möglich. Sie lässt sich immer irgendetwas einfallen und bestimmt wird das FBI sie nicht so schnell finden.«

»Was wird sie von mir wollen?«

»Ich weiß es nicht. Aber du musst es mir unbedingt sagen. Nur ich kann dir helfen, bevor Eleanore ausrastet und dir etwas antut.«

Mich fröstelt es plötzlich. »Hast du etwas mit dem zu tun, was sie getan hat?«, frage ich direkt.

»Nein, auf keinen Fall. Wirklich nicht. Ich würde *niemals* Menschenleben gefährden. Aber natürlich wünsche ich mir Rache für das, was sie Eleanore angetan haben.«

»Mit ›sie‹ meinst du die Kings?«

Irene nickt. »Es ist grausam. Aber man muss sie mit ihren eigenen Waffen schlagen. Wenn wir am Ende alle im Gefängnis sitzen, hat niemand etwas davon und diese Arschgeigen haben gewonnen. Eleanore ist das egal. Sie ist einfach gefährlich. Auch wenn sie meine Schwester ist und ich sie liebe, eigentlich ist sie schon so lange nicht mehr sie selbst. Ich habe Angst, dass sie dasselbe mit dir tun werden, dass die Kings dich *verändern* werden, unter anderem deswegen bin ich hier.«

Ich falte die Hände im Schoß, nicht sicher, wie ich darauf reagieren soll.

»Ich will dir helfen, Mable. Und vielleicht wirst du uns helfen können. Und damit meine ich nicht, dass wir Häuser in die Luft sprengen, wirklich nicht. Aber das, was diese … Vollidioten aka Kings tun, muss ein Ende finden. Da Tyrell und seine Idiotengefolgschaft noch immer mit dir spielen, kannst du das für dich nutzen. Für uns. Hilf uns dabei, ein paar Fragen beantwortet zu bekommen.«

Immer noch mit mir spielen … Was, wenn sie es nicht mehr tun? Wenn sie aufgehört haben zu lügen?

»Ich meine, du weißt doch, dass sie noch mit dir spielen, oder?«, fragt Irene skeptisch. »Du lässt dich nicht auf sie ein?«

Schnell nicke ich. Natürlich. Niemals.

»Ich hoffe, du hast nicht das Gefühl, dass du dich für sie prostituieren musst«, flüstert Irene mitfühlend.

»Nein, auf keinen Fall«, sage ich schnell.

Irene schüttelt den Kopf. »Du weißt nicht, was diese Typen schon alles getan haben. Ich hoffe, dass du weißt, was du tust.«

Der Teufel auf meiner Schulter lacht mich schallend aus. *Als ob!*

»Sie suchen also deine Schwester und du kommst dennoch einfach hierher?«, frage ich genauso leise. »Einige der Eltern wollen, dass ich für die Tode der drei Studenten verantwortlich gemacht werde.«

»Ich kann nicht für die Vergehen meiner Schwester verantwortlich gemacht werden. *Und du auch nicht.* Außerdem habe ich Erfahrung darin, wie man sich Cops vom Hals hält.« Irene lächelt mich verschwörerisch an. »Seitdem Sylvian aus meiner Schwester dieses … *Wrack* gemacht hat, warte ich darauf, mich rächen zu können. Ich bin gut vorbereitet. *Wir* sind gut vorbereitet. Aber jetzt hat Eleanore alles zerstört und wir stehen wieder bei Null. Ich dachte, ich komme zu dir und frage dich direkt um Hilfe. Weil du, denke ich, auch ein großes Interesse daran hast, den Kings zu zeigen, dass sie zu weit gegangen sind, oder?«

»Was genau schwebt dir vor?«

»Wie gesagt. Wir schlagen sie mit ihren eigenen Waffen. Als Eleanore damals ihr Stipendium erhalten hat, ist unsere gesamte Familie ausgerastet vor Freude. Ich habe mich sogar auf ein College hier in der Nähe beworben, weil ich dachte, sie würde mindestens vier Jahre hier studieren. Daraus wurde nichts. Aber weil ich hier in der Nähe studiert habe, kam ich langsam dahinter, was Tyrell und seine Gefolgschaft tun. Und mit jedem Jahr formte sich in mir mehr der Wunsch, etwas gegen sie zu unternehmen. Ich will, dass sie leiden. Dass sie verstehen, was sie meiner Schwester und all den anderen Stipendiaten angetan haben. Was sie *dir* angetan haben. Bis auf Vance. Er scheint genauso zu sein wie sie. Er tut, was sie verlangen, lässt sich seine Loyalität erkaufen und ... ach, egal. Ich bin durch mit dem Wichser. Es hat sich eine Gruppe – Eleanore hat uns immer den Widerstand genannt – geformt, die seit Monaten plant, Jaxon und die anderen bloßzustellen. Ihre Vergehen aufzudecken. Aber das war Eleanore nicht genug. Sie will sie wirklich körperlich verletzen. Es ist so furchtbar, was die Kings aus ihr gemacht haben und dass ich sie nicht zurückhalten konnte.«

Auch ich ziehe die Beine vor meine Brust, um mich vor ihren Worten zu schützen. *Der Widerstand.* Es klingt, als hätte mich die ›Arena‹ der Kings mitten hinein in ein Panem-Abenteuer gebracht. Kinder, die glauben, das Leben wäre ein großes, spannendes Spiel, und Todesopfer Schauspieler auf einer Leinwand. Aber es ist ernster. Sehr viel ernster.

»Als du Sylvian beschuldigt hast, ein Mörder zu sein ...«, beginne ich flüsternd. Die Musik aus meinem Laptop klingt schrill und unwirklich, während wir über

Themen sprechen, die überhaupt nicht ans College gehören.

»Eleanore war mehrmals kurz davor, sich etwas anzutun.« Irenes Gesicht wird bleich und sie nestelt nervös an ihren bunten Armbändern. »Eine Zeit lang habe ich sogar geglaubt, es wäre das Beste für sie. Als sie nach dem Sommer im letzten Jahr verschwunden blieb, habe ich gedacht, sie hätte sich wirklich umgebracht. Wäre von einer Brücke ins Meer gesprungen oder ... etwas Ähnliches, wodurch sie nicht wieder auffindbar war. Zwar hat Sylvian sie nicht getötet, aber er hat alles dafür getan, dass sie sich *selbst* töten will! Er ist ein Monster! Er ist das Schlechteste, das mir jemals begegnet ist, und ich finde, der Tod wäre noch eine Gnade für ihn! Er muss am eigenen Leib spüren, was er anderen angetan hat. Man muss ihn mit psychischen Waffen schlagen.«

Ich schlucke hart. Auch wenn ich dumm genug war, mich auf die Kings einzulassen, meine Dummheit reicht nicht so weit, zu glauben, ich könne Irene klarmachen, dass ihr Weg nicht der meine ist. »Ich werde euch helfen«, verspreche ich daher, um mich zu schützen. Doch meine ich es wirklich so? Will ich noch Rache? Was müssten die Kingston-Studenten mir antun, damit ich so weit sinke wie Eleanore? Bis ich *morden* will? »Was kann ich tun?«

»Weißt du, wer Zayn ist?«, flüstert Irene fragend.

Ich schüttle automatisch den Kopf. Verdammt. Bringe ich es wirklich nicht übers Herz, die Kings zu verraten?

»Vance weiß es, aber er wird es uns nicht sagen«, führt Irene aus. »Entweder die Penner aka ›Kings‹ benutzen diesen Namen nur, um zu verwirren, oder es ist immer eine wechselnde Person, immer jemand anderes, den sie zu sich in die Runde holen, oder es gibt einen von ihnen ... zweimal.«

»Zweimal?« Ich tue so, als würde ich sie nicht verstehen.

»Zwillinge.« Irenes Wangen werden vor Aufregung feurig. »Zwei von ihnen, die sich eine Identität teilen. Das könnte doch sein, oder? Aber wer? Sylvian bestimmt nicht … Oder doch? Ich habe keine Ahnung! Du musst es herausfinden!«

Ich atme bebend Luft ein. »Das ist alles?«

»Oh nein. Das ist erst der Anfang.« Sie greift nach meiner Hand und drückt sie fest. »Aber mehr werde ich dir erklären, wenn ich weiß, dass du so weit bist. Finde heraus, wer Zayn ist. Sobald du es weißt, melde dich bei mir.« Sie drückt mir einen Zettel mit ihrer Handynummer in die Hand.

Mir bleibt nichts anderes übrig, als bestätigend zu nicken.

Sie umarmt mich, bevor wir uns verabschieden. Es dauert, bis ich begreife, wer Irene ist und was das alles zu bedeuten hat. Ihre Schwester war an einem Anschlag beteiligt. Sie hat ein Haus zum Einstürzen gebracht, in dem ich mich befunden habe. Ein Angriff, bei dem mehrere Studenten verletzt – und drei getötet – wurden.

In der Stille meines Zimmers frage ich mich, wieso mich der Gedanke, Romeo hätte meine drei Peiniger getötet, weniger stört, als wenn es der Widerstand getan hätte. Ist meine Moral mittlerweile so sehr verschoben?

Und bin ich wirklich bereit, gegen die Kings in den Krieg zu ziehen?

ZAYN

Komm schon, du glaubst Irene doch kein Wort, oder? Ich meine, hoffst du, dass irgendjemand dich nicht anlügt?

Aber weißt du, bei all den Verwirrungen und Irrungen und Fakes und Shows will ich dir ein bisschen Wahrheit zukommen lassen.

Du bist ein kleines, heißes Luder.

Das ist wahr.

Und eigentlich reicht das doch aus, um im Leben Spaß zu haben, oder? Überlass den anderen die quälenden Geheimnisse und das Ergründen der einen richtigen Wahrheit. Hab Spaß. Genieße dich. Nur vielleicht nicht in unserer Nähe. Denn das nervt ein bisschen.

ZWÖLF

MABLE

Es braucht ein paar quälende Stunden, in denen ich versuche, mich auf die Hausarbeit zu konzentrieren, die ich am Freitag nach Spring Break abgeben muss, dann gebe ich auf. Es nützt nichts. Weder bin ich hart genug, die Kings links liegen zu lassen, noch kann ich mich entschließen, dem ›Widerstand‹ nicht zu helfen. Sie wollen wissen, wer Zayn ist.

Ich will es auch wissen.

Also ... könnte ich es doch herausfinden, oder nicht?

Außerdem ... vermisse ich sie. Reece und Jaxon zumindest. Wenn sie mich zu einer Party einladen wollen ... Verdammt, ich halte es keine Sekunde länger in meinem Wohnheimzimmer aus!

Ehe mich der Engel auf meiner rechten Schulter davon abhalten könnte, habe ich mich umgezogen. Eine Jeans, einen Pullover, meine Sneaker. Wimperntusche, Lippenstift ... Als ich in den Spiegel sehe, liebe ich das Ergebnis, und allein der Gedanke, Jaxon oder Reece könne es auch gefallen ...

Okay. Reiß dich zusammen. Es ist nur eine Party. Du weißt, wer die Kings sind. Sie haben sich selbst eine Terroristin erschaffen und wundern sich darüber, dass jemand sie tot sehen will. Sie haben Eleanore bis zur Selbstaufgabe gequält. Du wirst Spaß haben, nichts weiter.

Vielleicht wirst du herausfinden, wer Zayn ist.

Und wenn du es weißt, kannst du dir immer noch überlegen, was du mit dem Wissen anstellst.

Klingt das nach einem guten Plan?

Als ich den Campus überquere und auf die Verbindungsvilla zusteuere, wird mein Gang mit jedem Schritt unsicherer. Nicht nur, dass mir, als ich die Fakultätsgebäude hinter mir gelassen habe, die Blicke aller Studenten folgen, die mir auf dem Weg begegnen, es befällt mich erneut die Unsicherheit, die nur von meiner Vernarrtheit kommen kann.

Ob sie merken, dass ich mich zurechtgemacht habe? Ob sie es belächeln? Neben ihnen könnte ich auch dann nicht bestehen, wenn ich eine Schönheits-OP mache!

Ach, verdammt.

Ich schiebe all die nagenden Gedanken beiseite, rede mir weiter ein, ich wäre auf einer Mission für Irene und den Widerstand, und öffne schließlich die Ehrfurcht einflößende Flügeltür des Verbindungshauses.

»Du darfst hier nicht rein«, ruft ein Typ, eilt hinter mir her und bleibt abrupt neben mir stehen. »Oh, du …«

Er starrt mich an, als ich ihn anlächle und vorbei ins Hausinnere husche.

Was auch immer die Kings für eine Regel aufgestellt haben, für mich scheint sie nicht zu gelten.

»Mable!« Reece kommt mir von der breiten, geschwungenen Wendeltreppe aus entgegen, die wie in einem echten Schloss die Eingangshalle mit den oberen Stockwerken verbindet. Nur dass das Verbindungshaus der Kings weitaus dunkler, ehrwürdiger und weniger kitschig gehalten ist als ein Schloss. »Was tust du hier?« Er nickt nach links in Richtung eines Salons und ich folge ihm. Hier hat unser erster

Abend in der Villa begonnen. Der Anfang vom Ende sozusagen. Oder der Anfang vom … Anfang?

»Ich habe es mir überlegt«, schieße ich hervor, nachdem ich das Kaminzimmer betreten habe, und knete nervös die Finger.

Reece schließt hinter mir die Tür.

Gerade brennt kein Feuer im Kamin und durch das Regenwetter wirkt der gesamte Raum schummrig und wie aus einer anderen Zeit.

»Ich komme gerne mit euch mit.«

Reece sieht aus, als hätte ich plötzlich Spanisch gesprochen.

»Spring Break«, führe ich aus. »Ihr habt doch … vorhin … also …«

»Ich nicht. Jaxon.«

»Schon, aber …«

»Er ist in seinem Zimmer. Geh zu ihm, wenn du willst.«

»Ich dachte, du würdest … auch mitkommen?« *Die Zayn-Mission ist schließlich der einzige Grund, weshalb ich hier bin, richtig?*

»Du hast klargemacht, dass du das nicht möchtest«, erwidert er tonlos und mit einer Verletzlichkeit in der Stimme, die mich erschaudern lässt.

»Habe ich?«, frage ich verwirrt. »Ich habe nicht sofort zugestimmt, ja, weil mich die ganze FBI-Situation möglicherweise ein kleines bisschen überfordert –«

»Das meine ich nicht«, fällt er mir ins Wort. Seine Aura umfängt mich und ich beginne nervös zu werden. Reece ernst und düster zu erleben, wie nur Jaxon und Sylvian normalerweise sind, verschreckt mich immer wieder. Seine blauen Augen durchdringen mich und ich beiße mir auf die Wangen.

»Sondern?«

»Ich date dich nicht, wenn ich dich mit jemand anderem teilen muss als mit meinen Freunden. Dass du Zeit brauchst, um *uns* zu vertrauen und dich entscheiden zu können, kann ich verstehen. Aber andere? Nein. Ich will gerne wissen, mit wem ich konkurriere. Flittchen gibt es an der Uni genug.«

»Nur weil ich andere Typen daten könnte, bin ich *kein* Flittchen«, wispere ich wütend.

Ein Nerv an seiner Schläfe zuckt. Aus irgendeinem Grund scheint er ungeduldig zu werden. »Du hast recht. Ich kenne zu viele Frauen, die mir nicht sagen würden, dass sie jemand anderes daten, und es trotzdem tun. Du bist ehrlich, und wenn du den ganzen Campus vögeln willst, weil es dir Spaß macht, hättest du auf diese Weise wunderbar Punkte sammeln können.«

»Es ist verdammt noch mal etwas ganz anderes, Sex zu haben oder auf ein Date zu gehen«, zische ich. »Schön, was willst du von mir hören, Reece? Dass ich nicht mal die *Zeit* hätte, mich mit jemand anderes zu treffen? Oder dass es auf dem gesamten Campus nicht einen einzigen Kerl bis auf Vance gibt, der überhaupt mit mir sprechen würde, der nicht zu den Kings gehört? Ich date niemanden. Und wenn doch morgen mein Traumprinz in meinem Wohnheimzimmer auftauchen würde, dann kann ich dir ja immer noch Bescheid sagen, oder?«

Reece' Miene hellt sich auf und er verzieht einen Mundwinkel. »Versprich es mir.«

Ich verdrehe die Augen. »Versprochen.«

»Stört es dich, wenn ich andere date?«, fragt er geradeheraus und schickt damit einen Sturm aus Gefühlen durch meine Brust. Fuck. Das ist eine gute Frage. Ich würde nicht einmal im Traum daran denken, dass er die vielen Angebote der ihn anschmachtenden Frauen ignoriert. Schon gar nicht für mich.

»Nein«, lüge ich, um meinen Stolz zu wahren. Ich bin nicht sicher, inwieweit ich mir damit ins eigene Fleisch schneide. Ein Freifahrtschein? Oder einfach nur eine faire

Abmachung? Denn schließlich habe ich mit ihnen allen Sex … Kann ich dann wirklich erwarten, dass sie auf andere Frauen verzichten würden, wenn ich mich nicht entscheiden kann? »Solange es keine Rachels sind, kann ich damit leben.«

Reece lacht und schüttelt den Kopf. »Stört es dich wirklich nicht? Denn wenn nicht, Mable, dann ist es dir nicht so ernst wie mir. Ich will es nur wissen.«

Ich laufe rot an. Was soll ich darauf erwidern? Ich kann schlecht von ihm verlangen, dass er sich nicht mehr mit anderen Mädchen trifft, während ich seinen Freund vögle. Das geht nicht, oder? Dass sie es hinnehmen, mich teilen zu müssen, ist das eine. Aber unter diesen Umständen andere Avancen abzublocken?

Das wäre … das würde kein Mann der Welt tun, oder?

»Ich kann nicht von dir verlangen, dass du dich nur mit mir triffst«, murmle ich beschämt.

»Warum nicht?«, fragt er sofort.

»Weil … weil ich …«

»Ich habe dir gesagt, dass ich dir Zeit lassen werde. Damit meinte ich nicht nur ein paar Stunden. Wenn wir uns kennengelernt haben, wirst du mir vielleicht vertrauen. Das ist alles, was ich will. Eine echte zweite Chance.«

»Okay«, murmle ich.

Reece schmunzelt, dann greift er in seine Hosentasche. »Spring Break, hm?«

»Ich war das letzte Mal mit fünfzehn auf einer Spring-Break-Party.«

»Ich wünschte, ich könnte das von mir behaupten.« Er hat sein Handy hervorgezogen und tippt eine Nachricht ein. »Spring Break bedeutet Jaxon und den anderen eine Menge. Vergiss das, was du über uns weißt. Während der Ferien verlieren wir jeden Stil und alle Klasse.«

»Du meinst, ihr betrinkt euch wie alle anderen und

habt eine Menge hemmungslosen Spaß?«, frage ich lachend. »Stimmt, das hätte ich nie von euch erwartet.«

»Genau genommen weiß ich nur deshalb, was ich in den letzten Jahren an Spring Break getan habe, weil es Fotos von mir gibt. Sicher, dass du keinen Rückzieher machen möchtest?«

Die Tür wird aufgestoßen. »Sie macht *keinen* Rückzieher, Crescent.« Jaxon betritt feixend den Raum. »Ich gebe zu; dass du dich umentschieden hast, überrascht mich, Belle, und dass wir die Halbinsel nicht verlassen können, schränkt unsere Möglichkeiten stark ein. Aber warum zur verdammten Hölle hast du eine Jeans an?«

Ich werde rot im Gesicht und weiß nicht, was ich erwidern soll. Ja, vielleicht wäre es heißer gewesen, wenn ich einen meiner Röcke getragen hätte. Aber ich weiß, was dann passiert, oder?

»Sag bloß, du willst keinen Sex.« Jaxon hebt ironisch eine Augenbraue. »Wir sollten das vorher festlegen, wenn du noch bei vollem Bewusstsein bist.«

Panik kommt in mir auf. »Ich bleibe nüchtern!«

Die beiden Männer lachen, als hätte ich einen besonders komischen Witz erzählt.

»Also kein Sex«, stellt Jaxon süffisant fest.

»Ich …«

»Was er meint, ist: Es ist absolut chancenlos«, schaltet sich Reece zugänglich ein, »dass wir mit dir auf eine Spring-Break-Party gehen und du nüchtern bleibst. Wie soll das gehen, Mable? Du weißt, was passiert, wenn die Hemmschwelle sinkt. Wir wollen nur sichergehen, dass du es auch möchtest.«

Ich sehe sie nacheinander an und dabei meinen Plan schwinden. Ich muss wissen, wer Zayn ist. Das ist meine Mission. Ob für den Widerstand oder nur ganz für mich. Vielleicht kann ich mich dann sogar entscheiden? Wenn ich weiß, wer Reece wirklich ist …? Vielleicht würde ich dann ihn wählen? Und ich werde vermutlich erst dann die Wahrheit erfahren, wenn Reece mir vertraut, oder? Und dafür muss ich *ihm* vertrauen. »Ich vertraue dir«, sage ich leise zu Reece.

Seine Augen leuchten auf.

»Ihm, aber mir nicht?«, fragt Jaxon. Doch er lächelt dabei. »Wenn du ausgerechnet Reece vertraust, dann kannst du auch darauf vertrauen, dass Sylvian dich nie wieder verletzen wird.«

»Vergleich mich nicht mit ihm«, zischt Reece Jaxon plötzlich feindselig an.

Jaxon hebt lässig eine Schulter, dann hält er mir die Hand hin. »Komm, kleine Spring-Break-Blüte. Als Erstes besorgen wir dir ein richtiges Outfit.«

JAXON

Spring Break. Was für ein mächtiges Wort. Für jeden Studenten die eine Woche des Jahres. Auch wir nutzen diese Zeit, um abzuschalten. Nur jung zu sein. Bei all dem Druck und all den Erwartungen musst du lernen, das Leben zu genießen, selbst wenn es sich scheinbar nicht dafür eignet, Belle.

Komm, kleine Spring-Break-Blüte, lass dich fallen. Auch du hast ein bisschen Entspannung in unseren Armen verdient. Und ich verspreche dir, gerade sind wir alle viel zu gut gelaunt, um dich erneut zu verletzen.

DREIZEHN

MABLE

Obwohl wir bereits so häufig zusammen waren und ich mit ihnen mehrmals gemeinsam Sex hatte, fühlt es sich immer wieder wie etwas nie Dagewesenes an. Zwischen Reece, Jaxon und Romeo in der Limousine zu sitzen und prickelnden Champagner zu trinken, beflügelt mich ohnegleichen. Am liebsten würde ich in diesem Moment all meine Zweifel für immer ablegen.

Wieso kann das nicht einfach die beste Zeit meines Lebens sein?

Umgeben von heißen Typen, die mir fantastische Orgasmen bescheren und aussehen wie unerreichbare Götter?

Wieso kann Romeo nicht mein bester Freund sein, mit dem ich jedes noch so dreckige Geheimnis teile?

Wieso ist Zayn nicht hier und gibt einfach zu, wer er ist?

Und wieso muss ich noch immer daran denken, was letztes Semester geschehen ist?

Wann werde ich das jemals hinter mir lassen?

Als der Champagner meinen Kopf schummrig werden lässt und mein Magen sich anfühlt, als würde er Achterbahn fahren, streife ich zum ersten Mal alle meine Sorgen ab.

Ich sehe Reece an, ich betrachte Jaxon, mein Blick geht

zu Romeo. Sie unterhalten sich über Sport, über irgendeine Football-Saison, die mir nicht gleichgültiger sein könnte, aber ich liebe es, ihnen dabei zuzuhören. Jedem Einzelnen von ihnen.

Jaxon trägt eine edle, schwarze Chino, dunkle Schuhe und sein azurblaues Hemd. An seinen Fingern all die zahlreichen Ringe, die dadurch, dass er nicht tätowiert ist, ganz anders wirken als an den rauen Händen von Sylvian. Reece hingegen ist wie für ihn typisch hell gekleidet. Ein beigefarbener Pullover, darunter ein weißes Hemd, helle Hosen und einfache Sneaker. Die Uhr an seinem Handgelenk wird teuer sein und seine blonden Haare sind möglicherweise frisiert, wirken aber, als wäre er gerade aus dem Bett aufgestanden.

Nachdem er heißen Sex hatte.

Verdammt.

Ich warte nur darauf, dass Jaxon oder Reece sich vorbeugt, um mich zu küssen, doch ich muss verzichten. Das ärgert mich schon fast. Allein der Gedanke, wie ich mit Jaxon auf der Rückbank geschlafen habe, bringt meine Mitte zum Glühen, und mir ist plötzlich ganz egal, wie viel oder wenig ich getrunken habe, ich werde nicht ablehnen können, sollten sie mich verführen.

Als wir halten, steigt Jaxon als Erster aus, streckt mir eine Hand hin und hilft mir. Wir steigen mitten auf einer Partymeile aus. Trotz des wolkenverhangenen Himmels befinden sich überall um uns herum Studenten. Lachende, kreischende Gesichter, betrunkenes Gegröle, und jeder, der noch einigermaßen nüchtern ist, starrt zu uns.

Zu der Limousine, den drei Männern und mir.

»Gott, sind die überhaupt alle schon auf dem College?«, fragt Reece gedämpft, als Jaxon auf ein Geschäft in der Nähe zusteuert.

»Die umliegenden Highschools hier in Maryland haben Schulferien«, erläutert Romeo.

»Das erklärt einiges«, murmelt Reece, während wir Jaxon folgen.

Er hat uns in ein billiges Kleidungsgeschäft geführt. Noch immer zu teuer für mein Budget, aber weit unter dem, was Harper letztens für mich ausgegeben hat.

»Können wir ihr Geschäft für eine Weile exklusiv mieten?«, fragt Jaxon die Verkäuferin und schiebt ihr Bargeld über den Tresen.

Sie zögert nicht lange, geht zur Eingangstür und schließt diese.

»Und lassen sie uns allein.« Er reicht ihr noch mehr. Es müssen Tausende Dollar sein.

Die Augen der Verkäuferin werden groß. Sie sieht die Männer an, dann mich. Ohne ein weiteres Wort geht sie nach hinten und schließt die Tür zum Staff-Raum.

»Kingston-Studenten«, raunt Reece erklärend in mein Ohr. »Die Unternehmen hier in der Nähe kennen das.«

»Schön zu sehen, wie verschwenderisch ihr mit Geld umgeht«, murmle ich zurück. Obwohl ich so leise gesprochen habe, dass nur Reece mich hören sollte, fährt Jaxon zu mir herum.

Er fasst mich ins Auge. »Was müssen wir noch tun, Belle? Hunderttausende Dollar, die für dein Stipendium draufgehen, reichen dir nicht? Wie wäre es, wenn ich ein Tierheim baue? Oder drei? Oder ein Krankenhaus gründe? Oder zehn? Ach, vergiss das wieder, all das haben die Tyrells längst getan. Ich weiß gar nicht, *wie viele* Non-Profit-Organisationen meine Mutter in ihrer Freizeit aufgebaut hat. Und mein Vater? Was tut er? Glaubst du, er ist in der Politik, weil er es in der Wirtschaft zu nichts gebracht hat? Nein, er sorgt dafür, dass Amerika nicht vor die Hunde geht, obwohl es immer mehr Wohlstand hassende Menschen wie dich gibt. Dabei sind *wir* es, die erst dafür sorgen, dass Tag für Tag alles besser wird. Was willst du? Fucking Kommunismus? Abgesehen davon, dass unter Stalin und

Mao und unter all den anderen Tyrannen mehr Menschen verreckt sind als in den Weltkriegen, hatten die Menschen tatsächlich alle *gleich viel*. Nämlich nichts! Sei verdammt noch mal dankbar, dass es Familien wie unsere gibt, die Geld als das nutzen, was es eigentlich ist. Eine Energieform. Wir haben verstanden, worum es geht. Dass es nicht reicht, reich sein zu wollen, du musst es auch *leben*. Und wenn die Verkäuferin von dem Geld in den Karibikurlaub fliegt, was wäre daran Verschwendung? Weißt du was?« Er greift in seine Hosentasche und holt sein Handy hervor. »Gib mir deine Paypal-Adresse.«

Ich schüttle apathisch den Kopf.

»Gib sie mir«, zischt er.

»Mbl Punkt Weaver at Mail Punkt com«, sagt Romeo.

Ich starre ihn an. »Woher weißt du …«

Er zuckt die Achseln. »Du hast Reece deinen Laptop mitgegeben.«

»Genau! Reece! Nicht dir!«

»Er hat nichts getan, Mable«, beschwichtigt mich Reece. »Beim Retten deiner Daten mussten wir etwas tiefer graben und da fiel die E-Mail-Adresse einfach ins Auge.«

»Wir wissen alles voneinander«, ergänzt Romeo abschätzig und lässt sich auf den Sessel beim Schaufenster nieder. Den Fuß entspannt auf das Knie gestützt. »Wenn du Reece deinen Laptop gibst, gibst du ihn uns allen. Nichts für ungut.«

Ich atme zischend Luft ein und erinnere mich daran, dass ich erst vorhin entschieden habe, die Vergangenheit ruhen zu lassen. Doch die Angst befällt mich erneut, sie würden mich austricksen. Mich austricksen, vorführen, fallen lassen. Sie ist so präsent und wird mit jeder Minute schmerzvoller, die ich mit den Kings verbringe.

»Erledigt.« Jaxon steckt sein Handy zurück. »Welches Kleid gefällt dir auf den ersten Blick am besten, Belle?«, fragt er und sieht sich in dem kleinen Geschäft um.

Ich gehe nicht auf ihn ein, sondern hole selbst nervös mein Handy hervor.

Eine Nachricht von Harper prangt auf meinem Display:

*Alles gut, mach dir um mich keine Sorgen. Tut mir leid, dass Sylvian dich nicht in Ruhe gelassen hat. Ich hasse ihn. *kotzsmiley* Meine Eltern sind da und mein Vater lässt gerade seinen unglaublichen Richter-Charme spielen, damit er mich nach Hause holen kann. Sie sind verdammt sauer wegen der geplatzten Verlobung. Ich hasse Uni-Gossip! Wie schnell haben meine Eltern bitte davon erfahren?!*

Die Nachricht enthält alles, aber nichts von dem, was ich erwartet hätte. Versucht Harper mir etwas vorzumachen? Aber ... wieso sollte sie? Was für einen dämlichen Grund hätte das? Ist sie wirklich nicht sauer? Nimmt sie meinen Betrug einfach so hin?

Scheiße.

Ich schließe die Nachricht schnell und wähle mich in mein Paypal-Konto ein.

Dann lasse ich mein Handy beinahe fallen.

»Nimm das sofort zurück!«, schreie ich und sehe Jaxon fassungslos an. »Sag mal, spinnst du?! Ich will das Geld nicht! Niemals!«

Er verdreht nur die Augen und sucht weiter in den Kleidern nach einem passenden Outfit für mich.

Mein Puls hat sich auf ein Vielfaches beschleunigt, und ich versuche hektisch, die Zahlung abzuweisen. Er hat mir achtzigtausend Dollar überwiesen. Achtzigtausend!

»Lass es«, beschwichtigt Reece mich und nimmt mir das Handy flink aus der Hand. »In einer normalen Welt hättest du Jaxon längst auf Schmerzensgeld verklagt. Also, warum nicht einfach annehmen?«

»Schmerzensgeld?«, frage ich fassungslos.

»Wegen der Sache mit Hilbredge«, erwidert Jaxon lapidar und hält ein knappes schwarzes Kleid hoch, das auch nur ein Rock sein könnte, hätte es keine Träger. »Wie findest du das?«

»Ich werde das Geld nicht –« Ich verschlucke das letzte Wort. *Warum sollte ich es nicht annehmen? Reece hat recht!* »Ich bin nicht so«, murmle ich dennoch. »Ich will mein Geld ehrlich verdienen. Was soll ich überhaupt damit? Ich habe schon ein Stipendium. Und du hast mir oft genug vorgetragen, wie sehr du mich dafür hasst, dass die Stiftung deines Vaters mein Studium finanziert. Bitte gib mir einfach das Handy zurück, Reece.«

Reece schmunzelt und steckt es ein. »Lass uns Spaß haben. Wenn du das Geld morgen immer noch nicht willst, kannst du es auch dann noch zurücküberweisen.«

»Sie will es *ehrlich* verdienen«, spottet Jaxon leise und wirft Romeo einen Blick zu, der freudlos grinst. »Wie viele Monate in Kingston an der Wirtschaftsfakultät gebt ihr ihr noch? Einen? Dabei studiert sie Philosophie und sollte sich mit abstrakten Begriffen wie ›Ehrlichkeit‹ auskennen.«

»Bitte, ich fühle mich unendlich schlecht dabei, das anzunehmen.«

»Dann spende es«, erwidert Jaxon gleichgültig. Er hat sich bereits wieder den Kleiderständern zugewandt. »Aber heul mir nicht mehr die Ohren voll.«

»Sei nicht so ein verdammter Arsch!«, fauche ich.

Seine Schulterpartie verspannt kurz, aber dann scheint er es sich zu überlegen und erwidert nichts. Noch immer stehe ich regungslos da und merke, wie mich eine Art Schockzustand befällt. Natürlich ist es viel Geld.

Sehr, sehr viel Geld.

Und natürlich kann ich es gebrauchen.

Ich kann meine Mom und Olive unterstützen, ich könnte ihnen sogar ein neues Mobilhaus kaufen oder die Miete für eine Wohnung bezahlen. Gott! So viele fucking Möglichkeiten! Es scheint so greifbar und ist doch so unmoralisch.

Wie die Kings selbst.

Ich schlucke hart. Versuche meinen Puls allein durch Gedankenkraft zu beruhigen. Reece beobachtet mich freundlich. Kein einziger Schatten in seiner Miene. Jaxon sucht die Kleiderständer ab, stapelt Kleider auf einem der hüfthohen Tische. Und Romeo hat sich nicht von seinem Platz bei der Tür bewegt.

»Und ihr werdet es nicht zurückfordern?«, frage ich leise in den stillen Raum.

»Nein«, sagt Jaxon, wendet sich mir aber nicht zu.

»Ich habe Schulden bei Sylvian. Er meinte, ich solle ihm …«

Reece' Blick wird sofort ernster und Jaxon dreht sich nun doch zu mir um.

»Was?«, frage ich irritiert.

»Weißt du, was du Sylvian schuldest?«, fragt Jaxon ruhig. In seiner Stimme schwingt eine Drohung mit. Eine Drohung, die nicht mir zu gelten scheint. »Einen Arschtritt. Das schuldest du diesem Penner. Mehr nicht.«

»Und …«, setze ich zum Sprechen an, doch Jaxon unterbricht mich.

»Kein weiteres Wort mehr zum Geld. Ich will, dass du dieses Kleid anziehst. Es ist perfekt. Und dann will ich mich betrinken. So wie es sich an Spring Break gehört.« Sein Lächeln ist schief, aber er hat recht.

Ich bin mitgekommen, um Zeit mit ihnen zu verbringen. Um mit ihnen auf eine Party zu gehen. Über meine Geldsorgen oder möglicherweise aufgelösten Geldsorgen kann ich morgen wieder nachdenken.

Ohne ein weiteres Wort nehme ich ihm das Kleid aus

der Hand, verschwinde in der Umkleide und ziehe mich um. Mein Herz schlägt mir bis in den Hals, als ich mich in dem knappen Fummel betrachte. Meine Brüste sehen aus, als wären sie zusammengequetscht worden, und die viele freie Haut an meinem Rücken verursacht mir eine Gänsehaut. Bei der Vorstellung, wie leicht es Jaxon oder Reece fallen wird, mich an meiner nackten Haut zu berühren, wird mir allerdings wieder sehr, sehr heiß.

Ich öffne den Vorhang und will mich den Kings am liebsten mit geschlossenen Augen präsentieren, um nicht mitzubekommen, wenn ich ihnen doch nicht gefalle, aber stattdessen reiße ich sie auf.

Mein Herz, das eben noch auf Hochtouren Blut durch meine Adern gepumpt hat, ist plötzlich still.

Sylvian. Er lehnt neben der Rückseite des Schaufensters. Die tätowierten, freiliegenden Arme vor der muskulösen Brust verschränkt blickt er mir direkt entgegen.

»Wenn ihr sie so mitnehmt, könnt ihr auch gleich ›Hure‹ auf ihre Stirn stempeln.«

»Halt die Fresse, Sy«, knurrt Jaxon überraschend feindselig. »Gefällt es dir?«, fragt er mich sanft.

Ich bin verwirrt von all den positiven, negativen und dann wieder vollkommen widersprüchlichen Gefühlen und nicke nur. »Mir ganz egal, was ich trage. Ich weiß nur, dass ich ein paar Drinks vertragen könnte.«

Reece lacht und Romeo schmunzelt.

»Wir hatten schon befürchtet, dass du wirklich so gut wie nüchtern bleiben willst, Mable«, sagt Reece, tritt an mich heran und legt mir eine Jacke um die Schultern. Ich schaue mich gar nicht erst im Spiegel an. Wenn er sie für mich ausgewählt hat, wird sie die richtige sein. Dann bietet er mir einen Arm an.

»Darf ich bitten?«

VIERZEHN

ZAYN

Als Reece mit Mable am Arm aus dem Ramschladen spaziert, kommt mir das wahre Kotzen. Ich weiß nicht, was mich mehr aufregt.

Dass Reece vor mir so tut, als würde sie ihm wirklich etwas bedeuten.

Dass Jaxon sie nicht einfach in Ruhe lassen kann, weil er ihr unbedingt etwas beweisen muss.

Sylvian, der dringend 'ne Therapie braucht.

Oder die kleine Trailerparkschlampe selbst, die sich angeblich nicht für uns entscheiden will.

Bullshit.

Sie will sich nicht *zwischen* uns entscheiden. Sie will nicht wählen. Sie will die fucking Wahl nicht aufgeben. Aber die Egos der anderen Kings-Lappen sind zu groß, als dass sie bereit wären, das zu erkennen.

Nein, sie machen sich einfach weiterhin vor, du würdest die Entscheidung hinauszögern, um dich an ihnen zu rächen.

Jesus Christ.

Ich brauche wirklich dringend etwas im Magen, bevor ich noch Galle hervorwürge.

Als ich den anderen mit etwas zeitlichem Abstand in den Club folge, mache ich zuerst einen Abstecher zur Bar.

Ich bestelle mir irgendetwas und exe es mit wenigen Schlucken. Um mich herum winseln mich eine Reihe Collegegirls an, die mir bereits angesehen haben, dass ich aus Kingston komme. Für sie bedeute ich den Jackpot ihres Lebens.

So viele kleine, süße, niedliche Mädchen, die im Innern hässlich sind und nach meinem Geld gieren. Ich ignoriere sie, leere das zweite Glas, das dritte, dann suche ich mir einen Weg durch die Menge.

Der Club ist der größte in Ocean City, und daher wird auch niemandem auffallen, dass sich gleich zwei Crescents darin aufhalten, solange ich nicht direkt neben Reece stehe. Der DJ spielt irgendeinen Pop-Scheiß und die betrunkenen Girls um mich herum krallen sich an mich, als ich an ihnen vorbeigehe. Ständig wie Reece Crescent auszusehen, macht es nicht gerade leicht, unauffällig zu sein. Ginge es nach mir, würden wir Jogger tragen, uns nicht täglich rasieren, hätten Tattoos, Piercings und würden die ganze Zeit in irgendeinem abgeranzten Pennerlook rumlaufen.

Aber *nein*, es geht nicht nach mir.

Mich fragt keiner.

Schon gar nicht, wenn es um Amabelle Weaver geht.

Ich könnte mich zurückziehen. An irgendeinem anderen Ort Party machen, im Verbindungshaus ein Chick vögeln oder was weiß ich, stattdessen stehe ich hier, in der wogenden Menge, umgossen vom Bass und sehe sie an.

Das, was von den Kings noch übrig ist.

Sylvian hat sich ans äußerste Ende der Sitzgruppe gesetzt, als würde er am liebsten gar nicht hier sein wollen.

Niemand hindert dich daran, zu Hause zu bleiben und dort zu schmollen, Fucker!

Reece und Jaxon umgarnen Dole, übertrumpfen sich jeweils in ihrer abgewichsten Masche. Romeo sieht zu.

Mir ist klar, dass Reece ohne meine Hilfe gegen Jaxon nicht bestehen können wird. Er kriegt es nicht hin. Ihm fehlt das, wonach Amabelle zu lechzen scheint. Möglicherweise bin ich der Einzige, der kapiert, wie dunkel die Gelüste dieses Mädchens wirklich sind.

Ich lasse noch ein paar Minuten verstreichen, dann greife ich nach meinem Handy und schicke Reece eine kurze Nachricht. Sein Handy vibriert und sagt ihm alles.

Er weiß, dass er kommen muss. Wir tauschen. Wie wir es immer tun, wenn einer von uns es verlangt.

Er und ich. Mein Spiegel, mein Gegenstück, mein Alles und mein Nichts.

Reece geht zur Toilette, während ich in einem Bogen auf den VIP-Bereich zusteuere. Noch ein paar Minuten warten und ich kann ihn betreten.

Amabelle sitzt zwischen Jaxon und Romeo und stößt mit ihnen an. Das, was sie trinkt, ist kein Champagner. Dabei hätte ich darauf gewettet, sie würde nichts anrühren, das mehr als zwölf Umdrehungen hat.

Ich lasse mich vor ihr auf der Sitzbank nieder und werde vollkommen zu Reece. Das liebevolle Lächeln, das ich ihr zuwerfe, bringt sie um den Verstand, und ihre Wangen werden rot, als sie meinen Augen begegnet.

Wie leicht es ist, dich zu täuschen.

Gut: Dass Dole nicht checkt, wann wer von uns vor ihr steht, bin ich von allen anderen Mädchen gewohnt. Ich gebe mir normalerweise nicht einmal Mühe. Aber Dole ist ein kleines bisschen zu klug. Hat ein kleines bisschen zu scharf kombiniert. Es war nicht schwer, keine Frage, ich habe hier und da immer wieder durchblicken lassen, dass etwas nicht stimmen kann.

Aber wenn ich mir richtig Mühe gebe, dann hast du keine Chance.

Ich kenne Reece besser als er sich selbst. Wenn du glaubst, einen von den Kings zu lieben, hast du keine Ahnung, was wahre Liebe wirklich bedeutet.

Niemand drängt sich zwischen uns.

Schon gar nicht eine naive, nervtötende, sexgeile Trailerparkbitch wie du.

Klar?

»Lass uns tanzen gehen.« Amabelle springt auf, fixiert mich strahlend. Zugegeben, wenn sie lächelt wie jetzt, weiß ich, was Reece an ihr findet. Aber so gerne ich auch mit ihm teile, Amabelle Weaver wird niemals *uns* gehören. Dafür ist sie viel zu sehr in den kleinen Bastard Sylvian verschossen. Dafür geht ihr Band zu Jaxon zu tief – was auch immer sie an dem Hurensohn findet. Dass sie beide mag, muss den Vollidioten doch endlich mal auffallen!

Na, egal.

»Nur wir beide?«, frage ich sanft, ignoriere Jaxons misstrauischen Blick. Er hatte noch nie Schwierigkeiten, Reece und mich auseinanderzuhalten, außer ich gebe mir *wirklich* Mühe. Dann kriegt nicht mal Jaxon etwas mit. Wie er es anstellt, weiß ich nicht. Selbst ich sehe manchmal Reece im Spiegel und muss erst blinzeln, bis ich checke, dass er nicht ich ist. Jaxon ist einfach ein kleiner Fucker und durchschaut so gut wie jede Täuschung. Bis auf Doles Unwillen, sich auf einen der Kings festzulegen. Vermutlich würde sie sogar Romeo vögeln, würde er nicht nur auf Frauen stehen, die nicht reden.

»Nur wir beide«, sagt sie verschwörerisch, greift nach meiner Hand und zieht mich mit sich.

Mein Arm wird steif. Ich hasse es, wenn sie mich berührt. Wenn sie mich berührt und denkt, sie würde Reece berühren. Wenn sie mich ansieht und denkt, sie würde Reece ansehen. Wenn sie mich will, aber eigentlich Reece will.

Ich hasse es so sehr!

Wir kommen auf der Tanzfläche an, und ich kann mich nicht davon abhalten, ihr Aussehen abzuchecken. Dole ist verdammt scharf. Und weil sie das nicht weiß, ist sie noch ein bisschen schärfer. Ihre Brüste sind genau so, wie ich sie mag, und gerade erinnern sie mich in dem tiefen Ausschnitt ihres Kleides daran, wie es war, sie zu berühren. Kurz. Viel zu kurz. In dieser einen verdammten Nacht auf unserer Party, als sie noch Reece vögeln wollte, damit er sie entjungfert.

Stell dir vor, wir hätten es wirklich getan. Stell dir vor, Jaxon wäre nicht gekommen und hätte uns unterbrochen. Wir hätten dich entjungfert. Wir und nicht fucking Loser Sylvian, der dir noch eine Dekade an Schmerz zufügen wird!

Aber ihre Brüste sind nicht alles. Amabelles Taille ist schlank und ihre Hüften schmal. Im Vergleich zu Rachels ausladendem Becken hat sie quasi keinen Hintern und das ist okay. Das macht sie etwas zierlicher, ohne dass sie dünn wäre. Sie trägt noch immer die Sneaker, mit denen sie im Verbindungshaus aufgetaucht ist. Auch das gefällt mir. Dieser neue Trend, bitchige Kleider mit Sneakern statt High Heels zu tragen, ist genau meins.

Nachdem ich bei ihren Schuhen angekommen bin, sehe ich wieder in ihr Gesicht.

Amabelles Augen strahlen, als wüsste sie, worüber ich gerade nachgedacht habe. Das wenige Make-up, das sie trägt, fällt nicht auf. Dabei würde es ihr bestimmt stehen, wenn sie die Konturen ihres Gesichts mehr herausstellen würde.

Sie greift sich ins Haar, öffnet ihren Zopf, sodass sich ihre Haarmähne über die Schultern ergießt.

»Gefällt es dir so besser?«, fragt sie mich rufend über den lauten Geräuschpegel hinweg.

Keine Ahnung, Mädchen. Was interessiert es mich auch?

Ich versuche zu ignorieren, dass mich ihr verführerischer Blick anmacht, und imitiere Reece, als ich sie an mich ziehe. Reece sein. Verliebt tun. Zuvorkommend, ein Gentleman, keine schlechten Gedanken und all der langweilige Bullshit meines Bruders.

Mit beiden Händen an ihrer Hüfte bewege ich uns im Takt der dröhnenden Musik.

Sie und ich.

Während sie denkt, ich wäre jemand anderes.

Easy.

Dole legt ihre schlanken Hände an meine Brust und sieht unverwandt zu mir hoch.

Bin ich eigentlich der Einzige, der sich nicht vorstellen kann, sie mit den anderen zu teilen?

Scheiße! Was denke ich da?!

Obwohl das Licht wild um uns herum zuckt und es eigentlich nichts Besonderes ist, mit einem Girl zu tanzen, ist da plötzlich etwas in ihrem Blick. Es scheint, als würde sie *mich* ansehen. Als würde sie *nach mir* in Reece' Maske suchen. Ihre Hände schieben sich höher. Hinauf an meinen Nacken. Und ihre Lippen weiten sich zu einem verruchten Lächeln, als sie meinen Kopf zu sich heranzieht.

Wie schon am Strand kann ich sie nicht küssen. Es ist, als wäre sie ein Magnet und ich der falsche Pol. Als ich sie im Hörsaal an mich gezogen habe, ist es das letzte Mal gewesen. Neugierde. Es war Neugierde.

Seitdem weiß ich …

»Ich dachte, wir haben Spaß zusammen?«, fragt sie mich, als ich ihren Lippen ausweiche und meine Stirn dafür an ihren Kopf lege, so wie Reece es machen würde.

»Ich habe Spaß«, lüge ich. *Spaß wäre, wenn du verschwindest und mich Spring Break mit den Kings genießen lässt und ich abwechselnd mit Reece den halben Raum ficken kann. Das wäre Spaß. Aber nein …* »Ich weiß nur noch nicht, ob ich es mag, dass du angetrunken bist, Mable.«

Eine Falte entsteht über ihren Augenbrauen. »Es war doch dein Vorschlag.«

»Ich will, dass es das nächste Mal, wenn wir uns … näherkommen, etwas Ernsteres ist«, fasele ich vor mich hin, um ihre Bedenken zu zerstreuen, ich wäre nicht mein Bruder. »Kannst du das verstehen?«

Sie sieht aus, als hätte ich ihr ins Gesicht geschlagen.

»Habe ich etwas Falsches gesagt?«, frage ich möglichst verwirrt, doch sie stößt mich schon von sich.

»Ich weiß, dass du Zayn bist«, zischt sie, betrachtet mich von oben bis unten. »Wo ist Reece? Warum tauscht ihr die Rollen und spielt auf diese Weise mit mir? Was soll das? Wenn ich euer Geheimnis nicht erfahren darf, schön und gut. Aber ich weiß, dass du Zayn bist, und ich glaube, du bist derjenige von euch, der mich wirklich verabscheut. Warum musst du immer wieder Reece' Platz einnehmen, wenn du mich nicht mal magst? Und wieso lässt Reece es zu?«

Ich sehe sie verblüfft an, wie Reece sie verblüfft ansehen würde, und schüttle mitleidig den Kopf. »Ich bin nicht Zayn, Mable. Zayn ist ... Zayn gibt es nicht, okay? Er ist eine Kunstfigur, die wir erschaffen haben, weil es immer zehn Stipendiaten waren. Zayn ist unser Joker. Einer von uns durfte sich zwei Stipendiatinnen wählen, damit es aufgeht. Ich weiß nicht, wie du darauf kommst, ich würde vor dir geheim halten, wenn ... ich einen Zwillingsbruder hätte. Wieso sollte ich das tun?«

Amabelle verzieht die Lippen, doch ihre arrogante Reaktion täuscht. Ihre Finger zittern und innerlich scheint sie zu beben. »Du kannst ihn perfekt imitieren, alle Achtung«, ruft sie mir zu, dreht sich um und will durch die Menge davonstürmen.

Ich fasse rechtzeitig nach ihrem Arm und halte sie fest.

Dass sie jetzt auf den Trichter gekommen ist, mir partout nicht zu glauben, nervt mich noch mehr. Kann sie nicht einfach verschwinden?

Kann sie uns nicht einfach in Ruhe lassen?

Jeden von uns?

»Lass mich los, Crescent!«, schreit sie und zappelt in meinem Griff.

Seufzend lasse ich locker, denn Reece würde es auch tun. »Kannst du mir bitte zuhören?«

»Und mir weitere Lügen anhören?«, ruft sie mir zu.

Ich verliere fast die Geduld. Aber nur fast.

Mit der Hand, die ich noch immer um ihr Gelenk geschlossen habe, ziehe ich sie spielend leicht an mich und senke meine Lippen ungefragt auf ihre. Sofort stoße ich mich in sie vor, suche ihre Zunge, liebkose sie. Zwar weiß ich nicht, *wie genau* Reece küsst, aber ich kann es mir denken. Es braucht nicht lange und sie schmilzt in meinen Armen. Eine Hand in ihrem offenen Haar, die andere an ihrem Rücken.

Ich wünschte, ich könnte sagen, dass es mir nicht gefällt.

Was mir aber wirklich nicht daran gefällt, ist, dass sie vielleicht *glaubt*, mich zu küssen, es aber nicht zu hundert Prozent weiß. Dieses Mädchen wird mich niemals kennenlernen. Sie wird mir niemals näher kommen, als sie meinem Bruder nahekommt. Und ich will nicht, dass jemand Reece nahe ist und mir nicht. Für mich gibt es die Kings.

In meinem Leben gibt es *nur die Kings*.

Kein Mädchen.

Keine Schlampe, die unser Geheimnis verraten könnte.

Niemand sonst, dem ich vertraue.

Ich habe noch nie so sehr gewollt, jemandem gegenüber ich selbst zu sein, wie bei Dole. Warum? Keine Ahnung. Vielleicht, um ihr endlich offen zeigen zu können, wie sehr ich sie hasse. Dass sie blind ist und dumm, wenn sie sich auf einen von uns einlässt. Vielleicht will ich auch einfach, dass sie kapiert, wie oft Reece sie getäuscht hat. Dass er bereit war, sie mit mir zu teilen, weil er bisher immer alles mit mir geteilt hat. Sie soll sich entlieben.

Reece soll endlich aufhören, so zu tun, als würde er etwas für sie empfinden.

Und ich …? Küsse sie noch immer, merke, wie ich unbewusst aggressiver geworden bin, fordernder, zerstörerischer und … wie ich nicht damit aufhören kann.

Fuck.

Ich brauche sie.

Ein viel zu großer Teil in mir reißt plötzlich auf und flutet meine Sinne, als sie sich an mich drängt, meine Lippenbewegungen erwidert, genauso vehement versucht, den Zweifel zu ergründen, den ich versuche in ihr zu zerstreuen. *Ich bin nicht Zayn, Baby. Ich bin Reece. Klar? Zweifle an deiner Wahrnehmung, zweifle an deiner Kombinationsfähigkeit. Denn du musst denken, ich wäre Reece.*

Glaub mir jedes Wort.

Glaub Reece jedes Wort.

Und dann sieh mich an und nenn mich erneut Zayn …

Ich packe sie nur noch fester, als ich daran zurückdenken muss, wie sie meinen Namen zum ersten Mal ausgesprochen hat. Kurz nachdem sie beinahe vergewaltigt worden wäre. Wie sie dalag, nackt, so verwirrt und geschwächt.

Sie sagte Zayn zu mir, und ich hätte sie in diesem Moment am liebsten gefragt, ob sie es endlich gecheckt hat. Dass ich dabei war.

Überall mit dabei.

Dass ich mich nur zurückgehalten und sie nicht gevögelt habe, weil ich vor den anderen vorgeben wollte, sie wäre mir scheißegal. Aber das ist sie nicht.

Sonst würde ich nicht seit fünf Minuten in dieser verschissenen Menge stehen und mit ihr rummachen, als wären wir verliebte Teenies.

Das kann doch nicht sein! Dieses Mädchen bietet *nichts! Nichts!* Bis auf den Umstand, dass sie in der Lage zu sein scheint, mehrere Männer zu lieben …

Wird sie ... mich lieben?

Dieser Gedanke lässt mich endgültig Abstand nehmen. Ich starre sie an. All diesen Schimmer in ihren Augen, all die Verwirrung in ihrem Blick. Sie wird Reece immer mehr lieben. Wie jeder verdammte Mensch auf dieser Welt Reece immer mehr geliebt hat.

Das ist es, was sie nicht kapiert.

Die Verbindung, die sie nicht sehen will.

Der *Grund*, weshalb Reece und ich überhaupt tun, was wir tun.

Ich bin mir nicht einmal sicher, ob Reece sich für mich oder Amabelle entscheiden würde. Und das ist die Gefahr, die von dem Trailerparkgirl ausgeht. Sie darf sich nicht zwischen uns drängen. Sie darf nicht dafür sorgen, dass Reece sich von mir abwendet.

Von mir!

Noch ist mein Bruder loyal mir gegenüber, weil ich tue, was er verlangt. Aber wenn ich Amabelle Weaver etwas antun würde, würde er mich fallen lassen, ich weiß es. Ich kann jedes Mädchen verarschen, jede Frau quälen, aber Amabelle Weaver scheint neuerdings heilig zu sein.

Verdammte Bitch.

Du hast keine Ahnung, mit wem du es wirklich zu tun hast.

Sie werden dich zerstören. Früher oder später.

Jaxon, Reece und Sylvian.

Und ich werde dabei zusehen.

Jeder hat dich vor uns gewarnt.

Jeder bis auf Jaxon.

Und ich weiß plötzlich, für wen du dich entscheiden würdest. Es ist ganz offensichtlich. Es ist so klar, dass ich mich frage, wie ich es jemals übersehen konnte. Du wählst ihn! Nach allem, was er dir angetan hat! Früher oder später wirst du genau diese Wahl treffen, weil du genauso wie ich weißt, dass du niemals uns alle lieben kannst.

Zufrieden lächle ich und streiche ihr eine Haarsträhne hinters Ohr. »Ich liebe dich, Mable«, raune ich, beuge mich vor und hauche ihr einen Kuss auf den Mundwinkel. »Selbst wenn du glaubst, ich wäre jemand anderes.«

Damit lasse ich sie los, gehe ein paar Schritte rückwärts und verschwinde in der Menge.

In ihrem hübschen, runden Gesicht steht tiefster Zweifel.

Du willst einfach nur hinter mein Geheimnis kommen?

Das bist du bereits. Aber der Zweifel wird immer bleiben. Bis zum letzten Tag.

Sylvian

So viele Augenpaare sind auf dich gerichtet. Jeder fängt an, mehr in dir zu sehen, als zu Anfang da war. Reece. Jaxon. Zayn. Vance. Romeo? Selbst Romeo.

Du bist bezaubernd, Mable. Du faszinierst uns alle.

Weißt du auch, warum?

Weil du auch uns siehst.

Du siehst genau hin.

Das ist … mehr, als ich jemals zu hoffen gewagt habe.

Dir wird noch klar werden, wie ich das meine. Irgendwann … wenn die Wahrheit nicht mehr aufzuhalten ist.

FÜNFZEHN

MABLE

Mein Herz schlägt so heftig in meiner Brust, dass ich mich frage, ob Jaxon oder Romeo vielleicht etwas in meinen Drink gegeben haben. Was ist gerade passiert?

Hat Reece mir seine Liebe gestanden?

Ist alles, was ich mir zu Zayn ausgedacht habe, ein reines Hirngespinst?

Welche der beiden Möglichkeiten wäre mir lieber?

Ein Reece, der mich ... liebt?

Oder ein Zayn, dessen Bruder zulässt, dass ich von ihm verarscht werde?

Die vielen Gefühle überspülen mich und ich werfe einen Blick zum VIP-Bereich. Habe ich auch nur eine Sekunde geglaubt, die Kings würden Zayn und mich nicht beobachten?

Jaxon, Romeo und Sylvian sehen mich an, jeder auf seine eigene forschende Art, und sorgen damit für noch mehr Chaos in meinem Kopf. Am liebsten würde ich fliehen.

Fliehen vor all diesen widersprüchlichen, furchtbaren Gefühlen, die ich für jeden Einzelnen von ihnen habe.

Als ich mich umdrehen will, um wenigstens für einen

ruhigen Moment die Toilette aufzusuchen, pralle ich gegen einen massigen Körper.

»Sorry, Mable.« Eine tiefe Stimme, dunkle Haut, Hände, die mich beschützend an den Schultern umfassen. Vance. »Bist du mit ihnen hier?«, ruft er über die Musik hinweg und nickt mit dem Kopf zum VIP-Bereich, wo sich alle Kings aufgerichtet haben und mit unfreundlichen Mienen in unsere Richtung starren.

»Und wenn schon?«, frage ich ihn geradeheraus und schüttle ihn ab.

»Können wir bitte kurz reden?«, entgegnet er. Sorge schwingt in seiner Stimme mit. »Bitte«, wiederholt er drängend, und ich nicke, bevor ich es mir anders überlegen kann.

Mit Vance zu reden ist vermutlich eine bessere Ablenkung, als mich mit meinen Gefühlen allein in einer Klokabine einzuschließen.

Er geht neben mir her, bahnt uns eine Spur durch die Menge in Richtung der Bar, die in einem zweiten Raum etwas ruhiger gelegen ist. Auf dem Weg dorthin fällt mir auf, wie sich immer mehr Kingston-Studenten unter die der anderen Colleges gemischt haben.

Vance hält vor der Bar inne. »Möchtest du etwas trinken?«, fragt er mich.

Ich hebe eine Braue. »Im VIP-Bereich steht mein Glas. Was willst du?«

Er lacht rau und schüttelt den Kopf. »Im VIP-Bereich, alles klar.«

»Wo wäre der Unterschied, wenn du mir einen Drink bestellst?«

»Natürlich hast du recht«, seine Miene strafft sich, »wollte nur höflich sein.« Er sieht mich eine ganze Weile schweigend an, dann beugt er sich vor.

Ich weiche zurück.

Er verengt die Augen. »Ich wollte nur, dass niemand hört, was ich sage. Was glaubtest du, wollte ich tun?«

»Weiß nicht. Halt dich einfach fern von mir.«

»Ich habe dich aus diesem verdammten einstürzenden Haus gerettet, schon vergessen?«

»Das macht es nicht besser, was du Eleanore angetan hast.«

»Warum ist das, was ich getan habe, so viel schlimmer als das, was die Kings getan haben?«, fragt er schroff. »Weil ich schwarz bin?«

Ich hole aus, bevor ich auch nur eine Sekunde darüber nachdenke, und schlage ihm mitten auf die Wange. Fuck. Habe ich das gerade wirklich getan? Ich starre ihn an. Wütend auf ihn, wütend auf mich, mit tausend ungeklärten Gefühlen in mir. »Wie kannst du mir so was ... das ist absolut ... argh!«

Er hält sich die Wange und schmunzelt plötzlich.

Der halbe Raum sieht uns an.

Jetzt muss ich mich auch noch schämen. Etwas in mich hineinmurmelnd, das keinen Sinn ergibt, wende ich mich zur Bar und stütze meine Arme auf das Holz.

»Okay, es liegt schon mal nicht daran«, sagt er schief grinsend.

»Gleich schlage ich dich ein zweites Mal!«

Statt ebenfalls wütend zu werden, so wie es vielleicht Sylvian täte oder Jaxon, stirbt sein Grinsen und er blickt mich intensiv an. »Ich verdiene nichts anderes. Aber dazu später. Ich will nur wissen, ob du weißt, was du tust. Denn ich weiß, dass du niemanden an deiner Seite hast. Nicht einmal mehr Harper. Es ist einfach gefährlich. Mit den Typen abzuhängen, ist gefährlich. Und dass alle es mitbekommen, auch.«

»Darüber wolltest du mit mir sprechen?«

»Darf ich mich dir nähern und es dir leise ins Ohr sagen, oder muss ich es wirklich gegen die Musik anschreien?«

Ich presse die Lippen zusammen und nicke.

Er beugt sich erneut vor. Sein Mund hält kurz vor meinem Ohr inne und erzeugt eine Gänsehaut an meinem Nacken. »Du bist für sie wie eine Trophäe. Jeder von ihnen kämpft um dich, um sein letztes Spiel am College zu gewinnen. Sie haben Schach mit Menschenleben gespielt, jetzt spielen sie Schach mit deinem Herz. Es gibt etwas, das du wissen musst.«

»Vielleicht hätte ich doch gerne einen Drink.«

Vance lacht rau, winkt lässig der Kellnerin zu, die uns daraufhin sofort zwei Shots auf den Tresen stellt. Er scheint wohl öfter hierherzukommen – oder sie zu kennen. Ich tippe auf Letzteres, so wie ich ihren eifersüchtigen Blick deute.

»Sie werden jeden Moment kommen, um mich zu unterbrechen.« Vance' Stimme ist noch dunkler, seine Lippen berühren beinahe mein Ohr. »Man sagt über mich, meine Loyalität sei käuflich. Das stimmt nicht ganz. Ich entscheide mich *immer* im Vorhinein, ob ich mir meine Loyalität abkaufen lasse. Und wenn es um dich geht, kann mir niemand genug bezahlen.«

»Und was willst du damit sagen?«, frage ich ihn nervös.

»Du bist die Einzige, die jemals in der Position war und sein wird, diesen Wichsern das Genick zu brechen. Du bist stark und unbeugsam, und selbst wenn du von ihnen misshandelt wirst, als wärst du wertlos, stehst du wieder auf. Sie glauben, sie können dich irgendwann brechen, aber ich bin sicher, dass das nicht passieren wird. Ganz im Gegenteil: *Du* spielst mit ihnen. Am Ende des letzten Semesters dachte ich, du wärst schwach wie alle anderen. Aber dann hast du dich Jaxon im Hörsaal widersetzt.«

»Und weil ich nicht schwach bin, hast du dich entschieden, mich nicht noch mal zu entführen?« Ich sehe Vance seitlich an und beobachte, wie seine Lippen sich zu einem ironischen Lächeln verziehen.

»Du warst mir noch nie egal und bist es jetzt noch weniger. Ich will dir nur sagen: Das, was du tust, ist gefährlich, und am liebsten würde ich dich von ihnen wegzerren. Aber das ginge gegen deinen freien Willen. Du willst dich auf sie einlassen und du willst das Spiel mitspielen, und ich wette sogar, dass du gewinnst. Aber falls du dabei Hilfe benötigst, falls du dich doch für einen Rachefeldzug entscheidest, falls es irgendetwas gibt, das ich tun kann. *Ich werde da sein.* Den Kings gegenüber bin ich loyal, solange sie mich bezahlen. Und *nur solange* sie nicht planen, dir zu schaden. Glaub mir, ich bin nicht so machtlos, wie sie mich gerne darstellen. Ich will nicht sagen, dass ich ein besserer Mensch bin als sie, aber sie haben einen Fehler gemacht, mich zu sehr in ihren Kreis zu lassen. Sie verachten mich und ich verachte sie. Aber *sie* sind viel mehr auf mich angewiesen als andersherum. Und das stärkt meine Position. Einen besseren Verbündeten kannst du zurzeit nicht bekommen.«

Er lehnt sich zurück, und ich kippe den Shot, weil Alkohol das Einzige zu sein scheint, das mir jetzt noch helfen kann.

»Du hast meine Nummer noch, oder?«, fragt er mich. » ... ruf mich an.«

Ob er dieses Angebot wirklich ernst meint? Er ist doch erst derjenige gewesen, der die Befehle der Kings ausgeführt hat.

»Ist jemand aus dem Gefängnis entlaufen?« Reece. Oder Zayn. Er erscheint aus dem Nichts und lehnt sich entspannt an meine Seite. Dankbar atme ich auf. Ich hatte mich schon gefragt, wann einer von ihnen zu uns kommt. »Hätte wirklich gedacht, dass sie dich wegsperren würden, nach dem, was *du* mit den drei Typen getan hast.«

Vance fletscht die Zähne. »Ihr habt dem FBI wohl nicht

genug bezahlt. Sonst wärt ihr mich längst los.«

Reece betrachtet gelangweilt seine Fingernägel. »Na, so billig sind unsere Methoden nicht, Buchanan. Darf ich dich fragen, warum du es wagst, Mable zu nerven? Sie ist mit uns hier. Und niemand hat dich eingeladen.«

»Ich bin mit der Mannschaft hier«, entgegnet Vance knurrend. »Was ist eure Ausrede dafür, sie auf dem Silbertablett mitten in die Meute der Kingston-Studenten zu schleifen? Wollt ihr, dass Clarisse sie noch heute Nacht erschießt?«

»Dramatisiere doch nicht so, Football-Boy. Niemand tötet hier irgendwen außer dir. Verschwinde, Vance.«

Vance hebt zum Widerwort an, doch dann sieht er zu mir. »Ich gehe, wenn du es willst, Mable.«

»Natürlich will sie, dass du gehst, Buchanan«, zischt Crescent.

Bevor ich etwas erwidern kann, antwortet jemand anderes.

»Nein, wir werden gehen.«

Wir drehen uns um. Jaxon, Sylvian und Romeo stehen direkt vor uns.

»Auch keine schlechte Idee«, erwidert Reece, von dem ich immer mehr glaube, es könne auch Zayn sein. »Der Laden hier stinkt nach Sportlerschweiß.«

Reece greift nach meiner Hand, verschränkt unsere Finger ineinander und geht mit mir gemeinsam den anderen hinterher.

Uns folgt jeder Blick im Raum.

Es ist ... nicht unbedingt besser als vorher. Denn wenn sie normalerweise auf mich gestarrt haben, weil sie mich hassen, starren sie jetzt, weil sie zusehen wollen, was die Kings mir als Nächstes antun. Oder?

Wie auch immer es ist, Vance' Worte hallen mir ungewollt im Ohr. Außerdem ist es nicht so, dass ich ihn *gar* nicht mag ... Er war ein Arsch, ja, aber er hat sich im Gegensatz zu Sylvian, Jaxon und Romeo entschuldigt. Und er versucht es wiedergutzumachen, oder?

Ich werfe einen Blick über die Schulter, doch ich sehe nur noch seinen Hinterkopf. Er wird umringt von seiner Mannschaft, geht auf in der Gruppe, die ihn liebt. *Ist er wirklich so übel, wie ich ihn haben will?*

Statt zurück zu Jaxons Limousine zu gehen, schlendern die Kings rauchend die Straße entlang. Reece hat mittlerweile locker seinen Arm über meine Schulter gelegt, und eigentlich würde ich ihn gerne bitten, das zu lassen, aber andererseits mag ich es auf eine seltsame Art. Ich glaube, er lügt mich an. Ich glaube sogar, es ist Zayn, der mit mir den Bürgersteig entlanggeht. Aber etwas daran ist auch ... prickelnd.

Es wird mit jeder Stunde, die ich mit den Kings verbringe, aufregender, in ihre Abgründe abzutauchen. Ihre Geheimnisse zu ergründen. Mehr über sie herauszufinden. Mit ihnen Zeit zu verbringen.

Vor einer herrschaftlichen Gründerzeitvilla bleiben wir stehen. Sylvian öffnet für uns das Tor, wir gehen hindurch. Ich ignoriere ihn, was mir leichtfällt, denn statt ihm kann ich drei andere Kings ansehen. Der dumpfe Schmerz in meiner Brust, weil er dabei ist, wird zum Glück von den vielen anderen Gefühlen überlagert, die Crescent und Jaxon in mir erzeugen.

In dem Haus findet eine Party statt, so viel lässt sich von außen ausmachen.

Jaxon klingelt, und es dauert eine Weile, bis jemand ihm öffnet.

»Was wollt ...«, beginnt er und stockt mitten im Satz, »ihr?« Er starrt uns an. »Wusste nicht, dass ihr ...« Er unterbricht sich wieder und tritt zur Seite.

»Danke, Howard«, entgegnet Jaxon gönnerhaft und stolziert an dem Studenten vorbei, der die Kings betrachtet, als wären sie Heilige.

»Sie auch?«, fragt er verblüfft und zeigt auf mich, als wäre ich ein Gegenstand.

»Sie auch, du Wurm«, knurrt Reece an meiner Seite, greift nach Howards Hand und drückt sie zu Boden. »Steck deinen Finger gefälligst woandershin.«

Howard sieht mich an, als würde ich einen Sprengstoffgürtel an mir tragen, und flüchtet regelrecht vor uns, als wir das Haus betreten.

»Die Musik war scheiße«, erklärt Jaxon, als er sich zu mir umdreht. »Außerdem kannst du in einem Club nicht einfach 'ne Line ziehen.«

»Du willst Kokain nehmen?«, frage ich ihn, als würde mich daran irgendetwas überraschen.

Er lächelt nur, dann schiebt er sich durch die Menge, und Reece legt wieder seinen Arm um mich und bringt mich dazu, ihm zu folgen.

Das gesamte Haus ist gefüllt mit Kingston-Studenten. Einige erkenne ich aus meinen Vorlesungen wieder. Andere kenne ich vom Überqueren des Campus. Der Dresscode ist leger und ich fühle mich etwas overdressed mit meinem kurzen, schwarzen, supersexy Kleid.

Andererseits tragen einige der Frauen nur Bikinis, also kann mein Auftritt so unpassend nicht sein.

Ich überlege noch, ob ich mich wappnen sollte, weil die letzten Partys mit den Kings immer damit geendet haben, dass eine neue Spielrunde erklärt wurde, aber dann zieht Reece mich einfach neben sich auf eines der Sofas, die in einem riesigen Wohnzimmer beisammenstehen, und bietet mir ein Bier an.

Es ist einfach ein Bier.

Ein verschlossenes Bier.

Eine ganz normale College-Hausparty.

Mit ganz normalen, betrunkenen Leuten.

Wir waren zuvor in einem ganz normalen Club.

Und ich scheine aus irgendeinem nicht verständlichen Grund die Nummer eins von gleich zwei attraktiven Männern zu sein. Vielleicht sogar drei, wenn man davon ausgeht, dass derjenige Zwilling, der gerade entspannt neben mir sitzt, Zayn ist.

»Endlich können wir uns unterhalten, ohne schreien zu müssen.« Jaxon zaubert ungeniert eine fingergroße Dose hervor und verteilt mit einem winzigen Löffel Kokain auf einem silbernen Tablett, das vor ihm auf dem Couchtisch stand, als hätte es jemand allein dafür platziert. Sorgsam teilt er das weiße Pulver in mehrere Reihen aus dünnen Linien. Statt eines Geldscheins benutzt er ein silbernes Röhrchen, das mich an einen halben Metallstrohhalm erinnert, und beugt sich vor.

»Warte!«, rufe ich panisch.

Er blickt fragend auf.

»Können wir kurz ... reden, bevor du dich zudröhnst?«

Reece lacht an meiner Seite, Romeo schmunzelt und Jaxon lacht mich aus. »Noch nie ’ne Line probiert, was? Sonst wüsstest du, dass man danach nur noch besser im Zuhören ist als sowieso schon.«

Er inhaliert eine der Linien und reicht das Tablett weiter an Romeo. Im ersten Moment bin ich mir vollkommen sicher, dass er verzichtet – der Espresso trinkende, ständig kontrollierte Romeo verzichtet, oder? Aber dann zieht er das Kokain ebenfalls, als wäre es Puderzucker. Sylvian. Dann Reece.

Eine weiße Linie bleibt übrig.

»Probier es einfach. Du wirst dich fragen, warum wir es überhaupt nehmen.« Reece lächelt schief und hält mir das Tablett vor die Brust. »Es macht dich wach und geil auf Sex, nichts weiter.«

»Und wir werden aufpassen, dass du nicht nebenbei

trinkst wie ein Loch, Belle«, ergänzt Jaxon, der mir gegenübersitzt. »Du wirst nicht mal einen Kater haben. Wir alle sind hier.«

»Meine Mutter war tablettenabhängig und hat sich prostituiert, um sich das nächste Rezept besorgen zu können. Ich verzichte, danke.«

Reece seufzt und stellt das Tablett zurück auf den Couchtisch.

Ich wünschte, der echte Reece wäre wieder hier. Der Reece, der freundliche Worte für mich hätte, der nicht genervt davon wäre, dass ich keine Drogen nehmen will.

»Worüber wolltest du mit mir sprechen, Belle?«, fragt Jaxon. Sein Blick ist genauso klar wie vorher. Ich kenne mich zu wenig mit Kokain aus, um zu wissen, wann die Droge bei ihm wirken könnte.

»Schon gut«, murmle ich. Ich wollte ihm eigentlich sagen, dass Irene heute bei mir war, wollte ihm gestehen, dass ich gelogen habe, was das Boot angeht. Aber vermutlich interessiert es ihn gar nicht. Ein Anschlag auf die Elite? Drei tote Studenten? Was soll's? Wenn man doch auch einfach saufen und koksen kann.

»Jetzt sei nicht so pissed«, sagt Reece und stupst mich an. Er spielt mit meinem offenen Haar und legt den Kopf schief. Falls es sich bei ihm gerade um Zayn handelt, frage ich mich, warum ich ihn überhaupt geküsst habe. Zayn ist ein Arsch. Und falls Reece wirklich kein Zwilling ist, mag ich Reece auch nicht mehr. »Niemand drängt dich hier zu irgendetwas«, sagt er sanft und stellt damit etwas meiner Sympathie für ihn wieder her. »Soll ich dir noch einen Drink holen?«

Ich zucke mit der rechten Schulter.

»Vertrau mir.« Er steht auf und verlässt unsere Runde.

»Und?«, fragt Jaxon mich herausfordernd. »Mit wem willst du jetzt tanzen?«

»Ich weiß nicht«, antworte ich und verschränke die

Arme vor der Brust. »Ich muss mich erst noch daran gewöhnen, dass ihr einfach Kokain zieht, als wäre es Zucker.«

Jaxon verdreht die Augen. »Was hältst du davon, wenn du uns verurteilst, *nachdem* du weißt, worum es geht?«

»Ich sagte bereits ›Nein‹.«

Er setzt sich entspannt hin, legt die Unterarme auf die Oberschenkel und betrachtet mich durch sein ihm in die Stirn fallendes dunkelblondes Haar. »Was mit deiner Mom passiert ist, ist nichts, was irgendjemand von uns für dich will, Belle.«

Mir kommt Eleanores ausgemergeltes Gesicht in den Sinn. *Sicher?*, will ich fragen, halte aber den Mund.

»Lass uns einfach Spaß haben. Vergiss all deine schlechten Gedanken. Du kannst dich doch auch sonst zwischen uns fallen lassen.«

Das stimmt. Aber das war noch, als ich Sylvian nicht komplett wegignoriert habe, weil er erst heute Mittag bewiesen hat, wie fies er sein kann. Und wir waren dabei nicht in der Öffentlichkeit. Es ist etwas anderes, angestarrt zu werden, weil ich mit den Kings zusammen bin, als allein wegen meines eigenen Verhaltens.

Die geballte Aufmerksamkeit sorgt für Anspannung und selbst die Aussicht auf ein paar weitere Drinks lässt diese nicht vergehen.

»Warum zieht ihr so lange Gesichter?« Reece kommt zurück und hält einen Pappbecher in der Hand. Er lässt sich neben mich auf das Sofa sinken, reicht mir den Becher und lächelt mich fragend an. »Können dich die anderen wirklich nicht unterhalten, wenn ich mal kurz weg bin?« Und egal, wie gut zuvor sein Zwilling in mir Zweifel gesät hat, jetzt weiß ich es wieder: Neben mir sitzt Reece. Der Reece, den ich mag.

Ich nehme den Becher in beide Hände, nippe daran und schmiege mich an ihn. Es fühlt sich gleich um ein Vielfaches besser an. Ihn kenne ich. Ihm vertraue ich. Jedenfalls insoweit, dass *er* mich nicht verletzen würde. Erstaunt legt er einen Arm um mich, als ich mich regelrecht an ihn kuschle. Ihn einatme, und obwohl ich den Unterschied in seinem Geruch nicht benennen kann, nehme ich diesen unterbewusst wahr.

»Ich habe dich vermisst«, murmle ich.

»Was?«, fragt er lachend. Ich verstehe ihn. Er muss mich glauben lassen, dass es Zayn nicht gibt. Was auch immer sie für ein superkrankes Spiel spielen, es reicht weiter, als ich mir vorstellen kann. Hierbei geht es nicht um mich. Es geht um die Brüder Crescent. Die sich dieselbe Identität teilen. Ich kann nicht erwarten, dass Reece zulässt, dass ich mehr über die beiden erfahre. Und das ist okay. Er hat mir versprochen, es mir zu sagen, wenn ich mich für ihn entscheiden sollte. Wenn er weiß, ob er mir vertrauen kann.

Und an diesem Punkt sind wir eben noch nicht.

»Wieso hast du mich vermisst, Mable?«, fragt Reece und wirft Jaxon einen kritischen Blick zu. »Was haben sie getan?«

»Nichts«, murmle ich. Mir entgeht nicht, dass Jaxon uns genau beobachtet. Fast so, als würde es ihn stören, wie ich mich an Reece kuschle. Dass er möglicherweise eifersüchtig ist, beflügelt mich auf verrückte Art. Andererseits möchte ich Reece nicht das Gefühl vermitteln, ich würde ihn nur für meine Rache an Jaxon benutzen.

»Meinst du, ich soll das Kokain probieren?«, frage ich ihn geradeheraus.

Erst jetzt bemerkt er das kleine Tablett, das noch immer vor mir steht. »Es ist allein deine Entscheidung. Aber wenn nicht an Spring Break während der Collegezeit, wann dann?«

Es tut so gut, seine Antwort zu hören. Reece ist derjenige Schlüssel, den ich brauche, um es zwischen Jaxon und Sylvian auszuhalten. Zwar glaube ich, dass auch Zayn sich die Mühe machen könnte, exakt wie Reece zu sein, aber er will es nicht tun. Er *will*, dass ich es durchschaue. Kann das sein?

Während sich die Jungs über die Party unterhalten, beobachte ich sie. Trotz des Kokains kann ich keinerlei Unterschied an ihnen feststellen. Für eine verrückte Minute lang, in der ich mich vollkommen von Jaxons und Reece' Worten eingelullt fühle, liebäugle ich sogar damit, es ebenfalls zu probieren. Ich bin stärker als meine Mom, oder? Und Alkohol ist genauso Gift für den Körper, nicht wahr?

Doch bevor ich dazu komme, zu dem Tablett zu greifen, unterbrechen sich die Kings plötzlich mitten im Gespräch. Sie sehen auf. Jaxon fixiert jemanden am Ende des Raums.

Und kurz darauf steht sie bereits vor uns.

Clarisse.

»Du wagst es!«, ruft sie. Die Meute aus fanatischen Alpha-Regina-Blondinen hinter sich aufgereiht. »Du bringst *sie* hierher! Auf eine *interne* Party!«

Clarisse deutet auf mich und plötzlich verstummen alle Partygäste gleichzeitig. Nur noch leise Musik ist aus dem Nebenraum zu hören.

»Könnt ihr eure Hure nicht auf der Straße ficken?«, fragt sie höhnisch. »Noch nie war eine Dole Teil von Spring Break und Amabelle Bitch Weaver wird definitiv nicht den Anfang machen!«

Jaxon räuspert sich und will sich erheben, aber es ist Sylvian, der als Erster aufsteht. Er hat sich gerade eine Zigarette angezündet und wirkt vollkommen gelassen, als er Clarisse entgegentritt.

»Eine Dole war vielleicht noch kein Teil dieser Party, aber Huren schon, nicht wahr?« Seine Stimme ist ruhig und jagt mir eine Gänsehaut über den Körper.

Clarisse verschränkt die Arme vor der Brust und sieht hochnäsig auf uns herab. »Du sprichst von Harper?«

»Harper kann dir bei Weitem nicht das Wasser reichen,

was lieblosen Sex angeht, aber ja.« Sylvian nimmt einen tiefen Zug aus seiner Zigarette und lässt den Rauch beim Sprechen entweichen. Leises Gelächter der Partygäste begleitet seine Aussage. »Mable hebt das Niveau dieser Party, während du es rapide sinken lässt.«

Clarisse verzieht hässlich die Lippen. Sie trägt ein knappes Kleid und ist bildschön. Wirklich bildschön. Wäre da nicht der Hass in ihren Augen, der ihr Äußeres entstellt. »Sie *hebt* das Niveau? Inwiefern? Indem sie sich von euch allen nacheinander besteigen lässt?« Sie sieht mich direkt an. »Schon wund gevögelt, Dole?«

»Eifersüchtig?«, frage ich sie.

Jaxon lacht, was Clarisse vor aller Augen zusammenzucken lässt. Auch Jaxon erhebt sich.

»Eifersüchtig?«, wiederholt Clarisse meine Worte. Etwas an ihr verrät, dass Jaxons Reaktion sie verletzt hat. Ihr Pokerface ist definitiv nicht so perfekt wie das der Kings. »Worauf? Dass du dich von ihnen allen besteigen lässt, weil du sowieso keine andere Wahl hast? Du weißt genau, was passiert, wenn sie ihr Interesse an dir verlieren. Dann ist das Stipendium Geschichte und du bist eine der nächsten Damen, die fällt. Ich hätte wirklich nicht gedacht, dass ihr es nötig habt, auf billiges Fleisch zurückzugreifen, das sich euch gezwungenermaßen anbieten muss.«

»Müssen wir diese Diskussion wirklich führen?« Jaxon. Er gesellt sich zu Sylvian. Die Miene abfällig, die Haltung desinteressiert. Etwas lässt mich ihn genauso sehr fürchten wie Sylvian. »Wie oft hast du dich von mir ficken lassen, weil du darauf spekuliert hast, ich würde an dem Plan unserer Eltern festhalten? Wollen wir das hier auf der Party, vor aller Ohren, ausbreiten? Der Unterschied ist doch: Ich habe dich kein einziges Mal gevögelt, weil ich es ›musste‹. Und niemand von uns zwingt Frauen zu irgendetwas.«

»Als ob«, stößt Clarisse aus, die Hände in die Hüften gestemmt. »Du hast bei Doles Vergewaltigung zugesehen!«

Wenn überhaupt möglich, wird es noch stiller im Raum.

»Sicher nicht«, entgegnet Jaxon nur. »Hört auf, uns die Party zu vermiesen, und genießt eure Ferien, wie jeder andere es auch schafft. Geht.«

»Du sagst mir nicht, wann ich *unsere* Party verlassen soll, Jaxon Tyrell.«

»Das hat er gerade getan«, entgegnet Reece zynisch.

Clarisse beginnt vor Wut zu kochen und ich fühle mehr als einen Hauch Befriedigung in mir. »Du entscheidest dich für sie?«, fragt sie Jaxon zischend und deutet wieder auf mich. »Für eine hässliche Schlampe, die mit jedem von euch vögelt, weil sie sich von jedem einen anderen Vorteil erhofft?«

Jaxon stützt lässig seinen Arm auf Sylvians Schulter. »Ist sonst noch etwas?«

»Ihr könnt sie nicht ewig beschützen.« Clarisse verengt diabolisch die Augen und fixiert mich. »Wie viele Vergewaltigungen könnt ihr von ihr abwenden, hm? Jeder hier *hasst* sie. Dass sie zu dumm dafür ist, das zu kapieren, ist das eine, aber ihr werdet von allen für Idioten gehalten, weil ihr euch um sie ... ›kümmert‹. Am Ende will *euch* keine mehr! Weil ihr erbärmliche Typen seid, die ganz Kingston mit Weavers Unzulänglichkeit beschmutzen!«

»Ich schneide übrigens das gesamte Gespräch mit«, sagt Sylvian und zieht ein weiteres Mal an seiner Kippe. »Das klang gerade nach einer Anstiftung zur Vergewaltigung, für die ich nun sehr hilfreiches Beweismaterial habe. Du bist keine Queen, Clarisse. Du warst ein Anhängsel der Kings. Deine Zeit ist abgelaufen. Du langweilst uns. Jeden der hier Anwesenden. Es scheint fast, als wäre dein Benehmen in der Highschool hängen geblieben.«

»Wenigstens bin ich kein Psychopath«, spuckt sie ihm entgegen.

»Das wage ich zu bezweifeln«, sagt Jaxon zynisch. »Nur

eine Psychopathin würde sich auf einer Party so aufführen wie du.«

Sie wirft ihm einen Blick zu, der jeden anderen Menschen vernichtet hätte. Aber Jaxon Tyrell lässt sich nicht vernichten. »Ich führe mich wie eine Psychopathin auf?!«, fragt sie schrill lachend. »*Du* und *sie alle hier* tragt normalerweise Masken und seht dabei zu, wie verwahrloste, billige Schlampen wie ›Amabelle Weaver‹«, sie sagt meinen Namen in einem affigen Singsang, »*vernichtet* werden. Und die Leute hier lassen nur zu, dass ihr sie hierherbringt, weil sie glauben, ihr hättet genau das vor! Aber langsam kapiert jeder, dass ihr einfach nur erbärmlich seid! So erbärmlich, dass ihr nicht nur alles auf dem Campus vögelt, was zwei Beine hat, sondern auch eine unhygienische Straßenhure, die sich vermutlich noch nie auf Geschlechtskrankheiten testen ließ! Seid ihr wirklich *so* notgeil, dass ihr *jede* vögeln müsst?«

»Na ja«, entgegnet Jaxon, und mein Herz gefriert, als würde ich ahnen, was er sagen wird. »Um dich zu ficken, hat es gereicht.«

Clarisse starrt ihn blinzelnd an. Ich fühle für einen Moment mit ihr. Fühle mit ihr, weil ich weiß, dass ich Gefühle für einen Tyrannen entwickelt habe. Auch wenn ich Clarisse so viel weniger mag als Harper, tut Jaxon mit ihr dasselbe wie Sylvian mit seiner Verlobten. Sie haben mit den Frauen geschlafen. Haben ihnen das Gefühl gegeben, sie würden ihnen etwas bedeuten.

Und nun führen sie sie vor.

»*Sie*«, zischt Clarisse und zeigt mit erhobenem Finger auf mich, »ist doch nur die nächste Harper.« Damit spricht sie exakt meine Gedanken aus und mir wird komplett unwohl. »Ihr werdet sie genauso fallen lassen, wie ihr es letztes Semester bereits getan habt! Nur wird euch niemand mehr unterstützen, wenn ihr es tut, weil alle vorher aufgehört haben, an eure wahre Größe zu glauben!«

Die Kings lassen Clarisse' Worte im Raum verhallen, aber keiner von ihnen sieht danach aus, als hätten sie Eindruck bei ihnen hinterlassen können.

»Sie muss gehen«, schließt Clarisse. Wie aus dem Nichts tauchen zwei Typen auf. Sie sind aus einem höheren Semester, und sie waren schon das letzte Mal dabei, als Clarisse ihre Attacke auf mich gestartet hat.

Kaum nähern sich die Typen, stehen auch Reece und Romeo auf, positionieren sich vor mir.

»Niemand wird es wagen, sie anzurühren«, raunt Reece und die Typen halten inne.

Die Männer taxieren sich, keiner regt sich mehr.

»Schön.« Clarisse schnaubt theatralisch, schlägt ihr Haar zurück und macht dabei auf dem Absatz kehrt. »Wir gehen. Auf dieser Party ist mir zu viel Dreck anwesend.«

Die Alpha-Reginas stolzieren hinter ihrer Queen hinaus und ein paar der anderen Partygäste folgen.

Ich leere meinen Becher mit dem Drink, den Reece mir gebracht hat, Schluck für Schluck. Irgendwie möchte ich das, was passiert, nicht nüchtern erleben.

Die nächste Harper.

Ja, so wird es kommen, oder?

Ich bin genauso verliebt wie sie. Nur leider nicht in einen King. Sondern in ... alle.

Mist, verfluchter.

»Mach dir nichts draus, Weaver.« Romeo setzt sich neben mich und betrachtet mich ernst. »Sie sieht ihre Chance schwinden, nichts weiter.«

»Und wie diese Chance schwindet«, murmelt auch Jaxon. Schatten huschen über seine Miene, als er sich im Raum umsieht und sein Blick schließlich auf mir landet. Ich kann nicht erahnen, was in seinem Kopf vorgeht. »Mir wurde die Stimmung vermiest. Was haltet ihr davon, wenn wir etwas essen gehen und nach Hause fahren?«

ZAYN

Bitte, Dole. Du kannst jeden wählen, aber nicht ihn. Sylvian wird sich eine Kugel geben, wenn ihm klar wird, dass all seine Warnungen sinnlose Atemverschwendung waren.

Bitte. Ich mag ihn manchmal sogar, ja? Es wäre echt zu schade, wenn er sich wegen deiner Entscheidung killt.

Nimm besser jemand anderes.

Jemanden, der nicht darüber nachdenkt, sich oder dich zu töten.

Aber … Moment … Gibt es da überhaupt wen?

SECHZEHN

MABLE

Als wir den Fast-Food-Laden betreten, bin ich betrunken. Das merke ich nicht nur daran, dass ich fast gegen die Glastür gelaufen wäre. Reece stützt mich, greift fest nach meiner Hand, und ich habe keine Ahnung mehr, welcher der beiden Zwillinge bei mir ist.

Ich habe sowieso recht wenig Ahnung, was um mich herum geschieht.

Auf der Party habe ich einen zweiten Becher, in dem vermutlich einiges an Schnaps enthalten war, mit wenigen Schlucken gelehrt, bevor wir gegangen sind. Und in Jaxons Limousine habe ich fast die halbe Champagnerflasche allein geleert.

Es fühlt sich fantastisch an, nicht mehr darüber nachdenken zu können, was Clarisse' Worte für mich zu bedeuten haben. Alles in mir ist schwer und träge, und ich sinke auf der roten Sitzbank zusammen, fühle sogar so etwas wie Glück durch meine Adern rauschen, als sich die Kings um mich herumsetzen.

Sie sind alle hier.

Jaxon, mit dem bildschönen Gesicht eines gefallenen Engels.

Reece, mit dem bildschönen Gesicht eines Engels.

Romeo, ein beschützender Dämon.

Sylvian blieb zurück, um die Bestellung aufzugeben.

»Wir müssen Spring Break nachholen«, schlägt Reece gerade vor. »Wenn wir wirklich bis Ende der Woche hier in Maryland festsitzen, müssen wir im Mai nach den Abschlussfeiern wegfahren. Karibik?«

Jaxon hebt vermutlich eine Braue, sicher bin ich mir nicht. »Karibik, wie klingt das für dich, Belle?«

»Gut«, säusle ich. »Wollte ich immer schon mal hin.«

Die Kings lachen.

Ich liebe es, zu sehen, wie selbst Romeo grinst.

»Was ist eigentlich dein Geheimnis?«, frage ich ihn geradeheraus mit der Dunstwolke in meinem Kopf, die jede Hemmung auflöst. »Du kannst deine Lebensaufgabe nicht wirklich darin sehen, Jaxons Schatten zu sein, oder?«

Romeo verspannt sich, so sehr, dass selbst ich es merke, obwohl seine Erscheinung vor mir verschwimmt. »Du hast zu viel getrunken, Weaver.«

»Nein, ehrlich. Dein ganzes ...« Ich wedele vor ihm herum. »... Auftreten, dieses ganze ... Gehabe. Warum? Was versuchst du zu verbergen?«

Jaxon beugt sich über den Tisch und nimmt meine Hand herunter. Es ist das erste Mal seit einer ganzen Weile, dass er mich berührt. »Zerbrich dir nicht den Kopf über Romeo. Erzähl uns lieber, was deine Pläne für den Sommer sind.«

»Ich muss arbeiten.«

»Du hast jetzt achtzigtausend Dollar und ein Vollstipendium. Wozu willst du arbeiten?«

»Das Geld nehme ich nicht an.«

Er lächelt. »Du bist unverbesserlich, Belle. Selbst betrunken.«

Ich spüre, wie mir sein Lächeln zu Kopf steigt, und als er sich vorbeugt, meinen Kopf an sich zieht, bin ich zu überrumpelt, um seinen Kuss genießen zu können.

Er hat Clarisse gevögelt.

Woher soll ich wissen, dass er mich nicht genauso wie sie irgendwann vorführen wird?

Reece lässt eine Hand auf meinen Oberschenkel sinken, und ich spüre, dass auch er nach einem Kuss verlangt. Ich bin aber einfach nicht bereit dazu. Nicht, solange ich nicht weiß, ob er nun Reece oder Zayn ist.

Nicht einmal der Alkohol hilft, um das Chaos an Gefühlen in mir loszuwerden.

Entscheide dich einfach. Dann wird alles so viel einfacher. Sag einfach einen Namen. Lass einen von ihnen dein Freund sein. Vertraue einem von ihnen. Konzentriere dich auf einen von ihnen. Das wird helfen.

Es wird das gesamte Chaos in dir mit einem Mal zum Versiegen bringen.

»Ich …«, stammle ich und stehe auf. »Toilette.« Einen ganzen Satz bekomme ich schon gar nicht mehr zustande, als ich aufspringe und zu den Toiletten taumle.

Ein Brechreiz hat mich befallen, und ich weiß, dass es besser wäre, den vielen Alkohol auszuspucken. Doch daran denke ich nicht mehr, als die Tür zur Herrentoilette direkt vor mir aufgestoßen wird.

Sylvian.

Er steht da. Groß, tätowiert, düster. Sein schwarzes Haar unordentlich zerzaust, seine grünen Augen scharf auf mich gerichtet. Wir starren uns an und er sagt genauso wie ich keinen Ton.

All die Energie, die seit jeher von ihm auf mich übergeht, erschlägt mich, ohne dass ich mich dagegen wehren könnte. Da ist nicht nur ein Funke. Es ist, als wäre das gewaltige Feuer aus Hass, Sehnsucht und Leidenschaft mitten zwischen uns entzündet worden.

Mein Atem geht schneller. Adrenalin weckt meine Glieder, erreicht aber nicht meinen benebelten Kopf, und dann ist er schon bei mir.

Oder ich bei ihm.

Wir packen uns.

Er zieht mich mit sich, die Tür fällt hinter mir ins Schloss und es geht viel zu schnell.

Nicht schnell genug und doch zu schnell.

Das Feuer brandet zwischen uns auf und verschlingt mich. Er zerrt meinen Slip beiseite, fixiert meine rechte Hand an der Tür, stemmt mich hoch und ist in mir.

Ich keuche erstickt, kralle mich an ihn.

Wenn ich mich für irgendjemanden entscheiden müsste, dann für ihn. Denn mein Körper gehorcht nicht. Er hat noch nie gehorcht, er hat immer Sylvian gewollt. Ihn an mich herangelassen, ihn sehnsuchtsvoll erwartet. Es ist das reinste Gift. Mehr toxische Gefühle, mehr verlorener Schmerz, sind von einem Menschen nicht zu ertragen und trotzdem empfinde ich Befriedigung.

Sie geht so tief, so tief und schön, dass ich ihn an mich gepresst halte, während er mich hart und rau fickt.

Wenn ich mich nicht für Sylvian entscheide, würde ich jeden anderen betrügen. Ich würde es müssen. Ich kann mich nicht dagegen wehren, dass er mich vereinnahmt. Dass ich ihn will, selbst wenn mein Kopf mit jeder Synapse ›Nein!‹ schreit.

Ob Reece oder Jaxon: Keiner von ihnen kann mich davor retten, dass Sylvian vor mir auftaucht, mich in eine Toilette zerrt und sofort in mir ist.

Es geht nicht.

Vermutlich werde ich von diesem Verlangen niemals geheilt.

Wir küssen uns nicht, dafür liegt seine Stirn an meiner.

Ich nehme Stoß um Stoß an, spüre, wie sein Schwanz an meinem inneren Punkt entlangreibt.

Es sind nur wenige Minuten. Vielleicht nur Sekunden, die sich anfühlen, als würden sie meine gesamte Welt bedeuten.

Und dann kommen wir.

Genauso verzweifelt und rau wie alles an diesem Sex.

Er fasst verlangend in mein Haar, als er sich ein letztes Mal in mich stößt, seinen Samen hoffentlich in ein Kondom pumpt, von dem ich mich nicht einmal vergewissert habe, ob er es benutzt. Wenn Sylvian mich schwängern würde, wäre es die logische Konsequenz aus meinem selbstbestrafenden Verhalten. Ich habe damit den Fehler von Millionen Frauen vor mir gemacht. Habe mich einem Kerl hingegeben, als würde ich jemals mehr von ihm bekommen als Schmerz und Lust.

Sylvian löst sich. Das Kondom landet im Mülleimer, und plötzlich weiß ich, dass ich sogar zerstört genug bin, um nicht einmal eine Schwangerschaft zu verfluchen. Ist es das, was Frauen für ihre Zuhälter empfinden, wenn sie für diese auf den Strich gehen? Kann man meine verzweifelte ... Zuneigung damit vergleichen, was diese Frauen bereit sind für ihren Kerl zu tun?

Sylvian schließt seinen Gürtel und sieht mich weiterhin stumm an. Ob es ihn innerlich befriedigt, dass ich ihm dermaßen verfallen bin?

»Du bist so ein Arsch«, keuche ich schließlich. Vielleicht schaffe ich es nicht, mich zu wehren. Gegen den Sturm anzukommen, den sein klarer, tiefer Blick in mir auslöst. Aber ich kann ihm trotzdem sagen, was ich über ihn denke.

Er rührt sich nicht von der Stelle. »Ich bin schlimmer.«

»Hast du vor, mir dasselbe anzutun wie Harper?«

Sein Kiefer mahlt. »Nein.«

»Du lügst.«

»Wir alle lügen dich an. Aber ich plane nicht, dir dasselbe anzutun wie Harper. Sie ist nicht die, für die du sie hältst. Sie hat nie gelitten. Du schon.«

»Sie hat nie gelitten?«, frage ich ihn stimmlos, obwohl

ich am liebsten schreien würde. »Wie kannst du so etwas sagen!«

»Ich liebe dich, Mable.« Seine Wangen werden plötzlich weiß und in seinen Augen steht ein ganzer Abgrund aus Schmerz. Meine Ohren schrillen. Vielleicht bin ich zu betrunken, um ihn richtig verstanden zu haben. »Das ist der Grund, weshalb ich das alles tue. Keine Sekunde vergeht, in der ich nicht daran denke, wie ich dich vor dem beschützen kann, was in uns darauf wartet, dich zu verletzen.«

»Wenn du ... wenn du das für mich empfinden würdest, wärst du niemals in der Lage, mir so wehzutun.«

»Ich habe noch nie jemanden geliebt.« Seine Stimme wird brüchig. »In mir war alles tot und leblos, bevor ich dir begegnet bin. Anfangs war es nur ... ein leichtes Gefühl. Ein Unwille, dich von Kingston fernzuhalten, weil ich dich näher kennenlernen wollte. Aber seit unserem ersten Gespräch im Crowns ... Wie du ... wie dein Körper auf mich reagiert hat. Als würde allein meine Stimme reichen, dass du mir all dein unendliches Vertrauen schenkst. Ohne Sinn, ohne Verstand. Seit diesem Moment ...«

Seine Worte stellen etwas mit meinem Magen an und dann ist er einfach wieder da. Der Brechreiz. Ich würge, spüre den Schwall an Champagner in meinem Mund und Sylvian ist sofort bei mir.

Er schiebt mich Richtung Waschbecken und ich übergebe mich.

Schnell fischt er mein Haar zusammen, hält es zurück und schaltet das Wasser an.

Ich übergebe mich so lange, bis ich Galle spucke, und bleibe erschöpft nach vorne gesackt stehen.

Sylvian benässt seine Hand und säubert meinen Mund. Er ist so nah und liebevoll, dass er allein dadurch seine Worte von zuvor unterstreicht. Etwas in mir verlangt danach, ihn zu fragen, warum er nicht einfach aufhören kann.

Mit allem.

Mit Harper.

Mit seiner kalten Art mir gegenüber.

Mit allem.

Aber ich bin auch zu erschöpft. Zu verloren und erschöpft.

»Geht's euch gut hier drin?« Reece hat die Tür geöffnet. Ich sehe im Spiegel, wie er mich mitleidig ansieht. »Du verträgst wirklich gar nichts, oder?«

»Verzieh dich«, entgegnet Sylvian.

Reece schnaubt. Vermutlich würde nur Zayn mich in diesem Moment fragen, ob ich nichts vertrage. »Das Essen wird kalt. Glaube, D…, Mable sollte wenigstens Wasser trinken, oder?«

Er wollte Dole sagen. Also habe ich Zayn vor mir.

»Ich glaube, wir sollten nach Hause fahren.« Sylvian hilft mir dabei, mich aufzurichten, und stützt mich mit beiden Armen.

Zayn sieht von oben nach unten auf mich herab. »Habt ihr vorher etwa hier drin gefickt?«

»Verzieh dich einfach«, zischt Sylvian.

Zayn schenkt ihm einen kalten Blick. »Mable musste *deinetwegen* kotzen. Nicht unseretwegen. Also check deine Rolle, Silvano.«

Warum auch immer bleibt Zayn dicht neben mir, als wir den Gang der Toiletten verlassen. Romeo und Jaxon sehen uns von unserem Tisch aus kommen, packen sofort ein paar der Pommes und Getränke ein und lassen den Tisch unaufgeräumt zurück.

»Deine erste Spring-Break-Party hat doch alles geboten, oder?«, fragt Jaxon später in der Limousine ironisch.

Da Zayn bei uns geblieben ist, bin ich einfach nur froh, dass Reece uns vermutlich fährt. Er war der Einzige, der kein Kokain genommen hat.

Wenn das so weitergeht, werde ich doch noch zum Junkie.

Denn chemische Drogen werde ich besser überleben als die Droge bestehend aus vier Männern. Hat meine Mom ebenfalls ein Substitut gebraucht, weil sie von ihren Kerlen verlassen wurde? Sollte ich sie vielleicht einfach mal … fragen?

SIEBZEHN

REECE

Ich halte die Limousine an der Straße in der Nähe von Mables Wohnheim. Es ist Romeo, der sie nach Hause bringt, und ich bin dankbar dafür.

Da ich davon ausgehen kann, dass er uns den restlichen Weg fahren wird, steige ich aus und hinten wieder ein.

»Was sollte die ganze Scheiße, Zayn?«, fragt Jaxon gerade das, was auch mich brennend interessiert. »Hast du irgendeine Antispaßpille genommen? Niemand hält dich auf. Du hast alle Privilegien und Freiheiten dieser verdammten Welt, Spring Break an einem anderen Ort zu verbringen. Was zur verfickten Hölle bringt dich dazu, uns anderen zu nerven?«

Zayn schnaubt, die Arme vor der Brust verschränkt. »Ah, ich nerve euch neuerdings, weil ich Dole nicht an jeden Finger einen Ring stecken würde?«

»Du hast ihr verdammt noch mal ein Liebesgeständnis in meinem Namen gemacht«, zische ich ihn an. »Was für ein anderes Ziel hatte das, als sie zu verletzen?«

Er hat die Beine zur Mitte des Wagens ausgestreckt, die Arme vor der Brust verschränkt und hebt lässig eine Schulter. »Habe es nur für dich getan, Bro.«

»Als ob«, raune ich.

Die Tür wird geöffnet. Für einen Moment fürchten wir

alle, es könnte Mable sein, doch es ist Romeo, der seinen Kopf hereinhält.

»Ich hätte jetzt gesagt, ich bleibe die Nacht bei Weaver. Mir sind Clarisse und ihre Fangemeinschaft nicht geheuer. Aber so wie ihr gerade ausseht, fahre ich euch wohl besser erst nach Hause, sonst steht ihr noch in zwei Stunden hier.«

»Danke«, sagt Jaxon nur.

Romeo nickt, schließt die Tür und wenige Sekunden später setzt sich die Limousine in Bewegung.

»Siehst du«, beginnt Jaxon schmierig, »selbst Romeo setzt sich dafür ein, dass es Belle gut geht. Was ist nur falsch mit dir, Zayn?«

»Ach, nichts«, antwortet Zayn locker. »Ich spiele einfach nur das Spiel genauso wie ihr.«

»Niemand von uns spielt«, knurrt Sylvian.

»Na, du liebeskranker Trottel, der sie sogar auf einer Fast-Food-Toilette fickt, als wärt ihr Penner, die keine Bleibe finden, du spielst natürlich nicht. Du versuchst nur, die krankeste Scheiße abzuziehen, die dir einfällt, um sie von dir fernzuhalten. Herzlichen Glückwunsch, Silvano. Wenn ich dich vorher für einen Sadisten gehalten habe, weiß jetzt jeder, dass du eigentlich hinter Gitter gehörst.«

»So wie du?«, fragt Jaxon schief lächelnd.

Zayns Gesichtszüge werden sofort hart und auch in meiner Brust entsteht ein Stich. Niemand wird meinen Bruder jemals wieder vor mir wegsperren. *Niemand.* »Nimm das zurück«, verlange ich kalt.

Jaxon hebt entschuldigend die Arme. »Ich verstehe ja, dass das, was wir tun, krank ist. Jeder von uns sieht in ihr etwas, das er nicht sehen sollte. Und solange sie sich weigert, sich zu entscheiden, führt das zu Spannungen. Alles das ist mir klar. Aber niemand verlangt von dir, dass du Zeit mit uns verbringst, Zayn. Du bist erwachsen. Mach dein Ding. Aber zwing Reece nicht permanent dazu, die Rollen mit dir zu tauschen. Es ist anstrengend. Ich bin schon allein vom Zusehen tierisch genervt. Und solange sie Reece nicht vertraut, vertraut sie niemandem von uns. Amabelles Fokus liegt viel zu sehr darauf, wer du bist und wieso sie *denkt*, Reece wäre jemand anderes. Niemand von uns würde dich ausschließen, das weißt du. Aber rechne damit, dass wir langsam, aber sicher verdammt genervt von deiner Kinderkacke sind.«

Zayns Kieferknochen hat sich verhärtet. Sein Blick geht von Jaxon zu mir und er sieht mich an. *Kinderkacke?*

Er hat recht, entgegne ich. Die Limousine hält.

ER HAT RECHT?! Zayns Kiefer verkrampft sich. Ohne ein weiteres Wort zu sagen, öffnet er die Beifahrertür und verschwindet.

Wir anderen folgen ihm. Romeo hat in der Kellergarage der Verbindungsvilla geparkt. Er steigt aus und sofort wieder in seinen eigenen Wagen. Einen schwarzen Spider.

»Während ihr euch streitet, gehe ich sicher, dass Weaver nicht stirbt«, ruft er uns ironisch zu.

»Tu das«, murmelt Jaxon.

Zayn ist bis zum Treppenhaus vorgegangen, doch als Romeo den Motor startet, fährt er zu uns herum. »*Jetzt* beschützt Romeo sie noch. Und irgendwann wird er selbst es sein, der sie gefährdet. Erinnert sich eigentlich irgendjemand von euch anderen daran, was Jax zu uns Anfang des Semesters meinte? Nein? Dole wird *nicht* in Kingston bleiben. ›Es geht nicht‹. Da sie sich aber für ihn entscheiden wird, was wird also passieren? Sie ist nicht so dumm, wie ihr glaubt. Sie ist einfach nur verschossen, das ist das Problem. Sie lässt das alles mit sich machen, weil sie nicht anders kann. Sie lässt sich von Sylvian auf 'nem stinkenden Klo ficken, weil sie nicht anders kann. Nicht, weil sie wie Harper ist und hofft, er würde sie daraufhin mehr mögen. Nicht, weil sie wie eine Clarisse oder irgendeine andere Rich Bitch ist, die glauben, es gehöre zu ihrer ... familiären Pflicht, sich von Typen wie uns durchnehmen zu lassen. Sie ist auch keine *Dole,* die einfach nur Angst vor ihm hat und sich deshalb vergewaltigen lassen würde, um Schlimmeres zu vermeiden. *Sie. Ist. In. Jeden von euch verschossen.*«

Jaxon macht ein abfälliges Geräusch. »Warte, ist das Wunschdenken? Amabelle wartet mit der Entscheidung, um uns zu testen. Aus keinem anderen Grund.«

Zayn lacht schäbig. »Vollidiot.«

»Du beleidigst mich nicht, wenn *du* derjenige bist, der Bullshit von sich gibt«, knurrt Jaxon und macht einen Schritt auf ihn zu.

»Hört auf!«, gehe ich dazwischen. »Natürlich mag Mable jeden von uns, keine Frage. Aber sie wird niemals uns alle lieben können.«

»Nein, das bestimmt nicht.« Zayn lächelt schief. »Denn ihr seid alle Wichser. Du willst wissen, warum ich mitkomme, Jax? Weil ich dieses Mädchen verabscheue. Und ich will jeden einzelnen Schritt ihres Untergangs mitverfolgen. Ich will sehen, wie sie euch mehr und mehr verfällt. Um genießen zu können, wie sie *wirklich* fällt. Sie wird Kingston niemals verlassen. *Niemals, Jax.* Und wenn sie sich für dich entscheidet, Bro, dann wird sie vermutlich häufiger mit Silvano vögeln als mit dir. Und für Sylvian wird sie sich nicht entscheiden. Denn das wäre ja auch zu einfach. Die beiden sind vermutlich die Einzigen, die miteinander glücklich werden könnten, wenn Sylvian endlich aufhört, etwas sein zu wollen, das er nicht ist. Er ist nämlich *kein* verschissener Gangster, auch wenn er gerne so tut. Euer Leben könnte so zuckersüß verlaufen, ich kriege Sternchen in den Augen, wenn ich nur daran denke. Ein ›big great happily ever after‹. Und vermutlich würden wir es dir sogar alle gönnen, Sy. Jeder hier will einfach nur, dass du ein kleines bisschen Frieden findest, selbst ich. Aber … wie gesagt, Amabelle wird niemals deinen Namen hauchen, wenn es darum geht, sich für mehr zu entscheiden als dafür, wer sie als Erster in ihre Pussy fickt.«

»Du bist so ein Loser«, knurrt Sylvian und auch er bewegt sich auf Zayn zu.

Sicherheitshalber wechsle ich die Position und stelle mich neben ihn.

»Ich sage nur die Wahrheit«, entgegnet Zayn feixend. »Ich weiß, dass die Wahrheit schmerzt. Ziemlich schmerzt, nicht wahr?«

»Ich habe es mir gerade überlegt.« Jaxon strafft die Schultern. In seinem Blick steht nichts als Verachtung für meinen Bruder. »Ich werde keinen weiteren Tag Spring Break mit dir verbringen. Reece? Sorry. Erzieh ihn oder bring ihn dazu, dass er von seiner Sucht runterkommt, aber tu etwas.«

»Bis auf die Line habe ich heute nichts genommen«, zischt Zayn.

»Ah«, entgegnet Jaxon fies, »vielleicht ist ja das das Problem? Du bist nur zugedröhnt zu ertragen.«

»Warum streiten wir jetzt wegen Amabelle?« Ich erhebe die Stimme. »Wir haben Regeln aufgesetzt, damit das nicht geschieht.«

»Ja, aber dein verschissener Zwillingsbruder hält sich nun mal nicht daran«, fährt Jaxon mich an und zeigt auf Zayn, als wäre er ein ungezähmtes Tier. »Mir ist gleich, für wen sie sich entscheidet. Aber sie soll sich nicht *gegen dich* entscheiden, nur weil Zayn dir die Chancen nimmt.«

»Als ob es dir gleich wäre!«, ruft Zayn lachend. »Wenn sie nicht dich nimmt, wird dein Ego es keinen weiteren Tag in ihrer Nähe aushalten. Sylvian müsste sie fortschaffen, garantiert.«

Jaxon fixiert Zayn. Keiner der Kings ist wirklich einem anderen untergeordnet. Wir haben uns schon Hunderte Male wegen des Spiels gestritten. Immer dann, wenn jemand sich übervorteilt fühlte, wollte er die Regeln des Schachspiels ändern. Aber es war nie um etwas gegangen. Nur um Stolz. Jetzt geht es um Mable und es ist eine andere Liga. Es hat mehr Ernst. Mehr Tragweite. Es geht zum ersten Mal wirklich um *etwas*.

»Du wirst dich von ihr fernhalten«, verlangt Jaxon kühl. »Reece wird nicht mehr mit dir tauschen. Was auch immer du tust, es ist mir egal, aber du hältst dich fern. Bis sie sich entschieden hat. Dann werden wir ihr sagen, wer du bist.«

Zayn blickt ihm starr entgegen. Und dann grinst er wieder. »Versuch doch, mich davon abzuhalten, Reece zu sein, Bastard.« Mit diesen Worten macht er auf dem Absatz kehrt und verlässt die Garage.

Zurück bleiben wir.

Verzweifelt fahre ich mir über den Mund.

»Wenn er ihr etwas antut ...«, beginnt Sylvian düster.

»Wird er nicht«, behaupte ich, auch wenn ich mir nicht mehr sicher bin.

»Wir wissen alle, was Zayns Schwäche ist«, erinnert uns Jaxon. »Wenn er kurz davor ist, aufzufliegen, ist er bereit, alles dafür zu tun, seine Identität zu schützen. Und damit meine ich *alles*. Ihr wisst, was im ersten Studienjahr geschehen ist.«

Er muss uns nicht daran erinnern, wie Zayn beinahe eine der Stipendiatinnen mit Vance' Hilfe ausgeschaltet hätte, weil sie kurz davor war, zu erfahren, wer er ist.

»Ich werde mit ihm sprechen«, beruhige ich die anderen. Doch als ich ihm in unser Zimmer folge, weiß ich, dass ich nichts sagen kann, was den Konflikt zwischen uns lösen könnte. Er hasst eine Person, die ich in meiner Nähe wissen will.

Die einzige Lösung bestünde darin, dass Mable ihn kennenlernt – und ihn auch mag.

Und das, *das* wird wirklich *niemals* geschehen. Wie sollte sie anfangen können, ihn zu mögen, wenn er so zu ihr ist? Und warum sollte Zayn das auch wollen?

ZAYN

Wie sie alle um dich herumtänzeln, um dich vor mir zu beschützen. Niedlich, reizend geradezu. Ich wünschte, ich könnte ihnen den Spiegel vorhalten und zeigen, wie dämlich sie sind. Aber mein Spiegelbild ist selbst nicht ganz ohne.

Die anderen sollten sich allmählich darüber klar werden, was sie wirklich wollen. Nicht nur du musst dich entscheiden, sondern auch sie.

Wenn wir alle dich wollen: Auf welche Art sollen wir dich kriegen?

ACHTZEHN

MABLE

Am nächsten Morgen schrecke ich in aller Frühe hoch. Es ist sieben Uhr, und ich fühle mich, als hätte ich gerade mal zehn Minuten geschlafen. Ein fader Geschmack auf meiner Zunge, Kopfschmerzen.

Ich sitze aufrecht auf meinem Bett und versuche zu mir zu kommen. Eine Gestalt bewegt sich durch das dunkle Zimmer.

Romeo.

»Du bist noch hier?«, frage ich, als er mir eine Flasche Wasser reicht, die Lampe auf meinem Nachttisch einschaltet.

»Trink«, sagt er nur, zieht sich den Sweater an, den er für die Nacht abgelegt hatte. Seine nackte Brust ist schmaler als die der anderen Kings, aber ebenfalls definiert und sportlich. Dann setzt er sich zurück aufs Bett. »Kannst du nicht mehr schlafen?«

»Warum bist du nicht längst gegangen?«, frage ich ihn und nippe am Wasser. Dafür, dass ich mich kaum daran erinnern kann, wie ich nach Hause gekommen bin, geht es mir erstaunlich gut.

»Ich habe dir vorgeschlagen zu bleiben und du hast zugestimmt.«

»Ah.«

»Kopfschmerztabletten liegen neben dir.«

»Danke.« Ich ziehe die Beine an die Brust und versuche den Abend vor meinem geistigen Auge vorbeiziehen zu lassen. Nicht nur den Abend, sondern alle bisherigen Spring-Break-Ereignisse. Wie verrückt ist das, was geschehen ist? In so kurzer Zeit?

»Du solltest Harper anrufen«, schlägt Romeo vor.

»Warum schlägst du mir das vor?«

»Weil ihr etwas zu klären habt. Mir ist nicht entgangen, was Sylvian gestern zu dir gesagt hat.«

»Das ändert nichts daran, dass er ein Arschloch ist. Eines der schlimmsten, die ich kenne.«

»Und es ändert nichts daran, dass du ihm ziemlich verfallen zu sein scheinst.«

»Mischst du dich jetzt in meine Gefühlswelt ein?«

»Soll ich das nicht?«

Ich beiße mir auf die Unterlippe. Kann ich es zulassen, dass Romeo die Rolle eines Freundes für mich einnimmt? Bei allem, was geschehen ist? »Tut es dir leid?«, frage ich ihn geradeheraus.

Seine Miene liegt in Schatten da. »Nein.«

Die Antwort ist deutlich. Es tut ihm nicht leid. Was Jaxon mir im letzten Semester angetan hat, tut ihm nicht leid. Und vermutlich wird es ihm niemals leidtun. »Warum nicht?«, frage ich mit bröckelnder Stimme. Ich würde ihn so gerne mögen. Ich würde ihm so gerne verzeihen und vertrauen! Aber da ist etwas Dunkles an ihm. Nicht nur, dass ich ihm zutraue, dass er drei Menschen getötet hat. Er scheint auch wenig Empathie zu empfinden. Sehr, sehr wenig Empathie. »Bist du innerlich so hart oder hasst du mich einfach so sehr?«

Er lehnt den Kopf an die Wand, alles an ihm soll eine entspannte Pose vermitteln, aber ich sehe ihm an, dass er innerlich unter Strom steht. Die ewige Kontrolle, die seine Person ausmacht und umgibt, scheint ihn eine Menge Kraft zu kosten. »Niemand hasst dich, Weaver. Jeder hat nur einen anderen Grund, weshalb er ist, wie er ist.«

»Welche Gründe sind das?«

Er verdreht die Augen.

»Dir war doch klar, dass diese Frage kommt, oder?«

»Ja«, antwortet er glatt. »Soll ich ausholen?«

»Wenn ich es dann verstehe?«

»Das weiß ich nicht.« Er fährt sich über das bleiche Gesicht. Romeo ist bestimmt einer der Menschen, die niemals braun werden, selbst wenn sie sich von der Sonne grillen lassen. »Wenn du dir alles auf der Welt kaufen kannst, was du begehrst, Luxus, Loyalität, Frauen, Schlösser, was es auch ist. Dann strebst du nicht mehr nach diesen Dingen. Du strebst danach, die Welt gestalten zu können. Du willst etwas *verändern*. Du willst *Einfluss*, um Dinge ändern zu können. Du willst *Macht*. Du willst die Entscheidungen treffen, die alles bewegen. Und die Plätze innerhalb der Elite, in den oberen zehntausend Familien auf dieser Welt, sind rar. Alles, worum es geht, worum es unseren Eltern geht, worum es *uns* irgendwann gehen wird, ist, diese Plätze zu besetzen. Deswegen studieren die Leute in Kingston. Sie wollen nach ganz oben. Und dann kommt eine wie du. Und glaubt, sie hätte ein Anrecht auf einen dieser Plätze, obwohl deine Familie nicht seit Generationen darum kämpft. Verstehst du das? Du bist nicht Ziel des Hasses einer Generation. Sondern von so vielen mehr. Jeder in meiner Blutslinie vor mir hat hart und noch härter dafür gearbeitet, die elitären Plätze zu besetzen. Von ihnen hatte jeder nur den Ansporn, es vielleicht für seinen Sohn oder seinen Urenkel zu schaffen. Dafür haben sie die ganze Welt bewegt, sie haben sich aufgeopfert, waren unfassbar mutig und stark und sind jeden Tag über sich hinausgewachsen. Und jetzt kommt eine wie du. Die nichts ist. Nichts im Vergleich zu der Leistung dieser Familien, deretwegen die Staaten überhaupt sind, was sie sind. Ich weiß, dass es unfair klingt. Du kannst nichts dafür, dass deine Mutter tablettensüchtig in einem Trailer vor sich hin vegetiert. Aber Kingston ist einfach nicht der richtige Ort für Menschen, die keine Ahnentafel vorweisen können. Und dann ... streiten sich auch noch drei der einflussreichsten, aufstrebendsten Studenten ausgerechnet um *dich*. Weißt du, wer am meisten etwas dagegen hat, dass das passiert?«

Ich schüttle den Kopf.

»Die Generation vor uns. Unsere Eltern. Die Eltern und Großeltern von Clarisse. *Sie* sehen in dir das Problem und geben diesen Hass an ihre Kinder weiter. Der Kampf um die wichtigsten Plätze in der Gesellschaft erzeugt vor allem eines: Druck. Wir haben diesen Druck die letzten Jahre einfach nur umgelenkt. Wenn wir kein Spiel daraus gemacht hätten, hätte jeder der Stipendiaten noch mehr gelitten. Das ist meine persönliche Meinung dazu. Ich will nicht beschönigen, was wir getan haben. Aber ich glaube, es war immer noch weniger schlimm als das, was eine Clarisse getan hätte, wenn das Spiel keine Regeln vorgegeben hätte. Ich habe kein Mitleid mit euch. Weil ihr auch keines mit uns habt. Ihr habt absolut *keine* Ahnung, wie es ist, sein gesamtes Leben darauf getrimmt zu werden, in Kingston mit Bestnoten abzuschließen. Jeder einzelne Moment ist determiniert. Die Geburt, die Schulzeit, das erste Praktikum, die Hobbys, jede Sekunde der Freizeit. Dieser *Druck* wird uns mit der Muttermilch eingeflößt. Jedem von uns. Und Druck findet immer seine Ausdrucksform, wenn er zu extrem wird. Ganz oft wird er einfach zu Hass. Jaxon ... hasst seinen Vater dafür, dass er überhaupt auf die Idee gekommen ist, das Stipendiatenprogramm ins Leben zu rufen. Ausgerechnet dann, als er selbst angefangen hat zu studieren. Damit hat sein Vater ihm noch mehr Druck auferlegt. Was soll also anderes passieren, als dass Jaxon alle Stipendiaten hasst? Er ist kein Heiliger, der sich zu etwas Besserem besinnt, allein aus der Größe heraus. Sein Vater ist ein Wichser, noch schlimmer, als Jaxon es je war. Wie soll Jaxon etwas anderes gelernt haben, als Hass mit Hass zu bekämpfen? Jedenfalls ... hat er das getan, bis er entschieden hat, die Regeln für dich zu ändern.«

»Ich hätte nie gedacht, dass du so lange am Stück reden kannst«, flüstere ich.

Romeo schenkt mir ein sprödes Lächeln. »Ha, ha.«

»Danke, dass du es mir versuchst zu erklären.«

»Bitte.«

Wir schweigen für eine Weile.

»Und der Zirkel ...? Er steht hinter allem?«

»Der Zirkel verteilt die Plätze. Er entscheidet darüber, wer das nächste Tech-Imperium aufziehen wird, wessen Name derjenige ist, den jeder auf der Welt kennt. Er verteilt die raren Positionen. Kaum ein Präsident wurde nicht zuvor vom Zirkel bestimmt. Über die Jahre hat sich etabliert, dass der Zirkel nur noch Mitglieder aufnimmt, die bewiesen haben, dass sie die Fähigkeiten mitbringen, diese Position auch auszufüllen. Und so wurde es zur Tradition, nur noch Bestnotenstudenten aus Kingston überhaupt eine Chance zu geben, aufgenommen zu werden.«

»Und wenn ich ebenfalls gute Noten schreibe ...«

»Nein. Das sichert dir noch lange keinen Platz im Zirkel. Du musst auch noch andere Dinge tun. Du musst dich *beweisen.*«

»Wieso findet man dazu so gut wie nichts im Internet? Bis auf einen kurzen Absatz bei Wikipedia und ein paar Seiten von Verschwörungstheoretikern ...«

»Ein paar?«, fragt er skeptisch.

»Okay, ein paar mehr.«

»Das haben Geheimorganisationen so an sich. Bis auf halb wahren Blödsinn lässt sich so gut wie nichts über sie finden. Wenn der Google-Chef Mitglied ist, hat er auch die Möglichkeiten, die Suchergebnisse weltweit zu diesen Themen zu beeinflussen, nicht wahr?«

»Also haben diese Verschwörerseiten sogar recht?«
»Manchmal.«
»Warum bist du ... plötzlich so offen zu mir?«
»Du hast gefragt.«
»Das ist nicht das erste Mal, dass ich frage.«
»Mich schon.«

Ich senke die Brauen. »Witzig. Aber wenn wir Stipendiaten sowieso keine Chance auf diese Plätze im Zirkel haben, warum ...«

»Wie ich dir am Anfang des Semesters sagte, glaube ich, dass hinter dem Stipendiatenprogramm mehr steckt als nur eine gönnerhafte Geste der Tyrells. Was genau, werden wir noch herausfinden. So wie wir herausfinden werden, wer die Pfähle der Wasservilla gesprengt hat. Was war das eigentlich für ein Boot, von dem die anderen gesprochen haben?«

Ich zucke zusammen, als hätte er mich beim Lügen ertappt. »Hat Jaxon es dir nicht gesagt?«

»Nein, habe ihn nicht gefragt.«

»Ein paar der Studenten waren auf dem Boot. Erst wollten sie mir helfen, aber sie waren so betrunken, dass ich ... Angst bekommen habe.«

»Angst?«

»Mehrere Kerle, ein Boot, ich allein, weil Reece zurückgeblieben ist? Nach dem, was in der Nacht schon passiert war? Ja, ich bekam Angst.«

Er richtet sich auf. »Lügst du, Weaver?«

»Und warum sollte ich das tun?«, frage ich möglichst cool.

»Ja. Das ist die nächste Frage.« Romeo steht auf und richtet seine Kleidung. »Ich bin ehrlich zu dir. Du solltest es auch sein. Denn wenn du lügst und etwas verschweigst, wird das FBI zu einem Problem. Es fiel uns bereits jetzt schwer, sie davon abzuhalten, dich zu verdächtigen.«

»Danke, dass ihr es versucht habt«, murmle ich.

»Sehen wir uns heute Abend auf der nächsten Party?«, fragt er ironisch, als er zur Tür geht.

»Ich habe noch einiges zu tun«, weiche ich aus.

»Du wirst die anderen noch ewig hinhalten, oder? Ganz gleich, was Clarisse dir auch droht, worum wir dich auch bitten. Du zögerst die finale Entscheidung hinaus, so lange es geht.«

»Na und?«, frage ich trotzig. »Wer sagt, dass ich mich überhaupt jemals entscheiden werde? Ich kann nicht einfach vergessen, was im ersten Semester geschehen ist. Auch wenn ihr es offensichtlich längst getan habt.«

»Wenn du uns noch immer misstraust, dann misstraust du den Falschen. Hab einen netten Tag, Weaver.«

Noch bevor er zur Tür gehen kann, klopft jemand kräftig dagegen.

»Mable, ich bin es! Bitte mach auf!« Harper. Endlich! Sie klingt nicht danach, als wäre sie sauer auf mich. Vielmehr, als wolle sie dringend mit mir sprechen. Ohne zu überlegen, gehe ich zur Tür und reiße sie auf.

Harpers erster Blick fällt nicht auf mich, sondern auf Romeo. Ihr Mund öffnet sich. »Nein«, keucht sie. »Es ist acht Uhr morgens und ihr ...«

»Es ist nicht, was du denkst«, erklärt Romeo schwach. »Von den Toten auferstanden, Harper?«

»Von den Toten auferstanden, obwohl Sylvian mich gesellschaftlich vernichtet hat, meinst du?!«, faucht sie ihn angriffslustig an. »Bitte, Mable, sag mir, dass es irgendeinen anderen Grund dafür gibt, dass Romeo um acht Uhr morgens in deinem Zimmer ist. Sag mir nicht, dass er hier geschlafen hat!«

»Und wenn schon«, entgegnet Romeo trocken.

»Und wenn schon?! Es ist *Romeo, Mable!* Sobald du schläfst, tut er sonst was mit dir!«

Romeo schenkt ihr ein bitteres Lächeln. *Was zur Hölle*

will Harper andeuten? »Und was möchtest du in aller Frühe hier, Mitchell?«

»Mit Mable reden. Geh einfach.«

Romeo sieht mich fragend an. »Brauchst du noch etwas?«

»Nein, ist schon okay.«

»Wir sehen uns.«

»Ciao.«

Beim Hinausgehen nähert sich Romeo Harper etwas zu dicht. Als würde er ihr durch seine körperliche Nähe eine Drohung aussprechen wollen.

Harper schlägt die Tür hinter ihm zu. »Nein, sag mir, dass das nicht wahr ist. Du hast nicht ... mit Romeo ... niemals.«

»Nein, habe ich nicht.« Und wenn ich es getan hätte, würde ich mich dafür schämen, richtig? Reece, Jaxon, Sylvian. Okay. Aber ein Vierter? Ein Fünfter? Wenn ich Zayn dazuzählen müsste? Fuck. Ich glaube nicht, dass ich dazu stehen könnte, so oft die Betten zu wechseln, selbst wenn ich dazu stehen können *möchte*. Weil es eigentlich kein Problem sein sollte. Typen haben jeden Tag eine andere. Warum sollte ich mich schämen? »Was meintest du damit, er würde sonst etwas mit mir tun, sobald ich schlafe?«

Harper schürzt die Lippen. »Romeo ist ein Freak. Er holt sich neben bewusstlosen Frauen einen runter. Ihn bei sich schlafen zu lassen ... das würde keine Frau tun, die ihn kennt.«

»Tut er das wirklich?«

»Ich hoffe nicht. Aber in jedem Gerücht steckt ein wahrer Kern, oder?«

»Wie ... geht es dir?«, frage ich sie nervös. Ich habe so viele Stunden darauf gewartet, mit ihr sprechen zu können, und fühle mich immer noch nicht vorbereitet.

»Wie soll es mir schon gehen. Ich war mit meinen Eltern zusammen. Wir haben ... die ganze Zeit nur gestritten, und ich hatte keinen Kopf, zurückzurufen, tut mir leid.«

»Kein Problem.«

Sie seufzt und lässt sich auf mein Bett sinken. Obwohl sie wie immer top gestylt ist, sehe ich ihr die Müdigkeit an. Auch das Make-up kann ihre Augen nicht wie sonst strahlen lassen. Ich habe solche Angst davor, zu hören, wie sehr ich sie verletzt habe. Aber ich muss da durch.

Ich verdiene es nicht anders.

»Was Sylvian getan hat ...«, beginne ich.

Sie schüttelt den Kopf. »Vergiss ihn. Ich hatte gehofft, wenn ich aus unserer Trennung eine Szene mache, in der er sein wahres Gesicht zeigt, würden meine Eltern mich verstehen. Aber das absolute Gegenteil ist der Fall. Mein Vater *liebt* Sylvian. Er will immer noch, dass ich ihn heirate. Mich bei ihm entschuldige. Es ist ... schrecklich. Egal, was ich ihnen sage, sie glauben, *ich* hätte einen Fehler gemacht.«

»Das klingt furchtbar.«

»Ja.« Sie friemelt gedankenverloren an ihrem edlen Oberteil herum. »Die ganze Verlobung war eine furchtbare Idee. Und ich hasse ihn dafür, dass er mir weismachen konnte, du würdest nichts für ihn empfinden. Ich war blind und dumm.«

Ich öffne den Mund, doch mir fällt keine Erwiderung ein.

»Aber du hast nicht wirklich etwas mit Romeo am Laufen, oder?!«, fragt sie mich plötzlich wieder ganz in Harper-Manier.

»Nein.«

»Warum meinte er dann: ›Und wenn schon‹?«

Im ersten Impuls will ich ihr nicht direkt antworten. Aber dann wird mir klar, dass ich ihr etwas schulde. Und wenn es meine Offenheit ist. »Romeo hat hier übernachtet. Wegen ... Clarisse. Wir sind ihr auf der Party gestern begegnet.«

»Ihr?«, fragt Harper erstaunt.

Harper bekommt in letzter Zeit wirklich wenig Gossip mit. »Wir waren gestern in Ocean City.«

»Wer, *ihr*?«

»Jaxon …« Ich beiße mir auf die Zunge. »Reece, Sylvian und Romeo. Und ich.«

Sie starrt mich an. »Du … warst mit *ihnen* da?« Plötzlich treten Tränen in ihre Augen und mein schlechtes Gewissen wird unermesslich. Wie muss sich das für sie anfühlen? Ich habe Sylvian zwar den Abend über ignoriert, aber am Ende bin ich ihm doch wieder verfallen. Ich schäme mich so sehr dafür, dass ich es kaum ertrage.

»Es tut mir leid«, stammle ich. »Ich weiß, dass ich es mit allem nur noch schlimmer mache.«

»Du?«, fragt sie verständnislos. Harper blinzelt, um die Tränen zurückzuhalten, und sitzt da, als würde sie jeden Moment zusammenbrechen. »*Ich* bin die schrecklichste und unfähigste Freundin aller Zeiten. Ich weiß gar nicht, wie ich auf die Idee gekommen bin, mich jemals so zu nennen. Ich bin so dumm, Mable. Ich habe dir überhaupt nicht geholfen. Diese verfluchte, hässliche, ekelhafte Rachel! Ich war nicht da, obwohl wir zusammen auf die Strandhausparty gehen wollten! Und ich war nicht da, als die Villa eingestürzt ist. Ich … hätte am nächsten Morgen sofort zu dir kommen sollen, aber auch das habe ich nicht getan! Dazu Sylvian! Er ist so ein Arsch und trotzdem konnte ich dich nicht vor ihm beschützen. Dass ich überhaupt hier aufkreuze und glaube, du könntest … jemals mehr in mir sehen als eine selbstverliebte reiche Tussi, die nur an sich denkt …«

Vollkommen verwirrt setze ich mich in einigem Abstand neben sie. *Soll ich sie jetzt trösten?* »Das mit Sylvian …«

»Ach, vergiss dieses Arschloch!« Sie sieht mich an, als wäre sie bereits vollkommen über ihn hinweg. »Er ist ein

Lügner. Ein wirklich schlechter, mieser, blöder Lügner. Sie alle! Und ich bin nicht für dich da, um es dir zu beweisen.«

»Aber …«

»Ich bin nicht sauer auf dich.« Harper atmet tief durch. »Gar nicht.«

»Okay … und warum nicht?« Mein schlechtes Gewissen wird mich jeden Moment niederreißen, ich weiß es. Ich habe Harper betrogen. Das war nicht fair. Und obwohl Sylvian ihr gegenüber ein riesiges Arschloch war, habe ich mich dennoch auf ihn eingelassen. Was alles noch zehnmal schlimmer macht. Nicht einmal Solidarität habe ich ihr gegenüber bewiesen!

»Warum ich nicht sauer bin?«, fragt Harper. Sie sieht aus, als würde sie mir am liebsten einen ganzen Roman aus Gründen vortragen wollen. Aber über ihre Lippen kommt keine weitere Erklärung.

»Du musst es nicht erklären«, komme ich ihr entgegen. »Es ist … Wir beide sind keine guten Freundinnen.«

Harper schüttelt den Kopf, reibt sich verzweifelt die Schläfen. »Wenn du wüsstest … Du musst wirklich aufhören, dich so schlechtzumachen. Du bist die einzige Person auf diesem Campus, die keine Fehler hat.«

»Es war ein schrecklicher Fehler«, wispere ich.

»Ja?«, fragt sie mich und sieht mich plötzlich direkt an. »Oder habt Sylvian und du vielleicht einfach etwas, das tiefer geht?« Wieder seufzt sie. »Lass uns nicht über Sylvian sprechen. Ich habe das jetzt fast vierundzwanzig Stunden getan und bin froh, dass meine Eltern wieder abgereist sind. Erzähl mir alles von Spring Break. Was hat Clarisse, die dumme Kuh, getan?«

Verunsichert sehe ich sie an. Die verheulte Harper, die mich zu Spring Break ausfragt, als wäre nie etwas geschehen. Die nicht sauer auf mich ist. Überhaupt nicht sauer. Macht sie mir etwas vor? Oder haben sie alle recht? Hat Vance recht, wenn er sagt, dass Harper einen Grund hat, mit mir befreundet sein zu wollen? Einen Grund, der sie davon abhält, sauer zu sein? Hat Sylvian recht, wenn er sagt, dass Harper nie gelitten hat? Dass sie nicht die ist, für die ich sie halte? Ich könnte versuchen, sie zu durchschauen, aber langsam bin ich es leid. Sylvian, Reece, Zayn, Jaxon, Romeo und nicht zuletzt Vance. Sie alle lassen sich nicht in die Karten blicken. Und dann noch Harper.

Da ich ihr aber schlecht mit Misstrauen begegnen kann, wenn *ich* sie zuvor betrogen habe, mache ich gute Miene zu ihrem undurchschaubaren Spiel und erzähle ihr alles von der Partynacht an Spring Break. Jedenfalls alles bis zum Fast-Food-Restaurant. Und ich lasse Zayn weg. Warum auch immer.

Es fühlt sich nach kurzer Zeit vollkommen natürlich an, dass wir über jedes Detail von Clarisse' Äußerungen lästern und Harper mir immer und immer wieder vorbetet, dass die Kings, auch wenn sie sich vor mich gestellt haben, nicht vertrauenswürdig sind.

Aber schließlich lenkt sie ein. »Wenn du wirklich diese berauschende Auswahl hast, nimm Reece. Zumindest solltest du ihm die Chance geben, um die er bittet. Denn Reece ist ... zwar ein Lügner, aber ich glaube ihm, wenn er sich bemüht. Er hat nämlich keinen Grund, es nicht ernst zu meinen, weißt du? Dass er nur mit dir spielt, um Jaxon eins auswischen zu können ... das glaube ich nicht. So ist Reece nicht. Sein Ego braucht so etwas nicht. Außerdem ist er der reichste Student am Campus. Selbst *wenn* er dich hintergeht ...«

Ich schüttle erschrocken den Kopf. »Mir ist das Geld egal.«

»Du bist die erste Frau, die das so vehement von sich weist. Also gut. Wollen wir heute und morgen irgendetwas nur für uns machen? Wir könnten in ein Spa gehen. Schick essen an der Küste in einem dieser süßen Ferienorte. Nur wir beide.«

»Klingt gut.«

Sie greift nach meiner Hand, und ich glaube fast, es hätte sich sogar etwas zwischen uns zum Positiven verändert, weil sie von Sylvian und mir weiß. Kann das sein?

Oder ist alles nur Show?

JAXON

Wenn Menschen mich fragen, was schief bei mir läuft, antworte ich, dass gerade zu gehen nicht mein Anspruch ist. Schon mal überlegt, was du davon hast, wenn du dein Leben lang funktionierst, nur um von denjenigen benutzt zu werden, die nicht funktionieren wollen?

Es gibt zig Milliarden Menschen auf der Welt und nur 46 davon wurden bisher Präsident der USA. Du kannst dir denken, zu welcher der beiden Gruppen ich gehören möchte, nicht wahr?

NEUNZEHN

MABLE

Nach den zwei Tagen, an denen Harper so getan hat, als wäre nie etwas zwischen uns vorgefallen, sitze ich verwirrt und rätselnd in meinem Wohnheimzimmer.

Mein Kopf platzt mittlerweile.

Es sind zu viele Geheimnisse.

Zu viele Lügen.

Ich kann mir ja nicht einmal sicher sein, wer fucking Zayn ist!

Also fertige ich eine Liste an.

Ich zähle auf, was jeder einzelne King getan hat und weshalb ich ihnen vertrauen kann und warum ich es nicht tun sollte. Ich skizziere die Momente, in denen ich glaube, mit Zayn gesprochen zu haben. Romeo – wann war er freundlich, wann abweisend? Sylvian? Manchmal sprach er davon, dass er mich liebt, mich beschützt, und manchmal sagte er das absolute Gegenteil.

Am Ende habe ich mehrere Blätter bekritzelt und bin zu keinem Ergebnis gekommen.

Über jedem einzelnen schwebt ein fettes Fragezeichen.

Allen voran über Harper und Sylvian.

Dann Zayn und Reece.

Romeo und Vance.

Nicht zuletzt Jaxon.

»Ich mag dein Zimmer. Hätte nicht gedacht, dass man es sich hier drin so nett machen kann.«

Ich schrecke hoch, drehe mich um und starre Jaxon an, als wäre er auf meine Gedanken hin erschienen. Das Blut schießt mir ins Gesicht, und ich lege die Blätter schnell zusammen, damit er bloß nicht sieht, worüber ich die letzten zwei Stunden nachgedacht habe. Mein Herz pocht hart und schnell, und ich weiß für einen Moment nicht, was ich sagen soll.

»Hi«, sagt Jaxon lächelnd und schließt die Tür hinter sich.

Meine inneren Schmetterlinge tänzeln verzückt. Da steht er, der Jaxon Tyrell, der so ganz anders ist als das Monster, das mich vom Campus vertreiben wollte. Er steht vor mir in meinem Zimmer, die Miene geklärt, die Augen voller Neugierde.

Kann ich wenigstens ihm mittlerweile vertrauen?

»Ist das da Tapete an der Wand –«, beginnt er beschwingt, doch ich unterbreche ihn.

»Warum bist du hier?« Die Angst, dass er irgendetwas vorhat, ist immer noch allgegenwärtig. Ich muss sie ablegen, ich weiß das, aber ich kann nicht. Also vergewissere ich mich lieber, dass er es ernst meint. Dass das alles kein Trick ist. »Bist du hier …«, frage ich zögernd, »um dich zu entschuldigen?«

Er runzelt die Stirn. »Entschuldigen?«

»Ja.« *Bitte tu es einfach*, flehe ich in Gedanken. *Bitte entschuldige dich für alles, was geschehen ist. Bitte nimm deine Worte von letztem Semester zurück. Bitte sag mir, dass du dich auch in mich verliebt hast. Bitte gib mir das Gefühl von Sicherheit. Ich brauche es so sehr und niemand sonst scheint es mir geben zu können. Bitte.*

»Wofür?«, fragt er und damit fällt die letzte Karte meines Kartenhauses um. Ich brauche mir keine Hoffnungen zu machen. Ich bin und bleibe ihr verdammter Spielball. »Ich wollte dich fragen, ob …«

»Bitte geh einfach«, sage ich leise und wende mich wieder meinem Laptop zu.

»Ich soll gehen?« Er klingt mit jedem Wort überraschter.

»Ja, bitte geh.« Als er nicht reagiert, sehe ich gezwungenermaßen wieder zu ihm.

Sein Mund hat sich leicht geöffnet und er blickt zurück zur Tür. »Du willst nicht mal wissen, was ich dich fragen will? Warum ich hier bin?«

»Nein.« *Ich will nicht einen einzigen Tag länger auf deine Entschuldigung warten, Jaxon.*

Er wird misstrauisch. »Und warum nicht?«

»Warum?«, frage ich ihn kühl. *Warum ich von dir hören will, dass du es bereust? Verstehst du überhaupt irgendetwas von dem, was du mir angetan hast?*

»Ja.« Jaxon steckt die Hände in die Taschen seiner Chino und bleibt mitten im Raum stehen. Sein Lächeln ist verschwunden, dafür wirkt er nun sehr konzentriert. »Warum sagst du all diese Dinge zu mir, lehnst aber meine Einladung nach Singapur ab, weichst mir seit dem Frühstück in der Verbindungsvilla aus, bist im Club und auf der Party komplett auf Reece fokussiert, lässt dich von Sylvian ficken, behandelst mich, als wäre ich nur irgendjemand, und willst auch jetzt, dass ich sofort gehe?«

Ich schlucke hart. Seine Frage klingt danach, als würde es ihm etwas bedeuten. Als würde … *ich* ihm etwas bedeuten. »Ich habe mich nicht wirklich ferngehalten«, entgegne ich mit fester Stimme. »Ich warte. Darauf, dass du endlich eine der zahlreichen Gelegenheiten nutzt, dich bei mir zu entschuldigen. Zum Beispiel nach unserer gemeinsamen Vorlesung. Oder jetzt.«

»Entschuldigen?«, fragt er schief lächelnd, doch seine Augen bleiben kühl. »Wofür? Dass ich dich aus der Wasservilla gerettet habe? Dass Romeo dich vor den Angriffen beschützt hat? Dass ich dich aus dem Verhör geholt habe? Dass ich dir Geld schenke? Dass ich Clarisse einen Laufpass gebe, obwohl du dich nicht einmal für mich entschieden hast? Dafür hätte ich mich entschuldigen sollen?«

Ich werde rot im Gesicht. Ist das seine Form von Reue? Und werde ich sie annehmen können? »Das alles macht noch lange nicht wieder gut, was du letztes Semester getan hast.«

Er lacht kalt. »Ah, aber eine Entschuldigung, ein paar schnöde dahergesagte Worte, die würden es wiedergutmachen?«

Ich wringe meine Finger. »Vielleicht? Wenn du sie ernst meinst?« *Wieso fällt es ihm so schwer, sich für sein Verhalten zu entschuldigen?* »Ich brauche das wirklich. Ich warte schon so lange darauf ... Kannst du das ... verstehen? Dass ich mich nach allem nach einem kleinen bisschen ... Sicherheit sehne?«

Jaxon macht einen Schritt vor, aber ich weiche auf meinem Stuhl zurück, was ihn innehalten lässt. Seine Miene verdunkelt sich, und ich habe Angst davor, das Monster in ihm zu wecken. Das Arschloch, das mir so sehr wehgetan hat. Es scheint jederzeit unter seiner Oberfläche zu brodeln und ist so ganz anders als das von Sylvian. Jaxons Ego ist nichts, was er zu unterdrücken versucht. Er *steht* dazu, dass er so ist. Dass er nichts von dem bereut, was er jemals getan hat. »Du *kapierst* einfach nicht«, beginnt er gepresst, »dass ich mir letztes Semester nicht einmal *Mühe* gegeben habe. Jeder auf dem Campus kann dir sagen, was ich normalerweise tue, wenn man sich uns widersetzt. Dass niemand sich darüber wundert, dass die drei Wichser während des Einsturzes der Villa kaltgemacht wurden, spricht für sich. Sie alle wissen, dass wir dazu in der Lage wären. Wer sich unseren Regeln nicht beugt, wird vernichtet. Das alles scheint dir noch immer nicht klar zu sein. Und obwohl ich alles das *nicht* bin, obwohl ich keine einzige Drohung *wahr gemacht* habe, soll ich dir mit *Worten* beweisen, dass du normalerweise längst an uns *zerbrochen* wärst?«

Ich verschränke die Arme vor der Brust, um mich vor seinen Worten zu schützen. Er klingt hart. So hart und fies. Aber das ist nur das, was mich vordergründig erreicht. Viel schlimmer ist, dass er, *obwohl* er so spricht, etwas in mir rührt. Dass er etwas in mir *be*rührt, mich geliebt fühlen lässt. Als würde allein der Wegfall seiner sonstigen üblen Taten ausreichen, um ihn als Engel wahrzunehmen. Und das ist krank. Es ist toxisch und krank. Ich habe mich nicht in einen Mann verliebt. Sondern in viele verschiedene Monster. Jaxon ist eines davon. »Was du sagst, spricht umso mehr dafür, dass du bitte einfach gehst«, murmle ich.

»Gehen?«, zischt er.

»Ja!«, fauche ich. »Aus meinem Zimmer! Aus diesem Wohnheim! Was weiß ich! Geh einfach! Du fasst es richtig zusammen, du bist die letzte Person auf diesem Campus, mit der ich Zeit verbringen sollte. Ja, ich bin schwach geworden, ja, ich habe mich wider jede Vernunft auf euch eingelassen, und ja, ich habe in deiner Limousine dummes Zeug gesagt, aber all das ändert nichts daran, dass ich ziemlich gute Gründe habe, dich zu bitten zu gehen!«

Jaxon sieht aus, als hätte ich ihm die schlimmste Beleidigung an den Kopf geworfen, die er jemals zu hören bekommen hat. »Okay, was willst du verdammt noch mal hören, Belle? Ich habe jeden Moment genossen. Alles. Ich habe genossen, dir dabei zuzusehen, wie du dich nicht beugst. Ich habe es geliebt, dir meine Macht zu demonstrieren. Es hat mich tief befriedigt, in dir eine Gegnerin zu sehen. Denn du bist die Erste, die nicht aufgegeben hat. Du hast mich genervt. Fasziniert und genervt, und ich konnte mich nicht entscheiden, welches dieser beiden Gefühle jeweils überwiegt. Und letztendlich geht es um so viel mehr! Es geht nicht um *dich* oder *mich* oder darum, was *ich* will und was *du* willst. Dass ich hier auftauche, ist das Letzte, was ich tun sollte. Dass ich mehr in dir sehe als ein Mädchen, das sich gerne von meinen Freunden und mir teilen lässt, ist nichts weiter als dumm. Dass ich dich beschütze, statt dich zu zerstören, grenzt an Wahnsinn. Wir können unter Berücksichtigung aller logischen Aspekte nicht zusammen sein, niemals. Und trotzdem bin ich hier. Ich stehe verdammt noch mal vor dir, in diesem verrotteten, hässlichen Wohnheimzimmer, das mir nur deswegen gefällt, weil es mich an dich erinnert. Was willst du noch hören?«

Das Eis in seinen Augen wird noch kälter. So kalt, dass ich die Kühle auf meiner Haut spüre. Mein gesamter Köper zittert mittlerweile.

»Ich bereue *nichts*«, stellt er klar. Ein strenger Zug um seine Lippen, der mir die Tragweite seiner Worte offenbart. Er meint sie ernst. Er meint alles davon ernst. »Du hast meinen Hass verdient. So wie du Sylvians Hass verdient hast. Und ich habe danach gehandelt. Ich habe das getan, was ich tun *musste*. Also warum stehe ich dann jetzt vor dir? Was für einen anderen beschissenen Grund könnte das haben außer den, dass ich dich einfach nicht hassen kann?« Er sagt es, als würde er mir einen gewaltigen Vorwurf machen. Als wäre ich zu blöd, um seine Handlungen zu verstehen. Als würde ich ihn noch immer ›nerven‹, noch immer ›stören‹. Und als würde er mich allein dafür verabscheuen, dass ich es einfach nicht verstehe. »Was willst du noch?« Die Kälte, die von ihm ausgeht, lähmt mich. »Wenn du meine Nähe nicht erträgst und mir nur etwas vormachst, warum sagst du es mir nicht einfach? Warum wählst du nicht einfach Reece? Oder ... hat Crescent recht?«, fragt er plötzlich, die Stimme rau und gefüllt mit unterdrückter Wut. »Fickst du nur mit uns, um dich zu rächen? Oder ... fickst du sogar einen anderen?«

»Und wenn schon!«, rufe ich. »Was hat es dich zu interessieren, nachdem du mir all das an den Kopf geworfen hast?!«

Seine Mundwinkel verziehen sich abfällig. »Wer ist es?«

»Es kann dir egal sein!«

»Sind dir drei Typen wirklich nicht genug?«, fragt er mit Abscheu in der Stimme, die mir durch Mark und Bein geht. »Und ich dachte noch, du wärst keine Schlampe, die die Betten wie Unterwäsche wechselt.«

»Und du?!« Auch meine Stimme wird lauter. »Bist du ein ›Schlamperich‹, weil du jede Frau auf diesem verdammten Unigelände schon flachgelegt hast?«

»Ich bin ein Wichser, ja. Aber für dich hätte ich mich beinahe geändert.«

»Wow, dann tut es mir echt total leid, dass es nicht für eine ganze Veränderung gereicht hat!«

Jaxons Nasenflügel blähen sich, und er sieht aus, als überlege er, mein Wohnheimzimmer in Schutt und Asche zu legen. Dann macht er einen weiteren Schritt vor und dieses Mal bleibe ich sitzen. »Du spielst mit mir, als wäre ich ein Niemand. Dabei brauche ich nur zu schnipsen und alles um dich herum *brennt*.«

Ja, ich weiß. Und dass er es nicht tut, dass er tief in sich ein Tyrann ist, der sich gewissermaßen geändert hat ... Das ist furchtbar faszinierend. »Wieso drohst du mir nicht noch ein bisschen mehr?«, frage ich ihn herausfordernd. »Komm schon, das macht dich wirklich superattraktiv, dass du ständig versuchst, deinen Willen durchzusetzen wie ein kleines Kind, dem man das Spielzeug wegnimmt und das nicht gelernt hat, erwachsen damit umzugehen.«

Er knurrt auf und überwindet plötzlich die letzte Distanz zwischen uns. Seine Hand geht in mein Haar, er krallt sich darin fest, reißt mich hart zu sich in den Stand. In seinen blauen Augen tobt ein Eissturm und seine Lippen sind schmal wie Nadeln. »Mag sein, Belle«, flüstert er. »Du hast richtig erkannt, dass du *mein* Spielzeug bist. Und ich teile mein Spielzeug nicht gern, außer mit meinen Freunden.«

»Ich bin *niemandes* Spielzeug«, halte ich dagegen.

»Ach, wirklich nicht?«, fragt er zynisch. »Wieso kann ich dir dann einfach sagen, dass du deine verdammte Jeans ausziehen und dich über den Tisch beugen sollst?«

Ein Sturm der Begierde erfasst mich, und mein Körper fühlt sich an, als würde er sich vor Verlangen auflösen.

Ich will ihn so sehr. Aber ich kann es nicht zulassen. Seine Worte sind zu krass. Es wird zu sehr wehtun. Es tut jetzt schon weh. Wir können nicht zusammen sein. Und er wird niemals bereuen, was er mir angetan hat.

»Jaxon«, sage ich geschwächt. »Bitte, ich bitte dich einfach nur zu gehen.«

Er lacht rau, dann drückt er mich an sich. Gegen seinen Schritt. Ich spüre seinen harten Schwanz an meinem Bauch und erschaudere. Seine Lippen fahren über meine und erzeugen ein tödlich heißes Kribbeln auf meinem gesamten Gesicht. »Ich kann nicht, Belle. Ich bin nicht in dein verschissenes Wohnheimzimmer gekommen, weil ich gut darin bin, mich von dir fernzuhalten.« Dann küsst er mich wieder, hart und unnachgiebig und auf die Weise, wie ich ihm unmittelbar verfalle, und ich kann nicht anders, als mich ihm zu ergeben.

Es ist nur Sex, sage ich mir. Es muss nicht wehtun, wenn ich es nicht zulasse. Es darf mir einfach nur gefallen.

Aber ich weiß, dass ich mich selbst belüge. Anfangs hätte ich es noch gekonnt. Ich hätte mit ihnen schlafen können, ohne ihnen zu verfallen. Aber jetzt will es nicht nur mein Körper. Sondern meine Seele.

»Wie kann ich mir sicher sein, dass du mir nicht wieder wehtun wirst?«, frage ich ihn atemlos.

In seine Augen tritt verzweifelter Schmerz. »Wenn du

wüsstest, wer von uns beiden mehr leidet, würdest du so eine Scheißfrage nicht stellen.«

»Und wieso leidest du?«

»Ich habe das einzige Mädchen in seiner Selbstsicherheit angegriffen, das mir je das Gefühl gegeben hat, mehr zu sein als mein Name. Mein Geld. Meine Position oder meine Zukunft. Du hast mich gesehen. Einfach nur mich. Und ich habe alles dafür getan, dass du wieder wegsiehst.«

Mein Atem kommt unkontrolliert. »Ich habe noch nie weggesehen.«

»Und dann fragst wirklich du mich, ob du dir sicher sein kannst, dass ich dich nicht verletze? Was ist mit mir? Was glaubst du, ist nötig, damit ein Mensch wird wie ich?«

»Ich weiß es nicht«, flüstere ich.

»Du bist so viel stärker als ich«, raunt er zurück. »Ich werde dir diese Stärke niemals nehmen können, selbst wenn ich es noch einmal versuchen würde. Es gibt *keine* Sicherheit für uns, Belle. Absolut keine.«

Auch wenn ich nur noch tiefer in all die Geheimnisse verwoben werde, die Jaxon Tyrell ausmachen, glaube ich, etwas von dem zu verstehen, was er andeutet. Er ist der Erbe einer gewaltigen Familiendynastie. Ich bin ein Mädchen aus dem Trailerpark. Solange ich nicht bewiesen habe, dass ich seines Namens würdig bin, wird niemand unsere Verbindung akzeptieren.

Und diese Verbindung geht tief.

Viel zu tief.

»Kannst du damit leben, dass ich nicht bereue?«, fragt er plötzlich. Seine gesamte Selbstreflektion beeindruckt mich. Sie ist fast noch besser als eine echte Entschuldigung.

»Ja.«

»Ändert das etwas an deinen Gefühlen für mich?«

Ich schüttle den Kopf. »Nein.«

Er schluckt hart und dann ist er wieder bei mir. Seine Lippen auf meinen, seine Hände überall an mir. Jaxon reißt an meinem Sweatshirt und ich an seinem Pullover. Meine Hose fällt, sein Gürtel wird geöffnet. Ich bin nackt, stehe vor ihm und berühre ihn überall an seiner makellosen Brust. Gleichzeitig von Lust und Sehnsucht getrieben, von viel zu großen Gefühlen übermannt. Ich sinke auf die Knie, weil ich ihn schmecken muss, und verurteile mich gleichzeitig dafür. Der Widerspruch in meinem Kopf wird gigantisch, als er sich in meinen Mund rammt und ich jede Sekunde davon genieße. Er schmeckt köstlich, und ich liebe es, zu spüren, wie er in mir größer wird. Es sind nur ein paar Minuten, in denen er meinen Mund fickt, aber es reicht, um mich vollkommen anzuheizen. Und ihn auch.

»Gottverdammt«, knurrt er, stößt sich ein letztes Mal tief in meinen Rachen, bevor er seinen Schwanz aus meinem Mund hervorgleiten lässt und mich hochzieht. Er wirbelt mich spielerisch herum und wirft mich über den Schreibtisch. Mein nackter Arsch blitzt ihm entgegen und er sinkt zwischen meine Beine und stößt seine Zunge tief in meine tropfend nasse Pussy.

Ich stöhne auf vor tiefstem Verlangen.

»Ich will dich schreien hören, wenn du kommst«, verlangt er hart und gleitet erneut zwischen meinen Schamlippen entlang. »Von wegen, du willst, dass ich gehe, Belle.«

»Will ich«, witzle ich schwach.

»Ja, nachdem du zweimal gekommen bist, vielleicht«, sagt er selbstgefällig, richtet sich hinter mir auf und drückt seine Schwanzspitze mit der Faust gegen meinen Eingang.

Ich stöhne tief, als er sich in mich vorschiebt. Er fühlt sich gewaltig an, wie er von hinten in mich eindringt, und jedes bisschen Dehnung ist besonders intensiv.

»Weißt du, wie sehr ich mich zurückgehalten habe?«, fragt er abgehackt, als er mich mit kleinen Stößen zu ficken beginnt. »Ich hätte jeden verdammten Tag seit deinem Geständnis in der Limousine zu dir kommen können.«

»Warum hast du es nicht getan?«, frage ich dümmlich und er lacht überrascht.

»Ich weiß auch nicht.« Er treibt seinen Schwanz tiefer, so tief, bis er mich bis zum Anschlag ausfüllt. »Vielleicht hatte ich Angst davor, dass du mich *wirklich* nicht mehr willst.«

Seine Worte haben eine solche Tragweite, dass mir ganz schwindelig wird. Ist das eine Art ... Geständnis? Oder wieder nur sein Ego, das spricht? Ich versuche darüber nachzudenken, aber das Gefühl, wie sein Schwanz in mich stößt, lenkt mich zu sehr ab.

Jaxon fickt mich lange und hart auf meinem Schreibtisch. Ich hätte nie gedacht, dass ich es so lange in einer solch unbequemen Position aushalten würde und ein Mann eine solche Ausdauer besitzt. Aber jede einzelne Minute, die vergeht, lässt mich nach mehr betteln. Vielleicht weiß er, dass er mich nicht kommen lassen darf, damit ich nicht genug bekomme, denn immer, wenn ich kurz davor bin, wird er langsamer und ändert ein wenig die Bewegungsart.

Seine Hände sind tief in das Fleisch meines Hinterns gekrallt und er scheint unendlich viel Energie zu haben. Schließlich lässt er eine Hand zwischen meine Beine gleiten und reibt mich langsam zur ersten Erlösung. Träge und vollständig sättigend erfüllt der Orgasmus jeden Winkel meines Körpers.

Er holt mich hoch und drückt mich mit dem Rücken an seine Brust. Seine Hände fahren über meine Brüste, massieren sie gefühlvoll, während er seine Lippen an meinem Hals entlanggleiten lässt.

Unser Atem geht nur noch stoßweise. Jede Berührung seiner Finger treibt Stromstöße in meine Mitte. Sein Schwanz pocht hart an meinem Hintern und ich drehe mich langsam zu ihm um.

Wir sehen uns in die Augen, als er mich erneut auf den Schreibtisch stemmt, zwischen mich tritt. In mich hineingleitet. Ich kralle mich an ihm fest und beobachte das Muskelspiel auf seinem Oberkörper, als er mich weiter fickt.

Da ist so viel Nähe zwischen uns und so viel Abgrund.

Verlangen, Zuneigung und Verzweiflung.

Wenn ich in diesem Moment eine Entscheidung fällen müsste, ich würde es sofort tun. In dieser Sekunde ist kein Raum für jemand anderes. Nicht für Sylvian. Nicht für Reece. Da ist nur er.

Mit gefühlvollen Bewegungen gleitet er in mich und bringt uns beide dazu, zu stöhnen.

Dann pumpt auch er sich in mich, und ich genieße das Gefühl, wie sein Schwanz in mir zuckt.

Als der Rausch vorbei ist und er sich allmählich zurückzieht, fühle ich mich zwischen den Beinen wund an. Das Gefühl könnte fantastisch sein, wäre da nicht der Schatten über Jaxon und mir. Das Schwert der Grausamkeiten.

»Belle ...«, sagt er sanft, zieht das Kondom ab und schließt seinen Gürtel. Kurz darauf ist er wieder ganz nah bei mir, hebt mit seinem Zeigefinger mein Kinn an. Das Blau in seinen Augen tanzt zufrieden. »Es sollte dir immer egal sein, warum ich Dinge tue. Wichtig ist nur, dass *du* es genießt. Das Geheimnis dieser verdammt schlechten Welt ist, sich immer zu nehmen, was man braucht, wenn man es angeboten bekommt. Wenn man das beherzigt, kann einen niemand mehr brechen.«

Mein Mund wird trocken und ich lege traurig eine Hand an seine Wange. Er senkt die Lider, scheint meine Berührung zu genießen. »Die Welt ist nur so schlecht, wie wir sie machen. Vielleicht wirst du mich wieder fallen lassen, und ich weiß, das nächste Mal wird es hundertmal mehr wehtun. Aber ich habe zumindest nicht den Moment verpasst, einmal zu fühlen, was ich jetzt fühle.«

»Und was fühlst du?«, fragt er rau. Unschuldig und ein wenig verletzlich.

»Verbundenheit.«

Er lacht, und es ist ein erstauntes Lachen, ein zufriedenes Lachen.

Ich fahre mit dem Daumen über sein Kinn und lasse all die Gefühle zu, zum ersten Mal wirklich. Zum ersten Mal ungeschönt, vollkommen, in ihrem gesamten brutalen Spektrum. Impulsiv zieht er mich an seine Brust und umarmt mich fest. Mein nackter Körper fühlt sich an seinem behütet an, umhüllt von traumhafter Sicherheit, die nicht einzureißen ist.

»Heißt das ›Ja‹?«, fragt er plötzlich, nachdem er wieder etwas Abstand genommen hat, mit einem jugendlichen Lächeln, das so unschuldig und wunderschön ist, dass ich nach Luft schnappe. »Entscheidest du dich für mich?«

Mein Herz galoppiert noch schneller als zuvor beim Sex. Meine Gefühle gehen tief. Sehr tief. Zu tief. Aber es ist nicht anders als bei Sylvian. Überhaupt nicht anders. Und wenn Reece ein Zwilling ist und die fiese Variante von ihm Zayn ... dann kribbelt allein bei der Vorstellung, dem gottähnlichen, charmanten Schönling näherkommen zu dürfen mein gesamter Körper. Es ist fast so, als würde ich Reece *vermissen*, während ich mit Jaxon zusammen bin, und die Vorstellung, Zeit mit Jaxon ohne Sylvian zu verbringen, fühlt sich wie ein unfertiges Puzzle an.

Gott. Zum Glück sind sie alle drei Arschlöcher und ich muss mich nicht schlecht fühlen oder gar darüber nachdenken, warum ich mich nicht entscheiden kann.

»Nein«, erkläre ich, schiebe Jaxon von mir. »Ich werde mich nicht für dich entscheiden.«

Seine Kieferpartie verhärtet sich. »Was soll das heißen?«

»Was es eben heißt.«

»Du willst«, seine Augen verengen sich, »nur Sex? Es geht dir nur um Sex?«

Ich beiße mir auf die Lippe, nehme mir aber vor, nichts darauf zu erwidern. Soll er doch denken, was er will.

»Belle«, presst er hervor und hält mich am Arm fest. »Wir müssen beide lernen, unseren Stolz herunterzuschlucken.«

Wenn es doch nur Stolz wäre, der mich davon abhält, ihn zu wählen …

»Wir dürfen für das letzte Spring-Break-Wochenende Kingston verlassen«, raunt er wieder lächelnd. »Komm mit mir auf einen Kurztrip nach Florida. Ich werde dich meiner Familie vorstellen. Mein Vater wird sich freuen, er hat schließlich den ganzen Stiftungskram nur für jemanden wie dich gegründet. Und wenn du auf den Geschmack gekommen bist, verbringen wir die Sommerferien zusammen. Meine Familie besitzt Wohnungen und Häuser an allen Orten der Welt. Monaco? Seattle? Kapstadt? Das wird der Sommer deines Lebens, Belle.«

Sag Ja. Sag einfach Ja. Entscheide dich für ihn. So gefährlich es auch sein mag. Riskier es einfach! Es klingt wundervoll! Es klingt nach einem Happy End! »Ich kann nicht«, flüstere ich zurück.

Durch seine eisblauen Augen wandert ein Schatten. »Warum nicht?«, fragt er kontrolliert.

Langsam nehme ich Abstand und schaue zu ihm hoch. »Erstens hast du mir eben noch vorgetragen, warum das zwischen uns nicht funktionieren kann …«

Er verzieht das Gesicht. »Na und? Ich bin bereit, es zu riskieren.«

»Zweitens bist du Jaxon Tyrell.«

»Vielleicht ist Jaxon Tyrell ja nicht mehr der Alte –«

»Drittens bist du nicht Reece.« Ich habe es nicht sagen wollen, aber jetzt steht es plötzlich im Raum zwischen uns. Wenn ich mich für Jaxon entscheide, muss ich mich *gegen* Reece entscheiden. Und das kann ich nicht. Noch nicht. Nicht, solange ich nicht weiß, wer er wirklich ist. Wer Zayn ist. Und was das alles zu bedeuten hat.

»Reece?«, fragt Jaxon, als würde er diesen Namen zum ersten Mal hören.

»Ja, er ist derjenige deiner Freunde, der ebenfalls um eine zweite Chance gebeten hat und nicht bei meiner Vergewaltigung zusehen wollte –«

Er unterbricht mich, fasst hart an meine Schultern. »Niemals, niemals hätte ich zugelassen, dass Hilbredge dich fickt. *Niemals!* Und wenn du nicht in dein Wohnheimzimmer geflohen wärst, hätte ich Romeo schon damals darauf angesetzt, dich zu beschützen. Belle, du bist nicht irgendeine für mich. Du hast meinen Kopf gefickt. Ich komme nicht mehr von dir los, so sehr ich es auch versuche. Ich wünschte, du wärst einfach gegangen, weil ich unmöglich mit dir zusammen sein kann. Es geht nicht. Aber ich *will* es. Ich *will* mit dir Zeit verbringen. Ich bin nicht zu dir gekommen, um dich zu ficken, okay? Ich habe nicht einmal daran *gedacht*, es zu tun. Ich wollte dir nur vorschlagen, das Wochenende in Florida zu verbringen. Das ist alles. Und wenn du sagen würdest, wir werden die ganzen zwei Tage nur lernen und reden, ich wäre dabei. Verstehst du das bitte?«

Er hält mich immer noch fest gepackt und ich starre zu ihm hoch. *Sag einfach Ja.*

»Du weißt genau, dass ich innerlich am Arsch bin.« Jaxons Stimme wird immer energischer. »Ich bin es leid, dass die ganze Scheißwelt nur den Sohn zweier Milliardärsfamilien in mir sieht. Den *einzigen* Sohn. Über mir brechen alle Erwartungen zweier machtvoller, elitärer Familien zusammen. Ich habe keine große Wahl. Weder, was ich in Zukunft tun werde, noch, mit wem ich zusammen sein kann. Es gibt aktuell sieben junge Männer in den USA, die für das Amt des Präsidenten in dreißig Jahren infrage kommen, und einer davon bin ich. Sie reden schon über mich, als wäre ich bereits gewählt. Nach meinem Master werde ich nie wieder auch nur einen einzigen Tag unerkannt irgendwo sein können. Die Politik wird mich zerfleischen, die Wirtschaft wird meine gesamte Willensstärke auspressen. Alles, was ich tue, ist bis zum letzten Schritt determiniert, und ich will nicht sagen, dass es nicht bisher genau das war, was ich wollte. Ich bin machthungrig und führungsstark, und ich glaube an die Vision, etwas beeinflussen zu können. Dass ich euch Stipendiaten vertreiben wollte, dass ich dieses abgrundtief bescheuerte Spiel erfunden habe, hat einen völlig anderen Grund, als du denkst. Hat dir niemand gesagt, dass ich nie gewonnen habe? Ja, du kannst mich sicherlich dafür verurteilen, dass ich Sylvian, Romeo und Crescent zugesehen habe. Ja, das ist pervers. Aber diese Männer wären weitaus *schlimmer*, würde ich sie nicht kontrollieren. Sie würden morden und betrügen und alles um sich herum korrumpieren, wäre ich nicht da, um sie zu bändigen. Du siehst doch, was passiert, wenn ich nicht aufmerksam genug bin, um sie im Zaum zu halten. Wenn ich ihnen kein perfides Spiel gebe, an dem sie sich abreagieren können. Drei Tote. In einer Nacht. Belle ...«

Mir ist furchtbar kalt geworden und mein Körper ist erschlafft. Dennoch hänge ich an seinen Lippen. Will mehr von seinen Lügen oder trügerischen Wahrheiten hören, mehr von seiner Leidenschaft und seiner inneren Motivation. Mehr von ihm. *Sag einfach Ja!*

»Bitte.« Er lächelt kraftlos und lässt mich schließlich los, weil ich nichts erwidere. Schweigend bückt er sich, hebt unsere Kleidung auf. Ich ziehe mir mein Shirt über, er seinen Pullover. Die paar Minuten Stille haben mir Zeit gegeben, alles zu überdenken, was er gesagt hat.

»Ehrlich gesagt kann ich nicht viel mit dem anfangen, was du mir versuchst zu sagen«, gestehe ich. »Du hast so viel Geld ... du müsstest doch tun und lassen können, was du möchtest.«

»Das ist keine Sache des Geldes«, erwidert er tonlos.

»Es ist die Frage, ob du Eltern hast, die du enttäuschen kannst, oder nicht.«

»Das kann ich vermutlich noch weniger nachvollziehen.«

Er sieht mir tief in die Augen, als würde er genau verstehen, wie es ist, mit einer tablettenabhängigen Mutter zu leben. »Alles hat Vor- und Nachteile.«

Ich kaue auf meiner Unterlippe, während ich darüber nachdenke, was ich ihm sagen kann oder muss. Ob ich ihm auch etwas von mir preisgebe oder weiterhin vorsichtig bin. Er könnte bei allem gelogen haben, um mir etwas Intimes zu entlocken. Das wäre typisch Jaxon Tyrell, oder?

»Worüber denkst du nach?«, fragt er forschend.

»Wenn du mir ... also wenn du mir so ... nahe bist ...«

»Ja?« Seine Augen blitzen neugierig auf. So unschuldig. So verdammt liebevoll und unschuldig.

»Dann finde ich nicht mal mehr schlimm, was geschehen ist.«

»Wie meinst du das?«

»In diesem einen Moment, wenn du mir nahe bist und ich das Gefühl habe, hinter deine Maske zu schauen, sind alle schlechten Erinnerungen wie ... weggewischt. Es ist sogar irgendwie ... anziehend. Als fände es ein kranker Teil meines Kopfes besonders heiß, wenn du ein richtig fieses Arschloch bist – solange es nur Show ist und du in Wirklichkeit ... na ja, der hier bist.«

Jaxon hebt eine Braue. »Und das ... wird dir einfach so klar? Du bist dir dieser trügerischen Anziehung und der Manipulation, die ich auf dich ausübe, vollkommen bewusst?«

»Vermutlich?«, rate ich schüchtern. »Vielleicht bist du nicht der Einzige, der es genießt, wenn wir gegeneinander kämpfen. Genau genommen ... war ich sogar neugierig auf deine perfiden Reaktionen. Es hat mich nicht so sehr verletzt, wie es mich hätte verletzen sollen. Als hätte ich die ganze Zeit gewusst, dass es tief im Kern nur ein Spiel ist. Einfach eine Partie ... Schach. Zwischen zwei relativ ebenbürtigen Gegnern.«

»Wir sind uns in einigen Punkten ziemlich ähnlich.« Mehr sagt er nicht.

Für einen Moment sehen wir uns schweigend an.

»Ich werde nicht mit dir nach Florida gehen.«

Seine Kieferpartie verhärtet sich. »Und warum nicht?«, fragt er scharf.

»Ich möchte deiner Familie nicht als das arme Mädchen aus dem Trailerpark mit dem Stipendium begegnen.«

»Was?«, fragt er fassungslos. »Aber das bist du nun mal.«

»Ich kann auch auf keine anderen Dates mit dir gehen.«

Er verengt die Augen zu Schlitzen. »Ist das dein Ernst?«

»Ich kann nicht riskieren, dir noch näher zu kommen. Alles, was zwischen uns war und sich anzubahnen scheint, ist ungesund. Wenn wir Zeit miteinander verbringen, wirst nicht nur du mich kennenlernen. Sondern auch ich dich. Und ich will das gar nicht. Es reicht mir, zu wissen, was ich bisher von dir weiß. Das ist schon schwierig genug für mich.«

»Ich habe auch gute Seiten«, erwidert er sarkastisch.

»Die meine ich ja«, wispere ich. »Ich verkrafte es nicht, noch mehr zu fühlen, wenn es am Ende umso schmerzvoller für mich wird.«

Jaxons Gesicht wird wieder vollkommen sanft. »Mir geht es doch genauso, Belle. Das, was zwischen uns ist, ist nicht normal. Ich will nicht sagen, dass es mir Angst macht, aber ... Es ändert vieles. Trotzdem laufe ich nicht davon. Dann leiden wir eben beide, was soll's? Lass uns jetzt nicht daran denken, was in ein paar Monaten ist.«

»Du hast keine Ahnung, wie es ist, in dich verliebt zu sein! Ich werde nichts tun, was dieses Gefühl noch tiefer werden lässt! Geh jetzt einfach, Jaxon! Du hast so viele andere Mädchen da draußen, ich bezweifle nicht, dass du ein fantastisches Wochenende haben wirst!«

Er verzieht das Gesicht zu einer Grimasse und fährt sich angespannt durchs Haar. »Schön, das stimmt vielleicht! Aber was ist, wenn ich nur dich will?«

»Dann hättest du dir das früher überlegen sollen, bevor du mir emotional das Genick gebrochen hast!«

»Das habe ich gar nicht!«, ruft er wütend. »Soll ich dir zeigen, wie es ist, wenn dich ein Tyrell emotional ›bricht‹? Du wirst tagelang nicht mal mehr atmen können!«

»Danke, ich verzichte, und falls du glaubst, du könntest mich so davon überzeugen, dir zu vertrauen: Es ist eine dämliche Strategie.«

»Gottverdammt, Mable«, flucht er laut und hart. Den Namen Mable aus seinem Mund zu hören, sorgt für einen heißen Stich mitten in meinen Magen. »Was muss ich noch sagen, damit du endlich checkst, dass ich dasselbe empfinde wie du?«

Ich halte die Luft an.

Die Stille zwischen uns explodiert, und ich kann nichts erwidern, das Sinn ergeben würde. Jedenfalls nicht sofort.

Am liebsten würde ich ihn küssen.

Ich würde ihn gerne küssen, ihm jedes Wort glauben, mich vollständig hingeben und für immer vertrauen. Aber es ist fucking Jaxon Tyrell. Ich bin schon einmal gefallen. Sehr tief gefallen. Und ich werde das nächste Mal nicht wieder aus dem Abgrund finden. So oft wachsen einem keine Flügel nach. »Verstehst du wirklich nicht, warum ich will, dass du gehst?«

Seine Stimme ist vollkommen klar wie Wasser, als er antwortet. »Nein. Warum?«

»Weil *du* gar nicht hier bist. Nicht ganz. Es fehlt immer etwas. Als würdest du mit aller Macht versuchen, mich von einem Teil von dir auszuschließen. Als würdest du deinen wahren Kern gar nicht erst in meine Nähe lassen. Du versuchst, wunderbar zu sein. Du gibst dir Mühe. All das *sehe* ich, aber ... ich fühle es nicht. Ich vertraue dir nicht. Ich *kann* dir nicht vertrauen, solange du mir immer nur die eine Seite von dir zeigst. Die eine Seite deiner Maske. Und das tut weh. Zu wissen, dass du mich vermutlich niemals an dich heranlassen wirst, tut so weh, dass ich lieber ganz verzichte. Dann ist es erträglicher. Dann überstehe ich es.«

Er sieht mich für eine Weile schweigend an und reibt sich dann übers Gesicht. »Wen willst du dann wählen? Fucking Sylvian, der deine Freundin fickt?«

»Besser, als meine Feindin zu vögeln, oder?« Jetzt werde ich wütend. Jaxon kann einfach nicht akzeptieren, dass ich nicht dumm genug bin, ihm noch einmal blind zu vertrauen!

»Ich habe Clarisse seit Ewigkeiten nicht angerührt«, erklärt er augenverdrehend. »Das ist kein Spiel mehr, Belle. Du *musst* dich entscheiden. Du hast die Wahl zwischen einem von uns. Und du wirst sie fällen.«

»Dann nehme ich Zayn«, sage ich leichthin.

»Zayn?«, fragt Jaxon erstaunt.

»Ja? Reece' Zwilling? Den, den ihr in meinem Beisein immer ›Crescent‹ nennt und der mich immer ›Dole‹ nennt und ein Arschloch ist? Ihn will ich.«

Jaxon sieht aus, als hätte ich ihm offenbart, dass ich Zayn vergiften wolle. »Also wählst du Reece?«

Ich sehe ihn fassungslos an. »Nein!«, raune ich. »Ihr habt das noch nicht kapiert, aber es ist das Letze, was ich tun werde. Ich werde niemanden von euch wählen. Da kann mich mein Körper noch so oft verraten, ihr seid heiß und attraktiv und könnt fantastisch gut vögeln, aber ich werde *niemanden* wählen.« Weil ich es nicht kann. Das ist die bittere Wahrheit. Ich mag sie alle auf dieselbe Art, obwohl ich sie hassen müsste. Ich müsste jeden Einzelnen von ihnen hassen, aber ich bin stattdessen verliebt. Und zwar gleichzeitig, so irre das auch ist. Geht das überhaupt? Oder trügen mich meine Gefühle?

Egal.

Ich muss mich nicht entscheiden, also muss ich auch nicht darüber nachdenken, was ich für wen von ihnen wirklich empfinde.

Die Kings waren meine Peiniger.

Sie haben mich mit voller Absicht und vor aller Augen *zermürbt*.

Ich schulde ihnen *nichts*.

Schon gar keine verdammte Wahl.

Als Jaxon kalt auf mich hinabblickt, überlege ich für eine winzige Sekunde, ob ich meine Worte nicht doch zurücknehmen möchte. Wie großartig wäre es, ich könne mich in seinen Arm schmiegen und er würde mich für immer halten? »Was bedeutet das überhaupt?«, frage ich, obwohl ich es nicht tun sollte. »Was würde passieren, wenn ich mich entscheide? Für dich?«

»Wir wären zusammen«, entgegnet er ohne Umschweife. »Niemand wird dir mehr näher kommen, solange ich es nicht erlaube. Das Spiel endet. Kein Mobbing, nicht ein einziger fieser Spruch. Wenn dich jemand auch nur schief ansieht, wird einer der Kings da sein, um dich zu rächen.«

Schmetterlinge flattern durch meine Brust. Es klingt fantastisch und gleichzeitig so falsch. Warum tut er es nicht jetzt schon? Wieso muss ich mich erst für ihn entscheiden, damit er ein Gewissen zeigt? Damit er dieses elendige Spiel aufgibt? »Wir wären ... offiziell zusammen?«

»Ja.«

»Jeder würde es wissen?«

»Natürlich.«

Ich atme scharf ein. »Und Sylvian? Und Reece?«

»Sie würden deine Entscheidung akzeptieren.«

»Sicher?«

Jaxons Augen leuchten zufrieden auf. »Absolut sicher.«

»Sonst ...?«

»Nichts sonst. Sie werden dich von dem Moment an nie wieder ohne meine und deine Erlaubnis anrühren, in dem du dich für mich entscheidest.«

Das ist dasselbe, was Reece sagte. Dass ich mich für einen von ihnen entscheiden müsste, es aber nicht unbedingt einem weiteren Vierer im Weg stünde, solange die anderen ungebunden sind ... Gequält versuche ich darüber nachzudenken, ob ich es überhaupt könnte. Kann ich einen von ihnen vorziehen? Sollte ich vielleicht einfach Reece wählen? Ist er nicht das kleinere Übel? Er wird mich noch einmal mehr beschützen. An seiner Seite wäre ich glücklich, ich zweifle überhaupt nicht daran.

Wäre da nicht ... Zayn.

Die unbekannte Größe in der Konstellation der Kings.

Die Reece zu einer unwählbaren Option macht.

Allein die Vorstellung, Jaxon könne erneut mit Clarisse zusammenkommen ... Oder Sylvian mit Harper ...

Mein Herz zerbricht, als ich nur daran denke.

Jaxon, wie er ein anderes Mädchen genauso ansieht, wie er mich ansieht. Wie er sie umgarnt, wie er mich umgarnt hat. Sylvian, der sich erneut verlobt. Reece, der eine andere so sehr um eine zweite Chance bittet, wie er mich um eine zweite Chance gebeten hat.

Ich spüre, dass alles in mir kalt und leer geworden ist. Der Liebeskummer, den ich am Ende des letzten Semesters empfunden habe, ist nichts im Vergleich zu dem jetzigen Gefühl. Ich habe die Wahl, mich zu entscheiden, und kann es doch nicht tun. Ich habe die Option, alles auf einen Schlag zu beenden, denn ich vertraue Jaxon in dem, was er sagt. Er würde das Spiel beenden. Er lügt nicht. Ich weiß es. Ich weiß es einfach. Allein für sein verdammtes Ego würde er in diesem Punkt zu seinem Wort stehen.

Aber trotzdem kann ich es nicht tun ...

Ich kann nicht den einfachen Weg gehen.

Vermutlich bin ich wirklich eine Masochistin.

»Vielleicht hätte ich letztes Semester Ja gesagt«, gebe ich zu. »Bevor das alles passiert ist. Aber ich hoffe, du bist genauso froh wie ich, dass ich es nicht mehr tue. Sonst könnte man wirklich meinen IQ und damit mein gesamtes Stipendium infrage stellen. Und allein dass du dir vorstellen kannst, ich würde jemals dich wählen, ist ein Zeugnis einer sehr tiefen Psychose.«

Er lacht rau. »Ist das alles nur ein Vorwand? Willst du nicht mit mir nach Florida kommen, weil ich ... nicht der Einzige bin, für den du etwas empfindest? Hast du wirklich vor, dich für Reece zu entscheiden?«

»Wie soll ich mich für Reece entscheiden, wenn ihr alle Zayn deckt?«

»Was hat das mit fucking Zayn zu tun?« Seine Ungeduld verletzt mich allmählich. Will er es nun wissen oder nicht?

»Du weißt ganz genau, wie ich das meine! Wie soll ich mich ehrlich für oder gegen einen von euch entscheiden, wenn ihr mich in einem Punkt *allesamt* anlügt? Wenn ihr mir nicht sagen könnt, wer Zayn ist? Du lügst genauso wie Reece. Zayn sowieso und Sylvian auch. Jaxon, wie soll ich wissen, ob es wirklich das Einzige ist, bei dem ihr immer noch versucht, die Wahrheit zu verschleiern?«

»Was zur verfickten Hölle geht es mich an, was Crescent macht?«, fragt er laut. »Es sollte darum gehen, wie *ich* zu dir bin!«

»Du willst es nicht verstehen!«

»Doch, ich verstehe sehr gut. Eigentlich willst du dich für Reece entscheiden. Der Sex zwischen uns ist okay, Begriffe wie ›verliebt‹ zählen für dich nicht besonders viel und eigentlich willst du Reece.«

»Vielleicht«, gestehe ich ihm trotzig. Mir liegt ein fieser Spruch auf den Lippen, aber ich schlucke ihn herunter. Die

Wahrheit ist doch, dass ich mich sofort für ihn entscheiden würde, müsste ich dabei nicht auch zwischen ihnen wählen. Und die anderen Kings aufgeben.

»Dann klär das mit Reece, ob dein imaginärer Zayn-Freund euch wirklich im Weg steht.«

»Gut, werde ich machen!«

»Er ist bestimmt in seinem Übungsraum und spielt den Streber.«

»Ich werde direkt zu ihm gehen«, gebe ich gepresst von mir. »Vielleicht ist wenigstens er ehrlich!«

»Viel Glück«, sagt Jaxon abfällig. Dann macht er auf dem Absatz kehrt, rauscht durch die Tür und schlägt sie hinter sich zu.

Fast augenblicklich stolpere ich zu meinem Bett und lasse mich hilflos darauf fallen.

Jaxon Tyrell.

Empfindet etwas für mich.

Diese Erkenntnis fühlt sich gefährlicher an als alles andere zuvor.

ZWANZIG

ZAYN

Als ich das Wohnheim betrete, weckt das Gebäude sofort alte Gefühle. Für uns Kings hat das Wohnheim, in dem die Stipendiaten untergebracht sind, eine viel größere Bedeutung, als irgendjemand weiß. Wäre es für jemanden wie mich nicht auf dem gesamten Campus spielend leicht, an Sex zu kommen, würde ich Doles Wohnheim als Bordell bezeichnen. So oft, wie ich hier Sex hatte, als wäre es eines …

Dazu kommt, dass Vance und die anderen Bauern das Herzstück unseres Spiels ausgemacht haben. Vier Jahre College, vier Jahre zwischen der luxuriösen Verbindungsvilla und der heruntergekommenen Abrissbude aka Wohnheim. Während wir die Spieler waren, sind Vance und all die anderen auf dem Brett herumgeschoben worden.

Unsere Verbindung geht tiefer, als mir lieb ist.

Ich betrete Vance' Zimmer, als gehörte es mir. Buchanan hockt gerade vor seinem Laptop, fährt herum und steht auf. Vielleicht hätte ich Angst vor den breiten Schultern dieses Kerls, würde er nicht ständig nachts um seine Mommy weinen.

»Was zur Hölle willst du hier, Zayn?«, brummt er und strafft verteidigend die Brust.

Ich fasse es nicht, dass er mich *jedes einzelne Mal* sofort erkennt. Vielleicht sollte ich ihn fragen, was ich falsch mache. Ich kann selbst Jaxon täuschen, wenn ich es darauf anlege. Was ist falsch mit Vance Buchanans Gehirn, dass es sich nicht manipulieren lässt? »Du wirst etwas für mich tun.«

»Ja, sicher.«

»Wieso so ironisch, Buchanan? Natürlich wirst du.«

»Was ist es?« Er klingt nicht danach, als hätte er vor, mir zu helfen. Vielmehr ist auch er einfach ein scheißneugieriger Mensch. Niemand kennt den Campus besser als Vance Buchanan. Jedenfalls niemand, der einen Schwanz hat und eigentlich nicht auf Tratsch steht.

»Du brauchst nicht den aggressiven Macker zu demonstrieren«, erkläre ich leichthin, schließe die Tür hinter mir und sehe mich in dem modern eingerichteten Zimmer um. Die schwarze Wand hinter seinem Doppelbett gefällt mir. Wäre ich ein mittelloser Student wie er, würde ich mein Wohnheimzimmer vermutlich ähnlich kreativ pimpen. »Es geht um ein Mädchen. Du darfst den Helden spielen.«

»Was für ein fucking Mädchen?«, knurrt er.

Ach, stimmt ja, im Grunde geht es *immer* um ein Mädchen. Und viel zu oft habe ich Vance darum gebeten, mir welche vom Hals zu schaffen. Nun, Amabelle soll er mir nicht wirklich vom Hals schaffen ... Gerade scheint sie ein wichtiger Schlüssel zu sein, dessen Tür es zu finden gilt.

»Also, hör zu.« Ich lasse mich auf seinen Schreibtischstuhl sinken und drehe mich ein paarmal hin und her, bevor ich ihn von unten herauf theatralisch ansehe. »In der Nacht des Hauseinsturzes habe ich D-«, ach fuck, ich werde es nie lernen, »Amabelle, wie du weißt, zu diesem Boot gebracht. Zusammen mit Reece. Dieses Boot schwamm da einfach so rum, und wir dachten, es wäre eine gute Idee, nicht erst zum Strand zu schwimmen. Reece wurde allerdings angegriffen und Amabelle von Eleanore auf dieses Boot gezerrt. Dann war es weg und ich musste erst mal Reece retten.«

»Ich *kenne* die Story«, knurrt er ungeduldig.

»Sie hat uns noch immer nicht gesagt, was das für ein Boot war.«

»Wirklich nicht?«, fragt Vance verwundert. »Sie hat nicht mal dem FBI was gesagt?«

»Nope. Was unter anderem daran liegt, dass niemand vom FBI die Chance bekam, sie überhaupt zu befragen.«

»Nicht einmal ich wurde verhört.«

»Siehst du. Jetzt weißt du, warum. Jaxon will nicht, dass das FBI darauf aufmerksam wird, dass Dole mit irgendwelchen Leuten irgendwo war …«

Vance hebt die Brauen. »Ihr habt dafür gesorgt, dass das FBI mich nicht befragt?«

»Klar. Sonst wärst du der Erste gewesen, den sie verantwortlich gemacht hätten.«

»Fuck.« Er fährt sich über den Mund. »Scheiße, die ganze Zeit frage ich mich, wieso ihr nicht irgendjemanden schmiert, damit er mich verhaftet, sondern darauf vertraut, dass Rachel genug Schiss hat, nie wieder auf der Bildfläche aufzutauchen. Ihr hättet einfach eine Geschichte erfinden müssen, ich hätte kein Alibi gehabt und wäre weg gewesen. Jetzt weiß ich, warum ich immer noch frei bin. Damit ich dem FBI bei einem möglichen Verhör nichts von diesem Boot erzähle, richtig? Nicht, weil ich irgendeine andere Scheiße über euch auspacken könnte – was ich nicht überleben würde. Es geht euch einzig und allein darum, dass Mable nicht in den Fokus gerät. Das … verdient meine Anerkennung.«

»Jup, so wird es sein. Aber bitte horch mich nicht zu Jaxons Beweggründen aus. Keinen Bock, mich mit seinen Gehirnwindungen zu befassen.«

Vance verdreht die Augen. »Okay, ich vermute stark, dass ich jetzt herausfinden soll, was Mable euch warum verschweigt.«

»Ja.«

»Sucht euch einen anderen.« Vance zuckt lässig die Schultern und geht zur Tür, um sie mir zu öffnen. »Wenn sie es nicht sagen will, hat es sicher einen guten Grund.«

»Ja, möglicherweise deckt sie jemanden, du Pfosten! Denk nach: Warum könnte sie es nicht sagen wollen? Ey, wir sind alle in Lebensgefahr. Du genauso wie wir. Dole hat sich auf 'ne Gruppe eingelassen, die die Pfähle eines ganzen Hauses in die Luft gesprengt hat. Wenn Eleanore weiterhin nicht geschnappt wird ... Dole bringt sich selbst in Gefahr, wenn sie schweigt. Du weißt, dass Irenes Schwester 'nen gehörigen Knall hat. Wenn Mable so dumm ist und mit ihr unter einer Decke steckt ...«

»So dumm ist sie nicht.«

»Du hast uns erzählt, dass Irene vor Kurzem in Doles Küche aufgetaucht ist. Und trotzdem erzählt Mable uns nichts davon? Woher willst du wissen, dass sie sich nicht in irgendeine Scheiße geritten hat, aus der sie alleine nicht rauskommt?«

Vance fährt sich durchs Haar. Er scheint zu kapieren, was ich von ihm will und warum Amabelle uns mehr erzählen muss. »Und wie genau soll ich die Wahrheit aus ihr herausbekommen? Sie vertraut euch offensichtlich mehr als mir und es reicht trotzdem nicht.«

»Tja, zum Glück hast du fürs Nachdenken jemanden wie mich.«

Er verzieht abfällig die Lippen.

Aber das hindert mich nicht daran, ihm ausführlich zu erklären, wie er sich verhalten muss, um aus Mable die Wahrheit hervorzulocken. Mir geht es weniger um Vance oder Amabelle oder irgendeine fucking Schuld und das FBI. Vielmehr halte ich es für verdammt gefährlich, Dole nicht auf den Zahn zu fühlen.

Was, wenn sie uns am Ende doch schaden will?

Was, wenn sie ihre Rache ausgerechnet mit einer psychotischen Eleanore plant?

Was dann?

Nicht einmal Sylvian findet ihre Spur.

Und er ist der verfickte Dealer dieser gottverdammten Universität! Er bringt mehr Umsatz mit Drogen aufs Papier als die Mafia in Washington und hat dementsprechende Kontakte. Warum findet er Eleanore nicht?

Deckt Mable sie? Ist Eleanore die ganze Zeit über näher, als wir glauben?

Die anderen Kings wähnen sich wieder einmal unangreifbar und glauben, alles sei kein Problem. Dabei sind wir *nicht* unangreifbar. Wir *haben* Feinde. *Wir haben uns Feinde gemacht*. Wenn Mable etwas weiß, müssen wir herausfinden, was es ist.

Ich folge Vance nach unten in den Wohnflur der Mädchen und lehne mich verdeckt an die Wand, während er an Amabelles Tür klopft.

Sie reißt die Tür auf.

»Was …«, keucht sie.

»Hi. Können wir kurz sprechen?«

Sie scheint auf dem Sprung zu sein. Irgendetwas haftet ihr an … Der Geruch nach Sex?

Ich greife nach meinem Handy, während Vance in ihr Zimmer geht und die Tür wie abgesprochen angelehnt lässt, damit ich mithören kann.

Wer war gerade bei ihr?, frage ich in unseren Chat.

»Hi.« Mable klingt für meinen Geschmack ein wenig *zu* freundlich. Kann sie den hässlichen Fucker gefälligst links liegen lassen?

»Packst du?«, fragt Vance.

»Ich wollte wenigstens für zwei Tage meine Schwester und meine Mom besuchen.«

»Ich auch«, höre ich Vance antworten. »Ich wollte heute am späten Abend fahren. Ich könnte dich mitnehmen.«

Wag es ja nicht, Fucker. Wie kommst du dazu, mit Dole zu flirten? Während ich zuhöre?!

»Nein, da-…«

»Sag nicht automatisch Nein«, unterbricht Vance sie. »Überleg es dir. Ich muss die Strecke Richtung New York eh fahren.«

»Warum bist du hier, Vance?«, fragt sie ihn skeptisch. *Das ist sie wieder, meine kleine Dole. Immer schön misstrauisch.*

»Auf der Party ist etwas passiert …«, beginnt Vance.

»Oh nein. Wir haben kurz an der Bar miteinander gesprochen. Es ist *überhaupt nichts zwischen uns* passiert.«

Ich merke, wie ich unmerklich verspanne. Wovon spricht Dole? Was zur Hölle hat Vance ihr auf der Party ins Ohr geblubbert?

»Nein, ich spreche nicht von uns.«

»Oh.« Ich kann geradezu hören, wie Mable rot anläuft, weil Vance von etwas ganz anderem spricht als sie. »Wovon dann?«

»Du weißt doch, was Jaxon im Strandhaus über Eleanore erzählt hat. Dieses … eine Mädchen. Eleanore. Sie ist für den Einsturz der Wasservilla verantwortlich.«

»Wirklich? Woher weißt du das?«

»Das FBI weiß es und sie suchen bereits nach ihr.«

Bewegungen im Zimmer.

»Warum erzählst du mir das?«, fragt Dole unsicher.

»Weil da dieses Boot war. Und du vielleicht etwas gesehen hast. Alles, was du weißt, kann uns helfen, sie zu finden. Mable, Eleanore ist eine *Terroristin.* Sie gefährdet unser aller Leben. Sei nicht leichtsinnig, nur weil du uns nicht vertraust.«

»Euch?«, fragt sie bestürzt. »Wen meinst du mit ›euch‹? Dich und die Kings? Seid ihr doch eine eingeschworene Einheit?«

Fuck. Ich verdrehe die Augen und will Vance am liebsten eine Schelle geben.

»Du vertraust weder mir noch ihnen.«

»Woher willst du das wissen? Vielleicht habe ich Jaxon längst etwas gesagt?«

Hat Dole irgendwas zu Eleanore gesagt?, frage ich im Chat.

Ich war bei ihr, schreibt Jaxon. *Und du wirst nicht mal auf die Idee kommen, jetzt zu ihr zu gehen.*

Nein, nein, ich schicke Vance vor.

WHAT?

Ich schicke nur einen Zwinker-Smiley und höre weiter zu.

»Bitte, Mable.« Vance klingt ernsthaft besorgt. Der Typ geht mir so gewaltig auf den Senkel, dass ich froh bin, dass seine Zeit am College bald endet. »Du musst es mir nicht jetzt sagen. Sag es mir am besten *nicht* jetzt. Es ist vielmehr, dass es gefährlich ist, den fucking Kings etwas zu verschweigen. Und ich verstehe es zu einem gewissen Teil. Denn nicht nur ihr jämmerliches Leben ist in Gefahr. Sondern auch deins.«

»Ich weiß nicht, was du von mir willst, Vance.«

Na toll. Sie weicht ihm aus. Aber warum habe ich auch geglaubt, sie würde Vance eher vertrauen als uns? Vielleicht ist Romeo der Einzige, den sie wirklich als Freund wahrnimmt. Aber selbst ihm hat sie glatt ins Gesicht gelogen.

»Wenn's dich nicht stört, würde ich jetzt gerne gehen.«

»Ist dir eigentlich klar, wie gefährlich dein Leben geworden ist?«, fragt Vance ungeduldig.

»Ich glaube nicht, dass wirklich *mein* Leben in Gefahr ist«, hält sie dagegen. »Vielmehr eures. Jemand will sich an euch rächen. Ein wenig zu Recht, oder? Lass mich durch.«

Im nächsten Moment öffnet sich die Tür, und ich trete zur Seite, verberge mich in der Tür zum Gemeinschaftsbad, als Dole durch den Flur rauscht.

»Na super«, brummt Vance, als sie schon aus der Haustür ist.

Ich trete aus meinem Versteck hervor und klatsche in die Hände. »Sehr schön. Du hast es genauso vergeigt wie wir anderen. Aber einen Versuch war es wert, oder nicht?«

»Sie wird mir nichts sagen, solange sie glaubt, ich würde für euch arbeiten.«

»Was du tust.«

»Ja.« Er blickt mich dunkel an. »Jedenfalls, solange ihr keine Scheiße baut und sie nicht verletzt. So lange bin ich auf eurer Seite und tue, was ich kann, damit ihr hinter ihr Geheimnis kommt. Wenn sie sich mit einer Terroristin einlässt, wird das übel enden.«

»Du bist echt selbstlos, mein lieber Freund.«

»Du auch, oder nicht?«, entgegnet er sarkastisch. »Du gibst stets dein Selbst auf für deinen Bruder.«

Ich beschließe, nicht darauf einzugehen. Vance Buchanan weiß *nichts* über Reece und mich, das nicht ohnehin offensichtlich wäre. »Vielleicht solltest du dich umhören, Buchanan«, schlage ich fröhlich vor und klopfe ihm gönnerhaft auf die massige Schulter, was er mit einem unwilligen Knurren kommentiert. »Eleanore hat Verbündete. Irgendjemanden, der etwas gegen die Elite hat. Du bist doch ein guter Lügner, oder? Vielleicht fährst du einfach mal zu Irene und fragst sie, ob du dich ihnen anschließen kannst …«

Er schüttelt meine Hand ab. »Mich wundert nicht, dass sie euch tot sehen wollen. An eurer Stelle hätte ich Angst. Vor allem, wenn ihr Mable noch mal verarscht. Ich denke nicht, dass ihr das überleben werdet.«

Ich hebe desinteressiert eine Schulter. »Wir werden sehen.«

Vance schenkt mir einen abfälligen Blick, dann lässt er mich stehen und geht zurück nach oben.

Steckst du wirklich in etwas Größerem drin, Dole?

Machst du uns allen die ganze Zeit nur etwas vor? Oder bist du wirklich so unschuldig, wie du immer tust?

Mein Handy vibriert, als ich über den Campus schlendere, eine rauche und über alles nachdenke.

Reece schreibt. *Komm.*

Ein Lächeln zieht sich über meine Lippen. Irgendwie habe ich im Gefühl, dass dieser Nachmittag noch verdammt spannend werden wird.

JAXON

Du hast es noch nicht verstanden.

Ich bin die Kings.

Ich bin fünfmal.

Wenn du einen von uns abweist, dann weist du uns alle ab, denn wir können nur genießen, wenn wir ganz zusammen sind. Niemand rührt dich an, mit dem ich nicht sowieso alles Physische teile. Selbst Romeo – dem ich nicht zutrauen würde, dass er dich plötzlich anfassen will – dürfte es tun. Warum sollte es mich stören? What the fuck?

Es geht nicht darum, wer dich fickt, Belle.

Es geht darum, wer dich kriegt.

Und wir werden noch herausfinden, ob es mich stört, wenn du dich nicht für mich entscheidest …

EINUNDZWANZIG

MABLE

Ich stelle fest, dass ich ziemlich verzweifelt bin, als ich jede einzelne Raumtür der Mathematikfakultät versuche zu öffnen.

Die meisten sind verschlossen. Das Gebäude ist wie ausgestorben. Vermutlich hat Jaxon mich nur verarschen wollen.

Warum ich wirklich direkt hierhergekommen bin, weiß nur der Teufel auf meiner linken Schulter. Ich will eine finale Antwort. Eine finale Entscheidung. Richtig?

Denn ich spüre, dass ich Jaxon verletzt habe. Und aus irgendeinem irrsinnigen Grund will ich das nicht länger tun. Um mich aber *für* ihn und *gegen* Reece entscheiden zu können, muss ich die Wahrheit wissen.

Ich muss es *verstehen.*

Erst die vorletzte Tür des hintersten und schlecht beleuchteten Ganges lässt sich öffnen.

Reece sitzt da. In all seiner Perfektion, in einen Mantel gekleidet, Notizen hinter sich auf der Tafel, in ein Buch vertieft. Er sieht auf und blickt mich überrascht an.

Mein Gehirn versucht Anhaltspunkte ausfindig zu machen, die mir sagen, wer er ist, aber mein Herz weiß es längst. Es ist, als wäre ich mir immer *dann* sicher, Reece vor mir zu haben, wenn er es wirklich ist, und würde nur dann zweifeln, wenn es *Zayn* ist.

»Mable.« Er legt sein Buch mit einem Lesezeichen zur Seite und faltet die Hände locker im Schritt. Seine langen Beine hat er auf das Pult abgelegt. Lässig und offen lächelnd sitzt er da. »Suchst du mich?«

»Ja.« Ich schließe die Tür hinter mir. Stehe für ein paar Sekunden wie ein Trottel vor ihm und begreife das Ausmaß meiner gesamten Idiotie. Es ist, als wäre Jaxon vorhin nicht bei mir gewesen. All seine intensiven Worte verflüchtigen sich, weil Reece sie mit seiner Präsenz vertreibt. Es ist mir nicht möglich, für ihn weniger zu empfinden als für Jaxon.

Können sie das nicht verstehen?

Können sie nicht verstehen, dass ich mich schlicht und ergreifend in sie *alle* verliebt habe?

»Ich dachte, wir könnten kurz unter ... vier Augen sprechen«, bringe ich hervor.

Reece lächelt sein einnehmendes Crescent-Lächeln und seine blauen Augen blitzen interessiert auf. »Worüber?«

Er hat mir seine Liebe gestanden. Reece Crescent.

Er – oder sein Bruder.

Ich muss das Rätsel um Zayn unbedingt lösen. Deswegen bin ich hier. Ich muss wissen, ob ich richtigliege. Und gleichzeitig will ich, dass es mir egal ist.

Was interessiert es mich schon, ob Reece einen Zwilling hat? Einen Zwilling, der genauso heiß ist wie er selbst? Warum sollte mich das jucken? Es sollte mich nicht jucken.

Es sollte mir egal sein.

Herrlich egal.

Reece ist Reece. Zayn ist irgendwer. Ich hasse die Kings.

Sehr.

Sehr, sehr, sehr, sehr.

Vor allem für die Lust, die sie in mir erzeugen.

Reece lächelt wissend, als könnte er jeden meiner Gedanken auf meiner Stirn mitlesen.

»Warum bist du hier, statt deine Ferien zu genießen?«, frage ich ihn, als wäre das irgendetwas, das jetzt eine Rolle spielen würde.

»Ohne dich sind die Partys langweilig«, entgegnet er.

»Okay.« Ich spiele mit meinen Fingern und versuche es hinter mich zu bringen. *Sag einfach, wie es ist. Frag ihn einfach direkt, wann er dir von Zayn erzählen wird. Es kann nicht so schwer sein.* »Ihr wollt, dass ich mich entscheide, richtig?«

»Das ... wäre besser, ja.« Seine blauen Augen infiltrieren mich. »Deswegen bist du hier?«

»Wir hatten noch nie ohne die anderen Sex.«

Er hebt perplex eine Braue. In dem Moment vibriert sein Handy, er greift danach, tippt eine kurze Nachricht und legt es mit dem Display nach unten zurück auf den Tisch.

»Wieso muss ich, wenn wir alleine sind, eine Augenbinde tragen, aber wenn wir mit den anderen zusammen sind, nicht?«

Reece seufzt.

»Bitte, Reece. Wie soll ich mich für dich entscheiden, wenn ich so wenig über dich weiß? Wenn du mir nicht sagst, wer Zayn ist? Wenn du zulässt, dass Zayn sich mir nähert und er lügt? Bitte, Reece, wie soll das gehen? Möchtest du vielleicht genauso wenig wie Sylvian, dass ich dich wähle?«

»Nein.« Er lässt seine Beine vom Tisch fallen und steht auf. »Du willst Zayn also kennenlernen?«

»Ja, verdammt!«

»Ich bin Zayn.«

Ich verenge die Augen und werde wütend. »Ich glaube dir nicht.«

»Ach, nein?« Seine Lippen verziehen sich und er bleibt

direkt vor mir stehen. Etwas ist anders als sonst. Da ist mehr Energie zwischen uns. Ganz so, als hätte ich zu lange zu wenig von ihm gehabt und bräuchte nun umso mehr von ihm.

»Wenn du ... du bist«, murmle ich, »wenn das alles nur eine Person sein *sollte*, wenn ich mir eingebildet habe, dass zwei von euch ... bei mir waren im Wasser, am Boot. Wieso wechselst du dann so oft dein Gesicht? Wieso bist du mal der eine, mal der andere Charakter? Reece, bitte, das macht keinen Sinn. Und wieso würdest du das tun, wenn du auf der anderen Seite sagst, ich soll dir noch eine Chance geben? Ich soll *dich* wählen? Wie soll ich das tun, wenn du mir so wechselhaft entgegentrittst? Bitte, mir wäre es lieber, du würdest sagen, dass es Zayn gibt. Dann hat Zayn mit Rachel geschlafen und nicht du. Bitte.«

Sein Blick wird warm und er streichelt über meine Wange. »Es gibt Geheimnisse, Mable, die sind größer als alles, was ich jemals für dich empfinden könnte.«

Was er für mich empfinden könnte. Ich versuche klar zu bleiben, mich nicht von seinen Worten einlullen zu lassen. »Das verstehe ich«, halte ich dagegen. »Dieses Geheimnis scheint gewaltig zu sein. Aber du musst wissen, dass ich nicht irgendjemanden wählen kann, wenn ich mir nicht sicher sein kann, dass du, Reece, dass du ... Ich will damit sagen ...«

»Hast du dich in mich verliebt?«, fragt er schief lächelnd.

Ich beiße mir auf die Unterlippe. »Wie sollte ich auch nicht? Bitte, Reece, sag mir, dass ich dir vertrauen kann. Du hast Zayn doch nicht wirklich freiwillig in meine Nähe gelassen, oder? Er hat noch nie mit mir geschlafen, weil er sich als du ausgegeben hat? Bitte sag mir, dass es so ist! Ich *will* dir vertrauen können. Ich würde mich so gerne ... für dich entscheiden.«

»Würdest du?«, fragt er leise, wartet aber keine Antwort ab. »Schließ die Augen.«

Ich atme zischend Luft ein und gehorche.

Er zieht mich in die Mitte des Raumes, lässt mich stehen und bewegt sich von mir weg. »Hast du nicht gerade noch mit Jaxon gevögelt?«

Meine Wangen werden sofort glühend heiß.

»Aah ...« Ich höre, wie er mich umkreist. »Ich weiß nicht genau, ob mir gefällt, dass du mit uns spielst, Mable.«

»Ich spiele nicht mit euch«, entgegne ich möglichst fest. »Ihr seid einfach anziehende Wichser. Ich kann nichts dafür.«

»Wichser?«

»Wie würdest du es nennen?«

»Ich dachte, du wärst langsam bei einem Begriff wie ›Liebhaber‹ angekommen.«

Ich halte noch immer die Augen geschlossen, weil ich möchte, dass er mir vertraut. ›Liebhaber‹. Das klingt wirklich heiß. Vor allem in der Mehrzahl. »Weißt du was? Einerseits schäme ich mich dafür, dass mein Körper anscheinend noch mehr Sex will als eure, aber dann tue ich es doch nicht. Weil, warum auch? Ihr hattet vermutlich schon mehr wechselnde Partner, als ich jemals haben werde.«

»Du brauchst dich nicht zu rechtfertigen.«

»Tue ich nicht.«

»Klingt danach.«

»Okay.«

Plötzlich ist er wieder ganz nah. »Niemanden von uns stört, dass du unersättlich bist, Mable.« Er umkreist mich und haucht mir einen Kuss in den Nacken, der mich vollkommen elektrisiert. »Du möchtest Zayn kennenlernen, richtig?«

Ich nicke steif.

»Er ist hier.«

Ich reiße die Augen auf und spüre sofort seine Hand in

meinem Nacken. Er fixiert meinen Kopf, sodass ich mich nicht umdrehen kann. Ob sich jemand anderes mit uns im Raum befindet, kann ich nicht sehen. Aber allein sein Griff ist so ganz anders als das, was ich von Reece gewohnt bin.

Er tritt vor mich. »Ich habe mitbekommen, dass Jaxon dich fürs Wochenende eingeladen hat. Warum hast du abgelehnt? Weil du dich einfach nicht entscheiden kannst?«

Da ist es wieder. Dieses Wort. Entscheidung. »Ich muss wenigstens für ein paar Tage zu meiner Mom fahren«, bringe ich hervor und drehe mich um. Einer Eingebung folgend laufe ich zur Tür und will sie aufreißen, doch Reece folgt mir, stemmt die Hand dagegen, wirbelt mich herum und blickt düster auf mich hinunter.

Zu düster.

Ich sehe zu ihm auf.

In das tobende Blau seiner Augen und weiß es plötzlich.

Zayn.

Ich schnappe nach Luft. Es muss so sein. Es ist nicht anders möglich. Sie haben gerade getauscht. Als Zayn mich am Nacken festgehalten hat, ist Reece nach draußen verschwunden.

Und warum auch immer glaube ich plötzlich, dass ich nur auf diese Weise der Wahrheit näher kommen kann. Ich mache einen Schritt auf Zayn zu, umschlinge seinen Nacken und küsse ihn so drängend und fordernd, dass er von meinem Schwung überrumpelt zurückweicht.

Er reagiert nicht sofort. Als hätte er nie damit gerechnet, dass ich es tue.

So wie Zayn immer zurückweicht, wenn ich ihn küssen will. Am Strand. In der Disco.

Nach zwei Atemzügen hat er sich gefasst und küsst mich genauso leidenschaftlich wie ich ihn. Er packt mich. Schiebt mich gegen die Wand neben der Tür. Sein Körper ist überall, seine Hände sind überall, und der Gedanke, dass es Zayn ist, schickt ein heißes Prickeln durch meinen gesamten Körper.

Ich habe keine Ahnung, wer Reece' Bruder ist. Hasst er mich nicht eigentlich? Irre ich mich? Woher kommt dann all diese Anziehung? Die Energie? Verstellt er sich nur? Ist *er* eigentlich Reece?

Ich habe keine Ahnung.

Keinen blassen Schimmer und doch ist da eine Intuition.

Sein Stöhnen klingt anders. Seine Wildheit ist ungefilterter. Ich nage an seinen Lippen, während er rhythmisch seine Hüfte gegen meine schiebt. Da ist so viel Männlichkeit an ihm, so viel ungefilterte Lust.

Mein Atem ist fast hektisch, als ich ihn von mir weghalte. Als ich ihm jetzt ins Gesicht sehe, bin ich mir so sicher wie noch nie. Der gierige Ausdruck in seinen Augen, die fehlende sanfte Art, der tiefe Sturm aus Abneigung und gleichzeitigem Verlangen passen nicht zu Reece.

»Zayn«, flüstere ich.

Er rollt mit den Augen, doch ein Leuchten darin bleibt.

»Verbinde mir die Augen«, sage ich atemlos.

Zayn starrt mich an, regungslos, nur seine harte Erektion drückt verlangend gegen meinen Bauch. »Wenn du mit mir das Wochenende verbringst.«

Ich öffne hilflos den Mund. Obwohl ich mir nicht sicher sein kann, welches Spiel sie mit mir treiben, kann ich es mir vorstellen. Sylvian, Jaxon? Nein, unmöglich. Selbst nach allem, was Jaxon zu mir gesagt hat, selbst nach Sylvians Liebesgeständnis bin ich mir nicht sicher genug, dass sie es *wirklich* ernst meinen. Aber Reece? Oder sein Bruder Zayn? Oder beide? Ich weiß auch nicht, warum ich nicht halb so abgeneigt bin, wie ich sein müsste. »Ich kann nicht. Ich muss zu meiner Schwester. Nach ihr sehen. Meine Mutter kann sich nicht gut um sie sorgen und ich muss ...«

»Ich komme mit.«

Ich starre ihn an. Zayn Crescent? Bei mir zu Hause? »Nein, absolut … nein, niemals.«

Seine Lippen bewegen sich missbilligend. »Du bist wirklich nicht leicht rumzukriegen, wenn es um mehr als Sex geht«, entgegnet er unzufrieden. »Okay, eine Chance. Ich verbinde dir die Augen und du darfst hinterher entscheiden.«

Ich nicke hastig. »Klingt gut.«

Er schnaubt, als würde ihm nicht gefallen, dass ich einwillige. »Du wirst sowieso mehr wollen. Vergiss die kleinen Bastarde Jaxon und Sylvian. Sie haben noch nie verdient, dass du sie überhaupt ansiehst.«

Ich beiße mir nervös auf die Unterlippe. Zayn. Definitiv.

»Was trägst du drunter?«, fragt er kühl und betrachtet mich von Kopf bis Fuß.

»Unterwäsche …?«

»Ist das dasselbe Outfit von vorhin, in dem du schon mit Jaxon gefickt hast?«

Meine Wangen werden glühend heiß.

Zayn schmunzelt. »Verstehe.« Langsam tritt er um mich herum. »Vielleicht hast du Glück und ich habe eine Krawatte dabei. Ansonsten nehmen wir deine Kleidung.«

Ich schlucke hart, als er seine Tasche auf dem Pult öffnet und darin herumkramt.

Als er die Hand wieder hervorholt, grinst er. »Sieh mal an, sogar zwei identische.«

Er rollt eine der schwarzen Krawatten auseinander, tritt von hinten an mich heran und legt den Stoff überraschend sanft um meine Augen. Dabei berühren seine Lippen zärtlich meinen Hals. So zärtlich, dass ich bereits wieder zweifle, ob es nicht doch Reece sein könnte, der mich berührt.

»Ich bin neugierig, Dole«, flüstert er an mein Ohr, als er den Knoten an meinem Hinterkopf bindet. »Dass du einem

Vierer gegenüber nicht abgeneigt bist, verstehe ich. Das ist verdammt heiß, gerade für eine Frau. Aber wieso fickst du uns nach allem? Wo ist die herrliche Rache, auf die ich die ganze Zeit warten muss?«

Mein Mund ist staubtrocken. Ich kann an nichts anderes denken als daran, wie sich seine tänzelnden Finger auf meiner Haut anfühlen, und dass es Zayn ist, den ich eigentlich gar nicht kenne und der mir doch so nahe kommt.

»Ich finde ja, du solltest dich rächen«, murmelt er und verteilt heiße Küsse auf meinem Ohr. »Die Bastarde verdienen es. Ich will sie weinen sehen. Nach allem, was sie getan haben, sollen sie heulen wie kleine Schlosshündchen.«

»Du auch?«

»Ah, ich weiß noch nicht, ob du mich dazu kriegst«, entgegnet er mysteriös und nimmt Abstand. Für eine ganze Weile stehe ich da, blind und von Schwärze umgeben, nervös abwartend, was passiert. »Mochtest du es, wenn du deine Übung bei mir hattest?«, fragt er von weiter weg.

»Meistens«, gestehe ich ihm leise.

»Ich habe mir jedes Mal vorgestellt, wie wir das hier tun. Aber dann habe ich gedacht; Nein, das Mädchen ist ein wenig zu zart, ich verderbe es nicht. Damals hatte ich keine Ahnung, was Jaxon noch mit dir vorhat. Hätte nie gedacht, dass du mit uns ins Verbindungshaus kommst. Und dich sogar ficken lassen wirst.«

»Zayn?«, frage ich flüsternd.

»Nenn mich, wie du willst, Baby.« Er ist plötzlich wieder total nah, greift nach meiner Hand und legt sie auf seine Brust. Auf seine *nackte* Brust. »Du bist so heiß, Dole, das checkst du einfach nicht. Diese völlige Naivität und Gutgläubigkeit, die macht dich einfach verdammt hot.« Er schiebt meine Hand tiefer, über seinen ausgeprägten Sixpack und die samtene Haut seines Bauchs hinunter ... tiefer ... Ich umfasse unwillkürlich seinen gigantischen

Schwanz und atme zischend ein. »Ja, genau«, knurrt er und schiebt seine Faust mit meiner Hand zusammen über seinen mächtigen Schaft. »So hot bist du. Einfach nur verdammt hot. Spürst du es? Ich werde gleich in deinem Mund kommen *und* in deiner Pussy. Und du wirst in meinem Mund kommen *und* um meinen Schwanz herum.«

Meine Ohren rauschen, und mir wird bewusst, dass ich vielleicht etwas zu weit gehe. Dass ich einfach zu viel zulasse. »Vielleicht ist das doch keine gute Idee«, murmle ich und ziehe an der Krawatte über meinen Augen.

»Oh nein, Babygirl«, murrt er und packt meine Hand fest. »Kein Zurück mehr für dich, sorry.«

»Und wenn ich ›Nein‹ sage?«

»Dann überstimmen wir dich.«

Wir. Mein Herzschlag poltert so laut, dass ich sicher bin, Zayn – oder Reece – kann ihn hören. Er ist plötzlich wieder ganz zärtlich und rollt langsam mein Shirt hinauf. »Wie war es, als Jaxon dich heute gefickt hat? Hat es dir gefallen?«

»Können wir nicht darüber reden?«

»Mich interessiert es aber. Ich habe wirklich bis zuletzt geglaubt, dass du dich für ihn entscheiden wirst, wenn er es mal hinbekommt, dir seine ... Gefühle oder whatever zu gestehen. Aber *nope.* Du willst Sex. Sex und nichts weiter. Eigentlich bist du so wie ich. Das mag ich wirklich an dir.«

Mein Mund wird mit jedem Wort trockener, und ich bin froh, dass ich die Krawatte über den Augen habe. Spätestens als er meine Jeans öffnet und seine Hand unter meinen Slip schiebt, könnte ich ihm nicht mehr in die Augen sehen. *Ich bin eine Schlampe. Das ist es, was ich tue. Ich schlafe mit ihnen, lasse mich auf sie ein, ohne Sinn und Verstand, als wäre ich nymphoman. Dabei ... dabei bin ich nicht sexsüchtig. Ich bin süchtig nach ihnen. Sogar nach Zayn. Oder die Version von Reece, die Zayn ist.*

Das muss aufhören.

Ich muss damit aufhören.

Ich schwöre mir, dass es das letzte Mal ist. Ich werde das Geheimnis um Crescent lüften und mich dann darauf besinnen, was ich mir letztes Semester geschworen habe.

Dass ich sie niemals wieder an mich heranlassen werde.

Ganz einfach.

Spielend leicht.

Ein letztes Mal.

»Komm mit«, raunt Crescent sanft und führt mich durch den Raum, bis wir vor dem Pult stehen bleiben. Er klopft auf das Holz und ich schwinge mich darauf. »Lehn dich zurück«, flüstert er an mein Ohr. »Langsam.«

Reece. Da ist er wieder, richtig?

Meine Brust senkt und hebt sich bebend, als ich mich zurückfallen lasse. Er schiebt mir ein Stück Stoff unter den Kopf. Vermutlich sein Shirt, und rollt mein eigenes hoch.

»Du musst deinen BH ausziehen, Dole.« Eine andere Stimme, die doch zum Verwechseln ähnlich ist.

Sie sind beide bei mir. Ich müsste nur die Krawatte herunterziehen und würde sie sehen. Beide Zwillinge. Nicht zu unterscheiden. Als ich danach greife, wird meine Hand sofort festgehalten.

»Nein!«, knurrt Crescent hart und hält seine Hand dominant auf den Stoff.

»Ich vertraue dir doch nicht. Lass mich gehen.«

»Wow, das fällt dir ja früh ein, dass du mir nicht vertraust.«

»Es ist so!«

»Nein, weißt du was? Du *traust* dich nicht. Das ist es. Du *traust* dich nicht, zu deiner dunklen Ader zu stehen. Du *traust* dich nicht, dazu zu stehen, dass du eine geile Fotze bist, die nicht genug von uns bekommen kann. Du *traust* dich nicht, zuzugeben, dass du uns alle gleichermaßen willst. Das ist es doch, weshalb du dich nicht entscheiden kannst, oder? Von wegen, du datest noch andere oder willst dich nicht auf uns einlassen. Der wahre Grund ist, dass du uns alle gleichzeitig willst. Du kannst auf niemanden von uns verzichten. Du würdest es nicht mal tun, wenn du es *musst*. Du hast dich verliebt, Dole. In jeden Einzelnen von uns. Und dazu solltest du jetzt einfach stehen. Das hat alles nichts mit Vertrauen zu tun. Der Einzigen, der du wirklich nicht trauen kannst, scheinst du selbst zu sein. Weil dein Kopf ständig etwas anderes will als dein Körper. Und das ist anstrengend. Es macht die Sache kompliziert. Du stehst dir selbst im Weg. Lässt deine Moral mitmischen.«

»Und was soll ich sonst tun?«, bringe ich hervor. *Woher kennt er plötzlich all meine dunklen Gedanken?*

»Hab einfach Spaß. Das ist es, was wir mit dir haben. Spaß. Du bist die Wette in unserem Spiel, das Opfer auf unserem Brett. Auch wenn die anderen Kings so tun, als würden sie nicht mehr spielen, sie tun es. Sie werden es immer tun. Sie sind Rivalen. Sie kämpfen um den Thron. Spätestens seit unserem Freshman-Jahr, als Sylvian Jaxon spielend leicht mit seinem unfassbaren Brain überholt hat. Nur die Besten kommen weiter. Jaxon muss hart kämpfen, um mit Sylvian mithalten zu können. Und Sylvian muss hart kämpfen, damit er nicht an anderer Stelle verliert. Und ich? Tja ... Wir alle sind viel zu sehr damit beschäftigt, gegen uns selbst zu spielen, als dass wir wirklich unsere Konzentration auf dich legen könnten.«

Ich hänge an seinen Lippen und liege absolut regungslos da.

»Du hörst mir gerne zu, was?«

»Du bist nicht Reece, oder?«

»Und wer soll ich sonst sein?«

»Warum sagst du es mir nicht?«

»Was sollte ich dir sagen?«

Ich presse frustriert die Zähne zusammen.

Seine Lippen sind im nächsten Moment an meinem Ohr. »Ich bin auf jeden Fall die heißere Version, findest du nicht auch? Sag mir, magst du es, wenn ich nett bin? Oder magst du den Motherfucker lieber? Ich glaube nämlich, dass ich das Semester über zu nett zu dir war. Ich war ’ne kleine Heulsuse und bin um dich herumgetänzelt, ohne dir das zu geben, was du wirklich brauchst. Einen harten Fick. So wie ich Rachel gefickt habe.«

Bei ihrem Namen zucke ich zusammen.

»Keine Angst.« Er haucht mir einen Kuss auf meinen Hals, was eine stechende Gänsehaut auf meinem gesamten Oberkörper erzeugt. »Sie war immer nur eine Plastikpuppe für mich. Ich liebe es, zu sehen, wie armselig Frauen alles mit sich machen lassen, weil sie sich etwas davon erhoffen. Ein wenig so wie du gerade, weil du hoffst, herauszufinden, wer fucking Zayn ist, und dich mir deshalb hingibst.« Er streichelt über meine Brust, schiebt mein Shirt höher und löst den Verschluss meines BHs. »Aber Rachel ... war in jeder Sekunde hässlicher, als du es je sein könntest. Manchmal mag ich das. Hässliche Frauen vögeln. Eine Abwechslung zu all den aufgetakelten, superreichen, langweiligen, schönheitsoperierten Tussen, die sonst so auf dem Campus rumstolzieren. Ganz ehrlich, die sind auch nicht schlecht, echt nicht. Aber sie sind so ... leer. Sie reagieren nicht auf meine Berührungen.« Er blättert meinen BH auf und zwirbelt zart meinen Nippel, was mich zusammenfahren lässt. »So wie du.«

Mein Atem geht mittlerweile flach. Ich weiß nicht, was mich noch erwartet und ob ich mir nicht zu viel abverlange.

»Gott, du weißt gar nicht, wie sehr es mich anmacht, dass du vorhin noch mit Jaxon gefickt hast«, knurrt er und senkt plötzlich seine Lippen auf meinen halb entblößten Oberkörper. »Du bist so verdorben«, keucht er an meinem Bauch, wandert mit dem offenen Mund meinen Oberkörper hinauf. »Jede andere hätte es zwar auch getan. Aber aus anderen Gründen. Weil sie einfach schäbige Schlampen sind, die sein Geld wollen oder seinen Einfluss.

Aber du ...« Er erreicht meinen rechten Nippel und saugt sich daran fest.

Ich keuche unwillkürlich auf und beginne heftig zu zittern.

»Du bist auf Teufel komm raus keine Hure, egal, wie sehr Jaxon es sich auch wünscht«, raunt er, bevor er wieder hart an mir saugt, sodass es schmerzt, mich aber auch gleichzeitig ultimativ erregt. Er lässt seine Hand in meinen Schritt gleiten, und dann dringt er einfach in mich ein. Seine Zunge spielt getrieben mit meiner Brustwarze, während sein Finger mich grob fickt.

»Deine Fotze ist so verdammt feucht, Mable«, knurrt er zufrieden.

Ich presse die Lippen zusammen. Meine Wangen glühen wieder, und ich bin froh, dass ich ihn nicht ansehen muss. Vermutlich kenne ich Zayn gar nicht. Oder kenne ich ihn doch? Keine Ahnung! Vielleicht ist es besser, wenn ich es für den Moment nicht weiß. Er schiebt seine Hand tiefer und legt gleichzeitig einen Daumen auf meine Perle.

Er reibt fest daran und weiß genau, was er tut, während er auch meinen anderen Nippel liebkost, dabei meine linke Brust fest knetet. Er treibt mich mit seinen Berührungen zum Höhepunkt, sodass ich keuche und innerlich glühe, und bricht kurz vorher ab.

»Arsch«, zische ich, als er plötzlich weg ist. Einfach weg.

Er lacht rau.

Ich liege da, atemlos, unbefriedigt und voller Nervosität und Ängste.

»Beweg dich nicht«, fordert er, bevor er wieder bei mir ist. Er greift nach meinen Händen und streichelt meine Unterarme sanft, während er sie über meinen Kopf hebt. Ich spüre Stoff um meine Handgelenke, die zweite Krawatte, die er um meine Unterarme wickelt.

Dann bindet er mich fest.

Fuck.

Vielleicht hätte ich das nicht zulassen dürfen.

Wie soll ich die Binde abnehmen, wenn meine Hände fixiert sind? Genau das muss ihr Plan gewesen sein. Er geht um den Tisch herum, massiert für einen Moment meine Handinnenflächen und ist wieder fort.

»Weißt du was, Dole? Wir sind uns überhaupt nicht unähnlich. Ich bin auch verdammt gut darin, mich auf etwas anderes zu konzentrieren, obwohl ich eine Sache will. Wie du uns wochenlang ignoriert hast, hat mich beeindruckt. Das schaffen nicht viele. Und wenn, dann sind sie langweilig. Aber du hast uns am Haken gehalten. Das nervt mich ehrlich gesagt. Ich nehme mir gerne immer sofort, was ich will. Aber ich bin nicht wie die anderen. Die haben immer ihre großen Ziele und ihre weisen Entscheidungen. Die haben keine Ahnung davon, wie man wirklich lebt.« Er muss den Tisch umrundet haben, denn seine Stimme kommt von der anderen Seite. Plötzlich greift er nach meinem Bein, gräbt seine Hand tief in das Fleisch meines Oberschenkels und beugt sich über mich.

Seine Zunge gleitet zwischen meine Schamlippen und ich atme zischend Luft ein, als er sie tief durch meine Pussy treibt. Er saugt abwechselnd an mir, dann wieder vögelt er mich mit seiner Zunge. Meine Beine weit gespreizt. Ich stöhne hemmungslos, werde mir bewusst, wie erregend das Bild sein muss, das wir abgeben. Auf dem Pult in meinem Laborraum. Gerade als ich mich ganz hingeben, den Orgasmus in mir zulassen will, spüre ich sie.

Eine dritte Hand.

Mein Körper zuckt so heftig zusammen, dass Zayn den Kontakt zu meiner Mitte verliert. Er lacht, während ich versuche, die Krawatte von meinen Augen loszuwerden.

»Versuch es gar nicht erst, Mable.« Zwar kommt die Stimme aus derselben Richtung wie die von Zayn, aber ich bin mir sicher, dass es Reece ist. Nur er spricht auf diese ruhige, charmante, zuvorkommende Art mit mir. Ohne Hohn in der Stimme. Ohne Herablassung. »Gib dich einfach hin.«

Nervös versuche ich meinen Atem zu kontrollieren, als noch eine vierte Hand meinen Körper berührt. Meinen Bauch streichelt, zu meinen Brüsten wandert. Ich versuche alles genau wahrzunehmen, einen Unterschied festzustellen, eine Gemeinsamkeit. Wer ist mit uns im Raum? Stimmt meine Zwillingstheorie? Oder hat Reece einfach jemand Fremdes dazugeholt? Gibt es Zayn vielleicht wirklich – er ist nur nicht sein Zwilling?

Fragen über Fragen, die mit einem Mal erstickt werden, als ich Lippen auf meinen spüre. Ich keuche, schmecke einen Hauch frischer Minze auf Reece' Lippen, ein Geschmack, der zuvor definitiv noch nicht da war. Er schiebt mir erregt seine Zunge in den Mund, und ich kann gar nicht anders, als den Kuss zu erwidern. Während er mich küsst, bewegt sich ... Zayn? ... weiter zwischen meinen Schenkeln. Er treibt seine Zunge tief in mich, stimuliert mit seinem Daumen meine Perle in rhythmischen, kreisenden Bewegungen, und dann komme ich.

Explodiere.

Mit einem Mal wird mir alles bewusst und doch ist nichts klar.

Reece, Zayn, Crescent, Sylvian, Jaxon. Ich befinde mich zwischen ihnen, auch wenn nicht alle hier sind. Es ist verrückt. Erregend, infiltrierend und verrückt, und ich verlange automatisch nach mehr, als der Orgasmus seinen Höhepunkt erreicht.

Keuchend sinke ich auf das Pult zurück. Reece löst sich von meinen Lippen, schiebt dafür einen Daumen in meinen Mund.

»Wer soll dich als Erster ficken?«, fragt er sanft in Reece-Manier. Die Manier, in die ich mich verliebt habe wie in die von Jaxon und Sylvian. Ich bin so froh, dass er da ist. Im direkten Vergleich gibt es doch etwas, das ihn und die Zayn-Reece-Version unterscheidet. Oder?

Zu hundert Prozent kann ich mir noch immer nicht sicher sein.

»Ich weiß es nicht«, wispere ich und lasse Reece' Daumen aus mir hervorgleiten. »Wer ist denn noch hier?«

Reece lacht an meiner Seite, doch Zayn bleibt stumm. Vermutlich, damit ich nicht hören kann, dass sie komplett identisch klingen. Reece zieht sich zurück, genauso wie Zayn plötzlich nicht mehr zu spüren ist. Dann höre ich, wie sie um mich herumgehen.

»Du bist so sexy, Dole«, raunt Zayn, streichelt über meinen nackten Bauch, meine harten Nippel.

»Verdammt sexy«, sagt Reece, auch wenn ich mir nicht sicher sein kann, dass er es ist, denn es klingt, als wäre er an derselben Position wie Zayn zuvor.

Gott, sie beherrschen dieses Spiel perfekt!

»Mit wie vielen Frauen habt ihr das schon getan?«

Reece lacht. Es klingt warm und wohlig und so, dass ich mich wunderbar darin fallen lassen kann. »Mit allen. Wir teilen immer.«

Enttäuschung macht sich in mir breit. Eifersucht. Natürlich, wie hätte ich erwarten können, dass ich etwas Besonderes wäre?

»Du bist die Erste, die es mitbekommt«, führt er aus. Küsse über meiner Haut.

Plötzlich sind da zwei Münder, die mich liebkosen. An meinen Brüsten, an meinen Nippeln, an meinem Oberkörper.

»Was ... was meint ihr damit«, stottere ich.

Reece beugt sich an mein Ohr. Schiebt seine Zunge gegen meine Öffnung. »Du weißt, wie ich das meine. Nie zuvor haben wir eine Frau gleichzeitig berührt. Aber wir wissen, dass du es willst. Nicht wahr?«

»Reece?«, flüstere ich.

»Ja?«, flüstert er sanft an mein Ohr.

»Kann ich bitte die Augenbinde …«

»Nein«, unterbricht er mich liebevoll. »Heute nicht.«

»Wann bist du zurückgekommen?«

»Ich war die ganze Zeit hier«, antwortet er mysteriös und nimmt Abstand.

»Hast du zugesehen?«

»Immer.« Dann ist seine Stimme wieder fort und ihre warmen Hände und heißen Küsse verteilen sich überall auf meinem Körper. Sie treiben nacheinander ihre Zunge in meine Pussy, sind aber wieder fort, bevor das Gefühl sich intensiviert. Eine ihrer Hände massiert meinen Schritt, reibt an meiner Perle und geht wieder. Schließlich bin ich nur noch ein nervliches Wrack, weiß nicht, wann welche Hand mich von wem wo berührt, und kann kaum noch einen klaren Gedanken fassen. Als mich einer von ihnen wieder küsst, fühlt es sich wie eine Erlösung an.

Ich bin mir sicher, dass es Zayn ist. Seine Zunge ist wilder als die von Reece. Unkontrollierter.

»Also, wer soll dich zuerst ficken?«, fragt er rau.

»Ich weiß es nicht«, keuche ich. Allein die Frage ist viel zu verboten.

»Hmm …«, macht er. »Nicht mal zwischen uns kannst du dich entscheiden?«

»Zayn«, bringe ich hervor, um irgendeinen Namen zu sagen und nicht länger warten zu müssen.

Zayn lacht und sein Lachen verliert sich wieder im Raum. »Wer ist eigentlich fucking Zayn?« Wieder lacht er und dann spüre ich seinen Schwanz an meiner Öffnung.

Ich stöhne auf, als er mich dehnt und sich langsam in mich schiebt. Aber das ist nicht alles. Reece fasst grob in mein Haar, zerrt meinen Kopf über den Tisch in seine Richtung und hält mir seinen harten Schwanz entgegen. Sofort öffne ich willig meine Lippen und lasse seine Eichel in mich gleiten.

Mir wird unfassbar heiß.

Ich weiß nicht genau, was ich tue, und ich weiß nicht genau, mit *wem* ich es tue, aber es fühlt sich unglaublich gut an. Zayn dehnt mich mit gleichmäßigen Stößen und Reece fickt dominant meinen Mund. Schneller und schneller werden beide in einem unglaublich rhythmischen Takt.

Schließlich sind sie beide ganz in mir.

Ich fühle mich ausgefüllt. Dreckig. Verdorben. Als sie mich gemeinsam vögeln, zwei meiner Löcher, und ich nur einen einzigen Mann höre, der stöhnt. Der andere ist furchtbar still, ganz so, als wollten sie unbedingt, dass ich mir nicht sicher sein kann, mit meiner Theorie richtigzuliegen.

Aber es kann nicht anders sein. Sie müssen dieselbe Stimme haben. Dasselbe Aussehen. Spätestens als sie die Position wechseln, weiß ich es noch einmal mehr. Reece fickt mich ganz anders, aber es sind dieselben Hände, die mich halten, und es ist dieselbe Form eines Schwanzes, der meinen Mund ausfüllt.

Gierig lecke ich über Zayns Eichel und entspanne wegen der Gewissheit, dass ich recht habe. Ich sehe sie quasi vor mir, wie sie auf mich hinabblicken. Zweimal der schönste Mann der Welt.

Ein Arschloch, von dem ich noch nicht weiß, ob ich ihn mag, und sein charmanter, zuvorkommender Bruder, in den ich mich verliebt habe.

Sie vögeln meine Pussy und meinen Mund, bis ich komme.

Lustvoll stöhne ich auf, lasse die Welle über mich rauschen und werde von vier Armen gepackt. Gehalten. Und schließlich herumgeworfen.

Reece steigt zu mir auf den Tisch. Er fickt mich von hinten, während Zayn sich vor mich stellt. Alles, was wir tun, wird noch einmal animalischer. Lustvoller. Verbotener.

»Bitte, kommt!«, flehe ich aus irgendeinem Impuls heraus, den ich mir nicht ganz erklären kann.

Reece fährt mit der Hand zwischen meine Scham, stimuliert mich gezielt, und Zayn packt mein Haar fest und rammt sich so tief in meinen Rachen, dass ich würge. Dann kommt er.

Und Reece kommt.

Und ich spüre sie beide, und ich gehe zwischen ihnen auf und lasse mich ebenfalls mitreißen.

Mein gesamter Körper bebt. Gerät in Ekstase. Ich bin so aufgegeilt, dass ich gierig Zayns Samen schlucke und jeden Moment genieße, in dem Reece sich hart in mich stößt. Sein Schwanz pulsiert in mir, meine Perle unter seinem Finger, und ich sacke schließlich zusammen.

Atemlos.

Fuck.

Ein paar Minuten, in denen ich nur das laute Atmen der Männer höre, dann sind ihre Hände wieder auf mir. Ihre zärtlichen Küsse. Zayn, der durch mein Haar streicht, meinen Nacken mit seiner Zunge liebkost und schließlich meine Lippen findet. Er küsst mich zärtlich, während Reece Küsse auf meinem Po verteilt. Meine Brüste werden fest geknetet, meine Pussy zart gestreichelt.

Und dann lächle ich.

»Ich wusste es«, murmle ich und sacke zusammen. Geräusche im Raum. Sie lösen sich von mir, ziehen sich dem Rascheln von Stoff auf Stoff nach zu urteilen an.

»Eine Frage noch, Dole.« Zayn, seine Lippen dicht an meinem Ohr.

Sie haben mich noch immer nicht losgemacht und leider ist auch meine Augenbinde nicht verrutscht.

»Wer war auf dem Boot?«

Ich schlucke hart. Er wartet, ob ich etwas erwidere, doch ich bleibe stumm.

»Du musst es uns nicht sagen. Wir wissen es längst. Ich

wollte nur sichergehen, dass du nicht einmal uns gegenüber ehrlich bist. Ist das deine Form von Rache? Willst du, dass Eleanore uns alle tötet, weil du es nicht kannst?«

»Niemals«, wispere ich.

»Gut. Ich glaube dir. Vorerst. Du wirst am Wochenende nicht mitkommen, oder?«

Ich atme bebend ein. Unmöglich. Ich kenne diese beiden Typen eigentlich kaum. Schon gar nicht Zayn. Ein Wochenende allein wird mir jetzt guttun. Verdammt guttun.

Ich deute ein Kopfschütteln an.

»Hoffen wir, dass du es nicht bereust, dich nicht entscheiden zu können.« Zayns Stimme entfernt sich. »Jaxon wird sich tierisch aufregen. Aber das ist zum Glück nicht mein Problem.«

»Wartet!«, rufe ich, als ich merke, dass er geht. Hände an meinen verbundenen Handgelenken, die Lockerung des Knotens. Ich kann ihn lösen, doch als ich es schaffe und mir die Krawatte von den Augen reiße, sind sie fort.

Alle beide.

Und ich sitze da und glaube, alles in Erfahrung gebracht zu haben, und weiß doch nicht genug.

Zügig ziehe ich meinen BH wieder an, richte mein Shirt. Als ich nach meinem Slip im Raum suche, ist er verschwunden. Sie müssen ihn mitgenommen haben. Und ich weiß nicht, ob mich das ärgert ... oder irgendeinen dunklen Teil in meinem Kopf befriedigt.

ZWEIUNDZWANZIG

JAXON

Etwas hat sich zwischen uns verändert. Ich spüre eine Anspannung, die von uns allen Besitz ergriffen hat. Wir sind zu Konkurrenten geworden, aber es ist anders als bisher. Wir spielen nicht mehr Schach, wir spielen gar nicht mehr. Jedem von uns ist es ernst.

Das hasse ich, Belle. Wenn du noch länger die finale Entscheidung hinauszögerst, werde ich mir überlegen, ob ich dich verschone.

Reece sitzt mir gegenüber, aber er spricht nicht mehr mit mir. Kein Wort.

Ob er es nicht ertragen kann, dass du dich mir hingibst, als hätte ich dir nie etwas getan?

Er ist ein kleiner Sunnyboy und hat wohl schon vergessen, dass auch er vor nichts zurückschreckt, wenn es ihm um etwas geht.

Außer bei dir. Da ist er vorsichtig. Geradezu niedlich. Als würde er wirklich etwas empfinden. Kann das sein? Sind wir dir wirklich durchweg verfallen?

Zwischen Reece und Zayn sitzt Romeo. Er ist zutiefst genervt davon, dass wir nicht zum Tagesgeschäft zurückkehren und uns stattdessen mit irgendeinem Mädchen herumplagen, das sich einfach nicht entscheiden will.

Wenn er könnte, würde er dir zeigen, was er von dir hält,

Belle. Aber er kann nicht. Er weiß, dass wir anderen etwas dagegen hätten.

»Was machen wir die letzten zwei Tage von Spring Break?«, fragt Zayn in die Runde. »Ihr habt nicht wirklich vor, hier zu versauern, oder?«

Niemand antwortet ihm.

Ich kann mir noch nicht vorstellen, dass Amabelle meinen Vorschlag nicht annehmen wird. Und Reece denkt vermutlich etwas Ähnliches. Wir beide warten auf eine Nachricht von ihr.

Ein ›Ja, hol mich ab. Bring mich nach Hause. Lass uns Zeit zusammen verbringen.‹.

Wie es scheint, wird diese nie kommen.

Reece wirft mir einen Blick zu, und ich lasse meinen Kopf kreisen, bis mein Nacken knackt. »Ja, was wirst du tun, Crescent?«

Er schnaubt, schlägt das Buch zu, in dem er gerade gelesen hat, und steht auf. »Zumindest konnten wir sie davon abhalten, ausgerechnet mit dir nach Florida zu gehen.«

»Spaßverderber«, sage ich grinsend.

Zayn sieht ebenfalls kritisch auf. »Du hast sie gehört, sie will nach Hause. Und dorthin wirst du sie niemals begleiten, oder? Wenn doch, kann ich für nichts garantieren.«

»Dann verbringen wir die restlichen Ferien eben nicht zusammen«, entgegnet Reece spröde, und ich sehe, wie Zayn kaum sichtbar zusammenzuckt. Die beiden werden sich dringend einig werden müssen, ob Amabelle es wert ist, sich zwischen sie zu drängen.

»Gehst du jetzt noch mal zu ihr?«, frage ich Reece interessiert. *Würdest du dich für Reece entscheiden? Nein, oder? Du hast ihm bereits klargemacht, dass du das nicht tun wirst. Solange er nur Reece ist und nicht* Crescent, *wirst du ihn nicht wählen, da bin ich sicher.*

»Und wenn schon?«, fragt Reece launisch zurück.

»Wir sollten ihr das Wochenende lassen, um über alles

in Ruhe nachzudenken«, sage ich abschließend und widme mich wieder meinen Notizen. Meine Gedanken müssten durchgehend bei meiner Thesis sein, aber ich bringe kein Wort zu Papier. Ich habe geglaubt, mich von den lästigen Gedanken rund um Amabelle befreien zu können, aber kaum habe ich sie gefickt, sind sie wieder in vollem Umfang da.

Ihre Anwesenheit lässt mich gewissermaßen anders fühlen, als ich mich jemals gefühlt habe. Ich bereue es mittlerweile, dass ich nicht mehr über sie weiß. Oder mich überhaupt jemals vernünftig mit ihr unterhalten habe.

Reece bringt es zustande, das zu tun. Er flirtet spielend leicht mit ihr, entlockt ihr Storys und Geschichten, während ich mich zurückgehalten und zugesehen habe, als wäre ich zu blöd für den ersten Schritt. Als könnte ich sowieso nichts in ihrem Beisein sagen, das nicht gelogen wäre.

Aber heute Vormittag habe ich meine Strategie geändert und meinem Verlangen nachgegeben. Ich wollte *wirklich* das Wochenende mit ihr verbringen. So dämlich es auch ist. Aber sie hat mich abgeblockt, selbst nach dem Fick noch, und ich habe es nicht geschafft, sie umzustimmen.

Das ist verdammt armselig.

Was bin ich? Ein Loser?

Habe ich schon verlernt, wie man eine Frau verführt?

Das Problem ist, dass ich mittlerweile Skrupel habe. Ja, es sind echte Skrupel, die mich davon abhalten, ihr den gesamten verlogenen Charme eines Jaxon Tyrell vor die Füße zu beten. Irgendetwas an oder in mir wird sie zerstören. Wenn nicht meine Eifersucht, mein Besitzanspruch oder einfach meine Wichserart, dann meine Familie. Die Tyrells werden niemals zulassen, dass ich eine wie Belle mit nach Hause bringe.

Crescent ist der Einzige von uns, der es sich leisten kann, Amabelle zu wählen. Mit Abstand der Einzige. Seine Familie verlangt nichts von ihm. Er kann heiraten, ficken und lieben, wen er will. Er könnte schwul werden oder sich als Frau outen, es wäre den Crescents egal.

Aber soll ich ihm wirklich Amabelle überlassen? Soll er mit ihr zusammenkommen?

Wohl kaum.

Eifersucht durchlöchert mich wie einen faulen Käse, und ich versuche krampfhaft die Worte zusammenzusetzen, die ich als Fazit unter meine Arbeit schreiben muss. Mein Kopf scheint wie leer gefegt. Ich kann die ganze Zeit nur an diesen verschissenen Sex denken ...

Ich will gerade irgendeinen halbherzigen Witz erzählen, um die Stimmung wieder aufzulockern und mich von meinen Gedanken abzulenken, als die Flügeltür des Thronsaals aufgestoßen wird. Sylvian rauscht herein, sieht uns alle beisammensitzen und lässt sich auf einen Stuhl zwischen den anderen und mir fallen. In seiner Miene lese ich nichts als blanke Wut. Wir alle warten gespannt auf eine Erklärung, selbst Reece hat sich wieder gesetzt.

»Warum seht ihr mich alle so dämlich an?«, zischt Sylvian und steckt sich eine Kippe zwischen die Lippen.

»Wir überlegen, wie wir Belle dazu bekommen, sich zu entscheiden«, entgegne ich freundlich. »Und was genau ist mit deiner Laune passiert?«

»Sie wird sich nicht entscheiden.« Das Ende von Sylvians Kippe flammt glühend rot auf. »Und zwar für niemanden.«

»Ah, bist du sicher? Oder *willst* du einfach nur nicht, dass sie mich wählt?«, frage ich ihn zynisch.

Er wirft mir einen Todesblick zu und ich lächle noch breiter. »Sie wird gar nicht wählen.«

»Warum nicht?«, fragt Reece.

»Weil sie einfach eine kleine *Biatch* ist, die sich von uns allen poppen lassen will«, wirft Zayn fröhlich ein. »Warum sollte sie sich entscheiden? Ihr hechelt ihr alle hinterher, so was mögen Mädchen. Ignoriert sie endlich und zeigt ihr, dass ihr in Dole den Dreck seht, der sie immer war, und sie wird betteln, dass irgendjemand von euch sie überhaupt *beachtet*.«

Zwei böse Augenpaare sehen Zayn an und ich muss schmunzeln. Sylvian und Reece hassen es, wenn Zayn auf diese Tour über Amabelle redet, und ich mag es auch nicht besonders. Im Gegensatz zu ihnen habe ich mich allerdings daran gewöhnt.

»War der Sex wirklich so schlecht?«, frage ich Zayn.

Zwei Personen in unserer Runde erwische ich damit kalt.

Zayn, der nicht verbergen kann, dass ihn der Sex *nicht* kaltgelassen hat, und Sylvian, der sofort gefährlich innehält. Sämtliche seiner Muskeln sind bereit für einen Angriff.

»Ich war dabei«, beruhigt Reece Sylvian. »Und sie wusste, dass wir beide dort waren.«

»Was soll das heißen?«, fährt Sylvian ihn an.

»Sie wusste es und sie wusste es nicht wirklich«, entgegnet Zayn schulterzuckend.

Sylvians Kiefer mahlt, und ich habe das Gefühl, dass ich dringend mit ihm unter vier Augen sprechen muss. Gerade sind wegen der Ferien nur wir Kings im Raum. Wir sind also quasi unter vier Augen.

»Sy, sicher, dass es dir gut geht?«, frage ich ihn. »Wo warst du gerade?«

Seine grünen Augen richten sich direkt auf meine. »Ich war kurz davor, Eleanore zu finden. Aber als ich bei der Bruchbude ankam, in der sie sich die ganze Zeit über versteckt gehalten hat, war sie nicht mehr da. Jetzt weiß sie, dass sie aufgeflogen ist, und wird nicht zurückkommen. Ich bin dumm. Fast hätte ich sie gehabt.«

»Ähm, Sy …«, mischt sich Zayn beunruhigt ein. »Du weißt schon, dass das normalerweise der Job des FBI ist, oder?«

Er hebt nur die Schultern.

»Du riskierst dein fucking Leben für nichts«, knurre ich.

Sylvian lacht kalt auf. »Glaubt mir, ich habe schon weitaus Schlimmeres durch.«

Schweigen füllt die Runde.

»Daran zweifelt niemand«, sagt Reece. »Aber wir lieben dich, Sy. Vergiss das nicht. Ganz gleich, was mit Mable ist oder nicht ist. *Du* bist uns wichtig.«

Sylvian sieht auf und doch durch Crescent hindurch. Ich habe mich zu wenig um ihn gekümmert. Er ist wie weggebrochen. Etwas hat ihn zerstört. Was ist es? »Wenn ihr die ganze Wahrheit kennt, werdet ihr ... so was vielleicht nicht mehr sagen.«

»Nichts könnte das jemals ändern«, entgegne ich leise.

Sylvian lässt Rauch um seinen Kopf entstehen, als er gedankenverloren vor sich hinstarrt. »Ich habe Mable schon vor einer Ewigkeit angefangen zu beobachten.«

»Seit wann genau?«, will Zayn wissen.

»Als sie noch auf der Highschool war. Mir ist aufgefallen, dass sie eine der ersten Stipendiatinnen überhaupt war, die angenommen wurde, auch wenn sie erst ein Jahr später von Kingston eine Zusage erhalten sollte. Seitdem beobachte ich sie. Sie scheint eine Rolle zu spielen. Für den Zirkel. Eine viel größere, als wir bisher dachten.«

»Das habe ich auch schon erraten«, erinnert uns Romeo.

»Deswegen ... wolltest du sie vor uns beschützen?«, frage ich Sylvian zweifelnd. »Mir ist nicht ganz klar, was du uns sagen willst, Sy.«

»Ich will sie vor uns beschützen«, presst er hervor, »weil wir drei Typen gekillt haben. Den einen alle gemeinsam durch Rachels Hände, die den Abzug gedrückt hat. Und die anderen beiden, als wir sie im Wasser zurückgelassen haben, nachdem eigentlich klar war, dass sie es nicht packen werden, sich zu retten.«

»Sie hätten mich beinahe gekillt«, sagt Romeo leise. »Sie haben mich angegriffen und Vance und du musstet mich freiboxen. Ihr Pech, wenn sie dabei etwas gegen den Kopf bekommen und nicht schnell genug aus den Trümmern finden.«

»Ja«, entgegnet Sylvian tonlos. »Deswegen will ich Mable von uns fernhalten. Weil wir diese Dinge tun. Getan haben. Und tun werden.«

»Wieso?«, fragt Zayn entspannt. »Glaubst du, Mable hat was dagegen, dass sie nicht selbst abdrücken durfte?«

Sylvian verdreht die Augen. »Ihr wollt, dass sie sich für einen von euch entscheidet, richtig?«

»Na und?«, frage ich.

Sylvian blickt mich scharf an. »Ich habe Harper nie gefickt. Ich denke, das solltet ihr wissen, bevor ihr euch allzu große Hoffnungen macht, dass Mable jemals ignorieren kann, was zwischen ihr und mir ist. Auch wenn ich will, dass da *nichts* ist. Ich habe Mable den Scheiß glauben lassen, aber es hat sie nicht von mir ferngehalten. Sie ... hat zu irgendetwas in mir eine Liebe entwickelt, die selbst dann nicht vergeht, wenn ich mich mit ihrer besten Freundin verlobe. Nichts, was ich tue, tue ich, weil ich mit euch um den verschissenen Sieg spiele. Meine Gefühle sind aufrichtig. Ich habe Harper nie gefickt. Ich lasse es nur jeden glauben, weil es Mable hilft, mich nicht in ihre Auswahl mit einzubeziehen. Aber glaubt mir, niemand von euch wird sie ohne mich bekommen. Wenn sie einen von euch wählt, dann auch mich. Versteht ihr, was ich sagen will? Ich werde gar nicht erst gegen euch spielen. Ich werde sowieso gewinnen. Aber einer von euch kann gerne den Beziehungsscheiß übernehmen.«

Wir starren ihn alle an. Selbst Romeo.

»Magst du das ... noch ausführen?«, fragt Romeo baff.

»Nein, du Pisser«, zischt Sylvian ihn an. »Und wenn du

noch einmal in ihrem Zimmer schläfst, hacke ich dir beide Hände ab.«

»Sy«, sage ich warnend.

Er schüttelt nur abfällig den Kopf. »Das letzte Mal war ich einverstanden, aber dann ist mir wieder klar geworden, dass selbst ich mich von dir habe täuschen lassen. Du bist nichts weiter als ein Schatten, Romeo. Ein erbärmlicher, Frauen vergewaltigender Schatten, der sich nicht zurückhalten –«

Romeo sieht aus, als hätte Sylvian ihm ins Gesicht geschlagen, als ich aufstehe und damit Sylvian unterbreche. »Ich liebe dich, Bro, aber du kannst jetzt die Klappe halten.«

»Warum verteidigst du ihn?«, fragt er mich herablassend. »Er ist nichts weiter als Biomasse gefüllt mit Hass und der Fähigkeit, alles zu tun, was du sagst.«

»Und?«, fragt Romeo glatt. »Das reicht doch, oder?«

»Biomasse, die schlafenden Frauen sonst was antut«, knurrt Sylvian ihn an.

»Genug!«, herrsche ich und endlich ist Ruhe.

Gottverdammt. *Was zur Hölle ist mit Sylvian los, Belle?*

Vielleicht braucht er dringend eine Hure. Eine Ablenkung. Ich sollte ihm auf dem Campus eine suchen, vielleicht zwei, die ihm den Schwanz so lange lutschen, bis er keinen einzigen Samen mehr in seinen aufgepumpten Eiern hat. Doch bevor ich den Entschluss wirklich fassen kann, wird die Tür erneut geöffnet.

Vance Buchanan.

Ich habe ihn nicht vermisst.

Meinetwegen könnte er auch ganz verschwinden, wir brauchen ihn nicht mehr.

Ein Bauer, dessen ich überdrüssig geworden bin.

Auch wenn er ein paar Dinge getan hat, die ich ihm anrechnen muss. Aber es wird niemals reichen, um mehr in ihm zu sehen als einen minderbemittelten Söldner, der für Geld alles tun würde.

Er steuert auf uns zu und die Mienen aller Kings um mich herum verfinstern sich.

»Was willst du?«, fährt Zayn ihn an. »Wir haben dich nicht herbestellt.«

Vance hat nicht mehr für ihn übrig als einen abfälligen Blick. »Ihr habt mich dafür bezahlt, dass ich euch gegenüber loyal bin.«

»Und?«, frage ich säuselnd. »Fordert jemand deine Loyalität heraus, oder was?«

»In der Tat.«

Sylvian horcht auf, Romeo hebt den Kopf. Wir alle warten darauf, dass Vance sich erklärt.

Er bleibt vor uns stehen, blickt sich im Raum um, als fürchte er, jemand könne ihn hören. »Mir wurden zwei Millionen geboten.«

Stille.

Dann lacht Zayn. »Netter Versuch, Motherfucker.« Er schlägt die nächste Seite seiner Notizen auf und kritzelt wieder etwas auf seinen Block.

»Und du willst jetzt auch ... weitere zwei Millionen?«, vermute ich verächtlich.

»Da ihr mir schon eine Anzahlung überlassen habt ...« Buchanans rechter Mundwinkel zuckt. »Es geht um Amabelle Weaver. Könnte euch interessieren.«

Ich habe lässig ein Bein über das andere geschlagen, aber ich bin der Einzige, der genauso entspannt sitzen bleibt wie zuvor. Die anderen regen sich auf ihren Sesseln wie Großkatzen, die Beute wittern.

»Wie viel?«, fragt Romeo Vance kalt.

»Fünfhunderttausend.«

Niemand hat diese Summe erwartet.

»Du verzichtest auf anderthalb Millionen?«, fragt Reece ihn kritisch.

Vance lacht rau. »Erstens habt ihr mich genau dafür bezahlt. Zweitens geht es hierbei um etwas, wofür ich mich nicht bezahlen lasse.«

»Wer wollte dich anheuern?«, frage ich.

Vance' Augen blitzen auf. »Haben wir einen Deal?«

Sylvians Unterkiefer mahlt. »Hör zu, Buchanan. Wir haben den Deal, dass wir dich nicht den Cops ausliefern. Du bist nicht mehr in der Position, etwas fordern zu können, nach dem, was du dieses Semester abgezogen hast.«

»Ich war *nicht* an dem verfickten Einsturz der Villa beteiligt«, knurrt Vance. »Und *ihr* habt Rachel gezwungen, den Typen abzuknallen, ihr anschließend eingebläut, die Klappe zu halten, und den Typen im Meer versenkt.«

»Und das werden die Cops dir auch glauben«, sagt Zayn schulterzuckend, sieht aber nicht von seinen Notizen auf. »Vermutlich bist du der Kopf der Terroristengruppe. Würde doch zu dir passen, nicht wahr?«

Vance' Nasenflügel blähen sich wild auf. »Meine Freunde waren mit uns in diesem Haus. Ich hätte sie niemals dieser Gefahr ausgesetzt.«

»Freunde?«, frage ich abfällig. »Du meinst deine ›Fans‹? Oder willst du uns doch durch die Blume sagen, dass es dir um Amabelle ging? Merkwürdig nur, dass du da warst, um sie zu retten, und genau wusstest, durch welches Fenster wir springen müssen.«

Vance sieht aus, als würde er jeden Moment hochgehen. *Dass er Geld will, damit er redet, nervt mich, und dass er dir niemals etwas antun würde, nervt mich noch mehr. Ich muss aufpassen, dass ich es schaffe, ihn kleinzuhalten. Er ist der Letzte, der auch nur darüber* nachdenken *darf, wie es ist, dich zu berühren.* »Deal oder kein Deal?«, fragt er uns. »Für euch ist eine halbe Million Dollar *nichts*. Und wenn ich euch bescheiße, könnt ihr mir das Geld immer noch abnehmen. Warum zögert ihr?«

»Wir zögern nicht«, gebe ich zu. »Wir lieben es nur, zu

sehen, dass du dir unsicher bist, ob du überhaupt etwas von uns verlangen kannst. Also schieß los, Buchanan. Sag uns, wer dir zwei Millionen zahlen wollte, und sag uns, wofür. Und dann werde ich überlegen, ob mir die Information etwas wert ist.«

Vance fletscht die Zähne, aber ich sehe in seinem Blick, dass er sich längst entschieden hat. *Er ist nicht grundlos hier. Er weiß mittlerweile, dass wir dich beschützen würden. Vor wem auch immer. Und er würde die Informationen auch ganz ohne Gegenleistung auspacken. Hast du ihn so sehr beeindruckt, Belle? Dass ausgerechnet Vance seine Geldgeilheit ablegt?*

Wie dem auch sei.

Ich werde ihn benutzen, wie ich ihn immer benutzt habe.

Etwas anderes hat dieses Arschloch nicht verdient.

Er ist schlimmer als wir.

Als wir alle zusammen.

Sylvian

Du glaubst, ich hätte Dinge getan, die ich nie wiedergutmachen kann. Aber du täuschst dich. Niemand hat dich jemals so sehr geliebt, wie ich es tue. Und niemals so große Opfer gebracht, wie ich es getan habe.

Und das ist der einzige Grund.

Diese Liebe ist dein einziger Schild.

Meine sonstigen Waffen prallen an dir ab.

Ich genieße es, dass du mich hasst. Dass du kurz davor bist, mich zu vergessen. Das ist gut so.

Aber es ist verdammt noch mal falsch, dich deswegen für einen der anderen zu entscheiden.

Keiner der Kings hat vor, dich nicht zu quälen. Dieses Spiel ist noch lange nicht vorbei, Baby.

Setz nicht alles auf eine Karte.

Du wirst verlieren.

DREIUNDZWANZIG

MABLE

Gegen acht Uhr abends sitze ich an der Bushaltestelle – der einzigen in ganz Kingston – und warte auf den letzten Bus, der angeblich vor einer Viertelstunde hätte fahren sollen. Ich bin leider noch immer überfordert von den vielen tiefen Gefühlen, die ich empfinde und die weder für Reece noch für Jaxon stärker oder schwächer sind – Sylvian und Zayn klammere ich gedanklich einfach aus.

Ich bin froh, dass wir endlich Kingston verlassen dürfen. Nicht deshalb, weil ich die Uni nicht mag. Ich kann mir sicher sein, für über fünfzig Stunden niemandem von ihnen zu begegnen. Was für eine ultimative Erleichterung.

Wie um diese falsche Freude zu unterstreichen, schüttet es seit einer halben Stunde. Also stehe ich bei strömendem Regen mit meiner gepackten Tasche und meinem doppelt in Tüten eingepackten Laptop an einem Schild, an dem der Fahrplan hängt, und warte.

Und warte.

Es ist zum Kotzen.

Natürlich wartet niemand mit mir und der Wind treibt die Regentropfen mitten hinein in mein Gesicht. Es wäre auch zu viel verlangt, ein Wartehäuschen aufzustellen.

Welcher Student Kingstons fährt schon mit dem *Bus?*

Als ein großer Jeep vor mir hält, denke ich noch, es sei vielleicht einer der Angestellten, der an der Haltestelle hält, um sein Navi einzustellen oder was auch immer. Stattdessen steigt Vance aus.

»Soll ich dich mitnehmen?«, ruft er mir durch den Regen zu. Die tiefgrauen Regenwolken sorgen für eine besonders düstere Stimmung.

»Nein, danke!«, rufe ich zurück und wende mich ab.

»Komm schon, der Bus fährt nicht an Spring Break.«

»Wirklich lieb!«, rufe ich ihm ironisch zu. Vance sieht im dämmrigen Licht und während seine schwarze Kapuze vom Regen übergossen wird, nicht gerade vertrauenerweckend aus. »Aber ich steige nicht bei einem Typen ein, der mich betäubt und an einen Stuhl gefesselt hat!«

»Und wieso?«, fragt er ironisch grinsend zurück. »Haben deine Fuckboys was dagegen?«

Ich verenge die Augen, aber er lacht nur. Geduldig bleibt er neben dem Auto stehen und ich gebe nach, bevor ich überhaupt versucht habe, stur zu bleiben.

Seufzend reiße ich die Tür seines Jeeps auf und lasse mich auf den Beifahrersitz sinken. Das Auto ist ein wahres Traumauto für jemanden wie mich, aber es ist natürlich kein Vergleich zu den Sportwagen der Kings.

»Nur bis zum Bahnhof.« Ich nehme mein Handy in die Hand und warte darauf, dass ich Empfang habe, um meiner Schwester und Harper zu schreiben, dass ich unterwegs bin. Und dass sie die verdammte Polizei rufen sollen, falls ich nicht ankomme.

»Was glaubst du, was ich tun werde«, fragt er grinsend und fährt uns Richtung Salisbury. »Dich entführen?«

Ich schaue rechts aus dem Fenster und zucke mit den Schultern. Schade, dass ich keine anderen Freunde habe und darauf angewiesen bin, mit Vance Buchanan mitzufahren. Harper ist heute Mittag in Florida gelandet. Wieso verabschiedet sie sich nicht? Was zur Hölle ist los mit ihr?

Unsere Freundschaft wandert wieder auf gewaltig dünnem Eis, und mittlerweile weiß ich nicht, ob sie auch nur ein einziges weiteres Geheimnis überleben würde.

Vielleicht sollte ich mal Lien schreiben? Sie hat sich zwar von uns Stipendiatinnen ferngehalten, aber vielleicht hatte sie dafür denselben Grund wie ich?

›Hi, Lien. Willst du meine Freundin sein? Dann können wir gemeinsam im Regen auf den Bus warten, und ich muss nicht mit dem Söldner der Kings mitfahren, der für Geld angeblich alles tut.‹

»Und? Wie kommst du mit deiner Rache voran?«

Ich werfe Vance einen kritischen Blick zu, aber er grinst schief, und zwar auf eine verbindliche Art, weshalb ich meine Wut vergesse. »Nicht besonders.«

»War auch gar nicht nötig, hm?«

»Wohl nicht«, entgegne ich tonlos. »Können wir nicht Musik einschalten oder so? Statt zu reden?«

Er lacht, und sein Lachen klingt so wohltuend, dass ich fast vergesse, wer er ist und für wen er ›arbeitet‹. »Nein.«

»Gut, dann schweigen wir eben ohne Musik.« Die Arme vor der Brust verschränkt sehe ich wieder aus dem Fenster.

Wir fahren eine Weile. Und je länger ich dasitze, umso blöder komme ich mir vor, dass ich ausgerechnet in Vance' Auto eingestiegen bin. Habe ich denn gar nicht dazugelernt? Will ich ihnen allen wieder blind vertrauen? Warum? Weil sie ja doch manchmal ganz nett sind? Fakt ist, ich habe keine Ahnung, ob er mich nicht doch irgendwohin bringen wird, wohin ich nicht gebracht werden möchte. Zu den Kings vielleicht, die unbedingt wollen, dass ich mit ihnen das Wochenende verbringe. Oder einfach in eine Schlachtfabrik.

Wer weiß?

»Wenn du die Kings so sehr hasst, wieso hast du nie etwas gegen sie unternommen?«, frage ich geradeheraus.

Wenn ich Vance besser verstehen lerne, verstehe ich vielleicht auch mich. Trügen mich meine Instinkte? Oder kann ich ihm wirklich vertrauen?

»Tja«, sagt er, und das Grinsen bleibt auf seinen entspannten, männlichen Zügen haften, als wäre es ein Sticker, »an dem geilen Sex kann es schon mal nicht liegen.«

»Kannst du bitte anhalten und mich rauslassen?«

Er wirft mir einen Blick zu. »Was soll ich sagen, Mable? Jaxon hat dir die Antwort doch gegeben. Vielleicht warst du zu benebelt, um es mitzubekommen. Meine Mutter wird sterben, wenn ich nicht für ihre monatliche Therapie aufkomme, und meine zwei jüngeren Schwestern hatten vor ein paar Jahren einen Unfall. Sie sitzen im Rollstuhl, ihnen geht es mal besser, mal schlechter, und meine Tante kann nicht arbeiten gehen, weil sie sich um die beiden kümmern muss. Meine ganze Familie ist auf meine Unterstützung angewiesen. Als ich das Stipendium von Kingston erhielt, schien es wie eine Rettung zu sein. Ich wusste, dass ich uns aus dem Elend holen können würde, und dann kam ich an die Uni, und der kleine Pisser Jaxon hat sich überlegt, aus dem Schicksal meiner Familie ein Schachspiel zu machen. Seit dem Tag, als mir das klar wurde, habe ich mir Rache geschworen. Und ein Teil der Rache wird sein, dass ich als erster schwarzer, verarmter Student das Kingston-College abschließen werde. Und ein Teil der Rache ist, dass die Kings mit ihrem verfickten Geld meine Familie unterstützen. Wenn ich dafür ein paar bescheuerte Dinge für sie tun muss, die sonst irgendjemand anderes tun würde, mache ich es. Aber es erfüllt mich mit tiefer Befriedigung, dass sie es wiedergutmachen, indem sie mir ihr Geld geben. Auch wenn sie das nie so sehen würden. Sie glauben, sie hätten mich in der Hand.«

»Okay, klar. Und um deine Familie zu unterstützen, ist es natürlich vollkommen okay, Unschuldige wie mich zu betäuben, zu kidnappen und irgendwo an einen Stuhl zu fesseln.«

Seine Miene ist ernst geworden. Absolut geradlinig und ernst. »Ja, definitiv. Die Show, die Jaxon mit dir abgezogen hat, ist nichts gegen das Leiden meiner Mom.«

Im ersten Moment will ich mich seinem Argument verweigern und ihm einen Spruch an den Kopf werfen, aber dann verbiete ich es mir doch. »Aber du hast doch noch schlimmere Dinge getan, oder?«, frage ich stattdessen.

»Ja? Wer sagt das? Fucking Reece Crescent?«

»Du hast im ersten Jahr gewonnen und das mit Eleanore ist mir auch nicht aus dem Kopf gegangen.«

»Das Spiel habe ich im ersten Semester gewonnen, weil ich gegen Zayns Rat die mir zugeteilte Dame beschützt habe. Tag und Nacht. Am Ende musste ich gegen vier Bauern ankämpfen, die von den anderen Kings auf mich gehetzt wurden, aber ich habe es geschafft.«

»Wirklich?«

»Glaubst du, ich lüge? Wenn ich etwas für die Arschgeigen tue, dann ist es meistens harmlos.«

»Meistens?«

»Manchmal ist es das nicht, aber dann sind selten weiße, kleine, unschuldige Mädchen wie du involviert.« Er zwinkert mich spöttisch an.

»Sondern?«, frage ich genauso spöttisch. »Nicht-weiße, unschuldige Mädchen?«

Er verdreht die Augen. »Letztendlich tue ich nichts, was sie nicht bezahlen. Wenn Reece sagt, ich wäre schlimmer, hat er 'nen echten Dachschaden. *Sie* geben mir schließlich den Auftrag.«

»Oder sein Bruder Zayn hat den Dachschaden«, murmle ich.

»Bist du Zayn endlich begegnet, ja?«

»Wie hast du es herausgefunden?«, frage ich ihn.

Vance streicht sich durchs kurze Haar. Er hat seine

Jacke ausgezogen und trägt darunter nur ein Shirt. Seine gewaltigen Oberarmmuskeln liegen frei, und ich zweifle nicht, dass er in der Lage war, seine Dame vor vier anderen Bauern zu beschützen. »Ich wurde Zayn zugeteilt, wie gesagt. Für mich war es ziemlich schnell klar.«

»Sie sind wirklich Zwillinge?«

Vance starrt mich für einen Moment fassungslos an. »Okay, bist du echt *so* dämlich?«

»Hör auf, mich zu beleidigen!«

»Was ist daran 'ne Beleidigung, wenn du es einfach nicht schnallst?«

»Sag es mir einfach!«

»Nein! Entweder du kommst selbst drauf oder es ist fucking egal.«

»Aber wie?! Nicht mal beim Googeln findet man irgendetwas heraus! Die Crescents haben Kinder, aber ob es Söhne sind und Zwillinge, ist so streng unter Verschluss, dass man meinen könnte, die Journalisten werden dafür bezahlt, dass sie schweigen!«

»Das werden sie ganz sicher.«

»Warum bist du so anti?«

»Anti gegen Crescent?«

»Gegenüber mir!«

»Dir?«, fragt er erstaunt und lässt den Wagen langsamer werden. Er sieht mich an, und dann ist da etwas in seinem Blick, das so tief geht, dass ich es unmöglich deuten kann.

»Du willst mir nicht helfen«, werfe ich ihm vor. »Aber dann deutest du wieder an, dass ich dir nicht völlig egal bin. Du willst mich mitnehmen, aber wenn wir sprechen, versuchst du mich mit jedem Wort zu treffen. Du hasst mich dafür, dass ich mich nicht an den Kings räche, tust es aber selbst nicht. Ist es, weil du in mir dieselbe Schwäche siehst, die du an dir selbst hasst? Oder warum behandelst du mich so scheiße?«

Vance schluckt merklich, dann sieht er zur anderen

Seite aus dem Fenster hinaus, umfasst das Lenkrad fest. Seine Sehnen treten hervor, und ich muss wieder einmal feststellen, wie attraktiv er ist. Vielleicht sollte ich mir mal ein Spiel von ihm ansehen? Er wird nicht ohne Grund eine Menge Fans haben.

»Also?«, frage ich fordernd.

»Nichts«, brummt er und gibt wieder Gas. »Reece und Zayn sind Zwillinge. Der eine ist ’n ganz umgänglicher Typ, Zayn hingegen ist ein echter Psycho und zusammen teilen sie sich alles. Ihr Leben, ihre Identität, das Studium, die Frauen. Mehr weiß ich nicht über sie.«

Vermutlich hört er, wie groß der Stein ist, der von meinem Herzen fällt. »Sie sind wirklich Zwillinge?«, wiederhole ich meine Frage von zuvor. »Aber sie sind so … so gut. Sie machen es perfekt.«

»Sie sind pervers. Ohne Zayn könnte man sich vorstellen, dass Reece die einzige moralische Instanz unter den Kings wäre. Aber im Grunde ist er genauso Zayn, wie Zayn Reece ist. Und keine der Frauen weiß, dass sie sich sie teilen.«

»Und wieso tun sie das alles?«

»Weil Zayn niemals einen Studienplatz erhalten hätte.«

»Du weißt irgendwie doch eine Menge über sie.«

»Ich bekomme hier und da was mit.«

»Wieso hätte Zayn nie einen Studienplatz erhalten?«

Vance sieht für eine Weile schweigend nach vorn, und ich erwarte schon gar nicht mehr, dass er mir mehr erzählt, als er es überraschenderweise doch tut. »Es ist nicht nur der Studienplatz. Soweit ich weiß, wurden die beiden Zwillinge in ihrer Jugend getrennt. Reece wuchs in den Staaten auf, aber Zayn bei seiner schwedischen Mutter. Oder war es andersherum? Ach, Fuck. Auf jeden Fall muss bei Zayn irgendetwas vorgefallen sein. Weiß nicht, ob er nicht sogar im Gefängnis sitzen müsste. Er ist ein echtes Psychobrain. Du musst ihn erleben, wenn er in Sekundenschnelle zwischen sich und seinem Bruder wechselt und wie gut er sich alles merkt, was um ihn herum geschieht. Reece' gute Noten kommen von Zayn. Ich weiß nicht, ob Reece überhaupt eine der Prüfungen schreibt.«

Mein Mund hat sich leicht geöffnet. Das klingt verdammt krank und … leider auch irgendwie faszinierend. Jetzt ärgere ich mich, dass ich nicht mehr über Zayn weiß, ihn nicht ausgehorcht habe, und dass ich nicht doch das Wochenende mit ihm verbringe. Mit beiden. Es reizt mich ungemein, mehr über diese unfassbar verrückte Verbindung der Brüder herauszufinden. »Kannst du die beiden auseinanderhalten?«, frage ich wispernd. »Also wenn Zayn Reece imitiert, erkennst du es?«

»Ja.«

»Wie hast du es gelernt?«

»Ich war sein verdammter Bauer, Mable. Ich kenne ihn besser als die meisten auf dem Campus.«

»Ich habe noch immer keine genaue Vorstellung davon, wie das Schachspiel damals abgelaufen ist.«

»Glaub mir, das ist besser so.«

Ich versuche, endlich alles zusammenzubringen, was ich weiß. Zayn ist der, der mich Dole nennt. Reece ist der, der mir das Gefühl gegeben hat, mich von Anfang an zu mögen. Wenn Reece mich in der ersten Woche auf seine Party eingeladen hat … War ich bereits mit ihnen beiden in seinem Zimmer? Wann kam Zayn dazu?

Mir fällt es sofort wieder ein. Zayn muss derjenige gewesen sein, der zugesehen hat, wie Jaxon Romeo befahl, mich zu entführen. Zayn hat Rachel gevögelt. Reece … hat es nicht getan. Auch wenn sie sich angeblich jede teilen; als ich Zayn und Rachel in unserer Wohnheimküche erwischt habe, waren ihre Augen nicht verbunden …

Zayn war ein Arschloch zu mir, hat von oben herab über mich gesprochen, mich sogar beleidigt. Aber Reece hat es immer wieder ausgeglichen. Reece war derjenige, der dieses Semester versucht hat, sich bei mir zu entschuldigen, und mich um ein Date gebeten hat.

Und es war wirklich Zayn, den ich in Jaxons Badezimmer gefragt habe, ob er er ist, auch wenn er sich auf fantastische Weise als Reece verstellen konnte. So unglaublich es ist, aber sie sind wirklich gut.

Vermutlich wissen sie das, und deswegen erlauben sie es sich, mal so oder so rüberzukommen. Sie brauchen sich nicht zu verstellen und immer so zu tun, als wären sie nur der ›nette Reece‹. Weil sowieso niemand hinter ihr Geheimnis kommen würde. Selbst ich habe gezweifelt, bis Vance es mir versichert hat.

Ich sinke erleichtert in den Sitz zurück. »Danke, dass du es mir erzählt hast.«

»Und es schreckt dich nicht mal ab«, stellt er frustriert fest.

»Du hast es mir erzählt, damit es mich abschreckt?«

Er hebt eine seiner massigen Schultern und antwortet erst nach einer Weile. »Sie haben dich ohne dein Wissen geteilt. Ist es nicht die Definition einer Vergewaltigung, wenn man nicht einwilligt? Aber scheiß drauf, es hat dir ja *gefallen*«, er zieht das Wort spöttisch in die Länge, »wozu braucht man einen moralischen Kompass. Ganz abgesehen davon, dass sie dich letztes Semester psychisch misshandelt haben. Who cares.«

Möglicherweise hat Vance recht. Aber offenbar ist mein Kompass ziemlich im Arsch. Alles in mir glüht bei dem Gedanken, mehr über die Zwillinge herauszufinden. Sie zu ... daten. Die ... *Einzige* für sie zu sein. Meine Gedanken kreisen, und ich bin schon kurz davor, Reece zu schreiben, dass er mich doch abholen soll, als mir auffällt, dass Vance am Ortseingang von Salisbury vorbeifährt. »Hast du die Abzweigung übersehen?«

»Ich bringe dich direkt nach Hause.«

Ich öffne den Mund, um vehement abzulehnen, aber

dann schließe ich ihn wieder. Bei dem Wetter im warmen Auto sitzen bleiben zu können und direkt nach Hause gefahren zu werden, ist zu verlockend. Außerdem wird Vance mir vielleicht noch mehr erzählen.

»Die vierte Dame …«, beginne ich, »die du gerettet hast. Wer ist sie? Warum kennt niemand die Gewinner aus den Vorjahren?«

»Elisha hat einen der Abgänger geheiratet, deswegen studiert sie nicht weiter.«

»Sie hat einen der Kingston-Studenten geheiratet?«

»Wundert dich das?«

»Hat er versucht, sie vor dem Spiel zu beschützen?«

»Wie kommst du darauf? Du kannst sogar den Kings verzeihen. Warum sollte Elisha dann nicht einen der anderen Studenten heiraten?«

»Ich *verzeihe* ihnen nicht.«

»Stimmt, du fickst sie nur, weil es dir Spaß macht. Es geht dir gar nicht um sie.«

»Warum sollte ich es auch sonst tun?«, fahre ich ihn an.

»Weiß ich nicht«, ruft er ironisch ins Auto. »Vielleicht hast du nur dann Sex, wenn du den anderen auch magst, so wie ein Großteil der normalen Leute? Nein, Amabelle Weaver, das Girl aus dem Trailerpark, vögelt natürlich mit allen Kings, weil ihr der Charakter der Typen egal ist und ihr nur ihre Schwänze gefallen.«

Ich atme bebend ein. »Warum bist du so?«, murmle ich. »Gerade wollte ich dich mögen.«

»Weil ich dir etwas über Zayn erzählt habe? Es ist lächerlich, wie schnell du verzeihst und dein Herz öffnest.«

»Na und? Vielleicht habe ich auch einfach das Talent, unter eure vielen stählernen Schalen zu sehen. Ihr alle tut immer nur so, als wärt ihr total harte Kerle, dabei seid ihr angreifbar und verletzlich wie winzige Mimosen, und je fieser ihr zu mir seid, umso mehr wollt ihr euch davor schützen, dass jemand mehr in euch sieht als das Arschloch.

Aber warum? Was ist so fucking schlimm daran, wenn jemand das Gute in euch erkennt? Warum müsst ihr mich alle immer so fertigmachen, weil ich nicht glauben will, dass ihr durch und durch fies seid?«

Vance brummt etwas Undeutliches, dann bremst er plötzlich, setzt den Blinker und fährt rechts ran. Bevor mir klar wird, was geschieht, hat er sich schon in meine Richtung gedreht, mich gepackt und an sich herangezogen.

Seine Lippen liegen auf meinen, ohne dass ich die Chance dazu bekommen hätte, mich zu wehren.

Er küsst mich. Seine Zunge zwängt sich zwischen meine Lippen. Ich bin absolut überrumpelt und tue im ersten Moment gar nichts. Dann baut sich der Widerstand in mir auf. Ich bin mir sicher, dass ich ihn wegstoßen, von mir stoßen will, aber ich tue es nicht. Seine Zunge berührt meine und schickt einen Stromstoß durch mich hindurch. Und mir werden seine starken Arme, sein übermächtiges Wesen auf einen furchtbaren Schlag bewusst.

Regungslos sitze ich da. Erstarrt. Unfähig, mich zu rühren.

Als er mich genauso schnell loslässt, wie er mich gepackt hat, geht mein Atem minimal stoßartiger als zuvor.

Seine Miene hingegen ist ausdruckslos. Schattig. Ich kann nicht darin lesen, so gern ich es auch würde.

Ohne ein weiteres Wort fährt er wieder an. Sein Fahrstil aggressiver als zuvor.

Ich fasse mir an die Lippen, nicht sicher, ob das gerade wirklich geschehen ist. »Das ist der Grund?«, wispere ich schließlich, wage es nicht, in seine Richtung zu sehen. »Du bist … du bist eifersüchtig?«

Er lacht verbittert, fährt unbeirrt weiter. »Eifersüchtig? Seitdem ich mitbekommen habe, wie du fucking Sylvian Silvano die Stirn im Crowns geboten hast, will ich das hier tun.« Vance presst den Kiefer zusammen, ballt die Hände um das Lenkrad zu Fäusten.

»Du warst da?«

»Ich habe es mitbekommen.«

»Ach ja, du hörst die Kings ja ab.«

»Tue ich nicht«, entgegnet er kalt. »Die Scheißaufnahmen. Die, die du nicht mal verwendet hast, weil, warum solltest du dich an den Wichsern rächen, ihre Schwänze sind doch so perfekt?«

Ich spüre immer mehr Wut in mir hochkochen.

»Die hat Jaxon mir gegeben. Von wegen, ich hätte ihren Scheißcode geknackt; wenn die Kings eines sind, dann nicht dumm genug, als dass man sie hacken könnte. Er wollte, dass ich dir die verfickten Aufnahmen gebe, damit du anfängst, ihnen zu vertrauen. Zayn und Reece nehmen sich die meiste Zeit auf, damit sie sich im Notfall gut für den anderen verstellen können. Daher stammte die erste Aufnahme. Und ich wette mit dir, dass die zweite Aufnahme gefaked war. Sie würden nicht nach oder beim Sex mit dir etwas mitschneiden, wenn sie sowieso alle zusammen sind. Aber was ist passiert? Du vertraust den Motherfuckern, lässt dich von ihrem fucking Charme einlullen wie ein Schmetterling, der noch im Spinnennetz glaubt, es wäre seine Rettung.«

Mein Kiefer fühlt sich an, als wäre er aus Stein, so wütend bin ich. Wütend auf mich selbst, auf Vance, auf Jaxon, auf alle.

Ich hole mein Handy aus der Tasche und überlege, wen zur Hölle ich anrufen soll. Dann fällt es mir wieder ein.

Irene.

Irene hat zwar eine psychotische Mörderschwester, aber hey, sie gibt es wenigstens offen zu!

»Warte, Mable.«

»Fick dich«, murmle ich und wähle schon ihre Nummer.

»Bitte.«

»Toll, ich habe sowieso keinen Empfang. Das ist die

schlechtest ausgebaute Gegend von ganz Amerika! Warum hast du mir die Aufnahmen überhaupt gegeben, Vance? Was sollte das?«

»Ich dachte, du würdest sie verwenden. Ich hielt Jaxons Plan für absolut hirnrissig. Ich dachte, du würdest die Memos nehmen und verbreiten. Er meinte, du würdest das nicht tun, sondern ihnen vielmehr dadurch verzeihen. Er behielt recht, ich behielt unrecht. Hätte ich das gewusst, hätte ich dich niemals getäuscht. Aber ich habe den Säcken geschworen, dass ich dichthalte. Und ich weiß nicht, was du denkst, aber sie würden mich einfach kaltmachen, wenn ich sie verrate. Das sind *keine guten Menschen.* Das versucht dir jeder zu sagen, ich, die Kings selbst, Harper, Clarisse ... *Damn it,* du siehst es einfach nicht!«

»Was, wenn du mir auch nur eine weitere Lüge erzählst?«

»Stimmt.« Er lacht rau. »Ich kann verstehen, dass du mir nicht glauben willst. Niemand an dieser Universität war durchgängig ehrlich zu dir. Auch ich habe gelogen. Ich habe mich nicht eingemischt, habe dich machen lassen, habe zugesehen und es ertragen.«

»Kannst du bitte anhalten?«

Er wirft mir einen sehr, sehr dunklen Blick zu, der mich zusammenfahren lässt. »Alles, aber ich werde dich nicht in diesem verdammten Wald hier aussetzen. Verlang das nicht von mir, Mable.«

»Nein, das meine ich nicht.«

Vance atmet tief durch und hält den Wagen am Straßenrand.

Jetzt, da er nicht mehr Gefahr läuft, gleich das Lenkrad zu verreißen, fühle ich mich etwas besser.

»Lass mich dich nach Hause bringen«, raunt er. »Das eben war ein Fehler. Ich bin nicht wie sie. Ich *kann* mich zurückhalten. Es tut mir leid.«

»*Sie* können sich auch zurückhalten.« Scharf überlege

ich, was ich jetzt tun soll. »Bitte setz mich in der nächsten Kleinstadt ab. Von dort nehme ich mir ein Uber. Ich habe genügend Geld.«

Er erwidert nichts.

»Vance.«

»Natürlich«, brummt er und startet den Motor wieder. In dem Moment klingelt sein Handy. Die Nummer ist unterdrückt.

»Wieso hast du Empfang und ich nicht?«, frage ich ihn sofort.

Er verdreht die Augen und öffnet die Fahrertür. »Ich kann es mir nicht leisten, nicht erreichbar zu sein, und habe deswegen kein Schrotthandy und keinen Billigvertrag. Einen Moment.«

Vance steigt aus, in den Regen, und nimmt das Gespräch entgegen. Er sieht aus, als würde er schnell und hart mit jemandem diskutieren. Als seine Stimme lauter wird, verstehe ich einzelne Sätze.

»Was soll ich sonst tun? ... Natürlich bringe ich sie nach Hause! ... Was ist? Vertraut ihr mir nicht mehr? ... Fickt euch.« Dann schweigt er für eine ganze Weile und dreht sich währenddessen in meine Richtung. »Das ist nicht euer Ernst ...« Als er mich ansieht, läuft es mir kalt den Rücken hinunter. Er hat einen Killerblick aufgesetzt. »Ihr seid Bastarde, nichts weiter ... Wenn ich das für euch tue ... Ich vertraue euch einen Scheißdreck. Wenn ich *das* tue ... Nein, mir ist das Geld fucking egal. Ich will keinen Dollar dafür. Als ich zu euch kam, war das Show. Ich hätte sie *niemals* verraten!« Seine Miene verhärtet sich, während er demjenigen am anderen Ende der Leitung zuhört. »Das wird sie euch nicht verzeihen. Niemals.« Weitere Sekunden Schweigen, in denen ich auf mein Handy schiele. Ich habe noch immer keinen Empfang. Vielleicht sollte ich versuchen zu fliehen. Etwas scheint nicht mit rechten Dingen zuzugehen. »Ich verstehe«, sagt er schließlich. »Wenn das schiefgeht, seid ihr die Nächsten.«

Er legt auf und steckt sein Handy in die Hosentasche, bevor er wieder einsteigt.

Alles an ihm ist zehnmal angespannter und angsteinflößender als zuvor. Er schlägt die Fahrertür zu und fährt an.

»Du hast mich von Anfang an fasziniert«, beginnt er, und ich weiß nicht, ob ich hören will, was er nach diesem unfassbar mysteriösen Gespräch zu sagen hat. Im Grunde warte ich nur darauf, dass ich endlich wieder Empfang habe. Ich muss weg von Vance. So viel wird mir klar. »Und die ganze Zeit frage ich mich, was zur Hölle es ist. Wieso fahren so viele Männer auf dich ab? Ist es, weil du in uns eine Art Rettergen weckst? Du bist wie ein hilfloses, bloßgestelltes Opfer, und mein dunkelster Trieb kommt zum Vorschein, weil ich mir vorstelle, wie ich derjenige bin, der dich zu einer Heldin macht. Aber das ist nicht das, was du verdienst, Mable.«

»Ich verstehe absolut kein Wort von dem, was du sagst!«

»Egal, was irgendjemand von den Kings tut, egal, was *ich* tue, und wenn wir es tausendfach wiedergutmachen würden, nichts könnte dich jemals für all die Lügen entschädigen. Du verdienst etwas Besseres. Etwas viel Besseres. Und die einzige Rolle, die ich in deinem Leben einnehmen werde, ist die, dir das Bessere zu ermöglichen. Aber ich werde dich verdammt noch mal nie wieder auch nur *anrühren.* Ich verabscheue mich selbst, dass ich auch nur für eine Sekunde dachte, du würdest das wollen.«

»Vance.« Ich weiß nicht, ob ich bestürzt über seine Worte sein oder Mitleid empfinden soll, aber sie wecken in mir das Bedürfnis, meine Hand nach seinem Arm auszustecken.

»Was?«, brummt er.

»Sag mir doch einfach jetzt die Wahrheit«, wispere ich. »Die ganze Wahrheit. Was war das für ein Gespräch? Wie stehst du zu den Kings? Was hat das alles zu bedeuten? Damit würdest du einen großen Teil wiedergutmachen. Du würdest mir *helfen*. Ich muss endlich die ganze Wahrheit hören. *Bitte.*«

Sein Kiefer mahlt und er sieht wieder nach vorn. »Nein. Die Wahrheit wird dich nur noch mehr in ihre Arme treiben. Dein rosa verfärbter Blick ist gerade verschleiert. Ich sagte dir, was passiert, wenn du dich benimmst, wie du dich benimmst. Dich einem Kerl wie mir gegenüber allen Warnungen zum Trotz so aufzuführen ... lässt auch mich die Kontrolle verlieren.«

»Welchen Warnungen?«

»*Den* Warnungen. Ich bin vielleicht nicht *schlimmer* als die ›Kings‹, aber ich bin auch kein Held, der dich einfach nach Hause bringt.«

»Aber ...« *Was zur Hölle hat er vor?*

»Ich gehe in vielen Punkten weiter als sie.« Er fährt eine geschlungene Straße hinauf, und ich muss mich langsam fragen, ob es die richtige Richtung ist. »Was ich über meine Familie sagte, ist wahr. Und das, was Jaxon über mich sagte, vermutlich auch. Es gibt nicht viele gute Dinge an mir.«

»Vance!«, keuche ich panisch und fasse nach dem Türgriff. »Wo fährst du mich hin?!«

Er antwortet nicht, und ich versuche die Tür zu öffnen, aber er beschleunigt, fasst über mich und zieht sie wieder ganz zu.

Der Wagen kommt ins Straucheln.

»Halt sofort an!« Ich versuche an den Schlüssel zu kommen, um den Motor auszuschalten, als er in einen holprigen Waldweg einbiegt.

»Nein.«

»Vance!« In meiner Panik versuche ich ihn zu schlagen, doch er stößt mich von sich. Ich schnalle mich ab, doch dann packt er mich.

Am Hals.

Die Brutalität, mit der er meinen Nacken umfasst und mich nach vorn auf meine Oberschenkel drückt, raubt mir den Atem.

»Wie verdammt naiv kann man eigentlich sein?«, knurrt er über mein Keuchen hinweg und hält mich spielend leicht gefangen. Ich versuche um mich zu schlagen, doch ich erreiche ihn nicht, also fasse ich an seine Hand und versuche sie irgendwie von meinem Nacken zu lösen. Chancenlos. »Du steigst in mein verdammtes Auto. Ist dir nicht klar, dass ich alles mit dir tun könnte? Wieso zur Hölle kommst du überhaupt auf die *Idee,* irgendjemandem an diesem verschissenen Campus zu vertrauen? Es gibt *niemanden,* der etwas Gutes für dich wollte. Die Kings benutzen dich nach wie vor für ihre kranken Spielchen, Harper ist so verlogen und falsch, dass ich jedes Mal kotzen muss, wenn ich sie sehe, und auch sonst gibt es niemanden, der an deinem Wohlergehen interessiert wäre. *Niemanden.*«

Tränen schießen mir in die Augen, als ich erkennen muss, dass ich mich gegen seine übermäßige Stärke nicht zu wehren weiß. Schmerzhaft bleibe ich nach vorn zusammengeklappt sitzen, mein Kopf zwischen den Knien, und versuche mich darauf zu konzentrieren, welche Möglichkeiten mir bleiben.

Das Auto ruckelt über eine unebene Straße.

Was auch immer Vance vorhat, ich muss ihm entkommen, so viel steht fest.

»Warum tust du das alles für sie?«, rufe ich Richtung Fußmatte, voller Wut und Tränen und Verzweiflung. Sein Griff in meinen Nacken schmerzt unendlich. »War es auch eine Lüge, dass du sie hasst?«

»Vielleicht. Vielleicht nicht«, brummt er. »Du wirst es wohl nicht erfahren, was echt und was falsch ist.«

Tränen rinnen mir die Wangen hinab. Er hat recht. Ich bin auf sie hereingefallen. Auf die Kings und ihre Tricks und ihren Söldner. Auf Romeo, Sylvian, Jaxon und die Sprachnachrichten, die mir Vance gegeben hat. Auf ihn, weil ich glaubte, er würde mich einfach nach Hause bringen. Auf Harper auch. Auf alle.

Ich habe nichts aus dem letzten Semester gelernt.

Gar nichts.

Vielmehr habe ich mich noch mehr in ihre Abgründe einwickeln lassen.

Diese Erkenntnis lässt mich so schwach werden, dass ich meinen Widerstand aufgebe. Mein Körper erschlafft, und ich spüre, wie Vance den Druck seiner Hand zurücknimmt. Schließlich lässt er mich ganz los, aber ich bleibe einfach vornübergebeugt sitzen. Die Arme um meine Beine geschlungen, das Gesicht unter meinen Haaren verborgen.

»Sie wissen, was heute Nacht passieren wird. Ich habe gerade mit Jaxon gesprochen.«

Ich atme bebend ein. »Was?«, frage ich zögernd, richte mich etwas auf.

Vance schweigt und sein Jeep ruckelt weiter. »Du hättest dich entscheiden sollen.«

Ich antworte nicht. Mein Kopf dröhnt zu sehr.

»Das ist es, was sie von dir erwartet haben. Du hättest einen von ihnen wählen müssen. Meiner Meinung nach gab es nie eine richtige Wahl. Egal, wen du genommen hättest, sie hätten dich trotzdem zerstört. Aber dich *gar nicht* zu entscheiden, hat ihnen gezeigt, dass du nur mit ihnen spielst.«

Was nicht einmal stimmt. Ich habe nicht mit ihnen gespielt. Und das ist meine größte Schwäche. »Du hast gerade mit Jaxon gesprochen? Und er will, dass du mich entführst? Bringst du mich zu ihnen?«

Er lacht kalt. »Nein. Hoffe nicht auf ein Happy End, Mable. Je schlimmer der Verstoß gegen ihre Regeln ist, umso härter ist ihre Reaktion auf deine Vergehen. Du hattest nur eine Aufgabe. Entscheide dich. Du hast es nicht getan, also lassen sie zu, dass du heute leiden wirst. Ich war bei ihnen. Habe ihnen alles gesagt. Und jetzt verlangen sie von mir, dass ich es ausführe.«

Mein Herzschlag dröhnt mir bis in den Hals. Wieder bin ich gefangen, doch dieses Mal ist es kein Stuhl, auf dem ich gefesselt wurde, kein Publikum, das meinem Untergang zusehen will.

Dieses Mal ist es schlimmer.

So viel schlimmer.

Ich hätte wissen müssen, dass ich an diesen Punkt gelange, wenn ich ihre Nähe erneut zulasse, wenn ich ihnen wieder verfalle. Was ist es, das mich so schwach macht? Mein Körper? Mein Herz? Die Sehnsucht?

Oder liegt es gar nicht an mir, und es wäre für jeden auf der Welt unmöglich, den Kings zu widerstehen?

Jaxon, Sylvian, Reece, Zayn.

Selbst Romeo.

Sie alle haben mich gefangen genommen. Auf ihre jeweils eigene Art. Jeder von ihnen hat seinen Reiz auf mich ausgeübt, mich mit seinen Worten eingenommen und mir suggeriert, ich dürfe mir nehmen, was ich brauche.

Dabei haben sie sich von Anfang an überlegt, wie sie mich dafür bestrafen würden, wenn ich auf sie höre. Dass sie mich leiden sehen wollen, wenn ich mir nehme, was ich will.

Du hättest dich entscheiden sollen, klingen Vance' Worte in meinen Ohren.

Ja, das ist die Wahrheit.

Ich sollte mich entscheiden.

Und ich habe es nicht getan.

Weil ich nicht kann.

Und diesen Fehler werden sie mir nicht verzeihen. Niemand wird das.

Schon gar nicht ich selbst.

»Was wird jetzt geschehen?«, frage ich zitternd. Zu

meinen Peinigern ist ein weiterer hinzugekommen. Vance Buchanan, dessen Brutalität ich noch immer an meinem Körper spüre. Er ist nicht nur eine Schachfigur. Er ist genauso einer meiner Gegenspieler wie die Kings. Natürlich habe ich keine Chance. Wie soll ich allein gegen sie alle ankommen?

»Nichts Gutes«, höre ich als Antwort.

Was auch immer ich für sie bin, ich bin vor allem ein leichtes Opfer. Wie eine Blume am Straßenrand, zu der man sich hinunterbeugt und sie einfach pflückt. Gefangen ist ihre Schönheit in den Händen desjenigen, der keine Skrupel hat, sie zu zerstören.

Und die Kings haben keine Skrupel.

Absolut keine.

»Wir sind da«, sagt Vance unheilschwanger. Nur wenige Minuten später hält er vor einem Tor. Es gleitet wie von Geisterhand auf und lässt eine Villa dahinter zum Vorschein kommen, die mich an die Cullen-Villa aus Twilight erinnert, nur dass vermutlich weitaus grausamere Gestalten dort drin auf mich warten. Ein gläserner Holzbau, mehrstöckig, verschnörkelt und mitten im tiefsten Wald. Ein verwunschener Ort der Moderne.

Vance parkt den Wagen und steigt aus.

Sofort öffne auch ich die Tür, springe aus dem Auto und hechte los, aber er hat mich nach nur wenigen Schritten eingeholt. Er zerrt mich an sich. An seine starke, feste Brust, einen Arm um meinen Oberkörper gelegt. Seine Lippen gleiten an meinen Hals und er atmet meine Panik tief ein.

Verdammt, er ist genauso krank wie die Kings. Wenn er so weitermacht, toppt er sogar Sylvian.

»Komm einfach mit, ja«, raunt er an meinem Ohr. »Dann muss ich dir nicht wehtun.«

»Du hast mir gesagt, ich könne auf dich zählen! Und jetzt entführst du mich erneut?«

»Ja, offensichtlich habe ich gelogen, Mable. Wie jeder verdammte Wichser an diesem Campus dich angelogen hat. Selbst Harper. *Alle.*«

Ich verziehe den Mund und würde *ihm* so gerne ins Gesicht schlagen, als er mich herumreißt und Richtung Haus schubst.

Die Tür im untersten Stockwerk wird geöffnet und eine blonde Haarmähne kommt zum Vorschein, während Vance eine Hand auf meinem Rücken hält, damit ich nicht wieder abhaue.

»Dole!«, ruft Clarisse zuckersüß und lehnt sich mit einem Hüftschwung in den Türrahmen. »Wie schön, dass du uns mit deiner Anwesenheit beehrst. Wir warten schon auf dich. Wer nicht hören will, muss *fühlen*, nicht wahr? Hätte nicht gedacht, dass Vance dich ohne Betäubung dazu bekommt, mit ihm zu gehen. Aber du kannst einem männlichen Schwanz einfach nicht widerstehen, oder?«

Ich presse den Kiefer zusammen und mache mir nicht einmal die Mühe, etwas zu erwidern. Sie hat recht. Ich kann ihnen nicht widerstehen. Niemandem von ihnen.

Und dafür erhalte ich meine gerechte Strafe, als Vance mich über die Türschwelle schubst.

Mich durchs Haus bugsiert, in das gläserne Wohnzimmer hinein. Auf der anderen Seite des Zimmers sitzt eine Frau. An einen Stuhl gefesselt, die Augen tot, die Miene leer.

»Das ist Eleanore«, erklärt Clarisse süffisant. Mit Stolz in der Stimme zeigt Clarisse an dem Mädchen hinunter, das im Licht einmal mehr danach aussieht, als wäre es jahrelang misshandelt worden. Narben ziehen sich durch Eleanores Gesicht und Schnitte sind an ihren Armen zu sehen. Neben ihrem Stuhl sitzen ein Dutzend Studentinnen der Regina-Verbindung, ordentlich angezogen wie die Bräute verdammter Faschisten.

»Sieht sie nicht ganz zauberhaft aus?«, fragt Clarisse mich. Ihre Worte erzeugen einen Knoten in meinem Bauch. Was noch dadurch verstärkt wird, dass Eleanore mich anlächelt. Es ist ein irres Lächeln. Psychotisch. Nicht mehr ganz so menschlich, wie man es von einer jungen Frau erwarten würde. »Und heute Nacht, Dole, werden wir dir einen Vorgeschmack darauf geben, was passiert, wenn du nicht verschwindest. Keine Angst. Die Narben stammen nicht von uns. Das ist das, was Eleanore sich selbst angetan hat, um *den Schmerz zu verarbeiten*. Den Schmerz, den die Kings in ihren Kopf gepflanzt haben und den sie nie wieder vergessen wird.«

Ich sehe Clarisse ins Gesicht. Ihre Augen strahlen wie die von Jaxon, wenn er spielt. Aber bei ihr glaube ich nicht eine Sekunde, es wäre nur eine Maske. Das *ist* sie wirklich. Clarisse *ist* böse. Sie verkörpert die machtvolle Elite in einer Person. Und ich hätte viel früher darüber nachdenken sollen, wie ich gegen sie gewinne.

»Meinst du nicht auch, es wäre besser gewesen, Kingston zu verlassen?«, fragt Clarisse zuckersüß. »Du hättest gehen sollen. *Und niemals wieder zurückkehren dürfen.*«

Wie auch immer die zurzeit vermutlich meistgesuchte Person Eleanore hierherkommt und was auch immer Clarisse ihr angetan hat, ich weiß, dass ich mich nicht von ihrem Anblick einschüchtern lassen werde. Ich kann nicht aufgeben. Schon gar nicht, wenn ausgerechnet Clarisse es von mir verlangt. Einen Schritt vortretend straffe ich die Schultern und hebe das Kinn. Wenn ich es mit Jaxon aufnehmen kann, dann mit ihr allemal.

»Niemals«, entgegne ich, und als sie bitterböse lächelt, weiß ich, dass sie insgeheim gehofft hat, ich würde bleiben. Aber ich bin nicht irgendwer. Ich habe die Kings dazu gebracht, sich um mich zu reißen. Habe sie innerhalb weniger Wochen jeden auf seine ganz eigene Weise verführt und gezähmt. Ihre Worte mögen Lügen gewesen sein, aber ihr Schmerz war echt.

Zwar glaube ich nicht, dass sie mich niemals wieder verletzen werden. Und ich glaube auch nicht, dass sie aufgehört haben zu spielen. Aber jetzt bin ich am Zug. Ich spüre es ganz deutlich.

Und auch eine Clarisse wird erkennen müssen, dass ich mehr als eine Spielfigur bin.

Ich sitze längst mit am Tisch.

Und ich bin bereit für Runde vier.

Ende Band 3

DANKE

Hat es dir gefallen? Sag mir gerne in einer Rezension, welches Team du bist!

Band 4 sollte bereits vorbestellbar sein! Da der August Urlaubszeit ist, habe ich den Release etwas in den September geschoben. Ich werde aber versuchen, den Release in den August vorzuziehen. Bitte seid mir nicht böse, wenn das nicht klappt.

Ich hoffe so sehr, dass euch Band 3 gefallen hat. Lasst mir gerne eine kurze Rezension oder ein paar Sterne da. Wir lesen uns in Band 4. Ich bin euch so dankbar für die Reise mit den Kings.

Meine Testleser haben dieses Mal Großartiges geleistet und ich bin zu knapp dran, hier viel dazu zu schreiben. Danke an Sandra, Vanessa, Nessie, Jennifer, Fatos, Madeleine, Feli, Lisa, Eva, Anne, Daphne und Tina.

Eure Jane

P.S. Ein paar Dinge werde ich sehr häufig gefragt:

Nein, leider weiß ich nicht, wie lang die Reihe wird. Ich befürchte, sie wird sehr lang. Sehr, sehr lang.
Nein, ich schaffe es leider nicht besonders lange Bücher wie Band 1 in einem Monatsrhythmus zu veröffentlichen. Dafür benötige ich einfach zu viel Schreibzeit. Mein Tipp: Warte, bis zwei Bände erschienen sind und lies diese dann hintereinander. Das wäre so, als würde ich alle zwei Monate sehr lange Bücher veröffentlichen. (Tipp 2: Lies mit Kindle Unlimited, es spart so viel Geld!)
Ja, leider erscheinen die Taschenbücher immer etwas später oder sogar sehr viel später. Die Arbeit am Taschenbuch ist noch einmal sehr intensiv und der Federherz Verlag kann damit erst loslegen, wenn ich das eBook abgebe. Und weil ich ein kleiner Trödelhase bin, gebe ich das immer sehr spät ab.
Buchboxen: Momentan sind keine weiteren geplant, da auch diese sehr aufwendig sind und der Federherz Verlag momentan in der Sommerpause steckt, sodass solche großen Aktionen nicht unbedingt umsetzbar sind.

INTERVIEW MIT SYLVIAN

ICH HOFFE, EUCH VERSÜSSEN DIE INTERVIEWS UND SCHNIPSEL WIEDER DIE WARTEZEIT AUF DEN FOLGETEIL. FINDET IHR EURE FRAGE WIEDER?

Willst du Harper wirklich heiraten?
Jane: Ja, jetzt musst du das beantworten.
Sylvian: Wie zur Hölle?
Jane: Du sagst einfach die Wahrheit. Knallhart.
Sylvian: Ich soll meine Gedanken, die niemand sonst von mir kennt, meinen ureigensten Antrieb, einer Schar wissbegieriger Leserinnen vor die Füße werfen?
Jane: Sollen wir Jaxon dazuholen? Er kann die Frage oben bestimmt beantworten.
Sylvian (knurrt): Nein. Er wird lügen. Dann kann auch ich lügen.
Jane: Du kannst die Leserinnen nicht anlügen!
Sylvian: Offensichtlich schon. Ja. Natürlich will ich Harper heiraten.

Was hast du als Erstes gedacht, als du Mable gesehen hast?
Ich habe alles verstanden. Ich habe das ganze Geheimnis verstanden und die gesamte Situation Kingstons und der

Stipendiatinnen. Aber das war nur ein erster Gedanke. Euch interessiert, wie ich über SIE gedacht habe, richtig? Als ich erfuhr, dass sie sich Mable nennt statt Amabelle, und dass sie in dem Club kellnert, in dem ich ab und an Geschäfte abschließe, wusste ich, dass ich mich fernhalten muss. Ganz abgesehen davon, dass ich sie eigentlich ab dem Moment davon hätte abhalten müssen, in Kingston zu studieren.

Warum lässt du dir von Jaxon was vorschreiben?
Tue ich nicht. Es gibt Momente, in denen er das Richtige tut, dann gehe ich mit. Ansonsten ist es, als würde er mein inneres Monster an der Leine halten. Er lenkt es vielleicht hier und da hin, aber er weiß, dass er keine Wege gehen kann, denen ich nicht folgen würde, weil sonst die Leine reißt. Jaxon kennt mich einfach verdammt gut. Er tut nichts, was ich nicht auch will. Unser täglicher Kampf ist ein täglicher Kampf unserer Egos. Bisher hat ihn niemand gewonnen.

Würdest du Mable wirklich körperlich verletzen?
Wenn ich überlege, was ich sonst so alles von meinem Vater geerbt habe, dann ... ja.

Was ist dein dunkelste Fantasie Mable betreffend?
Glück.

Welche Szene aus dem neuen Band ist deine Lieblingsszene?
Ich habe gerade 5 Minuten überlegt und ich glaube, ich kann einfach nichts mit dem Begriff ›Liebling‹ anfangen.

Warum so geheimnisvoll?
Mein gesamtes Leben besteht und bestand aus Geheimnissen. Wer sind die Silvanos? Sag es nicht deinen Lehrern ... Deine Schwestern dürfen nicht wissen ... Es ist mir so in Fleisch und Blut übergegangen, dass ich mittlerweile glaube, die Wahrheit wäre das Gefährliche und die Lüge die einzige Sicherheit.

Kannst du dir Kingston nur durch den Drogenverkauf leisten?
Ja. Mein Name gib es her, dass ich in Kingston studiere, aber meine Familie würde nicht einen Cent für das Studium bezahlen. Sie wären sicher stolz, wenn sie wüssten, dass ich in ihre Fußstapfen trete.

Hast du dich in Mable verliebt?
Das Schlimmste, was ihr hätte passieren können.

Bist du ein Vampir?
Manchmal. ;)

Würdest du aufhören, zu rauchen?
Sofort. Es ist nur ein Genussmittel. Abhängigkeit gibt es nur in unserem Kopf.

Was hältst du wirklich von Harper?
Sie ist naiv, blind, gutgläubig und mir absolut willenlos verfallen.
Ich habe sie manipuliert. Auf mich hört sie, als wäre ich ihr Puppenspieler. Es ist wahnsinnig langweilig, aber die beste Möglichkeit, um Mable auf Abstand zu halten. Außerdem bietet es noch einige andere Vorteile.

Warum hilfst du Jaxon?
Weil er mir hilft. Es ist ein gegenseitiges Geben und Nehmen.

Willst du mich heiraten?
Wie lange willst du leben?

Warum Mable? Was ist an ihr so besonders, dass du sie sogar beschützen willst?
Sie ist genauso versessen darauf, dem Elend zu entkommen, wie ich es war. Aber während sie das Licht ist, bin ich Schatten.

Verstehst du dich mit deinen Geschwistern? Deiner Mutter?
Die Grausamkeiten meiner Vergangenheit enden nicht mit dem Tod meines Vaters. Die meisten meiner Geschwister sind mittlerweile tief im Sumpf der Kriminalität verschwunden. Ich kann mich nicht rausreden, ich würde dasselbe tun, wenn ich müsste.

Warum sind die Leserinnen dir so verfallen? Sie wollen DICH und alle anderen wenn überhaupt danach.
Das wird sich ändern.

Was willst du nach deinem Abschluss machen?
Anfangs wollte ich den weißen Weg der Gerechtigkeit gehen und die Welt verbessern. Nach ein paar Monaten in Kingston wusste ich, dass ich genauso gut versuchen könnte, die Meere auszutrinken.
Vielleicht werde ich also Kingston nie verlassen und gar nicht erst ins Handeln kommen. Es ist aussichtlos.

Warum bist du nur so sympathisch? Oder ändert sich das in Band 2 und 3?
Sympathisch? Echt? Das ist das Gegenteil von dem, wie ich mich selbst wahrnehme. Bestimmt wird sich das ändern. Lern mich kennen, schau hinter meine Maske und erkenne die Wahrheit ...

Wer ist der beste Schwiegersohn von euch Kings?
Ich glaube, da nehmen wir uns alle nichts.

Welche Bedeutung steckt hinter deinen Tattoos?
Familientradition.

Warum lässt du dir eigentlich überhaupt irgendetwas von Jaxon gefallen?
Lasse ich? Vielmehr hält er mich aus, auch wenn ich ihm stets widerspreche, wenn er mal wieder Bullshit labert.

Zeig mir, wer du wirklich bist.
Ich habe Schach gespielt, mit Menschenleben, habe Unschuldige gegeneinander aufgehetzt, habe es genossen, danach gegiert und gewonnen.
Das bin ich wirklich. Das Herz ist vollkommen fehl am Platz.

Beschreibe dich in 3 Worten.
Halt
dich
fern.

Ist Mable die eine für dich oder doch nur eine von vielen?
Die eine, die sich niemals in mich verlieben darf.

Was ist dein dunkelstes Geheimnis?
Dass ich nur etwas fühle, wenn andere leiden.

Was fasziniert dich an Mable?
Sie gibt nicht auf. So wie ich niemals aufgeben würde. Und sie stellt sich Jaxon entgegen, so wie ich es getan habe. Und sie sieht in uns etwas, von dem ich glaubte, nur ich würde es sehen.

Wenn du dich entscheiden müsstest, wen würdest du wählen: Mable oder Harper?
Wer mit mir zusammen sein soll?
Harper.
Wer leben darf?
Mable.

Liebst du Amabelle?
Liebe ist ein Konstrukt. Die meisten verstehen darunter psychische oder körperliche Abhängigkeit. Sind nur glücklich, wenn der andere sie wahrnimmt. Erhoffen sich, verstanden zu werden.
Für die meisten Menschen bedeutet Liebe, dass jemand anderes ihnen etwas gibt, was sie sich selbst nicht geben können.
Für mich ist Liebe, dass ich alles und nichts tun würde. Alles und nichts sein würde. Aber ich werde niemals stärker als mein Inneres Monster sein. Also bin ich definitiv nicht in der Lage, zu lieben.

Warum hat dich Jaxon so bei den Eiern?
Kam das echt so rüber, ja?

Was fühlst du, wenn du Mable anschaust?
Frieden.
Die meiste Zeit.

Mit wem hattest du zum ersten Mal Sex?
Gute Frage. Hätte ich mir das merken müssen?

Hast du eine Lieblingsfarbe außer schwarz?
Schon wieder dieses Wort ›Liebling‹. Schräg.

Könntest du dir eine feste poly Beziehung mit Mable, Jaxon und Reece vorstellen?
Zayn fehlt. Meint ihr, das klappt? Kann ich mir nicht vorstellen. Wir würden sie früher oder später umbringen. Einfach weil wir zu krass sind auf Dauer.

Was wird passieren, wenn Jaxon das von dir und Mable im Wald erfährt?
Tja, das hat ihn schon ein wenig geärgert, weil er für einen Moment glaubte, er würde sie entjungfern. Schade, dass ich ihm diesen Glauben im Nachhinein nehmen musste.

Denkst du, Seelen können so vergiftet werden, wie Herzen?
Glaubst du denn, mit dem Herz ist etwas anderes gemeint als die Seele?
Seele, Körper, Geist. Geist und Körper vergiften wir ständig und unentwegt, indem wir schlechtes und giftiges tun. Nur die Seele bleibt unberührt und geht nach dem fucking Tod irgendwohin, als wäre nie etwas gewesen.

Denkst du, es gibt eine bessere Version von uns selbst?
Klar. Jeder kann sich täglich dazu entscheiden, ob er Leid erzeugt oder es vermeidet.
Manche von uns sind nur zu kaputt, um etwas anderes zu wollen, als Schmerz und Dunkelheit.

Was gefällt dir an deinen Lesern?
Ihr seid alle so abfuck im Herzen wie ich.

GESPRÄCHE ZU BAND 3

ALS ICH DIE KINGS ETWAS VERNACHLÄSSIGT HABE …

Ich: Hey ihr …

Jaxon: Hey ihr?! Sag mal, willst du mich verarschen?

Ich: Hm?

Jaxon: Wir warten hier seit fucking STUNDEN auf dich. ES ist fucking SPRING BREAK und wir können nicht los, weil du dich verdammte 20 Stunden an den Schreibtisch gesetzt hast. Geht's noch?

Ich: Äähm.

Reece: Er meint es nicht so.

Jaxon: NATÜRLICH MEINE ICH ES SO! Du hast ne verdammte falsche Prioritätenliste, Mädchen! Schwing jetzt sofort deinen Arsch hinter deinen Laptop und schreib weiter!

Sylvian: Das Buch ist fast fertig, schon vergessen?

Jaxon: Alter, wenn du Dorfdepp mir noch in den Rücken fällst, sorg ich dafür, dass alle dich hassen. Dann hat sichs ausgeteamsylviant. Dann gibt es nur noch Crescent und mich.

Ich: Aber ...

Jaxon: WAS?!?!?

Ich: Ich weiß nicht, wie es weitergehen soll? Ich meine, Spring Break ... ohne Zayn, ohne Sylvian. Wie soll das gehen?

Jaxon (starrt mich fassungslos an): Du hast Sylvian diese Scheiße abziehen lassen.

Ich: Es war nötig.

Jaxon: Und du willst unbedingt, dass Zayn erst am Ende auftaucht.

Ich: Weil die Szene mit ihm PERFEKT ist!

Jaxon: Ok, dann komm damit klar, das Romeo, Reece und ich reichen müssen. UND SCHREIB ENDLICH WEITER!

DIE ERSTE SZENE MIT ZAYN (ursprünglich die im Hörsaal mit Reece, Mable und ihm)

Ich: Uh. Zayn. Ich wusste nicht, wie heiß du bist.

Zayn: Das Beste kommt zum Schluss, weißt du doch, Baby.

Ich: Ok, aber du redest auch echt viel.

Zayn: Das nennt man Dirty Talk. Alle werden mich wollen, wenn sie das lesen. Who the fuck is Jaxon oder Sy? Loser im Vergleich zu einem echten King.

Ich: Na ja, ich weiß nicht, ob ...

Zayn: Du weißt.

Ich: Gerade vielleicht schon.

Zayn: Eben. Bis du gekommen bist. Und selbst danach noch. Du wirst mich nicht vergessen.

Ich: Aber ich dachte, du hältst dich noch zurück?

Zayn: Dachte ich auch. Aber dann haben sich die

Dinge geändert. War spontan. Können wir jetzt weitermachen? Bin immer noch nackt, schon vergessen?

NACHDEM ICH ZAYNS SICHT GESCHRIEBEN HABE

Ich: Okay, dein Kopf ist mega gruselig.

Zayn: Findest du?

Ich: Ja, ich weiß nicht, ob sie dich mögen werden.

Zayn: Warum? Weil ich die fucking Wahrheit sage?

Ich: Ja. Leute, die die Wahrheit sagen, kommen nicht gut an.

Zayn: Dann komme ich gerne nicht gut an.

Ich: Wirst du uns denn mehr über dich erzählen? Über den ganzen Grund? Ich meine, jetzt, wo es schon deine Sicht ist, könntest du uns ja ein paar Fragen beantworten ...

Zayn: Willst du es vorwegnehmen?

Ich: Vorwegnehmen??? Weißt du, dass viele immer noch nicht wissen, wer du bist? Vielleicht wäre es an der Zeit!

Zayn: Ich soll darüber einfach mit mir selbst in meinen Gedanken quatschen? Ist das nicht langweilig?

Ich: Es ist ein Anfang.

Zayn: Ich tu, was du sagst, Jane. Sobald du dir sicher bist, wie meine Vergangenheit überhaupt aussieht.

Ich: Stimmt, da war was ...

ALS ICH AN BAND DREI SO LANG GESCHRIEBEN HABE, DASS ES SCHON BAND 4 WURDE

Ich: Es ist mal wieder Zeit für einen kleinen Talk mit euch.

Sylvian: Ausgerechnet jetzt?

Ich: Ja. Ihr habt nämlich allesamt Scheiße gebaut. Mit euch zu plotten, ist echt unmöglich.

Zayn: Ich habe gar nichts getan!

Ich: Das Buch ist seit drei Wochen so gut wie fertig, aber euch fällt immer noch was Neues ein!

Zayn: DIR! Fällt was Neues ein! Weil du nie zufrieden bist!

Ich: Egal jetzt. Wir haben 300 Seiten später und sind an demselben Punkt wie am Ende von Band 2. Toll. Das ist mal ne super Entwicklung, würde ich sagen.

Zayn: Außer dass ich jetzt da bin. Ist doch ne Entwicklung.

Ich: Du bist nicht Teil der Hauptstory! Die Hauptstory dreht sich darum, dass Mable sich entscheiden muss!

Zayn: Dann soll sie es halt tun! Wo ist das fucking Problem?

Ich (starre ihn erleuchtet an): Stimmt. Sie muss es einfach tun. Jetzt.

Zayn: Ja, lass sie gottverdammt irgendeinen Namen sagen.

Ich: Aber das passt nicht mit den anderen Szenen zusammen. Die schon geschrieben sind.

Jaxon: Welchen Namen wird sie nennen?

Sylvian: Meinen bestimmt nicht. Aber das passt. Damit kann ich arbeiten.

Ich: Äh, deine Szene ist schon bearbeitet, Sylvian.

Sylvian: Ja, aber sie ist nun noch besser.

Zayn: Und Reece ist nicht da. Ist also logisch, wenn sie wählt.

Mable: Ich will mich nicht für Jaxon entscheiden! Hallo! Hier geht es auch um mich!

Jaxon: Du tust, was man dir sagt.

Mable: Fick dich.

Jaxon (lächelt sie ironisch-liebevoll an): Ich finde Janes Idee gut. Endlich kommst du mal dazu, dir einzugestehen, wen du wirklich willst.

Sylvian (schulterzuckend): Das wäre dann immer noch ich. Nur weil sie dich wählt, Jax, hat das keinerlei Bedeutung.

Ich: Okay, was wird dann passieren? Mable entscheidet sich. Und dann (2 Sekunden nachdenken) Ich weiß es! Ich weiß es! Ja, so könnte alles Sinn ergeben! Oh mein Gott! Was, wenn es nie zu der Graduation Gala kommt? Fuck! Was, wenn ...

Jaxon: Ja, das klingt genial. Absolut mein Geschmack.

Ich: Es wäre böse. So böse!, Fuck, Jaxon!

Sylvian: Okay, wieso könnt ihr beide eure Gedanken lesen?

Jaxon (selbstgefällig): Dreamteam. Ich weiß, was du vorhast, kleine Jane. Band 4 wird sie zerreißen. Ich werde der Gott aller bösen Wendungen sein. Gefällt mir.

Zayn: Bitte?! ER wird wieder zum Arschloch? Was ist mit mir?! Darf ich vielleicht meine coole Badass Rolle auch noch ausleben?

Ich: Du kommst später. Oh mein Gott. Danke für dieses unfassbar konstruktive Gespräch. Ihr dürft jetzt wieder ins Buch verschwinden.

Zayn: Eine Frage noch.

Ich (ungeduldig): Ja?

Zayn: Gibt es jetzt noch Sex oder nicht?

Ich: Ab ins Buch! Los!

ALS ANNY THORN IHRE DEBUT REIHE VERÖFFENTLICHT HAT

Jaxon: Bei Anny Thorn gibt es schon wieder so ne Knalltüte, die was vom Pferd – ach nee, Motorrad erzählen will. Ist das jetzt irgendwie in geworden, arm und versifft zu sein?

Mable: Nee, das ist schon ne ganze Weile ziemlich hot. Also Biker. Nicht arm und versifft.

Jaxon: Verstehe. In deinem Universum lässt sich Biker von arm und versifft trennen. In meinem einfach nicht.

Sylvian; Sei nicht so ein verdammte Snob, Jax, und lass den Mädchen ihren Spaß.

Jaxon: DEN Mädchen?

Sylvian: Na, DEN Mädchen, die was zu lesen brauchen, bis Very Bad Elite erscheint?

Jaxon: Ah. Fuck, die armen tun mir jetzt schon leid. An ihrer Stelle würde ich noch 20 mal Kings lesen, bevor ich …

Mable: Es reicht, Jax. Weißt du, wenn ich ehrlich bin, ist Parker ziemlich …

Jaxon: Wag es ja nicht.

Mable: Hot? Das Interview, das er gegeben hat ist …

Jaxon: Mach nur weiter so. Grab dir dein eigenes Grab.

Mable: Du willst nur nicht zugeben, dass es neben den Kings auch noch andere Männer gibt!

Jaxon: Männer vielleicht, aber …

Mable: Ja, auch heiße Männer!

Jaxon (seufzt): Ich geb's auch. Sie wird es nie lernen, die Klappe zu halten, wenn es besser für sie wäre.

Reece: Was schlägst du vor?

Jaxon (seine Augen strahlen): Als erstes bringen wir sie dazu sich auszuziehen … Und dann zeigen wir ihr, wer hier hot ist.

ALS VANCE ENTSCHIED, MABLE ZU ENTFÜHREN

Ich: Oh mein Gott, Vance. Dir ist klar, dass ich gerade noch dabei bin, mich in Zayn zu verlieben, o. k.? Ich kann mehr Vibes nicht vertragen.

Vance: Zayn ist ein Fucker.

Ich (lache): Und du nicht?! Ich meine, was du vorhast …

Vance: Ich habe nichts vor. Nichts, was die Kings nicht auch vorhätten.

Ich: Aber du führst es aus.

Vance: Weil nur ich das kann.

Ich: Warum? Kannst du nicht bitte einfach NETT sein? Sie beschützen? Sie mögen, wie sie ist?

Vance (grinst dunkel): Aber würdest du dich dann in mich verlieben, Jane?

INTERVIEW MIT ZAYN

Hast du das Gefühl, im Schatten zu leben?
Hi, ich bin Zayn, ich bin nicht Romeo.
Romeo, der süße Spinner, ist derjenige, der immer in der Ecke steht oder hinter Jax in seinem Schatten.
Ich hingegen bin der strahlende Stern an eurem Nachthimmel und der wahr gewordene heiße Traum.
Alles klar?

Was ist dein dunkelstes Geheimnis?
Meine ›Geheimnisse‹ sind quietschendbund. Eher bin ich das ›dunkle, üble, furchtbare Geheimnis‹ der Kings.
Wenn rauskommt, dass sie jemanden wie mich quasi durchfüttern – oh ha.
Oder dass sie jemanden wie mich ihre Frauen vögeln lassen – OH HA.
Na, egal. Ich mache allerdings kein Geheimnis daraus, das tun die anderen und zwingen mich, zu schweigen.

Wie würdest du dich beschreiben?
Wenn ich nicht immer aussehen müsste wie ein geleckter Schönling, wäre ich hot as hell, Baby.
Piercings, Tattoos, etwas längeres Haar ... Vielleicht würde ich es färben.

Ich meine, blond. Wie wärs mit rot? Blau? Beides?

Was ist Mable für dich?
Eine kleines nerviges Anhängsel der Kings, die nicht darüber hinwegkommen, dass sie sich nicht zwischen ihnen entscheiden kann.

Warum hasst du Mable???
Weil sie ein kleines nerviges ... Ach, das hatte ich schon.
Hass ist ein starkes Wort. Ich hasse keine Fliege, die rumnervt. Aber ich würde sie trotzdem sofort töten.
Check, Check?

Erfahren wir im 3. Teil mehr über dich?
Auf jeden. Jane hat endlich erkannt, dass ich der Geilste von allen bin.
Nach Band 3 wirst du dich auf mein Gesicht setzen wollen und gleichzeitig meinen ... blasen.
Zum Glück ist das sogar möglich ;) Dazu später mehr.

Was stimmt nicht mit dir?
Schwere Kindheit. Ihr kennt das.

Bist du schwul?
Hab noch nie darüber nachgedacht. Aber nein. Ich hab nur ’nen kranken, kleinen Kopf und teile gerne eine Frau wie ein Stück Fleisch mit meinen Brüdern.
Und werde gerne wie ein Stück Fleisch von einer Frau benutzt. Die weiß, was sie wirklich von mir will und braucht ;)

Würdest du zulassen, dass Mable neben euch auch Vance will?
Never. Der wird direkt kastriert, wenn er seinen Schwanz in ihrer Nähe auch nur anrührt.

Wird es ein Happy End für euch mit Mable geben?
Du meinst, ob sie irgendwann tot ist?
Maybe someday.

Gibt es ein kleinen, optischen Unterschied an dem man dich und Reece unterscheiden kann?
Ich saf mal so. Sylvian ist ein kleiner gestörter Freak und schneidet mich. Daraufhin schneidet Reece sich auch. Ich glaub, da ist erst mal ne Weile nix mit Unterschied. Leider.

Glaubst du an wahre Liebe?
Klar. Ich liebe Reece. Manchmal sogar noch die anderen Kings.
Wahre Liebe, die durch nichts erschüttert werden kann, ist was nices.
Aber ich werde niemals eine Frau lieben. Frauen sind keine Brüder, du kannst ihnen nicht vertrauen, sie werden dich früher oder später f***en und es macht sowieso keinen Sinn.

Was zur Hölle geht eigentlich bei dir ab?!
Bin einfach 'n bisschen hot, I know.

Wer ist der schlimmste King?
Alle sagen immer Romeo, aber wir anderen sind seine Freunde. Man kann sich nicht rausreden.
Wenn du bei etwas zusiehst, bist du mitschuldig. Wenn du jemanden unterstützt, der Schlechtes tut, bist du selbst schlecht.
Daher ist niemand schlimmer. Wir sind alle teil davon.

ÄHNLICHE BÜCHER

Dark Prince

Episches Dark New Adult

Sehr lange, royale Reihe, die du unbedingt lesen solltest, wenn dir VERY BAD KINGS gefallen hat. Kein Reverse Harem, aber eine prickelnde Ménage-à-trois-Story.

Bastards

Krimi-Ménage-à-trois

Ebenfalls sehr prickelndes Ménage-à-trois in 1,5 Bänden, mit abgeschlossenem Happy End und einer super spannenden Krimi-Story im Hintergrund.

Bad Prince

New Adult, aber trotzdem böse

Inspiriert von ›Eiskalte Engel‹, spielt ebenfalls im royalen England und ist ein Spin-Off zur Dark Prince Reihe.

Catching Beauty

Dark Romance

Beginne mit Catching Beauty und lies dann Hunting Angel und Taken Princess. Eine sehr dunkelromantische Geschichte über drei Freunde. Kein Reverse Harem, jede bekommt ihren dunklen Prinzen ...

Smoke

Dark Romance

Hat ungefähr gar keine Ähnlichkeit zu Very Bad Kings. Wenn du es nicht liest, verpasst du allerdings Smoke. Also lies es.

DU SEHNST DICH NACH *der Dunkelheit?*

AUCH ALS HÖRBUCH

Du hast gehofft,
ich wäre der Retter in edler
Rüstung, der dich aus dem
Gefängnis befreit, in das sie dich
verschleppt haben.
Der bin ich nicht.
Ich bin nur ein Arschloch, das
grundsätzlich seine eigenen Ziele
verfolgt, und ich genieße es zu sehr,
wie du dich gegen mich zur Wehr
setzt. Aber dein Widerstand bricht.
Du ahnst längst, dass dir gefallen
wird, was ich mit dir vorhabe, oder?
Dass die Angst dich zwar erzittern
lassen wird, aber auch deine
dunkelste Sehnsucht weckt?
Die werde ich wecken.
Du wirst vor Angst zittern.
Und ich behalte dich.

Oh, hast du etwa geglaubt,
ich ließe dich entkommen?
Niedlich.

EIN DÜSTERER FREMDER.
EIN GEFÄHRLICHER ROAD TRIP.
DAS ENDE DEINER FREIHEIT.

Hardcover mit Schutzumschlag
ISBN: 978-3966987561

Du hast keine Ahnung, was dich erwartet, als du vor mich trittst und mich ansiehst, als wäre ich ein heißer One-Night-Stand.
Ich werde dich enttäuschen, Kleines. Ich habe nicht vor, dich zu vögeln. Du bist in meine Fänge geraten, weil ich es wollte. Du wirst mir gehören, weil nur ich darüber entscheide, ob du lebst oder stirbst.
Vielleicht werde ich anfangs nett sein. Vielleicht spreche ich dir Warnungen aus. Vielleicht will ich nicht, dass du zerbrichst.
Aber nichts wird dich vor dem Monster in mir beschützen können.
Nicht einmal ich selbst.
Warum bist du nicht gelaufen,
als du es noch konntest?

BAD
PRINCE
ÜBERALL IM HANDEL BESTELLBAR!
BAD PRINCE: ROYALES SPIEL 978-3-96111-826-7
BAD PRINCE: ROYALE FLUCHT 978-3-96111-793-2
TAUCHE EIN INS ROYALE ENGLAND
VOLLER INTRIGEN UND GEFAHR
SIE
Man hat mir meine Identität gestohlen und mich gezwungen, mich in die Royal Family einzuschleusen.
Ich habe keine andere Wahl, als zu lügen.
Auch nicht, als ich dem arroganten und viel zu attraktiven britischen Prinzen begegne und mein gesamter Körper in seiner Gegenwart entflammt.
Mein Geheimnis muss eines bleiben.
Nur leider ist der Prinz nicht mein einziges Problem.
Jemand ist hinter mir her und er wird nicht ruhen, bis er hat, wonach er sucht, oder sich an mir rächen konnte …

Reich, privilegiert, gutaussehend und gelangweilt.
Der britische Prinz Chester vertreibt sich seine freie Zeit mit ausschweifenden Partys, illegalen Autorennen und wechselt die berühmten Schönheiten an seiner Seite wie Maßanzüge. Er und Prinzessin Rosaline wissen, wie sie sich abseits der royalen Etikette und der Adleraugen der Queen amüsieren können. Doch dann verändert ein schicksalhaftes Ereignis alles und die Royals sind gezwungen, ihr ruchloses Leben aufzugeben – bis ihre adelige Cousine Violet in ihr Leben platzt und dieses auf den Kopf stellt.

Wer ist sie wirklich?
Sind ihre Geheimnisse gefährlicher, als es den Anschein erweckt?
Oder ist alles nur ein Spiel?

Meine Bücher und Produkte gibt es zukünftig im:

www.wondaversum.de

Weil bei den Büchern der Very Bad Kings Reihe das Verlagslogo zukünftig nicht mehr auf dem Buchrücken zu finden sein wird, könnt ihr euch im Shop des WondaVersums ab 2023 kostenlos Sticker bestellen, die eure Bücher wieder vereinheitlichen. Danke für euer Verständnis.